BASTEI
LÜBBE
STARS

Von Sandy Curtis sind bei Bastei Lübbe Taschenbücher außerdem lieferbar:

14874	Das Tal der Angst
15317	Im Meer der Furcht
15488	Am Abgrund der Vergeltung

Über die Autorin:

Die Australierin Sandy Curtis lebt in Bundaberg, Queensland. Sie ist verheiratet, hat drei erwachsene Kinder und ist nicht nur eine begeisterte Leserin, sondern entwickelte schon in Teenagerzeiten eine Leidenschaft für das Schreiben. Sie ist Mitglied der Schriftstellervereinigung *Romance Writers of Australia* und hat neben einigen erfolgreichen Romanen auch Kurzgeschichten veröffentlicht.
Wenn Sie mehr über Sandy Curtis erfahren möchten, können Sie einen Blick auf ihre Homepage werfen:
www.sandycurtis.com

Sandy Curtis

Der Fluss des Vergessens

Thriller

Aus dem Englischen von
Cécile G. Lecaux

BASTEI
LÜBBE
STARS

BASTEI LÜBBE STAR
Band 77 182

Vollständige Taschenbuchausgabe

Bastei Lübbe Star in der Verlagsgruppe Lübbe

Titel der australischen Originalausgabe: »Black Ice«

Umschlaggestaltung: Bianca Sebastian
Titelbild: © getty-images/Theo Allofs
Satz: hanseatenSatz-bremen, Bremen
Druck und Verarbeitung: GGP Media GmbH, Pößneck
Printed in Germany, April 2007
ISBN 978-3-404-77182-0

Sie finden uns im Internet unter
www.luebbe.de

Der Preis dieses Bandes versteht sich einschließlich
der gesetzlichen Mehrwertsteuer.

Vorwort

Schwarzes Eis.
Hart.
Glatt.
Ein unsichtbarer Film auf dem Asphalt.

Der Volvo schoss durch die hereinbrechende Dämmerung. Die Fahrerin konzentrierte sich ganz darauf, ihre Panik in Schach zu halten. Nach zwei Monaten war ihr die Strecke durch die Blue Mountains von New South Wales zwar vertraut, verlangte ihr aber immer noch ihr ganzes Können ab.

Die Scheibenwischer kämpften tapfer gegen den Schnee an, der unablässig gegen die Windschutzscheibe klatschte, und verschafften ihr einigermaßen freie Sicht auf die kurvenreiche Straße, die von Eukalyptusbäumen gesäumt war. Zum ersten Mal, seit sie ihr vorübergehendes Heim in den Bergen bezogen hatte, empfand sie den Wald als bedrohlich und verspürte die Furcht, die Isolation in einer abgelegenen Gegend erzeugen kann. Bislang hatte sie eben diese Einsamkeit als willkommene Abwechslung von der Hektik Sydneys und ihre Unterkunft als friedliche und stille Zuflucht empfunden, in der sie endlich zur Ruhe kommen und neue Kräfte sammeln konnte.

Nun war die Natur zum Feind geworden.

Vor ein paar Stunden hatte der Kälteeinbruch eingesetzt,

und der unerwartete Wetterumschwung hatte Schnee bis in Regionen getragen, die für gewöhnlich vom eisigen Hauch der Antarktis verschont blieben.

Sie stellte die Heizung höher.

Ein Schmerzensschrei entrang sich ihrer Kehle, und ihr Fuß rutschte vom Gaspedal. Sie biss die Zähne zusammen, als ihr Bauch sich zu einer steinharten Kugel verkrampfte. Sie keuchte, versuchte mit dem Schmerz mitzugehen, die Finger so fest um das Lenkrad gekrallt, dass die Knöchel weiß hervortraten. Der Wagen schlingerte, schleuderte zur Seite, und Schotter flog auf. Langsam und kontrolliert steuerte sie gegen und lenkte den Volvo zurück auf die Fahrbahn.

Als die Wehe nachließ, atmete sie tief durch und zwang sich zu entspannen. Sie kurbelte das Fenster einen Spalt breit herunter in der Hoffnung, die kalte Luft auf ihrem Gesicht würde sie von den Schmerzen ablenken. Sofort stieg ihr durchdringender Eukalyptusgeruch in die Nase; er überlagerte sogar den Duft des Regens, der vor dem Schnee niedergegangen war.

Sie atmete zittrig aus. Die Wehen folgten jetzt dicht aufeinander.

Kurz strich sie mit der Hand über den gewölbten Bauch und sprach leise und beruhigend zu ihrem Baby. Das Kleine hatte es offenbar eilig, auf die Welt zu kommen; sie konnte den Druck deutlich zwischen den Schenkeln spüren.

Die Dunkelheit brach ganz plötzlich herein. Im Licht ihrer Scheinwerfer huschten Schatten durch die Bäume, und die Schneeflocken tanzten gespenstisch in gelb-weißen Kegeln.

Um die Zeit zwischen zwei Wehen möglichst zu nutzen, gab sie Gas und achtete dabei darauf, sich dicht an die Straßenmitte zu halten. Ein dünner Schneeteppich bedeckte den Grasstreifen am Fahrbahnrand, und der nasse Asphalt glänzte im grellen Licht der Autoscheinwerfer. Sie rechnete auf der einsamen Straße nicht mit Gegenverkehr; jetzt war es nicht mehr weit bis zur Hauptstraße, und die innere Anspannung ließ etwas nach bei dem Gedanken an die Menschen dort, die ihr ganz sicher helfen würden. Als sie sich der Kurve näherte, konzentrierte sie sich wieder auf das Fahren.

Plötzlich lag das Lenkrad ganz leicht in ihren Händen; die Reifen verloren die Bodenhaftung. Sie trat auf die Bremse, in der Hoffnung, dadurch den Kontakt zum vereisten Untergrund wiederherstellen zu können. Vergeblich.

Die Erkenntnis traf sie wie ein Blitz.

Schwarzes Eis.

Abwechselnd betend und fluchend starrte sie auf die nur noch wenige Meter entfernte Kurve. Panik übermannte sie, und sie riss das Steuer herum, obwohl sie noch während des Manövers wusste, dass es sinnlos war.

Sie trat das Gaspedal durch.

Nichts.

Wie erstarrt vor Entsetzen fühlte sie, wie der Wagen unaufhaltsam weiterschlitterte. Die Vorderreifen rutschten über den Fahrbahnrand hinaus, gerieten in eine tiefe Furche, und der Wagen wurde herumgeschleudert. Dann überschlug er sich. Verzweifelt versuchte sie, bei der Drehung ihren Bauch zu schützen.

Der Volvo krachte gegen einen ausladenden Eukalyptusbaum. Das Knirschen sich verbiegenden Metalls und das Splittern von Glas übertönten ihren Schmerzensschrei, als ihr Bauch mit voller Wucht gegen die Seitentür prallte.

Die Räder drehten sich surrend weiter, das einzige Geräusch in dem ansonsten völlig stillen Wald.

Entschlossen kämpfte sie den sengenden Schmerz nieder, der ihren ganzen Körper in Wellen durchzog, und konzentrierte sich ganz darauf, sich zu orientieren. Die Fahrertür war aufgesprungen, und die Innenbeleuchtung tauchte das Wageninnere in einen schwachen gelblichen Lichtschimmer. Der Wagen lag auf dem Dach und sie auf dem mit Stoff bespannten Himmel.

Wieder durchbohrte der Schmerz sie wie ein glühender Dolch, so intensiv, dass es ihr die Kehle zuschnürte und sie keinen Ton hervorbrachte. Sie krümmte sich, der Krampf in ihrem Bauch war beinahe unerträglich. Nachdem die Wehe nachgelassen hatte, blieb sie eine Weile völlig erschöpft und reglos liegen. Dann griff sie sich, bevor die nächste Wehe kam, zwischen die Beine und betete, dass das, was sie im Grunde bereits wusste, nicht eingetreten war. Ein verzweifeltes Schluchzen entfuhr ihr, als sie die Hand zurückzog und das helle Blut sah.

Sie betete stumm um Kraft, rollte sich auf die Seite und setzte sich zähneknirschend auf. Ihr Kind. Sie musste Hilfe holen. Gegen das unerträgliche Ziehen tief in ihrem Innersten ankämpfend, das die nächste Wehe ankündigte, kroch sie aus dem Wagen. Ihre Hände glitten über das nasskalte Gras, und sie blieb auf dem Bauch liegen, das Gesicht von ihrem langen dunklen Haar bedeckt. Die Gesichter ihres Mannes und ihres Kindes tauchten vor ihrem geistigen Auge auf, und sie kämpfte gegen die aufsteigenden Tränen.

Eisiger Wind stach in ihre Lungen. Sie erkannte, dass die Kälte noch weitaus größere Gefahren barg als der Marsch zur Hauptstraße. Nackte Angst stieg bitter wie Galle in ihr auf, um gleich darauf von unerträglicher Pein verdrängt zu werden, als ihr Körper von einer weiteren Wehe erfasst wurde, die ihr Kraft und Atem raubte. Der Druck zwischen ihren Beinen nahm zu, Blut strömte wie flüssiges Feuer über ihre unterkühlten Schenkel, und da wusste sie, dass sie nirgendwo hingehen würde.

Sie schleppte sich zurück in das Autowrack.

Kapitel 1

Noch konnte er umkehren.

Weggehen. Sein Herz stählen und nie wieder riskieren, den unerträglichen Schmerz zu spüren, der ihm in den vergangenen zwei Jahren beinahe den Verstand geraubt hatte.

Der gehetzte Ausdruck in seinen Augen spiegelte sich in der Scheibe, als er durch das Schaufenster das angestrahlte Gemälde in der kleinen Kunstgalerie betrachtete. Er vergrub die Hände tief in den Taschen seiner Jeans, und die Sohlen seiner Stiefel schabten über Sandkörner auf dem Bürgersteig, als er sich zum Gehen wandte.

Aber das Bild ließ ihn nicht los – wie die Künstlerin, die ihn in ihren Bann gezogen und in eine Traumwelt entführt hatte, von der er glaubte, sie würde ewig währen. Es war ein Schock gewesen, ihre Signatur auf der Leinwand zu sehen. Hier auf sie zu stoßen ... Sein Blick folgte dem blühenden Geißblatt, dessen Ranken über das Dach eines alten Hauses wucherten, zur halb offenen Tür und dem dunklen Hausinneren. Die Szene vor pergamentfarbenem Hintergrund zeigte nur einen kleinen Ausschnitt des Gebäudes. Die Dunkelheit hinter der halb offenen Tür lockte ihn, neckte ihn, weckte Erinnerungen, die einst kostbar waren, jedoch heute unerträglich schmerzten.

Er versuchte, sie auf Abstand zu halten, aber sie überfluteten sein Gedächtnis auch gegen seinen Willen.

Hintergrundgeräusche wie Verkehr und lachende Touristen nahm er kaum noch wahr. Er war wieder dort, roch den süßen Duft des Geißblattes, berührte die raue Bruchsteinwand und das verwitterte Holz der Tür.

Er erinnerte sich an das leuchtende Kastanienrot ihrer Haare und daran, wie ihre Augen sich staunend geweitet hatten, als er sie hineinführte. Ehe ihre Augen sich an das Dunkel gewöhnen konnten, hatten seine Lippen ihr Lächeln geküsst, und er hatte eine Süße und Leidenschaft geschmeckt, die ihn bis heute nicht mehr losgelassen hatten.

Nur dass die Erinnerung heute bittersüß war und die Leidenschaft sich in Zorn verwandelt hatte, der gelegentlich in Verzweiflung umschlug.

Gefangen zwischen dem Bedürfnis, vor ihr zu fliehen, und dem überwältigenden Wunsch, sie wieder zu sehen, zögerte er. Schließlich siegte die Sehnsucht. Vielleicht würde er wenigstens in Erfahrung bringen können, warum sie ihn ohne ein Wort verlassen hatte und der Privatdetektiv, den er engagiert hatte, sie nur vier Monate später in den Armen eines anderen abgelichtet hatte, mit dem sie offenbar auch zusammenlebte. Nach allem, was zwischen ihnen gewesen war, war sie ihm eine Erklärung schuldig.

Der Eingang zur Galerie in Noosas berühmter Hastings Street war eingerahmt von einem kleinen Fenster, in dem das Gemälde hing, und einer schweizerischen Bäckerei. Die beiden Glastüren glitzerten in der Nachmittagssonne, als sie auf seinen Druck hin aufschwangen. Er trat ein. Der Teppich verschluckte das Geräusch seiner Absätze.

Er hatte früher schon Skizzen von ihr gesehen, aber noch nie ein fertiges Bild. Als er nun die Gemälde an den blassen Außen- und Trennwänden betrachtete, war er überrascht, wie talentiert sie tatsächlich war. Bei einigen Werken handelte es sich um blasse Pastellarbeiten, und er brauchte gar nicht erst auf die Signatur zu schauen, um zu wissen, dass sie nicht von ihr waren. Aber die anderen, jene in leuchtenden, vibrierenden Farben, die atemberaubenden Bilder von Meer und Natur, den exotischen Tieren, Bewohnern des Regenwaldes mit beinahe lebendigen Augen, kündeten ebenso von ihr wie die Signatur *Kirri* in der unteren rechten Ecke.

Langsam ging er zwischen den Raumteilern hindurch, die die Galerie in zwei Hälften trennten. Die Werke hier zogen ihn ebenso unwiderstehlich an wie das Bild des alten Cottages mit der offenen Tür. Er wollte die Hand ausstrecken und ins Wasser tauchen, mit den Fingern über die tiefgrünen Blätter der üppigen Urwaldflora streichen.

Dann sah er sie. Sie unterhielt sich mit einem Pärchen mittleren Alters, deren Kleidung und Kameras verrieten, dass es sich um Touristen handelte. Er beobachtete ihr lebendiges Mienenspiel, das Lächeln, das früher einmal seinen Puls beschleunigt hatte, und fluchte, als er spürte, dass der Mechanismus nach all der Zeit immer noch ausgelöst wurde. Sie war etwas schmaler als in seiner Erinnerung, und sie strahlte eine Reife aus, die die Lebendigkeit ihrer Gestik gedämpft, aber nicht ihre Ausstrahlung gemindert hatte.

Er spürte ein vertrautes Ziehen in der Brust, als er sie beobachtete, und fragte sich, ob die Antwort auf seine Frage das Risiko wert war, die alte Wunde der Zurückweisung wieder aufzureißen. Als das Paar sich zum Gehen wandte, blickte sie in seine Richtung und ertappte ihn dabei, wie er sie beobachtete. Lächelnd kam sie auf ihn zu. Mit unveränderter Miene blieb sie vor ihm stehen.

»Kann ich Ihnen helfen?«

Ungläubiger Schock bohrte sich in sein Herz wie eine glühende Klinge. Sie hatte ihn nicht erkannt, sondern sprach ihn an, als wäre er nur einer von vielen Fremden, die tagtäglich ihre Galerie besuchten. Ein paar Sekunden lang starrte er sie nur sprachlos an, dann wich der Schock grenzenloser Wut. Er sah, dass sie ein wenig aus dem Konzept geriet, aber sie fing sich rasch wieder.

»Wir haben nebenan noch mehr Bilder. Soll ich sie Ihnen zeigen?«

Er wusste, dass sein Zorn sich Luft machen würde, wenn er auch nur ein Wort sagte, und so begnügte er sich mit einem stummen Nicken. Sie drehte sich um und steuerte das andere Ende des Raumes an. Er registrierte ihren leichten Hüftschwung, die Art, wie ihr Kleid die Kurven betonte, die er einst liebkost hatte. Blaue Schmetterlinge flatterten über den leuchtend weißen Stoff, und er fragte sich flüchtig, ob sie das Muster entworfen und den Stoff selbst bemalt hatte. Er wusste noch gut, wie fasziniert er von der handbemalten Weste gewesen war, die sie bei ihrer ersten Begegnung getragen hatte.

Sie blieb stehen und schaute zurück, um zu sehen, ob er ihr folgte. Bei der Drehung spannte der fließende Stoff über ihren Brüsten. Er beschleunigte den Schritt und hoffte im Stillen, dass man ihm die unwillkürliche Reaktion auf ihre weiblichen Rundungen nicht anmerkte.

Wie war das möglich? Wie konnte sie ihn vergessen haben? Verdammt! Sie hatten fast drei Wochen miteinander verbracht. Drei Wochen, in denen sie sich verliebt und geliebt hatten, mit einer für ihn völlig neuen leidenschaftlichen Intensität. Drei Wochen, in denen sie gelacht und geredet, sich Geheimnisse, Hoffnungen und Träume anvertraut hatten. Und am Ende dieser Zeit hatte er ihr einen Antrag gemacht, nachdem er mit seinen 29 Jahren noch nie an Heirat gedacht hatte. Bis er Kirrily Smith begegnet war und sich unsterblich verliebt hatte.

»Haben Sie schon irgendetwas gesehen, das Ihnen gefällt?« Ihre Frage holte ihn zurück in die Gegenwart. Etwas stimmte nicht. Ihr Lächeln war zu strahlend, zu starr. Sie war nervös. Aber sie war nicht schockiert gewesen, ihn zu sehen. Nicht der leiseste Hauch von Erkennen war in ihren Augen zu sehen gewesen, und er wusste, dass ihre Augen die Fenster ihrer Seele waren. Zumindest war es damals so gewesen. Vielleicht hatte sie ja inzwischen gelernt, sich zu verstellen.

»Das Cottage, das im Fenster. Ich würde das Bild gerne kaufen.« Kaum waren die Worte heraus, da fragte er sich bereits, was um alles in der Welt er sich dabei gedacht hatte. Er wollte nichts haben, das ihn an diese Zeit erinnerte, nachdem der Schmerz heute kaum erträglicher war als vor zwei Jahren. Ein seltsamer Ausdruck huschte über ihr Gesicht, war aber so schnell wieder fort, dass er sich fragte, ob es vielleicht nur Einbildung gewesen war.

»Bedaure, aber das Gemälde ist unverkäuflich.«

Plötzlich war ihm nichts wichtiger, als dieses Bild zu besitzen. »Ich zahle jeden Preis.«

Der Ausdruck kehrte zurück, diesmal lange genug, dass er ihn deuten konnte. Verletztheit und unverständlicherweise Furcht. Was um alles in der Welt war nur los mit ihr? Er wollte sie eben danach fragen, aber sie kam ihm zuvor.

»Wie ich schon sagte, es ist unverkäuflich.« Diesmal entschiedener und mit einem leicht panischen Unterton. Dann blitzten ihre blauen Augen, sie straffte kaum merklich die Schultern und zeigte um sich. »Vielleicht finden Sie ja etwas anderes, das Ihnen gefällt.«

Ehe er etwas erwidern konnte, verschwand sie im Nebenraum. Als er ihr folgte, wehte ihm ein dezenter Hauch ihres Parfums in die Nase, ein Duft, der ihn in der Zeit zurückversetzte und Erinnerungen heraufbeschwor an heiße Nächte, kühle Brisen und ihren unwiderstehlichen Geschmack auf seinen Lippen. Unwillkürlich entfuhr ihm ein frustriertes Stöhnen, und sie wandte sich ihm zu. Er las Sorge in ihren himmelblauen Augen, die sich prompt dunkler färbten. Wenn sie sich geliebt hatten, war die Farbe noch intensiver geworden, und ihre Stimme hatte leicht heiser geklungen.

Himmel! Was machte sie nur mit ihm! Er hatte zwei Jahre Zeit gehabt, über sie hinwegzukommen, und seine Gefühle waren heute noch so unkontrollierbar wie bei ihrer ersten Begegnung. Und sie schien ihn immer noch nicht zu erkennen!

Er wandte sich abrupt ab und konzentrierte sich auf die Bilderwand. Wieder sah er eine Mischung aus hübschen blassen Aquarellen und Kirris farbintensiven Ölgemälden. Er ging bedächtig von einem Bild zum anderen und tat so, als würde er jedes einzelne eingehend betrachten, während sich tatsächlich seine Gedanken überschlugen. Sie zögerte; er spürte es mehr, als dass er es sah. Es war, als würde sie lieber flüchten, als sich noch länger in seiner Gegenwart aufzuhalten.

»Ihr Akzent ...« Auch ihre Stimme klang unsicher. »Sie sind Amerikaner?«

Er warf einen Blick zurück. Registrierte die uncharakteristische Nervosität, als sie sich den Halsansatz rieb. Er hatte sie das erst einmal tun sehen, und damals hatte sein Herz sich schmerzhaft zusammengezogen, als sie ihm den Grund gestanden hatte.

»Aus Seattle in Washington an der Westküste.« Er musterte sie sehr genau, um zu sehen, wie sie reagierte. Keine Reaktion. Er fluchte innerlich. Was genug war, war genug! Er konnte das Gefühlschaos nicht länger ertragen! Mit zwei Schritten war er bei ihr und hielt ihr die rechte Hand hin. »Daniel Brand.«

Nach kurzem Zögern schob sie ihre kleine blasse Hand in seine. »Kirrily Smith.«

Beinahe wäre ihm herausgerutscht »Ich weiß«, aber in ihren Augen stand wieder diese seltsame Mischung aus Furcht und Argwohn.

»Machen Sie hier Urlaub?«, fragte sie. »Mit der ... Familie?«

»Nein. Ich bin allein.«

Er blickte auf ihre verschränkten Hände, ihr Händedruck trotz aller Zartheit der Gliedmaßen kräftig. Als er den Kopf wieder hob, fiel sein Blick auf ein kleines Bild hinter ihr, und von einer Sekunde auf die andere schlug ihm das Herz bis zum Hals.

Das Kind war etwa 12 Monate alt und hielt mit einer kleinen speckigen Faust das Ohr eines sichtlich gealterten grau gesprenkelten Hundes umklammert. Lockiges schwarzes Haar umrahmte ein dunkles Gesicht mit breiten hohen Wangenknochen und einem breiten Mund. Das kleine Mädchen trug lange weiße Hosen und ein weißes Hemdchen, beides mit Fransen besetzt.

»Wer ...«, krächzte er, und als er sich räusperte, fühlte er, wie Kirri ihm ihre Hand entzog. Er schaute in ihr Gesicht. »Wer ist das kleine Mädchen?«

Sie zuckte zusammen, und er fühlte, wie sie in Sekundenschnelle eine Mauer um sich herum errichtete. »Meine Tochter. Ich habe sie vor ein paar Monaten gemalt.«

Daniel trat vor und studierte das Gemälde sehr genau. Kirri rückte ein paar Schritte von ihm ab, als rechne sie sich ihre Chancen aus, vor diesem Irren zu flüchten. »Und es ist ebenfalls unverkäuflich. Jedes andere Bild hier können Sie haben.«

»Kirri«, unterbrach sie eine Stimme von der Tür her. »Entschuldige die Störung, aber hier ist eine Dame, die zwei deiner Bilder kaufen möchte, aber einen Preisnachlass wünscht. Könntest du ...«

»Ich komme sofort, Jenny.« Kirri richtete ihre Aufmerksamkeit wieder auf Daniel. »Wenn Sie mich entschuldigen würden?«

Daniel wollte sie nicht gehen lassen. Am liebsten hätte er

sie bei den Schultern gepackt und geschüttelt. Kräftig. Er wollte zum Teufel wissen, was vor zwei Jahren passiert war, das so viel wichtiger war als ihre Liebe zu ihm. Warum sie davongelaufen war, als er sie am meisten gebraucht hatte. Und wie es möglich war, dass sie offenbar den Mann, den sie zu heiraten versprochen hatte, schlichtweg vergessen hatte. Aber er nickte nur.

Als sie davoneilte, richtete Daniel seine Aufmerksamkeit wieder auf das Bild. Ein feiner Schweißfilm bedeckte seine Stirn, als er in die Gesäßtasche seiner Jeans griff und seine Brieftasche hervorholte. Er klappte sie auf und blickte auf die kleinen Fotos, die er hinter dem mit einer durchsichtigen Plastikfolie versehenen Fach herauszog. Das erste zeigte einen Mann Mitte fünfzig, dem er kaum einen Blick gönnte, aber das zweite betrachtete er sehr, sehr lange. Schließlich schaute er wieder das Gemälde an.

Nachdem er es eine Minute studiert hatte, schüttelte er den Kopf, wie um ihn zu klären. Er hatte gehofft, Kirri würde ihm ein paar Fragen beantworten, aber nun hatten sich weitere Rätsel aufgetan.

Er brauchte Zeit zum Nachdenken, um sich ein Bild der Situation zu machen und seine Gefühle zu analysieren. Als er in den Hauptraum zurückkehrte, war Kirri am Verkaufstresen beschäftigt und füllte gerade für eine Kundin irgendwelche Dokumente aus. Sie schaute auf, als sie ihn bemerkte, und er glaubte eine Spur von Neugier in ihrem Blick zu erkennen, aber sie lächelte nur und wandte sich dann wieder ihrer Kundin zu.

Daniel zögerte. Sollte er das Risiko eingehen, dass sie möglicherweise nicht mehr da war, wenn er zurückkam? Sofern er zurückkam? Verdammt! Natürlich würde er zurückkommen. Jetzt musste er erst recht wissen, was vor zwei Jahren geschehen war. Langsam verließ er den Laden.

Kirri blickte dem groß gewachsenen Amerikaner nach, als er durch die Tür ins Freie trat. Die sonderbare Mischung von Erleichterung und Enttäuschung, die sie durchströmte, überraschte sie. Der beinahe greifbare Zorn, den seine breitschultrige Erscheinung ausstrahlte, hatte ihr ein wenig Angst gemacht, aber der Schmerz in seinen goldbraunen Augen hatte sie bewogen, mit ihm zu sprechen, obgleich ihr Instinkt sie gewarnt und ihr geraten hatte, ihn in Ruhe zu lassen.

Was war es, das etwas in ihr entzündet hatte? Schmerz oder Zorn? Er war attraktiv, aber nicht im klassischen Sinne gut aussehend, mit dichtem hellbraunen Haar und markanten, angenehm symmetrischen Gesichtszügen. Ein Gesicht, das auch im Alter noch attraktiv sein würde, weil es Charakterstärke ausdrückte. Und genau diese Stärke hatte sie angezogen. Außerdem hatte etwas in seinen Augen ihr verraten, dass er ein gütiger, zur Selbstlosigkeit fähiger Mensch war.

Sein Händedruck war elektrisierend gewesen. Haut auf Haut mit verblüffender ... ja, sie konnte es nicht anders formulieren ... Vertrautheit. Sein Akzent hatte ihr Interesse geweckt, und sie hatte sich im Stillen gescholten für ihre Enttäuschung, als sie sein Gesicht studiert hatte. Seine Züge waren ihr fremd, ja sogar die Augenfarbe war eine andere. Würde sie endlich dieses quälende Bedürfnis loswerden zu *wissen*? Himmel, es war zwei Jahre her. Es musste doch ...

Sie schüttelte den Kopf und richtete ihre Aufmerksamkeit wieder auf die Verkaufsunterlagen, die sie gerade ausfüllte. Aber ihre Gedanken kreisten weiter um den Fremden. Wieder einmal fragte sie sich, warum sie diese zweite Galerie in einem weiteren touristischen Zentrum von Queensland eröffnet hatte. Eigentlich war es darum gegangen, ihren und Trishs Namen auf dem Markt bekannter zu machen ... oder hatte sie sich bewusst einem Umfeld ausgesetzt, in dem ihr jemand begegnen könnte, der sie wieder erkannte?

Mit einem Lächeln, von dem sie wusste, dass es ihre Augen nicht erreichte, übergab Kirri der Kundin die Kaufquittung, während Jenny die Bilder in Noppenfolie verpackte.

Weiter unten, auf der gegenüberliegenden Seite der Hastings Street, hielt in einem Straßencafé ein Surfer, der eben eine Bierdose an die Lippen hob, mitten in der Bewegung inne. Er sah Daniel Brand die Kunstgalerie verlassen. Als der Amerikaner den Bürgersteig betrat, fuhr ein Pajero-Geländewagen, der unmittelbar vor seinem Tisch im Halteverbot abgestellt wurde, vor und nahm ihm die Sicht. Der Surfer sprang auf und prallte beinahe mit dem Pajero-Fahrer zusammen, der eilig aus seinem Wagen stieg.

Brand hatte beinahe den Rand des Bürgersteiges erreicht, und der Surfer entspannte sich wieder, als er ihn entdeckte. Dann erregte das Geräusch des noch laufenden Geländewagen-Motors seine Aufmerksamkeit, und ein kaltes Lächeln umspielte seine Lippen. Er lief um den Wagen herum zur Fahrertür und warf die Bierdose in den Rinnstein. Innerhalb von Sekunden saß er hinter dem Steuer, trat das Gaspedal durch und riss das Lenkrad herum.

Kirri beobachtete, wie Daniel Brand den Bürgersteig verließ und zwischen zwei parkende Fahrzeuge trat. Er blickte flüchtig nach rechts und links und begann, die Straße zu überqueren. In der Mitte der Fahrbahn zögerte er, machte auf dem Absatz kehrt und blickte zurück zur Galerie. Sein weißes T-Shirt warf Falten, als seine Muskeln sich spannten und er wieder die Tür der Galerie ansteuerte.

Kirri sah den Geländewagen, sah, wie er mit quietschenden Reifen losfuhr und wendete, sah, wie der Stoßdämpfer den Amerikaner erwischte, obwohl der noch versuchte, sich mit einem Satz in Sicherheit zu bringen. Sie sah, wie er nach vorn und zur Seite geschleudert wurde, hörte den dumpfen Aufprall, als sein Kopf auf der Windschutzscheibe eines geparkten BMW aufschlug.

Bewusstlos glitt er von der Motorhaube auf den Asphalt.

Kapitel 2

Daniel kam wieder zu sich und schlug die Augen auf. Das grelle Licht blendete ihn, ein stechender Schmerz durchzuckte seinen Kopf, und eine Welle der Übelkeit stieg in ihm auf. Schnell senkte er die Lider wieder.

»Doktor, er hat gerade die Augen geöffnet.«

Die weiche Stimme weckte seine Lebensgeister. Kirri! Was machte sie denn hier? Der durchdringende Geruch nach Desinfektionsmittel und das Quietschen von Gummisohlen auf Linoleum verrieten ihm, dass er sich in einem Krankenhaus befand. Er bewegte sich gerade so weit, um sich zu vergewissern, dass alle Gliedmaßen noch funktionstüchtig waren und man ihm keinen Gips angelegt hatte. Außerdem stellte er bei dieser Gelegenheit fest, dass er starke Prellungen an der rechten Körperseite davongetragen hatte und so heftige Kopfschmerzen, dass er sie vermutlich eine ganze Woche nicht loswerden würde. Kirri zu fragen, was sie bei ihm im Krankenhaus machte, sollte er besser hinausschieben, bis er wieder klar denken konnte.

Finger zogen erst sein rechtes, dann sein linkes Augenlid in die Höhe, und jemand leuchtete ihn mit einer Taschenlampe an. Es folgte eine Reihe von Tests und Fragen, ehe der Arzt zufrieden grunzte. »Sie müssen einen bemerkenswert harten Schädel haben, Mr. Brand.«

Der Doktor griff nach einem Klemmbrett und trug etwas auf einem Patientenblatt ein. »Sie zeigen keinerlei Symptome eines schweren Schädeltraumas, auch wenn Sie eine Gehirnerschütterung davongetragen haben. Wir werden trotzdem sicherheitshalber röntgen. Das wäre längst erledigt, aber da Party-Woche ist, sind Notaufnahme und Röntgengeräte zugedröhnt. Und abgesehen von Prellungen und Abschürfungen scheinen Sie einigermaßen heil davongekommen zu sein. Ein Pfleger bringt sie gleich rüber auf die Röntgenstation.« Er legte das Klemmbrett auf das Fußende des Bettes und verschwand zwischen den Vorhängen, die der Privatsphäre halber um sein Bett zugezogen worden waren.

»Zugedröhnt?«, fragte Daniel, nicht sicher, ob er richtig gehört hatte.

Kirri lachte leise. »Es geht eben hoch her.«

Die typisch australischen Redewendungen hatten Daniel schon damals amüsiert, als Kirri sie ihm das erste Mal erklärt hatte, aber offenbar hatte sie seinerzeit einige ausgelassen. Oder er hatte sie in den zwei Jahren, in denen sie sich nicht gesehen hatten, vergessen. Vorsichtig drehte er den Kopf, um sie anzusehen. Sie saß neben dem Bett, dicht genug bei seinem Kopf, dass er die dunklen Sprenkel im hellen Blau ihrer Augen sehen konnte und die blassen Sommersprossen auf ihrer Nase. »Party-Woche?«

»Die Polizei glaubt, dass Sie auch ein Opfer der Jugendlichen geworden sind, die jedes Jahr in Noosa eine Woche lang den Highschool-Abschluss feiern«, erklärte sie. »Der Pajero, der Sie angefahren hat, wurde gestohlen. Der Besitzer hatte ihn mit laufendem Motor abgestellt, um nur schnell eine Zeitung zu holen, und als er zurückkam, war der Wagen weg. Er sah ihn noch die Straße herunterrasen und Sie anfahren. Die Polizei denkt, es waren übermütige Halbstarke, die hier, wie schon erwähnt, Party machen.« Sie lächelte. »Eine Art Ausnahmezustand, noch mal richtig einen draufmachen, bevor der Ernst des Lebens beginnt.«

»Und Autos zu stehlen gehört beim ›Draufmachen‹ dazu, ja?«

»Nein. Aber es gibt immer einen Idioten, der einen über den Durst trinkt und zu weit geht. Und das gilt nicht nur für die Schoolies, wie wir die Schulabgänger nennen. Viele ältere Chaoten mischen sich unter die Teenager und benehmen sich noch viel schlimmer als sie.«

Daniel strich mit der Hand über die blaue Webdecke, die über ihn gebreitet war, und verzog schmerzlich das Gesicht, als seine Finger zu derb an Hüfte und Oberschenkel tasteten. »Und was ist mit Ihnen? Waren Sie auch mal ein Schoolie?«

»Ich habe mit meiner Mutter in Cairns gelebt, aber mein Vater wohnte hier in Sydney. Gleich nach der Schulzeit bin ich hergeflogen.«

Daniels Kopf begann zu hämmern, aber er war verblüfft von Kirris sichtlicher Entspanntheit und ihrer Bereitwilligkeit, mit ihm zu reden. Ihr Verhalten war völlig anders als in der Galerie. »Waren Sie denn zu Hause nicht glücklich?«

Kirri zögerte, hin und her gerissen zwischen dem natürlichen Widerstreben, so private Erinnerungen preiszugeben, und dem überraschenden Bedürfnis, sich diesem Mann mitzuteilen. »O doch, aber Daddy hatte mir angeboten, mich in die Künstlerkreise Sydneys einzuführen. Er ist Künstler, und das wollte ich auch werden, seit ich denken kann. Mum war nicht so glücklich darüber.« Ein Lächeln umspielte ihre Lippen, und ihre Augen blitzten bei der Erinnerung. »Sie besorgte mir gleich auch ein Rückflugticket. Schließlich bekam ich einen Studienplatz an der Kunsthochschule von Cairns, und so blieb ich letztlich nur zwei Monate.«

»Wollte sie Sie von Ihrem Vater fern halten?« Daniel hörte den Zorn in seiner eigenen Stimme und spürte, wie sie sich von ihm zurückzog.

»Nein«, entgegnete Kirri scharf. Sie war überrascht von seiner sehr persönlichen Frage. Sie musterte Daniel forschend. Der Schmerz in seinen Augen schien jetzt mehr emotionaler als physischer Art zu sein, und sie fragte sich, ob sein Zorn nicht vielleicht seinen Ursprung in der Kindheit hatte. Trotzdem verspürte sie das Bedürfnis, das Verhalten ihrer Mutter zu rechtfertigen. »Mein Vater hatte meine Mutter in der Ehe unglücklich gemacht, und sie wollte nicht, dass ich mir seinen Lebensstil aneignete.«

»Trotzdem sollte man ein Kind nicht von seinem Vater fern halten«, beharrte Daniel und sah, wie ihre Züge sich verdüsterten.

»Manchmal ...«, murmelte sie, wurde jedoch unterbrochen, als der Vorhang schwungvoll zurückgezogen und eine Trage hereingerollt wurde.

Als eine Schwester sich dem Bett näherte, brummte Daniel: »Ich kann zum Röntgen laufen.«

»Nein, können Sie nicht, Kumpel«, erwiderte ein stämmiger Pfleger, der der Schwester auf dem Fuße folgte, grinsend. »Vorschrift. Aber wenn Sie gerne eigenständig vom Bett auf die Trage rutschen wollen, wissen wir das zu schätzen. Sie sehen aus, als wären Sie nicht gerade ein Fliegengewicht.«

Daniel warf einen Blick auf Kirri und sah, wie sie vergeblich versuchte, ein Grinsen zu unterdrücken. Seufzend resignierte er.

»Wird nicht lange dauern«, sagte der Pfleger zu Kirri, als Daniel vorsichtig vom Bett auf die Trage wechselte. »Im Wartezimmer liegen Zeitschriften aus, wenn Sie etwas lesen möchten. Sind zwar schon ziemlich alt, aber mit etwas Glück finden Sie noch etwas Interessantes.«

Auf dem Weg zur Station bemerkte der Pfleger beiläufig, wie attraktiv Daniels Freundin sei, und als er auch noch Anzüglichkeiten von sich gab, knirschte Daniel mit den

Zähnen. Er war erleichtert, als sie endlich auf die Röntgenstation gelangten und ein sachlicher Radiologe den mitteilsamen Pfleger ablöste.

Kirri hatte Daniels Gesicht studiert, als sie auf der Intensivstation an seinem Bett saß. In seiner Bewusstlosigkeit wirkte er nicht mehr gereizt und für einen Mann seiner Statur sogar seltsam verletzlich. Und da hatte sie begonnen, sich zu entspannen.

Als die Trage jedoch zurück auf die Station gerollt wurde, sah sie gleich, dass der Amerikaner wütend war. Er wechselte wieder von der Trage ins Bett, und sie erkannte, was der Grund für seine schlechte Laune war, da der Pfleger immer noch ohne Unterbrechung auf ihn einredete, was bei Daniels Gehirnerschütterung schwer zu ertragen sein musste.

Der Pfleger verschwand, und Daniel seufzte erleichtert. Kirri gab sich alle Mühe, nicht zu grinsen, als Daniel sie jedoch ansah, verzog er den Mund zu einem schiefen Lächeln, das ihr die Kehle zuschnürte. Es war das Lächeln eines Mannes, der selten Belustigung zeigte, und in ihr stieg der Wunsch auf, ihn zum Lachen zu bringen.

»Ein Wunder, dass sie die Patienten nicht gegen den Mann impfen«, bemerkte sie und nickte dabei in Richtung des davonschlendernden Pflegers. Wieder zuckten seine Mundwinkel, und Kirri verspürte zu ihrer Überraschung eine Woge der Lust. Daniels Augen verengten sich, als hätte er ihre Reaktion wahrgenommen. Brennende Hitze stieg ihr in die Wangen, als sie sah, dass ihr eigenes Verlangen sich in seinem Blick spiegelte. Dann runzelte er vor Schmerzen das Gesicht und ließ sich kraftlos auf das Kissen zurücksinken.

»Alles in Ordnung?« Der Arzt war an sein Bett getreten.

Daniel wollte nicken, überlegte es sich dann aber anders. »Ja. Ich brauche nur etwas gegen meine Kopfschmerzen, dann sehe ich zu, dass ich von hier verschwinde.«

»Morgen vielleicht, Mr. Brand. Ich habe mir gerade Ihre Röntgenbilder angesehen, und es scheint nichts gebrochen zu sein. Trotzdem waren sie mindestens 20 Minuten lang ohne Bewusstsein, und wir würden Sie gerne über Nacht zur Beobachtung dabehalten.«

»Ich bin sicher, Sie können das Bett für dringendere Fälle brauchen, Doktor. Wenn Sie mir nur ein paar Schmerztabletten geben, kann meine Bekannte mich nach Hause fahren.« Er warf Kirri einen fragenden Blick zu. »Wie sind Sie eigentlich hergekommen?«

»Mit dem Auto.«

»Gut. Ich wohne ganz in der Nähe der Galerie. Würde es Ihnen sehr viel ausmachen, mich auf dem Rückweg abzusetzen?«

»Aber die Polizei wollte Sie verhören, sobald Sie wieder zu sich gekommen sind.«

Bockig runzelte er die Stirn. »Ich rufe sie an und gebe ihnen durch, wo ich wohne. Sie können dorthin kommen. Oder ich gehe auf die Wache.«

»Danke fürs Mitnehmen, Kirri.«

Daniel rutschte nervös auf dem harten Sitz des Vans hin und her und versuchte, beiläufig zu klingen, beobachtete jedoch sehr genau das Gesicht seiner Fahrerin, die konzentriert durch den dichten Verkehr manövrierte. »Warum sind Sie ins Krankenhaus gekommen?«

Auch wenn ihm das zornige Aufflackern in ihren Augen entgangen wäre, brachte ihr Tonfall deutlich zum Ausdruck, dass er sie mit seiner Frage beleidigt hatte.

»Hätten Sie für mich nicht dasselbe getan?«

Früher wäre er ihr bis ans Ende der Welt gefolgt, so sehr hatte er sie geliebt, aber ihr Verrat hatte ihn tief getroffen. Sie warf ihm einen Seitenblick zu, die Stirn leicht gerunzelt. Wieder fragte er sich, ob sie ihn tatsächlich vergessen hatte. Wenn ja, war es eine bemerkenswert menschenfreundliche Geste ihrerseits gewesen, ihn in die Klinik zu begleiten. Der Gedanke wärmte ihm das Herz und wirkte sich entsprechend auf seine Antwort aus.

»Wenn *Sie* meine Hilfe brauchten, ja, sicher.«

Die Betonung in seiner Stimme ließ Kirri leicht zögern, ehe sie ihre Beweggründe erklärte. »Sie sagten, Sie wären alleine hier. Und ich wusste nicht, wie schwer Sie verletzt waren.« Sie zuckte die Achseln, als wollte sie ihr Interesse an ihm relativieren. »Ich konnte doch einen ausländischen Gast in einer solchen Situation nicht sich selbst überlassen. Das hätte doch unser Image als gastfreundliches Urlaubsland ruiniert.«

Ihre ironische Bemerkung ärgerte ihn. Sein Kopf fühlte sich an, als steckte sein Schädel in einer Schraubzwinge, was auch nicht dazu beitrug, seine Laune zu heben. Misstrauen nagte an ihm. Er war von Natur aus ein ruhiger, ausgeglichener Typ, aber die vergangenen beiden Jahre hatten seine Geduld auf eine harte Probe gestellt.

»War das der einzige Grund?«

Sie ließ sich so lange Zeit, dass er schon glaubte, sie würde gar nicht mehr antworten. Als sie es schließlich doch tat, war er überrascht, wie ernst ihre Stimme klang. »Ich weiß, was es heißt, allein in einer fremden Stadt auf Hilfe angewiesen zu sein.«

Er horchte auf. »Inwiefern auf Hilfe angewiesen?«

»Das ist jetzt unwichtig. Das ist lange her.« Sie schenkte ihm ein strahlendes Lächeln, und die Fröhlichkeit, die ihn damals schon so angezogen hatte, war wieder voll da. »Wir sind gleich in Noosa. Wo genau müssen Sie hin?«

»Ich wette, von hier hat man eine wunderschöne Aussicht.« Kirri bog in die Zufahrt ein, die Daniel ihr gezeigt hatte, und schaltete den Motor aus. Sie blickte auf das

Holzhaus an dem Steilhang oberhalb der Laguna Bay. »Gemietet?«

»Nein. Das Haus gehört einem Geschäftspartner. Er kommt in ein paar Tagen nach.« Langsam drehte er den Kopf, froh, dass die Übelkeit nachgelassen hatte. Kirris alter Van war sicher nicht der schnellste, aber er wusste, dass sie bewusst vorsichtig gefahren war, um ihm Erschütterungen und heftige Bewegungen möglichst zu ersparen. »Kommen Sie doch mit rein und machen sich selbst ein Bild von der Aussicht.«

Müdigkeit spiegelte sich in ihren hellen Augen. Einen Moment glaubte er schon, sie würde ablehnen, aber dann erhellten sich ihre Züge. »Ich könnte einen Kaffee kochen und mich davon überzeugen, dass Sie allein zurechtkommen.«

Er öffnete die Beifahrertür. »Das wäre sehr nett.«

Und das stimmte. Das würde ihm den Weg zur Galerie am nächsten Tag ersparen. Er hatte am Flughafen bereits einen Wagen gemietet, aber in der beliebtesten Straße der Sunshine Coast einen freien Parkplatz zu finden war zum Scheitern verurteilt; Frust hatte er an diesem Tag schon genug gehabt. Und wenn es seinem Kopf morgen nicht besser ging, wäre er auch nicht in der Lage, sich darauf zu konzentrieren, auf der »falschen« Straßenseite zu fahren.

Als sie das Wohnzimmer betrat, pfiff Kirri bewundernd. Bunte Kissen mit Seemotiven lagen auf einem weißen Ledersofa verteilt und bildeten einen hübschen Kontrast zum Parkettboden und der Holzwand, die die Küche vom Wohnraum trennte. Sie fuhr mit der Hand über eine große Holzplastik, die drei durch Korallen schwimmende Riff-Fische darstellte. Sie waren aus einem Stück geschnitzt, und die Detailtreue war beeindruckend.

»Ein Nobby Clark«, sagte sie beinahe ehrfürchtig. »Der Mann ist ein Genie im Umgang mit Holz.« Und dieses kleine Prachtstück dürfte ein paar Tausend Dollar gekostet haben, fügte sie in Gedanken hinzu. Sie sah sich um. »Wo ist die Küche?«

Das Haus hatte einen rechteckigen Grundriss mit einer offenen Wohnfläche und einer breiten Fensterfront zu einer breiten überdachten Veranda mit Blick auf die Bucht. Daniel ging voran in die Küche, und Kirri sah, dass dieser Raum ebenfalls mit einer Fensterfront zum Meer und zur Veranda hin versehen war. Obgleich im etwas tiefer am Hang liegenden Garten Eukalyptusbäume standen, verdeckten diese nicht den Blick über das türkisfarbene Wasser.

»Der Kaffee steht im Schrank.«

Daniels Stimme war ganz dicht an ihrem Ohr und jagte ihr einen Schauer über den Rücken. Zum Teufel mit dem Kerl, er machte sie ganz nervös, und dabei war sie sich immer noch nicht im Klaren darüber, warum sie ihn überhaupt so anziehend fand. Er füllte den elektrischen Wasserkocher, nahm zwei Tassen aus einem Schrank und stellte diese auf die Arbeitsplatte. Kirri nahm die Kaffeedose aus dem Vorratsschrank und häufte ein paar Löffel in den Filteraufsatz, den sie auf die eine Tasse stellte. Anschließend gab sie einen Teebeutel in die andere. Wenige Minuten später erfüllte das Aroma frisch gebrühten Kaffees die Küche. Kirri goss heißes Wasser in die Tasse mit dem Teebeutel, nahm Milch aus dem Kühlschrank, schenkte sich etwas davon ein und blickte dann fragend auf Daniel. Er nickte, und sie gab etwas Milch in seinen Kaffee. Daniel häufte einen Löffel Zucker in ihre Tasse und anderthalb in seine.

»Woher wissen Sie, wie viel Zucker ich in den Tee nehme?«

Seine Lippen verzogen sich zu einem Lächeln, das seine Augen nicht erreichte. »Ich habe geraten.«

Sie lächelte zurück, aber eine undefinierbare Unruhe verursachte ihr ein flaues Gefühl in der Magengegend.

Sie setzten sich auf die Veranda und blickten über das ruhige Wasser der Bucht. Die Hitze des Kaffees löste die Anspannung in Daniels Bauch, änderte jedoch nur wenig an den hämmernden Kopfschmerzen. Er hoffte, dass die Wirkung der Schmerztabletten, die der Arzt im Krankenhaus ihm gegeben hatte, bald einsetzte; sonst würde er sich schwer tun, die Fragen zu formulieren, die er Kirri stellen wollte. Schließlich fasste er sich ein Herz.

»Erzählen Sie mir von Ihrer Tochter.« Sein Blick ruhte auf ihr, und so registrierte er den Schauer, der sie durchlief. Sie steckte sich die widerspenstigen Locken hinter das Ohr, ehe sie antwortete.

»Catelyn? Sie ist ein kleines Ungeheuer.« Kirri musste wider Willen lächeln. »Sie ist ungeduldig und unglaublich neugierig. Und sie ist das niedlichste kleine Mädchen, das man sich nur vorstellen kann. Niemand kann ihrem Charme widerstehen, und ihre Großeltern hat sie längst um den kleinen Finger gewickelt.«

»Wie alt ist sie?«

»Fünfzehn Monate.«

Daniels Finger schlossen sich fester um die Tasse, aber nach außen hin blieb er auf dem Terrassenstuhl völlig gelassen. Seine Gedanken überschlugen sich, und er rechnete hastig. Beinahe hätte er laut aufgestöhnt, als bei seinen Berechnungen herauskam, was er bereits vermutet hatte. Wenn er sich schon gewundert hatte, wie Kirri ihn vergessen haben konnte, war dies nichts verglichen mit dem furchtbaren Gefühl, verraten worden zu sein, das sich jetzt seiner bemächtigte. Aber sie schien sich ehrlich nicht an ihn zu erinnern. War das alles nur Theater? Wollte sie ihn für dumm verkaufen?

Es kostete ihn große Willenskraft, beiläufig zu klingen. »Ist ihr Vater auch so vernarrt in sie?«

Sie zuckte zusammen, als hätte er sie geschlagen. Ihre

Hände zitterten, als sie abrupt aufstand. Als sie sich ihm zuwandte, lag ein strahlendes Lächeln auf ihrem Gesicht. Zu strahlend.

»Ich fahre jetzt besser zurück zur Galerie. Jenny ist ganz alleine.«

Daniel hatte das Gefühl, dass sie sehr darauf achtete, ihm bloß nicht zu nahe zu kommen, als sie an ihm vorbeiging. Er hasste ihre steife Haltung, als würde sie innerlich gegen irgendwelche Dämonen ankämpfen. Die kantigen Bewegungen wirkten völlig anders als die geschmeidige sinnliche Anmut, an die er sich von damals erinnerte.

Ganz langsam hievte er seinen schmerzenden Körper aus dem Stuhl. Schwindel überkam ihn, und er griff nach dem Verandageländer. Als seine linke Hand sich eben um die Brüstung legte, schlang Kirri ihm den Arm um die Taille und stützte ihn. Er schloss die Augen. Ihre Wärme und ihr Duft hüllten ihn ein. Für einen Moment fühlte er sich zurückversetzt an einen lauen Herbsttag, spürte das Vibrieren von Bootsmotoren durch das Deck unter seinen Füßen, und Kirri ... die frische New-Orleans-Brise spielte mit ihrem langen roten Haar, und ihre hellblauen Augen waren wie verschleiert von Liebe und Verlangen, als sie sich an ihn schmiegte ...

»Daniel, sind Sie in Ordnung?« Sie schüttelte leicht seinen Arm. Er schlug die Augen auf, und erst jetzt wurde ihm bewusst, dass er sie an sich gezogen und den Kopf geneigt hatte, um sie zu küssen, endlich wieder die Süße ihrer Lippen zu schmecken ...

Er ließ die Hand sinken, packte mit der anderen das Geländer fester und tat einen zittrigen Atemzug. Er hätte nie für möglich gehalten, bei den höllischen Kopf- und Gliederschmerzen Lust verspüren zu können, aber die Hitze in seinen Lenden belehrte ihn eines Besseren.

»Nur etwas schwindlig«, brummte er und wandte sich

von ihr ab. Himmel, seine Gefühle waren in hellem Aufruhr. Dass er wütend auf sie war, weil sie ihn seinerzeit so schäbig behandelt hatte, tat seinem Verlangen nach ihr offenbar keinen Abbruch, es war ebenso unkontrollierbar wie der Schmerz, der an seinem Herzen nagte. Und im Augenblick fühlte er sich weder dem einen noch dem anderen gewachsen.

»Ich lege mich jetzt besser hin.« Er warf ihr einen Blick zu, und der besorgte Ausdruck in ihren Augen verwirrte ihn. Wie konnte sie sich so um sein Wohlergehen sorgen, nachdem sie ihn vor zwei Jahren so eiskalt abserviert hatte? Irgendetwas stimmte hier nicht, ganz und gar nicht, aber er war einfach nicht in der Verfassung für ein ernstes Gespräch.

»Kommen Sie allein zurecht?« Sie hob halb die Hand und ließ sie dann wieder fallen.

Er nickte. »Ich habe noch ein paar von den Schmerztabletten.«

»Und wenn Ihr Zustand sich im Laufe der Nacht verschlechtert?«

»Dann muss ich eben den Notruf wählen. Dreimal die Null, richtig?«

Kirri nickte und kehrte zurück in die Küche. »Ich schreibe Ihnen für alle Fälle meine Handynummer auf den Block neben dem Telefon in der Küche«, sagte sie über die Schulter. »Falls Sie etwas brauchen, rufen Sie mich an.«

Daniel sah, wie sie in der Küche verschwand und Sekunden später das Wohnzimmer betrat. »Ich finde alleine raus. Ich rufe morgen an, um zu hören, wie es Ihnen geht.«

Die Haustür fiel ins Schloss, und er war allein. Er war seit vielen Monaten allein, aber in diesem Moment spürte er die Einsamkeit besonders schmerzlich. Und nach all der Zeit erkannte er endlich, dass es ihm wie zuvor schon seinem Vater bestimmt war, in seinem Leben nur eine einzige Frau zu lieben.

Und diese Frau schien sich nicht einmal mehr an ihn zu erinnern.

Kapitel 3

Kirri versuchte, das Unbehagen abzuschütteln, das sie nicht mehr losließ, seit Daniel Brand am Nachmittag ihre Galerie betreten hatte. Der Mann war verdammt attraktiv, daran war nicht zu rütteln, aber die Gefühle, die sie in seinen Augen gelesen hatte, waren beinahe Furcht einflößend gewesen in ihrer Intensität.

Sie schloss die Hintertür der Galerie ab und ließ den Schlüssel in ihre Umhängetasche gleiten. Minuten später war sie bei ihrem Van. Der Betrieb in den Straßen von Noosa schien nie abzunehmen; jetzt am vergleichsweise kühlen Abend war sogar noch mehr los als während der regulären Ladenöffnungszeiten. Tief gebräunte Surfer mit Gummisandalen an den Füßen teilten sich die Bürgersteige mit Frauen mittleren Alters in topmodischen Designer-Outfits.

Fußgänger liefen über die Straße und behinderten den Verkehr im Umkreis der Parkplätze, sodass das Weiterkommen das reinste Geduldsspiel war. Kirri lächelte. In Cairns herrschte die gleiche Urlaubsatmosphäre. Eile grenzte an ein Verbrechen.

Vor dem Haupteinkaufszentrum stellte sie den Wagen in einer Kurzparkzone vor einer Bank ab. Sie ging zum Nachttresor und warf die Tageseinnahmen ein. Die Einnahmen waren in dieser Woche gestiegen, aber wenn sie die teure Miete und Jennys Gehalt abzog, würde es immer noch nicht genügen, um ihren Entschluss zu rechtfertigen, diese zweite Galerie zu eröffnen.

Sie nahm ihre Malerei sehr ernst, aber von der wahren Kunst allein konnten sie und ihre Tochter nicht leben, dazu waren die kommerziellen Bilder nötig, die sie in den Galerien an Touristen verkaufte, bis sie sich als Künstlerin einen Namen gemacht hatte. Und doch fragte sie sich insgeheim, ob das tatsächlich ihre einzige Motivation war.

Auf der Fahrt zu ihrer Wohnung hatte sie Gelegenheit, weiter über ihre Gründe nachzudenken, kam aber dennoch zu keinem Ergebnis. Ihr Van bog im Schneckentempo um die Ecke, und sie biss sich auf die Lippen. Die Fahrt von Cairns hierher hatte den alten Motor doch sehr strapaziert, und so langsam regten sich in ihr Zweifel, ob die Maschine dem Rückweg gewachsen sein würde.

Sie wohnte in einer Nebenstraße der Weyba Road am Rande von Noosa. Die Wohnung war nicht so exklusiv, aber Kirri war dankbar für die entsprechend niedrigere Miete. Nachdem sie Türen und Fenster geöffnet hatte, um frische Luft hereinzulassen, schlüpfte sie aus den Sandalen, fischte ihr Handy aus der Tasche und wählte eine gespeicherte Nummer aus dem Register.

Nach dem vierten Freizeichen wurde abgenommen, und Kirri fühlte sich plötzlich sehr einsam und allein, als sie die Stimme ihrer Mutter hörte. Dann hörte sie das aufgeregte »Mami, Mami, Mami« ihrer kleinen Tochter, und ihre Augen füllten sich mit Tränen. Ein Monat, ohne ihr geliebtes Kind in den Armen gehalten zu haben, ein Monat ohne den Duft ihrer weichen Babyhaut und ihre feuchten Küsse auf ihrer Wange. Auch das allabendliche Ritual eines Anrufs vermochte den Trennungsschmerz nicht zu lindern.

Als sie das Gespräch beendete, dämmerte es bereits. Sie blieb eine Weile im Dunkeln sitzen, dankbar, dass sie das schäbige Mobiliar nicht sehen musste, und malte sich aus, sie wäre daheim im O'Connor Valley und würde ihr Töchterchen knuddeln, sie in den Schlaf wiegen und ihr die dunklen Locken aus der Stirn streichen.

Unvermittelt sah sie Daniel Brands Gesicht vor ihrem geistigen Auge – sah vor sich, wie er bewusstlos im Krankenhaus gelegen hatte, sah die langen Wimpern über den blassen Wangen. Etwas an der Art, wie sein Kopf leicht schräg auf dem Kissen ruhte ... Sie schloss die Augen und versuchte, sich zu erinnern. Schwärze. Wie immer undurchdringliches Schwarz. Sie kämpfte gegen die aufsteigende Frustration und Verzweiflung an. Sie hatte geglaubt, seit Catelyns Geburt das Bedürfnis überwunden zu haben zu *wissen*. Sie hatte gedacht, endgültig akzeptieren zu können, dass dieser Abschnitt ihres Lebens unwiederbringlich verloren war. Aber dann, in letzter Zeit ...

Seufzend stand sie auf, ging zur Kochnische und schaltete das Licht ein. In wenigen Tagen würde sie wieder zu Hause sein. Ein tröstlicher Gedanke. Als sie das Gemüse für das Abendessen aus dem Kühlschrank nahm, kehrten ihre Gedanken zurück zu Daniel Brand und dem seltsamen Gefühl, das sie durchzuckt hatte, als sie ihn berührte. Ein Gefühl, das sie nicht genau definieren konnte.

Ein Gefühl, das sie gerne wieder spüren würde.

Ihr Körper war geschmeidig unter ihm, ihre Haut warm von Verlangen, die Augen glasig vom Rausch der Ekstase. Seine Hand schloss sich um eine pralle, feste Brust, und er genoss die Berührung der samtweichen Haut und der harten Knospe in seiner Handfläche. Er spürte, wie er steif wurde, wie sich tief in seinem Bauch eine Hitzespirale bildete, das Verlangen ...

Ein lästiges durchdringendes Läuten drang in sein Bewusstsein.

Frustriert kehrte er aus der Traumwelt zurück in die

Wirklichkeit. Er streckte blind einen Arm aus und tastete nach dem Telefon auf dem Nachttisch.

»Ja!«, meldete er sich barsch. »Hallo?«, fügte er hinzu, bemüht, etwas milder zu klingen.

»Daniel? Philip Weyburn. Tut mir Leid, mir ist eben erst bewusst geworden, dass bei Ihnen drüben erst sieben Uhr ist. Ich habe die Sommerzeit vergessen. Hier in Sydney haben wir schon acht. Ich bin gerade ins Büro gekommen und habe eine Nachricht von Stella vorgefunden bezüglich meines Fluges. Ich komme Freitagmorgen an der Sunshine Coast an. Können Sie mich abholen?«

Daniel setzte sich auf. Ein stechender Schmerz schoss durch seinen Schädel, und seine Glieder protestierten. Unwillkürlich entfuhr ihm ein Stöhnen.

»Daniel? Alles in Ordnung?«

»Ja. Ich hatte gestern einen kleinen Bodycheck mit einem Geländewagen, der der Meinung war, die Fahrbahn gehöre ihm allein.«

»Was sagen Sie da? Sie sind angefahren worden?«

»Gott sei Dank ist es noch einmal halbwegs gut gegangen.«

»Haben Sie den Fahrer angezeigt? Wurde der Kerl verhaftet?«

Daniel schob die Beine über die Bettkante und fragte sich, ob der Schmerz zwischen den Schenkeln so lange anhalten würde wie jener in seinen restlichen Gliedmaßen.

Er brauchte dringend eine lange heiße Dusche, eine Tasse Kaffee und etwas zu essen, und zwar genau in dieser Reihenfolge. »Nein, sie haben ihn nicht gekriegt. Ich muss heute noch auf die Wache. Philip, ich rufe später zurück, okay?«

»Klar, Mann. Passen Sie auf sich auf. Bis dann.«

Mit einem erleichterten Seufzer legte Daniel auf. Philip Weyburn war der letzte Mensch, mit dem er jetzt sprechen wollte. Als einer der Partner von Brand & Weyburn Constructions hatte Daniel beschlossen, dass es an der Zeit war, sich näher mit den Geschäften des Bauunternehmens zu befassen. Nach dem Tod von Philips Vater Jim vor zehn Tagen war Daniel dann nach Australien geflogen, und auch wenn sein jüngerer Partner ihm Leid tat wegen des Verlustes, den er erlitten hatte, empfand Daniel Philips Anbiederei als aufdringlich und lästig.

Andererseits war ihm derzeit alles lästig. Unter normalen Umständen hätte er niemals so lange geschlafen. Das musste an den Schmerztabletten liegen. Er stand auf. Wenigstens war ihm nicht mehr schwindlig. Als er die riesigen dunklen Blutergüsse an Schenkel und Hüfte begutachtete, dankte er Gott, dass alle Knochen heil geblieben waren.

Er betrat das angrenzende Bad und spürte, wie die Steifheit in seinem Bein schon etwas nachließ. Kurz entschlossen überlegte er sich, sich anstelle einer Dusche ein Sprudelbad in der Eckwanne zu gönnen, die aussah, als wäre sie auch für ihn groß genug.

Zwar wäre eine Massage wirkungsvoller gewesen, aber die Wasserstrahlen vermochten seine Gliederschmerzen doch um einiges zu mildern. Er wünschte, sie könnten ihm auch zu klareren Gedanken verhelfen. Gestern hatten seine Verletztheit und Wut auf Kirri eine klare Analyse der Situation unmöglich gemacht. Er konnte einfach nicht glauben, dass sie ihn tatsächlich nicht wieder erkannt haben sollte. Sicher, zwei Jahre waren eine lange Zeit, und sie hatten nur drei Wochen miteinander verbracht – aber was für Wochen das gewesen waren! Hatte sie so viele Liebhaber gehabt, dass er nur eine Nummer auf einer unüberschaubaren Liste war?

Verflucht! Sie konnte unmöglich eine so gute Schauspielerin sein. Sie war die ehrlichste, aufrichtigste Frau gewesen, der er je begegnet war, und das schien sie immer noch zu sein. Was also hatte das alles zu bedeuten?

Die Luftblasen um ihn herum sprudelten so wild durcheinander wie seine Gedanken. Zehn Minuten später, als er eben beschlossen hatte, zur Galerie zu laufen und mit Kirri zu sprechen, klingelte es an der Tür. Sekunden später wieder. Die Polizei wusste nicht, wo er wohnte; es konnten also keine Beamten sein, die kamen, um ihn zu befragen. Kirri? Unwahrscheinlich. Sie hatte gesagt, sie würde sich melden, aber die Kirri, die er kannte, würde so früh am Morgen nirgendwo hingehen. Für sie war auch neun noch früh gewesen.

Ärger stieg in ihm auf, als die Klingel ein drittes Mal ertönte. Er stieg aus der Wanne, trocknete sich hastig ab und schlang sich das Handtuch um die Hüften. Dann durchquerte er das Wohnzimmer und öffnete.

»Kirri!«

Er wusste selbst nicht genau, ob es am Schock lag, sie zu sehen, oder daran, wie das Seidenkleid ihre Rundungen betonte und auf seine ohnehin schon gespannte Libido wirkte, aber sein Tonfall klang so harsch, dass sie sichtlich zusammenzuckte. Leichte Röte überzog ihre Wangen.

»Ich ... Entschuldigen Sie. Offensichtlich habe ich Sie beim Duschen gestört. Ich komme später wieder.«

»Nein. Nein, nein, schon in Ordnung.« In natura war sie noch schöner als in seinen Träumen, und sein Körper sehnte sich mit einer Intensität, die ihm schier den Atem raubte, nach ihrem. »Es ist ... so früh. Ich bin nur überrascht. Kommen Sie rein.« Er zeigte in Richtung Wohnzimmer. »Nehmen Sie Platz. Ich ziehe mir nur schnell etwas an.«

Als er sich in Richtung Schlafzimmer wandte, hörte er sie scharf einatmen. Er blieb stehen und blickte zu ihr zurück. Sie starrte ihn mit großen Augen an.

»Ihr Rücken ... Die Narben ...«

»Eine Bärin.« Ein nur zu reales Déjà-vu-Gefühl überkam ihn. Sie hatten genau dieses Gespräch schon einmal geführt. »Ihr Junges hatte sich die Pfote unter einem Felsbrocken eingeklemmt. Ich hatte gerade den Fels angehoben, als die Bärin mich erwischte. Sie muss mich als Bedrohung für ihr Kleines gesehen haben.«

»Ist das Junge freigekommen?«

Das Déjà-vu war vorbei. Beim ersten Mal hatte Kirri gefragt, wie es ihm gelungen war, der wütenden Bärin zu entkommen. Jetzt lag ihr das Wohl des Jungen am Herzen. Interessant.

»Ja. Das Junge kam in eben dem Moment frei, in dem die Mutter mir den Prankenhieb versetzte.«

»Was für ein Glück.«

Daniel zuckte die Achseln. »Wenn ich nicht gewesen wäre, hätte die Bärenmutter selbst versucht, den kleinen Kerl freizubekommen.«

Kirri lächelte. »Für Sie, meinte ich. Ich nehme doch an, die Bärenmutter hat ihre Aufmerksamkeit sofort auf ihr Junges gerichtet, sonst hätten Sie sicher mehr Narben davongetragen als jene von diesem einen Prankenhieb. War es ein Grizzly?«

»Nein. In der Gegend um Seattle gibt es nur Schwarz- und Braunbären.«

»Dann haben Sie doppelt Glück gehabt. Grizzlys sind doppelt so groß und schwer.«

»Woher wissen Sie das?«

Kirris Lächeln verblasste. »Ich ... ich weiß nicht genau. Das muss ich irgendwo gelesen haben.«

Sie wandte sich der Veranda zu, aber Daniel registrierte, dass sie vorher noch die Hand hob und sich die Stelle am Halsansatz rieb.

Als er den Reißverschluss seiner Jeans schloss, fragte Daniel sich, wie Kirri wohl reagieren würde, wenn er sie fragte, warum sie ihn so sang- und klanglos verlassen hatte. Er ging hinüber ins Wohnzimmer. Sie war nicht da! Urplötzlich ergriff irrationale Furcht von ihm Besitz, Angst, die gleich darauf in grenzenlose Wut umschlug. Dann sah er sie auf der Veranda stehen, wo sie scheinbar ganz in Gedanken über die Bucht schaute. Eine Minute lang betrachtete er sie und zwang sich zur Ruhe, kämpfte mit aller Macht seine überschäumenden Emotionen nieder.

Sie musste seinen Blick gespürt haben, da sie sich unvermittelt umwandte und ihn ansah. Die Trauer und Resignation in ihren Augen überraschten ihn. Einige Sekunden, die ihm vorkamen wie Minuten, schaute sie ihn nur an, dann änderte sich ihr Gesichtsausdruck, und die alte, vertraute, Energie sprühende Kirri kam auf ihn zu. Ihr Kleid war aus hellblauer Seide mit türkisfarbenen und grünen Wirbeln darauf. So wie der fließende Stoff ihre schlanken Beine umspielte, erinnerte er ihn an Meerwasser.

»Haben Sie schon gefrühstückt?«, fragte sie. »Ich könnte Ihnen etwas kochen, wenn Sie mögen.«

Er zuckte die Achseln. »Bohnen auf Toast wären klasse.« Er wartete, dass sie ihn so wie damals mit dieser Cowboy-Mahlzeit aufzog, aber sie lächelte nur, ging in die Küche und hängte ihre Handtasche über einen Stuhl. Während er sie dabei beobachtete, wie sie in der Küche hantierte, die Dose Bohnen aus dem Schrank holte, den Wasserkessel aufsetzte und Milch und Butter aus dem Kühlschrank nahm, hatte er erneut alle Mühe, seine Gefühle unter Kontrolle zu halten.

Wie sollte er die herzlose Art, in der sie ihre Beziehung damals beendet hatte, mit der fürsorglichen, arglosen Person in Zusammenhang bringen, die sie immer noch zu sein schien? Was sie ihm angetan hatte, war unverzeihlich, aber mit jeder Minute, die er mit ihr verbrachte, fiel mehr von dem Zorn und dem Schmerz von ihm ab, die er so lange Zeit mit sich herumgetragen hatte.

»Was ist mit Ihnen? Haben *Sie* schon gefrühstückt?«, fragte er abrupt.

Sie schüttelte den Kopf, dass die roten Locken auf ihren fast nackten Schultern hüpften.

»Nein. Ich hatte heute Morgen keinen Appetit.«

»Du hast ...« Er brach ab, wagte plötzlich nicht mehr, die Vergangenheit anzusprechen, um zu sehen, wie sie darauf reagierte. »Sie sind zu dünn«, sagte er stattdessen. »Sie sollten mehr essen.«

Das Feuer ihrer Haare griff auf ihre Augen über. »Ich bin bei bester Gesundheit, danke!«

Er hob in einer beschwichtigenden Geste die Hände. »Das war nur ein Ausdruck von Sorge und nicht als Kritik gemeint.« Er sah, wie das Feuer verblasste. »Frühstücken Sie mit mir. Ich würde mich freuen.«

»Also gut. Tut mir Leid, dass ich so heftig reagiert habe. Ich habe eine Großmutter, die mich ständig mästen will, und darum bin ich auf diesem Gebiet etwas empfindlich. Das mit dem ›Du‹ war übrigens okay.«

Sie gaben einander lächelnd die Hand, derweil Daniel sich die Frage verkniff, ob ihr Lebensgefährte sie auch zu dünn fand. Er brachte die Worte einfach nicht über die Lippen. Und so nahm er stattdessen das Besteck aus der Schublade und deckte den Tisch auf der Veranda.

Kirri beobachtete Daniel beim Essen. Sie wusste selbst nicht genau, was sie veranlasst hatte, ihn so früh am Morgen zu besuchen. Ihre Sorge um ihn war nur ein Teil ihrer Beweggründe. Jetzt gestand sie sich ein, dass sie sich unwiderstehlich zu ihm hingezogen fühlte. Die intensiven Schwingungen, die sie in seiner Gegenwart empfing, faszinierten sie und weckten in ihr das Bedürfnis, mehr über ihn zu erfahren.

»Wie lange sind Sie schon in Australien, Daniel?«

Er kaute den letzten Bissen Toast zu Ende, ehe er antwortete. »Eine Woche. Ein Geschäftspartner in Sydney ist an einem Herzinfarkt gestorben, und ich bin zur Beerdigung hergeflogen.«

»Waren Sie ... wart ihr enge Freunde?«

»Nein. Ich bin ihm nur ein paar Mal begegnet, wenn er in Seattle war. Er war mehr ein Freund meines Vaters.«

»Ist dein Vater mitgekommen?«

»Mein Vater lebt nicht mehr.«

Daniel schaute sie an, als erwarte er eine bestimmte Reaktion von ihr, aber Kirri wusste beim besten Willen nicht, was sie sagen sollte. Nach einer kurzen Pause fuhr er fort.

»Jim Weyburn und mein Vater waren Partner eines Bauunternehmens mit Sitz in Sydney. Beim Tod meines Vaters ging sein Firmenanteil in meinen Besitz über. Jetzt, da Jim tot ist, wird sein Anteil an seinen Sohn Philip übergehen. Ich bin ebenso hergekommen, um ihn kennen zu lernen, wie um am Begräbnis seines Vaters teilzunehmen.«

»Dann haben Sie jetzt Urlaub.«

»Gewissermaßen.« Daniel seufzte. Und Kirri hatte das sichere Gefühl, dass er es vorgezogen hätte, ihre Frage einfach mit »Ja« zu beantworten. »Jims Tod scheint Philip ein bisschen in Panik versetzt zu haben. Ich dachte mir, ich schaue mir mal die Firmenbücher an, wo ich schon mal hier bin, aber er hält mich hin. Er behauptet, er brauchte etwas Zeit, um die Angelegenheiten seines Vaters zu regeln und sich um seine Mutter zu kümmern. Vor zwei Tagen hat er mir dann dieses Ferienhaus angeboten, das seiner Familie gehört, damit ich etwas Urlaub machen kann, bis er so weit ist.«

Eine Elster landete auf dem Verandageländer und betrachtete sie mit geneigtem Kopf. Kirri brach ein Stück von der Rinde ihres Toasts ab und legte es auf das Geländer.

Vorsichtig hüpfte der Vogel näher und pickte dann gierig nach dem Leckerbissen.

Als sie wieder nach vorne schaute, sah sie, dass Daniel sie mit einem sonderbaren Gesichtsausdruck anstarrte. »Bist du ... Hast du Familie in Seattle?« Sie ohrfeigte sich in Gedanken. Fast hätte sie gefragt, ob er verheiratet war. Plötzlich war es ihr sehr wichtig, das zu wissen, aber sie wollte nicht den Eindruck erwecken, sich übermäßig für sein Privatleben zu interessieren. Trotzdem fühlte sie, wie verräterische Hitze in ihre Wangen stieg.

»Nein.« Daniel sah sie an, als wäre es ihm wichtig, dass sie das wusste. »Meine einzigen Verwandten sind die Eltern meiner Mutter, und die leben auf einer Ranch in Wyoming. Mein Großvater leitet den Betrieb für einen pensionierten Rancher.«

»Bist du schon immer im Baugewerbe gewesen?« Kaum hatte sie die Worte ausgesprochen, wurde Kirri bewusst, wie viele Fragen sie bereits gestellt hatte. Für gewöhnlich war sie nicht so neugierig, aber ... Sie biss sich auf die Unterlippe. Die Anziehung, die dieser Mann auf sie ausübte, war verblüffend, nicht nur, weil sie etwas Neues für sie war, sondern auch aufgrund ihrer Intensität. Sie musste einfach mehr über ihn wissen.

»Bis zum Tod meines Vaters war ich Ranger in einem Nationalpark.« Verdammt, nicht einmal das schien eine Erinnerung bei ihr wachzurufen. Langsam kam er sich vor wie in einem dieser Science-Fiction-Filme, in denen Menschen in Parallelwelten gerieten. Daniel hatte vorher schon Kopfschmerzen gehabt, aber jetzt wurde das Pochen und Hämmern schier unerträglich. »Mein Vater besaß ein Holz- und ein Bauunternehmen und hatte immer schon gehofft, ich würde eines Tages in seine Fußstapfen treten. Deshalb hat er auch noch zu Lebzeiten darauf bestanden, mich in allem zu unterweisen.«

Kirri lächelte. »Ranger setzen sich für den Erhalt der Natur ein, und Holzhändler fällen Bäume. Das muss eine ziemliche Umstellung für dich gewesen sein.«

»Anfangs schon, ja. Meine Großeltern sind sehr naturverbunden und haben diese Eigenschaft an mich weitergegeben. Ich wollte mich schon immer lieber für den Erhalt der Wälder einsetzen, als sie zu zerstören. Bis zur Übernahme der Firmen meines Vaters war mir gar nicht bewusst, wie strikt er sich an alle Auflagen gehalten hat.«

Daniel sah seinen Vater vor sich, wie er in einem Schlamm bespritzten karierten Hemd und Jeans die Bäume inspizierte, die seine Männer fällen sollten. Bis heute fiel es ihm schwer zu glauben, dass dieser kraftvolle, Energie sprühende Mann, der ihn zum Campen und Fischen mitgenommen hatte, nicht mehr lebte. Erst beim Tod seines Vaters war Daniel bewusst geworden, dass dieser seine Sorge um die Umwelt geteilt hatte. Sein Vater hatte das Land geachtet und nahm nie mehr, als es verkraften konnte.

Kirri schaute auf die Uhr. Daniel folgte ihrem Blick. Silbernes Gliederarmband und schlichtes Zifferblatt. Die Uhr einer Geschäftsfrau. Nicht das verspielte, teure Schmuckstück, das sie in New Orleans getragen hatte. Hatte ihr Lebensgefährte ihr diese neue Uhr geschenkt? Eifersucht ergriff von ihm Besitz, und er glaubte, sein Schädel würde zerspringen.

»Ich fahre jetzt besser. Ich muss in die Galerie. Jenny könnte ...« Kirri musterte ihn stirnrunzelnd. »Daniel, bist du in Ordnung?«

»Nur heftige Kopfschmerzen«, murmelte er und fragte sich, wie er mit dem emotionalen Stress umgehen sollte, sie zur Rede zu stellen. Er beschloss, die Aussprache auf einen späteren Zeitpunkt zu verschieben. Wenn er mit der Polizei gesprochen hatte. »Könntest du mich bei der Polizei absetzen? Ich fürchte, in meinem Zustand wäre ich am Steuer eine Gefahr für die Allgemeinheit.«

»Gern.« Das Lächeln, das sie ihm schenkte, war umwerfend in seiner aufrichtigen Fürsorglichkeit und dem Wunsch zu gefallen. Wieder fühlte er Verwirrung und Zorn.

»Du Idiot!«, zischte die Stimme durch Brett Lewis' Handy. »Du bist wirklich zu nichts nutze!«

»Aber ...«

»Wie bist du nur auf die Idee gekommen, du würdest mit einem solchen Anschlag durchkommen?«

»Das war eine spontane Idee. Als ich ihn die Straße überqueren sah und der Typ den Pajero mit laufendem Motor stehen ließ ...«

»Vermutlich hat man dich gesehen!«

»Ich hatte Schirmmütze und Sonnenbrille auf und ein Handtuch um den Hals. Ich habe ausgesehen wie einer von hundert Surfern.«

»Diese Frau, die ihn vom Krankenhaus nach Hause gefahren hat, weißt du, wer das ist?«

Brett fuhr sich mit der Hand durch das glänzende schwarze Haar. »Nein. Aber sie ist heute Morgen wieder bei ihm aufgekreuzt. Ist das wichtig?«

»Natürlich ist es das! Wir müssen alles wissen, was er macht, mit wem er Kontakt hat. Wir müssen alles auf das Sorgfältigste planen. Nur für den Fall, dass du es vergessen haben solltest«, sagte die vor Sarkasmus triefende Stimme: »Es muss aussehen wie ein Unfall.«

Brett zwang sich, sich zu beherrschen. Er hatte es längst aufgegeben, sich gegen die Hiebe wehren zu wollen, die auf seine Psyche niederprasselten. Schweigen war die einzige Waffe, die er je zu seinem Schutz einzusetzen gelernt hatte.

Schließlich füllte ein tiefes Seufzen die hallende Stille in der Leitung. »Halt dich diesmal einfach an den ursprünglichen Plan. Du hältst den Schlüssel in Händen. Tu einfach, was ich dir gesagt habe.«

Ein Klicken in der Leitung beendete das Gespräch. Brett warf das Telefon auf den Beifahrersitz. Er hatte es sich schon vor langer Zeit abgewöhnt, Lob zu erwarten; die Herablassung, mit der man ihm begegnete, machte ihn aber trotzdem wütend. Erfüllt von unterdrücktem Zorn machte er es sich auf dem Sitz bequem und beobachtete wieder die Haustür von Daniel Brands Haus.

Kapitel 4

Tut mir Leid. Ich wusste nicht, dass die Polizeiwache so weit weg ist vom Zentrum. Ich dachte, ich könnte zurücklaufen«, sagte Daniel, als Kirri vor dem Gebäude hielt. Sie waren erst auf dem Revier in der Hastings Street gewesen, aber dort hatte man ihnen erklärt, dass Daniel seine Aussage auf der Hauptwache machen müsse.

»Kein Problem«, versicherte sie ihm. »Ich muss auch noch meine Aussage zu Protokoll geben. Ich habe ihnen zwar schon alles gesagt, was ich gesehen habe – was nicht allzu hilfreich war, fürchte ich –, aber sie meinten, ich solle trotzdem nochmal vorbeikommen.«

»Hast du erkennen können, wer am Steuer saß?«

Kirri schüttelte den Kopf. »Nicht richtig. Die Scheiben waren dunkel getönt. Aber ich konnte ihn kurz im Profil sehen. Ich dachte, du hättest vielleicht einen besseren Blick auf ihn gehabt.«

»Ihn?«

»Es sah aus, als würde der Fahrer kein Oberteil tragen, also gehe ich davon aus, dass es ein Mann war.«

»Na, das ist immerhin mehr, als ich wahrgenommen habe.« Daniel, der gerade die Beifahrertür öffnen wollte, hielt mitten in der Bewegung inne. »Ich war in Gedanken.« Er war sicher, dass seine Betonung des Satzes sie dazu veranlassen würde nachzuhaken, aber sie lächelte nur höflich und öffnete die Tür auf ihrer Seite.

Auf der Rückfahrt nach Noosa war Daniel so still, dass Kirri sich Sorgen machte. Die Polizei hatte ihnen eröffnet, dass man den Geländewagen verlassen auf einem Parkplatz am Ende der Hastings Street gefunden habe, aber keine Zeugen gefunden werden konnten, die den Fahrer hätten beschreiben können – und er hatte auch keine Fingerabdrücke hinterlassen. Obwohl Daniel diese Neuigkeit offenbar akzeptiert hatte, wirkte er bedrückt. Vielleicht hatte er auch nur Schmerzen.

Kirri hoffte, dass er das Krankenhaus nicht voreilig verlassen hatte. Was, wenn sich ein Blutgerinnsel gebildet hatte? Was, wenn ... Sie schüttelte den Kopf. Warum machte sie sich solche Sorgen um jemanden, der kaum mehr als ein Fremder für sie war?

»Darf ich dich zum Mittagessen einladen?« Daniels Stimme riss sie aus ihren Gedanken. Sie warf ihm einen Seitenblick zu. Er wirkte trotz der Sonnenbräune blass.

»Mir ist klar, dass du in die Galerie musst«, fuhr er fort. »Aber wenn du nicht allzu viel zu tun hast ...«

Kirri schluckte ihre Ablehnung herunter. Sein Blick hatte etwas Verzweifeltes, etwas, das sie an das schmerzende Gefühl des Verlustes erinnerte, das sie manchmal überkam, und so nickte sie stattdessen. »In Ordnung. Bist du ganz sicher, dass du nicht lieber nach Hause möchtest?«

»Ganz sicher. Ich warte am Strand, bis du fertig bist.«

Sie fand einen Parkplatz, und sie gingen zu Fuß zur Galerie. Sie verabredeten, dass er sie um zwölf abholen würde, und Daniel brach auf in Richtung Strand. Sie blickte ihm nach, als er langsam den Bürgersteig hinunterging, registrierte die Konturen der muskulösen Schenkel unter den Jeans und war wieder verblüfft von dem brennenden Verlangen, das sie durchströmte.

Brett schaute auf die Uhr. Es war eine Viertelstunde her, dass er beobachtet hatte, wie Daniel Brand sich von der Frau verabschiedete und zum Strand ging. Fünfzehn Minuten, in denen er zu Daniels Haus gefahren war und sich mit dem Schlüssel, der ihm ausgehändigt worden war, Zutritt verschafft hatte.

Er sah sich im Wohnzimmer um und anschließend in der Küche. Er öffnete die Tür zum Vorratsschrank, ließ den Blick über die Fächer schweifen, nahm dann eine Plastikflasche heraus und schraubte diese auf. Dann nahm er aus der Tüte, die er mitgebracht hatte, eine andere Plastikflasche und füllte den halben Inhalt in jene aus dem Vorratsschrank, die er hinterher wieder exakt so platzierte, wie sie zuvor gestanden hatte.

Er brauchte nur wenige Sekunden, bis er Daniels Schlafzimmer gefunden hatte.

Eine Minute später schlüpfte er wieder aus dem Haus und schlenderte lässig davon.

Obwohl die Galerie gut besucht war, kaufte niemand etwas. Als Kirri Jenny eröffnete, dass sie zum Mittagessen verabredet sei, meinte diese, sie solle sich ruhig zwei Stunden Zeit lassen.

»Du brauchst mal eine Pause, Kirri«, sagte Jenny sichtlich besorgt um ihre Freundin. »Du hast seit der Eröffnung rund um die Uhr geschuftet.« Dann veränderte sich ihre Miene, und kleine Fältchen erschienen um ihre Augen, als sie lächelte. »Deine Verabredung ist nicht zufällig dieses Prachtexemplar von einem Mannsbild, dem du gestern ins Krankenhaus nachgefahren bist, oder?«

»Wir essen gemeinsam zu Mittag, das ist alles.«

»Das wird dir gut tun. Du hast schon viel zu lange gelebt wie ein Mönch ...«

»Wenn schon, dann wie eine Nonne, Jenny«, verbesserte Kirri ihre jüngere Cousine lächelnd.

»Egal. Nimm dir so viel Zeit, wie du willst. Ich werde ja auch alleine zurechtkommen müssen, wenn du zur Hochzeit nach Cairns zurückfährst. Wird also Zeit, dass ich mich daran gewöhne.«

Jenny hatte Recht. Kirri umarmte die junge Frau voller Zuneigung. »Dann überlasse ich dich jetzt dir selbst. Daniel sah nicht gut aus, als er zum Strand ging, ich werde also lieber eine Kleinigkeit im Delikatessenladen besorgen und ihm etwas kochen. Das ist ihm bestimmt lieber als ein lautes Restaurant.«

Als Daniel zurückkam, stellte Kirri erleichtert fest, dass er wieder etwas mehr Farbe im Gesicht hatte.

»Magst du Hühnchen?«, fragte sie und erklärte auf seinen verständnislosen Blick hin, dass sie Honig und in Sojasoße eingelegte Chicken Wings zum Mittagessen besorgt habe.

»Ich würde dich aber gerne einladen, Kirri«, entgegnete er stirnrunzelnd. »Ich kann es mir leisten.«

Kirri zögerte und fürchtete, sie hätte ihn beleidigt. »Ich dachte nur, dir wäre nicht danach, in einer lauten Umgebung zu essen. Du hast vorhin ausgesehen, als könntest du etwas Ruhe brauchen.«

»Da könntest du Recht haben«, sagte er lächelnd. »Danke.«

Als sie in seiner Küche gemeinsam das Mittagessen zubereiteten, hatte Kirri wieder dieses sonderbare Gefühl von Vertrautheit. Sie hatte ein kleines Päckchen Duftreis gekauft und dazu einen Beutel gemischtes chinesisches Gemüse, und so dauerte es nicht lange, bis das Aroma des Brathuhns sich mit süßem Jasminduft und dem Geruch orientalischer Gewürze vermischte.

Daniel hatte den Tisch draußen auf der Veranda gedeckt, und eine angenehme Brise milderte die Mittagshitze und raschelte im Laub der Eukalyptusbäume. Zu ihrer eigenen Überraschung war sie hungrig und langte kräftig zu. Sie aß mehr als sonst tagsüber. Seit sie weg war aus Cairns hatte sie so gut wie nie für sich alleine gekocht. Jennys Mutter hatte sie ab und an zum Essen eingeladen, aber meistens hatte Kirri sich nur ein Fertiggericht aufgewärmt oder sich mit einem Sandwich oder etwas Obst beim Malen begnügt.

Daniel war beim Essen mit den Gedanken ganz woanders. Er war erst am Strand spazieren gegangen und hatte sich anschließend in den Schatten gesetzt und in die Brandung gestarrt, um die Zeit bis zwölf Uhr mittags totzuschlagen. Ein Kaleidoskop von Gefühlen hatte sein Innerstes nach außen gekehrt, bis er erneut Kopfschmerzen bekommen hatte von dem sinnlosen Unterfangen, aus diesem Chaos schlau werden zu wollen. Jetzt lehnte er sich zurück und sah zu, wie Kirri zu Ende aß. Er beobachtete, wie sie das Fleisch von den Knochen nagte, anmutig, aber auch mit gesundem Appetit. Einmal hatte sie ihn in gleicher Art mit den Zähnen bearbeitet, die Berührung so vorsichtig und genießerisch wie jetzt. Er fühlte, wie sich bei der Erinnerung sein Verlangen regte.

In diesem Moment begann eine ganz leichte Vibration wie ein lautloses Summen in seinem Hals. Das Kribbeln nahm zu, weitete sich auf die Schleimhäute von Mund und Nase aus, die anfingen anzuschwellen. Das Atmen fiel ihm mit jeder Sekunde schwerer. Schockiert erkannte er die Symptome wieder.

Ein anaphylaktischer Schock.

Die letzte allergische Reaktion dieser Art lag so lange zurück, dass er fast nicht glauben konnte, was mit ihm passierte.

»Daniel? Was ist mit dir?« Kirri starrte ihn besorgt und

sichtlich irritiert an. Er schüttelte den Kopf und stand schwankend auf. Schon wurde ihm schwindlig vom Sauerstoffmangel. Wenn es ihm nicht gelang, die Reaktion zu stoppen, würde sein Hals zuschwellen, bis seine Atemwege komplett undurchlässig waren und er erstickte.

Er lief ins angrenzende Bad, schnappte sich seinen Kulturbeutel und riss den Reißverschluss auf. Als er in den Beutel griff, sah er gleich, dass die Adrenalinspritze, die er für den Notfall immer bei sich hatte, fehlte.

Panik stieg in ihm auf. Er zwang sich zur Ruhe und schaute noch einmal genau nach, aber das Gegenmittel war definitiv weg. Er erinnerte sich, es im Hotel in Sydney noch gesehen zu haben. Hatte er die Einwegspritze vielleicht dort liegen lassen?

»Was ist mit dir? Bekommst du keine Luft?« Furcht schwang in Kirris Stimme mit. Sie stand in der Tür, angespannt, als warte sie auf Anweisung, was zu tun sei. »Daniel? Kann ich dir helfen?«

Er schüttelte den Kopf. Bis der Krankenwagen da war, konnte es zu spät sein. Erklärungen hätten zu viel kostbare Zeit in Anspruch genommen und dazu Sauerstoff, den zu verschwenden er sich nicht erlauben konnte. Er fuhr herum, wartete darauf, dass Schwindel und Kopfschmerzen nachließen, und ging dann an ihr vorbei ins Schlafzimmer. Hastig zog er die Schiebetür des Kleiderschranks auf, holte seinen Rucksack heraus, öffnete eine Seitentasche und nahm einen schmalen zylindrischen Behälter heraus.

Mit trotz aller Dringlichkeit ruhigen Händen griff er nach der langen dünnen Spritze und entfernte die Schutzhülle von der Kanüle. Er fluchte keuchend, als ihm bewusst wurde, dass er die Jeans noch anhatte.

Plötzlich stand Kirri vor ihm, öffnete mit fliegenden Fingern erst die Gürtelschnalle, dann Knopf und Reißverschluss seiner Hose und zog ihm die Jeans bis zu den Knien herunter.

»Intramuskulär. Am besten in den Oberschenkel.«

Er stach sich die Nadel ins Bein und drückte den Kolben herunter. Sofort fühlte er, wie das Adrenalin sich in seinem Organismus ausbreitete. Er steckte die Spritze zurück in den Zylinder und massierte die Einstichstelle, bevor er sich wieder anzog. Die Schranktür knarrte, als er sich dagegen lehnte.

Es dauerte nicht lange, bis die Schwellung zurückging und die Atemnot nachließ. Er richtete sich auf und sah, dass Kirri ihn immer noch ängstlich beobachtete.

»Du hast Recht«, krächzte er und schluckte hart. »Aber woher wusstest du das?«

»Eine Freundin von mir ist Ärztin. Ich habe sie einmal in der Notaufnahme einen Patienten mit anaphylaktischem Schock behandeln sehen.«

»Und hat deine Freundin dir auch gesagt, was zu einem solchen Schock führt?«

Kirri nickte. »Eine allergische Reaktion. Worauf bist du allergisch?«

»Erdnüsse.« Daniels Herzschlag beschleunigte sich nach dem Adrenalinstoß. Zorn stieg in ihm auf. Er hatte doch gar keine Erdnüsse gegessen ...

»Erdnüsse! Aber du hast doch gar keine ...!«

Daniel lief an ihr vorbei in die Küche, riss die Schranktür auf und nahm das Öl heraus, in dem Kirri die Chicken Wings und das Gemüse gebraten hatte. Olivenöl! Wie um alles in der Welt ...

Er wirbelte herum, als Kirri den Raum betrat. »Hast du die Zutaten der Marinade durchgelesen, in der die Chicken Wings eingelegt waren?«, fragte er.

Verständnislos schüttelte sie den Kopf. »Nein. Warum sollte ich?«

Daniel konnte sich nicht länger beherrschen. »Weil du weißt, dass ich allergisch auf Erdnüsse bin!«

Kirri hob beschwichtigend die Hände. »Daniel, woher sollte ich das wissen? Wir kennen uns erst ...«

»Weil ich es dir gesagt habe!« Bei Gott, er war lange nicht mehr so wütend gewesen!

»Und wann soll das gewesen sein?« Kirri stand ins Gesicht geschrieben, dass sie ihn für verrückt hielt. Sie wich vor ihm zurück, aber er folgte ihr.

»In New Orleans«, sagte er gepresst. »Vor zwei Jahren.«

Kirri fühlte, wie ihr das Blut aus dem Gesicht wich. Sie wankte und griff Halt suchend nach der Türzarge, während sie ungläubig zuhörte, was Daniel sonst noch zu sagen hatte.

»Wie konntest du das tun, Kirri? Wie konntest du mich einfach so verlassen, ohne eine Erklärung, ohne ein Wort zum Abschied?« Gequält fuhr er sich mit der Hand über die Stirn. »Ich dachte, du liebst mich! Du hast gesagt, dass du mich liebst! Wenn du zu dem Schluss gekommen bist, dass es ein Irrtum war, hättest du wenigstens den Anstand besitzen können, es mir zu sagen, aber du bist einfach auf und davon ...«

Schock.

Sie wusste, dass es ein Schock war. In einem fernen Winkel ihres Verstandes sagte ihr eine rationale Stimme, dass die Taubheit in den Beinen und das Gefühl der Unwirklichkeit in ihrem Kopf auf einen Schock zurückzuführen waren.

»Verdammt, Kirri! Du wolltest meine Frau werden! Warum zum Teufel ...«

Er fing sie auf, als sie kraftlos gegen die Wand fiel und in sich zusammensackte. Er hob sie auf die Arme, lief mit ihr ins Wohnzimmer und setzte sie vorsichtig auf das Sofa. Sie sank wie bewusstlos im weichen Leder ein und hielt die Augen noch eine Weile geschlossen. Als sie sie wieder öffnete, hockte Daniel vor ihr.

»Kirri?« Sein Gesichtsausdruck war weicher als vorhin. Sorgenfalten zerfurchten seine Stirn. »Tut mir Leid. Ich wollte es dir nicht so brutal an den Kopf werfen. Es ist nur so ...«

Sie schüttelte den Kopf und öffnete den Mund, brachte aber keinen Ton hervor. Sie schluckte und versuchte es nochmal.

»Seit ... zwei Jahren ... lebe ich mit der Vorstellung, möglicherweise ... vergewaltigt worden zu sein.«

Kapitel 5

Daniel verlagerte sein Gewicht nach hinten, bis seine Fersen den Boden berührten. »Wie bitte?« Er konnte einfach nicht glauben, was sie da sagte. Er hatte ja die ganze Zeit geahnt, dass da etwas nicht stimmen konnte, aber offenbar war es noch viel schlimmer, als er angenommen hatte.

Abrupt ergriff Kirri seine Hand und führte sie durch ihre Lockenmähne über ihre Kopfhaut. »Fühlst du sie? Die Unebenheiten?«

Seine Fingerspitzen ertasteten durch die Haut eine leichte Erhebung auf dem Schädelknochen. Ein Stück weiter war noch eine. Er war ganz sicher, dass sie früher nicht da gewesen waren.

»Schädelbruch. Ich hätte es fast nicht überlebt.«

Daniel verschlug es den Atem, als hätte man ihm einen Tritt in die Rippen verpasst. Kraftlos ließ er sich auf den Po fallen. »Wann?«, fragte er atemlos.

»In New Orleans.« Ihr Gesicht glich einer weißen Maske; sogar das Blau ihrer Augen war verblasst. »Das Taxi, in dem ich saß, wurde von einem LKW gerammt.«

»O mein Gott.« Daniel drehte sich der Magen um. Er wartete, dass Kirri fortfuhr, aber sie saß nur da, aschfahl und zitternd, wie er jetzt registrierte. Er ergriff ihre Hände. Sie waren eiskalt. Er kniete sich vor sie. »Ruh dich aus. Ich mache dir einen Kaffee.«

Er hatte die Worte kaum ausgesprochen, als ihm einfiel,

dass sie keinen Kaffee trank. »Tee«, korrigierte er sich, als sie es ebenfalls gerade tat. Ein leises Lächeln umspielte ihre Lippen, und er sah erleichtert, dass etwas Farbe in ihr blasses Gesicht zurückkehrte.

Daniels Worte wirbelten wild durch Kirris Kopf, während er in der Küche Wasser aufsetzte. Heiraten! Sie war ganz sicher, dass sie sich nicht verhört hatte, dass er gesagt hatte, sie hätten heiraten wollen. Nein, das konnte nicht stimmen. Sie war noch nicht einmal einen Monat in New Orleans gewesen! Sie konnte unmöglich in so kurzer Zeit ...

»Hier.« Daniel drückte ihr eine Tasse Tee in die Hände. »Trink das.«

Der Tee war heiß und süß, und sie trank dankbar. Daniel nahm ihr gegenüber in einem Sessel Platz. »Fühlst du dich gut genug, mir zu erzählen, was passiert ist?«

»Ich kann dir nur erzählen, was ich noch weiß, und das ist nicht viel.« Sie nippte noch einmal an ihrem Tee und fühlte, wie die Hitze des Getränks ihre Hände wärmte. »Ich kann mich nicht an die vier oder sechs Wochen vor dem Unfall erinnern.«

Als er ihre Worte hörte, fielen die ganze Wut und der Schmerz, die Daniel so lange Zeit gequält hatten, von ihm ab. Es war, als würde ihm eine zentnerschwere Last von der Seele genommen. Sie hatte ihn nicht verlassen! Grenzenlose Erleichterung durchströmte ihn. Gleich darauf realisierte er jedoch, dass auch ihre Erinnerung an ihre gemeinsame Zeit ausgelöscht war, an ihre Liebe und ihre Absicht, ihn zu heiraten. Verzweiflung zerriss ihm fast das Herz.

»Und was ist mit den Fotos von uns?«, fragte er, aber der Funke Hoffnung erlosch sofort wieder, als sie den Kopf schüttelte.

»Nach dem Unfall wurde meine Handtasche aus dem Taxi gestohlen. Ich kann von Glück sagen, dass ich überlebt habe. Der Fahrer hatte dieses Glück nicht.« Ihre Atmung beschleunigte sich. »Offenbar hatte ich gerade aus dem Hotel ausgecheckt; mein Koffer lag noch hinten im Kofferraum. Weißt du, wo ich hinwollte?«

»Zum Flughafen. Wir wollten gemeinsam nach Seattle fliegen. Mein Vater war bei einem Baustellenunfall schwer verletzt worden und lag im Sterben. Ich habe auf dich gewartet, konnte sogar erreichen, dass der Abflug hinausgezögert wurde. Aber als du dann nicht gekommen bist und auch nicht angerufen hast ...« Seine Stimme versagte bei der Erinnerung an seine Verzweiflung, als er die Nummer ihres Handys gewählt hatte und es hatte klingeln lassen, bis die Verbindung abrupt abgebrochen war.

»Ist ... ist dein Vater damals gestorben?«

Daniel nickte. »Ja, zehn Tage später. Kirri, ich habe am nächsten Tag von Seattle aus sämtliche Krankenhäuser der Stadt angerufen, aber du warst nirgendwo eingeliefert worden.«

»Sie ... die Ärzte ... haben mich mehrere Tage im künstlichen Koma gehalten wegen der Hirnschwellung«, erklärte Kirri. »Ich hatte die Visitenkarte einer Freundin in der Jackentasche, einer Bildhauerin, mit der ich mir ein Atelier in New York geteilt hatte, und wir wollten gegenseitig Werbung für die andere machen. Sie riefen auf ihrem Handy an, aber es ging niemand ran, und da dachten sie, die Karte gehörte mir und registrierten mich unter ihrem Namen. Erst am nächsten Tag fiel jemandem auf, dass die Initialen auf meinem Gepäck nicht zu dem Namen auf der Visitenkarte passten, und schließlich gelang es der Polizei, über die Taxizentrale meine Identität zu klären.«

»O Kirri, wenn ich doch nur geahnt hätte ...« *Zwei Jahre!*

Zwei vergeudete Jahre! Daniel konnte es nicht fassen. So sinnlos.

Kirri beobachtete die Gefühle, die sich auf seinen Zügen abzeichneten. Ihre letzten Zweifel, dass er der Mann gewesen war, mit dem sie in New Orleans geschlafen hatte, schwanden, als sie den Schmerz und die Trauer in seinen Augen erkannte.

»Warum hast du nicht nach mir gesucht, Daniel?« Wenn sie ihm so viel bedeutet hatte, hätte er doch Himmel und Hölle in Bewegung setzen müssen, um sie zu finden.

»Ich habe dein Hotel im französischen Viertel angerufen, und dort sagte man mir, du wärst abgereist. Als meine Nachforschungen bei den Krankenhäusern ebenfalls ergebnislos blieben, wusste ich nicht, was ich noch tun sollte.« Widerstrebend fuhr er fort. »Ich dachte, du hättest es dir anders überlegt und nur nicht den Mut gehabt, es mir zu sagen.«

Enttäuschung stieg in ihr auf. Hatte er menschlich so wenig von ihr gehalten, dass er ihr so etwas zugetraut hatte? »Du hattest ja offenbar eine sehr hohe Meinung von mir.«

»Mein Vater lag im Sterben, und die Frau, der ich einen Heiratsantrag gemacht hatte, war spurlos verschwunden. Ich konnte keinen klaren Gedanken fassen.« Daniel lauschte seinen eigenen Worten, und ihm wurde bewusst, wie kleinlich sie für sie klingen mussten nach allem, was sie durchgestanden hatte. »Dann starb mein Vater, und sofort fanden sich die Geier ein und versuchten, die Firmen an sich zu reißen.« Er stand auf und fuhr sich frustriert mit den Fingern durch das Haar. Wie sollte er es ihr begreiflich machen?

»Die Firma meines Vaters war vor ein paar Jahren in eine Aktiengesellschaft umgewandelt worden, aber Dad war Mehrheitseigner und hatte somit die Kontrolle. Er hatte die

Schlüsselposition im Vorstand inne, hatte jedoch noch keinen Nachfolger für den Fall seines Ausscheidens bestimmt.« Er sah Kirris fragenden Blick. »Es gab niemanden, der eingearbeitet worden wäre für den Fall seines Todes. Abgesehen von mir.«

Daniel seufzte. Er wollte nicht über geschäftliche Angelegenheiten sprechen. Sein Herz und sein Verstand wollten sich ausschließlich auf Kirri konzentrieren und auf das, was mit ihr geschah. Andererseits würde es ihr vielleicht helfen zu verstehen, warum er sie scheinbar im Stich gelassen hatte, indem er nicht weiter nach ihr gesucht hatte.

»Es war immer Dads Traum gewesen, dass ich seine Nachfolge antrat. Ich hatte ihm erklärt, dass ich glücklich wäre mit meiner Stelle als Ranger, aber ich hatte ihm trotzdem den Gefallen getan, mich einzuarbeiten, nur um ihm eine Freude zu bereiten. Ich verbrachte sogar meine Ferien auf Baustellen mit ihm und nahm an Vorstandssitzungen teil. Himmel! Ich hätte nie erwartet, dass er so jung sterben könnte! Und auch als es dann passierte, dachte ich, ich könnte seine Anteile verkaufen, und damit wäre es getan. Aber dann fand ich heraus, dass die anderen Vorstandsmitglieder die Firma an einen Konkurrenten verkaufen wollten, der die Hälfte der Belegschaft entlassen hätte. Das hätte Dad das Herz gebrochen.«

»Und da hast du die Geschäftsleitung übernommen.«

»Ja. Es war nicht leicht. Ich hatte noch viel zu lernen. Aber ich nahm mir trotzdem eine Auszeit und flog nach New York, um nach dir zu suchen. Du hattest mir erzählt, du würdest in der Greene Street wohnen, in Soho ... Das war mein einziger Anhaltspunkt. Schließlich fand ich tatsächlich jemanden, der dich kannte.« Angesichts des fragenden Ausdrucks in ihren Augen tat sein Herz einen Sprung. Er hätte alles dafür gegeben, die Zeit zurückdrehen zu können, um anders zu reagieren, als er es damals getan hatte. »Es hieß, du wärst nach Australien heimgekehrt.«

»Das ist alles?« Sein Magen verkrampfte sich, als er den Unglauben und die Verzweiflung in ihrer Stimme hörte. Er nickte.

»Du hast also wahrhaftig geglaubt, ich hätte dich verlassen, und du hast das einfach auf sich beruhen lassen«, stellte sie anklagend fest. Ihre tiefblauen Augen leuchteten vor herber Enttäuschung, und sie verschränkte unglücklich die Hände im Schoß.

»Nein.«

»Nein?« Ihre Locken wippten, als sie aufsprang. »Ich kann mich nicht erinnern, dass du bei mir angeklopft und nach mir gefragt hättest.«

Daniel konnte sich ein Lächeln nur mit Mühe verkneifen. Das war schon eher die Kirri, die er damals gekannt hatte – leidenschaftlich, feurig, mit sprühenden Augen. Er wollte ihre Hände ergreifen, aber sie entzog sie ihm.

»Kirri, ich wusste nicht genau, wo in Australien du lebst. Irgendwo in der Nähe von Cairns, mehr hattest du mir nicht erzählt. Und der Nachname Smith hat die Suche auch nicht eben erleichtert. Ich konnte nicht selbst nach dir suchen, weil immer noch die Gefahr bestand, die Firma zu verlieren. Das hätte mich nicht weiter erschüttert, wenn ich der Einzige gewesen wäre, der als Verlierer aus der Sache hervorgegangen wäre, aber viele Menschen waren auf mich angewiesen, und darum heuerte ich einen Privatdetektiv an, der dich ausfindig machen sollte.«

»Der Mann war offensichtlich ein Stümper.«

»Leider nein. Leider war er nur allzu gründlich.« Daniel kämpfte gegen den Schmerz an, der ihn bei der Erinnerung befiel. »Anfangs kam er nicht so recht voran. Du hattest mir erzählt, du hättest vor deiner Zeit in New York in Sydney gearbeitet, aber es dauerte einige Zeit, um festzustellen, dass du nicht dorthin zurückgegangen warst. Danach versuchte er sein Glück in Cairns, aber auch dort standest du nicht auf der Wählerliste, und er weitete die Suche auf die umliegenden Gemeinden aus. Schließlich kam er nach Gordonvale und erfuhr, dass du ganz in der Nähe wohntest ... mit einem anderen Mann.«

Kirri straffte die Schultern, und er sah, wie sie die Hände zu Fäusten ballte.

»Und wer soll dieser Mann sein, mit dem ich zusammengelebt haben soll?«

»John Devlin O'Connor.« Der Name hatte sich unauslöschlich in sein Gedächtnis eingebrannt, zusammen mit den quälenden Nächten, in denen er von Kirri in den Armen eines anderen geträumt hatte.

»J. D. ist mein Stiefbruder!« Kirris Stimme klang unnatürlich schrill vor ungläubiger Wut. »Dein dämlicher Privatschnüffler hätte das abklären müssen!«

Die Bedeutung ihrer Worte traf ihn wie ein Schlag in die Magengrube. »Aber ...« Seine Gedanken überschlugen sich. »Das Foto ...«

»Was für ein Foto?«

»Er hat mir ein Foto von dir und diesem J. D. geschickt. Darauf habt ihr euch umarmt, so innig, so liebevoll ...«

»Natürlich. J. D. liebt mich. Wie ein Bruder.« Das zornige Funkeln in ihren Augen wich einem nachdenklichen Ausdruck. »Wann wurde das Foto gemacht?«

»Etwa vier Monate nach deinem ... nachdem wir getrennt wurden. Es wurde vor irgendwelchen Geschäften in Gordonvale aufgenommen. Ihr wart zusammen dorthin gefahren.« Damals hatte sie ganz kurzes Haar gehabt, und er hatte dies als Hinweis gedeutet, dass sie ihr Leben radikal geändert und ihn abgeschrieben hatte.

Kirri runzelte die Stirn. »Das muss nach dem Arztbesuch gewesen sein. Ich war so fertig, und als J. D. fragte, was los wäre, bin ich in Tränen ausgebrochen, und er hat mich gehalten und getröstet.« Die Erinnerung an jenen schrecklichen Morgen brach über sie herein, und sie wurde fast ohnmächtig. »Ich hatte gerade erfahren, dass ich schwanger war, und ich hatte keinen Schimmer, wer der Vater war und wie es passiert sein könnte.«

Daniel hätte sie gerne in den Arm genommen und den Schmerz ausgelöscht, den er in ihren Augen las, aber ihre Worte standen zwischen ihnen wie eine Anklage.

»Catelyn ist meine Tochter, nicht wahr?«

»Woher zum Teufel soll ich das wissen!« Kirri fühlte eine völlig irrationale Woge des Zorns in sich aufwallen. Sie hatte sich monatelang gefragt, wer der Mann gewesen sein mochte, der ihr Kind gezeugt hatte, hatte sich gefragt, ob es ein Akt der Liebe gewesen war ... oder möglicherweise eine Vergewaltigung.

Sie war schon im vierten Monat gewesen, als sie realisiert hatte, dass das Ausbleiben ihrer Periode nicht auf ihren Unfall zurückzuführen war. Damals hatten die Bewegungen in ihrem Bauch ihr vor Augen geführt, dass sie ein lebendiges, atmendes Kind unter dem Herzen trug, und da war eine Abtreibung für sie einfach nicht mehr in Frage gekommen. Als aus Tagen Monate geworden waren und sich niemand hatte blicken lassen, der die Vaterschaft für sich beanspruchte, hatte sie einen extremen Beschützerinstinkt gegenüber dem winzigen schutzlosen Wesen in ihrem Bauch entwickelt. An dem Tag, da der Ultraschall das Geschlecht des Babys offenbart hatte, hatte Kirri das kleine Mädchen Catelyn getauft, eine Mischung aus den Vornamen ihrer Großmutter und ihrer Mutter.

Sie funkelte Daniel wütend an und runzelte die Stirn, als

er die Brieftasche aus der Gesäßtasche seiner Jeans zog. Wortlos holte er ein kleines verknittertes Bild heraus, das er ihr reichte.

Ihr stockte der Atem beim Anblick des Schwarzweißfotos.

Kapitel 6

Philip Weyburn fuhr mit einem Seufzer das Computerprogramm herunter. Wie sein Vater es geschafft hatte, bis zuletzt mit seinen Mauscheleien durchzukommen, war ihm schleierhaft. Wenn Daniel Brand zu einem früheren Zeitpunkt nach Australien gekommen wäre und Einsicht in die Firmenbücher verlangt hätte, wären Jim Weyburns Unterschlagungen zweifellos aufgeflogen.

Philip blickte auf das Foto seiner Mutter in dem vergoldeten Rahmen auf dem Schreibtisch seines Vaters und spürte wieder einmal die ganze Last der Verantwortung, die sein Vater ihm hinterlassen hatte. Seine Mutter war seit Jahren psychisch angegriffen, ein Zustand, der mit extremen Stimmungsschwankungen und Depressionen einherging, die die Ehe seiner Eltern auf eine harte Probe gestellt hatten. Aber in seiner Jugend war sie ihm eine liebevolle Mutter gewesen, und so war er fest entschlossen, sie vor dem Skandal zu schützen, der über die Familie hereinbrechen würde, falls die Veruntreuung seines Vaters ans Licht käme.

Wenn die Firmenanteile seines Vaters erst auf ihn überschrieben waren, würde er, Philip Weyburn, genauso viel Kontrolle haben wie Daniel Brand, aber bis dahin ...

»Kann ich Ihnen irgendwie behilflich sein, Philip?« Die tiefe Stimme kam von der Tür, und er wirbelte auf dem Drehsessel herum. Stella Quinlans grazile Gestalt bewegte sich mit einer entspannten Anmut, die ihr sonst so beherrschtes Auftreten Lügen strafte, auf seinen Schreibtisch zu. Das Lächeln erreichte ihre Augen jedoch nicht, und er spürte ein unbehagliches Prickeln zwischen den Schulterblättern. Sie war in seinem Alter, aber er hatte das sichere Gefühl, dass sie ihm Lichtjahre voraus war auf Gebieten, die für ihn noch *Terra incognita* waren.

Längst verfluchte Philip seinen bisherigen Widerwillen, sich profundere Kenntnisse in Sachen firmeninternes Finanzmanagement anzueignen. Er hatte sich immer mehr für die praktische Seite des Bauens interessiert, und in dieser Sparte war er auch richtig gut. Die notwendigen, aber in seinen Augen langweiligen Investment- und Finanz-Strategien waren das Ressort seines Vaters gewesen. In den vergangenen zwei Jahren hatte sein Vater seine Assistentin verstärkt in die Geschäfte einbezogen, und Philip fragte sich nicht zum ersten Mal, ob sie von der Unterschlagung wusste.

Er musterte sie forschend, das perfekte und doch dezente Make-up und die dunklen, ausdruckslosen Augen, in denen er immer Herablassung für den Sohn des Chefs gelesen hatte. Sie erinnerte ihn an einen Hai – kalt, berechnend, allzeit bereit zuzuschlagen. Noch brauchte er sie, aber so bald wie möglich würde er sich ihrer entledigen.

Die Aussicht, sie endlich loszuwerden, erfüllte ihn mit Vorfreude und Genugtuung.

»Ich bin sicher, Ihr Vater hätte gewollt, dass ich Sie nach Kräften unterstütze.«

Philip hatte das Gefühl, dass, wenn es in Stellas Natur gelegen hätte zu schnurren, sie dies jetzt getan hätte. Seit dem Tod seines Vaters hatte sich Stellas höflich distanzierte Haltung ihm gegenüber gewandelt, und sie war merklich aufgetaut. Trotzdem war es ihm unmöglich, die von Stella angestrebte Annäherung zu erwidern. Zwischen Jim Weyburn und seiner Privatsekretärin hatte immer eine ganz selbstverständliche Intimität bestanden, angesichts derer Philip sich ausgeschlossen gefühlt hatte, sodass er ihren Sinneswandel mit entsprechendem Argwohn registrierte. Vielleicht ahnte sie ja, dass ihr Posten in Gefahr war ...

»Hat Mr. Brand bestätigt, dass er Sie am Flughafen abholen kann?«

»Wir haben nicht darüber gesprochen. Offenbar war Daniel gestern in einen Unfall mit Fahrerflucht verwickelt.«

Sie neigte überrascht den Kopf, sodass ihr kinnlanges blondes Haar ihr Gesicht weich umrahmte. »Als Opfer oder als Fahrer?«

»Als Opfer.«

»Und was ist mit dem Unfallfahrer?«

»Bisher hat man ihn wohl nicht gekriegt. Aber Daniel macht heute seine Aussage bei der Polizei. Vielleicht können sie ihm da schon Näheres sagen.«

Ein leichtes Schulterzucken verkündete, dass Stella das Interesse an dem Thema verloren hatte. »Soll ich für Sie den Schreibtisch Ihres Vaters leer räumen? Es sind schon fast zwei Wochen ...«

»Ich weiß!« Philip gab sich Mühe, seine Ungeduld zu zügeln. Er fragte sich, ob Stella auch nur im Entferntesten ahnte, wie sehr ihre dienstfertige Art ihm auf die Nerven ging. Sie war gut in ihrem Job, das ließ sich nicht leugnen, und er hatte sich mehr als einmal gefragt, warum sie sich trotz Hochschulabschlusses in Betriebswirtschaftslehre mit einem Sekretärinnenposten begnügt hatte. Sie war ein cleveres Biest, das musste man ihr lassen. Schade, dass ihr Charakter sie ihm so unsympathisch machte.

Er blickte auf den imposanten Mahagoni-Schreibtisch, auf die Schubladen, die voll gestopft waren mit scheinbar unwichtigen Unterlagen, die sein Vater über Jahre hinweg angesammelt hatte, und seufzte. »Ich bringe morgen ein paar Kisten mit, dann kann ich den ganzen Kram mit nach Hause nehmen und bei Gelegenheit durchgehen.«

Stella lächelte ihr reines Lippen-Lächeln, aber in ihren dunklen Augen lag ein zufriedenes Leuchten.

»Das ist ... das ist Catelyn.« Kirri fuhr sacht mit dem Finger über das Kindergesicht auf dem Foto.

»Nein. Das ist ein Bild meiner Mutter.«

Mit einem ungläubigen Kopfschütteln blickte sie zu ihm auf. Dann konzentrierte sie sich wieder auf das Bild von dem kleinen schwarzhaarigen Mädchen in der weißen Fransenhose und dem weißen Hemdchen. Abgesehen von dem glatten Haar, das zurückgekämmt und zu einem Zopf geflochten war, war das Kind auf dem Foto ihrer Tochter zum Verwechseln ähnlich.

»Sie ist eine Indianerin«, sagte sie leise.

»Ihre Mutter, meine Großmutter, ist Indianerin«, erklärte Daniel.

Kirri kämpfte mit den Tränen. »Ich habe ... mir jeden Mann, der in Cairns und hier in Noosa meine Galerie betreten hat, sehr genau angesehen. Catelyn hat nichts von mir, abgesehen von den Locken, und da dachte ich, sie müsse aussehen wie ihr Vater. Mir ist nie der Gedanke gekommen ...« Sie schüttelte den Kopf. »Du siehst deiner Mutter nicht ähnlich.«

»Ich komme auf meinen Vater. Wir sind – waren – uns sehr ähnlich.« Er zeigte ihr das andere Foto, das er immer in der Brieftasche bei sich trug, und sie nickte zustimmend. *Und diese Ähnlichkeit ist nicht nur rein äußerlicher Art*, dachte Daniel bei dem Gedanken an die Dauerhaftigkeit seiner Liebe zu ihr. Sein ganzer Körper schmerzte, und das nicht nur von den Prellungen des Vortages, sondern von brennendem Verlangen, dem Bedürfnis, Kirris schlanken Körper in die Arme zu schließen und sie zu trösten. Mit den

Fingern durch ihre lockige rote Mähne zu fahren, ihr Gesicht zu sich heranzuziehen und den Schmerz und die Blässe aus ihrem Gesicht zu küssen.

Sie zu lieben, so wie er es seinerzeit in New Orleans getan hatte.

Aber die Situation zwischen ihnen hatte sich geändert. Er hatte sich geändert – war härter geworden, taffer, trug Verantwortung, die schwer auf ihm lastete. Und auch Kirri war nicht mehr dieselbe. Er spürte an ihr ein Misstrauen, das vorher nicht da gewesen war. Und sie konnte sich nicht einmal an ihn erinnern ...

Oder doch?

»Kirri, warum hast du Catelyn in einem solchen Outfit gemalt, wie es meine Mutter auf dem Foto trägt, wenn du dich nicht an unsere gemeinsame Zeit in New Orleans erinnerst? Und dann das Bild von dem Cottage! Auch das war in New Orleans.«

»Ich habe keine Ahnung.« Kirri rieb sich mit einer Hand den Kopf, hielt jedoch weiter mit der anderen das Foto fest umklammert. »Diese Zeit ist für mich nur ein schwarzes Loch. Aber dann gibt es Einzelheiten wie ... wie der Duft von Geißblatt ...« Sie schaute zu Daniel auf und flehte mit Blicken um Verständnis »... die irgendetwas auslösen, und dann male ich das, was ich vor meinem geistigen Auge sehe. Ich weiß aber in solchen Momenten nie, was ich da male. Das Bild von Catelyn in den indianischen Kleidern war eines Morgens beim Aufwachen einfach da.«

Sie blickte wieder auf das Foto, auf das dunkle Kind, das geradewegs in die Kamera schaute. »Hast du mir dieses Bild in New Orleans gezeigt?«

Daniel nickte. »Ja. Meine Großmutter hat mir erzählt, dass meine Mutter es gehasst hat, fotografiert zu werden, und das sieht man ihr ja auch an. Offenbar war sie ein sehr eigensinniges Kind.«

»Genau wie Catelyn.« Kirri fuhr wieder mit den Fingerkuppen über das Bild und wünschte, hoffte, sie könnte eine Verbindung zu den Wochen herstellen. »Wird deine Mutter sich freuen, wenn sie erfährt, dass sie eine Enkeltochter hat?«

»Meine Mutter ist gestorben, als ich drei war. Aber ich bin ganz sicher, dass sie unsere Tochter geliebt hätte.«

Unsere Tochter!

Kirri erstarrte. Catelyn hatte seit der Geburt ihr gehört, ihr allein. Nein, nicht erst von Geburt an, sondern schon davor, von dem Augenblick an, da sie in ihrem noch bemerkenswert flachen Bauch die ersten kaum spürbaren Bewegungen des neuen Lebens gefühlt hatte, das in ihr heranwuchs. Sie war nicht sicher, ob sie bereit war, das mit Daniel Brand zu teilen.

Panik stieg in ihr auf. Lange hatte sie sich nichts sehnlicher gewünscht, als zu wissen, wer der Vater ihres Kindes war, aber jetzt, da ihr Wunsch sich erfüllt hatte, fürchtete sie sich. Sie hatte oft genug von Eltern gehört, die sich um das Sorgerecht stritten, nur um sich gegenseitig zu verletzen. Nichts könnte sie jemals dazu bewegen, ihre Tochter aufzugeben. Sie blickte zu Daniel auf, einen entschlossenen, herausfordernden Zug um den Mund.

Als sie jedoch die Schatten des Schmerzes auf seinem Gesicht sah, schmolz ihre Entschlossenheit dahin wie Butter in der Sonne. Stattdessen fühlte sie nur Mitleid. Er hatte beide Elternteile verloren und nach allem, was er ihr erzählt hatte, auch die Frau, die er liebte. Wie sollte sie ihm da seine Tochter vorenthalten?

»Daniel, warum haben wir nicht verhütet? Ich weiß, dass ich keine Jungfrau mehr war, aber ich habe auch nicht mit anderen herumgemacht. Ich hatte noch nie zuvor ungeschützten Sex.«

»Ein Kondom ist gerissen. Zwei Tage bevor du deine

Periode hättest kriegen müssen. Du hast mir versichert, dass dein Zyklus absolut zuverlässig käme und wir uns keine Sorgen zu machen brauchten.«

»Dann war ich also offensichtlich der Meinung, ich hätte von dir keine Ansteckung zu befürchten.«

Ein leises Lächeln erhellte Daniels Züge. »Du hast gesagt, du wüsstest, dass du mir vertrauen kannst.«

»Außer bei der Auswahl deiner Kondommarke und darin, dass du deine überaus fruchtbaren Spermien bei dir behältst.« Kirri seufzte und sah, wie sein Lächeln sich in ein breites Grinsen verwandelte. Sie bekam ganz weiche Knie beim Anblick dieses großen, für gewöhnlich so ernst wirkenden Mannes, der strahlte wie ein Schuljunge.

Plötzlich wusste sie nicht, was sie weiter tun sollte. Sie gab Daniel die Bilder zurück und sah zu, wie seine kräftigen Hände sie behutsam in die Brieftasche zurücksteckten.

»Und was jetzt?«

»Ich schätze, es gibt da noch ein paar Fragen mehr, auf die du gerne Antworten hättest.«

Kirri schüttelte den Kopf. »Ich glaube, mehr verkrafte ich im Augenblick nicht.«

Daniel nahm ihre Hand, eine ganz leichte Berührung, die ihr zeigte, dass ihm bewusst war, wie emotional dieser Augenblick für sie war. »Es gibt da etwas, das ich gerne wissen möchte.«

Prickelnde Wärme überzog ihre Haut, und ihr Körper reagierte ganz automatisch, indem er sich näher zu ihm hinbeugte. »Ja?« Das Wort war kaum mehr als ein Flüstern.

»Warum dachtest du, du wärst möglicherweise vergewaltigt worden?«

Kirri entzog ihm ihre Hand und ging hinaus auf die Veranda. Sie blickte hinab auf das glitzernde Wasser in der Bucht, schloss dann die Augen und atmete tief den Duft des Meeres und der Eukalyptusbäume ein. Ihr Verstand registrierte Grün mit leuchtend blauen Schlieren. Es war ein seltsames Talent von ihr, in Farben zu riechen und zu schmecken. Es intensivierte ihre Wahrnehmung der Umwelt. Meist vollzog sich dieses Phänomen auf unbewusster Ebene, aber manchmal benutzte sie die Fähigkeit auch, um sich vor unangenehmen Empfindungen oder Gedanken zu schützen.

Unvermittelt stieg ihr ein völlig neuer Duft in die Nase. Holzig, tiefbraun vermischt mit smaragdgrün. Ein Geruch, der ihren Puls beschleunigte. Sie brauchte die Augen nicht zu öffnen, um zu wissen, dass es Daniel war, und sie realisierte, dass sie es bislang nicht gewagt hatte, die Farben zuzulassen, die sie mit diesem speziellen Geruch assoziierte.

Er trat so dicht vor sie, dass gerade noch eine Handbreit Platz zwischen ihnen war. Kirri wich einen Schritt zurück und sah die Enttäuschung in seinen Augen.

»Als ich erfuhr, dass ich schwanger war, flog J. D. nach New Orleans, um zu versuchen, den ... den ... Um herauszufinden, mit wem ich dort möglicherweise zusammen war. Er brachte nicht viel in Erfahrung, abgesehen davon, dass der Hotelportier sich an einen großen Mann mit ausländischem Akzent erinnerte.«

»Und was hat dich in diesem Zusammenhang zu der Annahme verleitet, du könntest vergewaltigt worden sein?«

Kirri schloss die Augen und sah das erschöpfte und angespannte Gesicht ihres Stiefbruders vor sich, als er ihr berichtet hatte. »Der Portier sagte, ich wäre beim Checkout am Nachmittag sichtlich angespannt gewesen und hätte es sehr eilig gehabt.«

»Angespannt warst du meinetwegen. Du wusstest, wie nahe mir mein Vater stand.«

»Der Portier ... er hat J. D. erzählt, er hätte den Eindruck gehabt, ich würde das Hotel gewissermaßen fluchtartig verlassen, möglicherweise, um von besagtem Mann wegzukommen. J. D. wollte mir das eigentlich nicht sagen, aber er meinte, falls ich dem Mann ... den, mit dem ich geschlafen hatte ... jemals wieder begegnen sollte ... ich es wissen müsse, um gewarnt zu sein. Ich habe mich auch testen lassen. Ich meine, ich hatte offensichtlich ungeschützten Sex gehabt, nachdem ich ja zweifelsfrei schwanger war. Ich hatte Angst, ich könnte mir irgendwas geholt haben.«

Daniel schwieg. Er wusste auch so, dass die Testergebnisse alle negativ ausgefallen waren, aber erst jetzt ging ihm die ganze Tragweite dessen auf, was Kirri durchgemacht hatte. Und mit dieser Erkenntnis kamen quälende Schuldgefühle, dass sie diesen Albtraum ganz allein hatte bewältigen müssen.

»Hat deine Familie dich in dieser schwierigen Situation unterstützt?«

Kirri nickte. »Mum ist in die Staaten geflogen, um bei mir zu sein, als ich im Krankenhaus lag, und später sind wir dann zusammen heimgeflogen.« Sie ballte unbewusst die Hände zu Fäusten bei der Erinnerung an die endlosen Nächte voller Schmerzen und die geduldigen Ermutigungen ihrer Mutter. Die Erinnerung überwältigte sie, und sie schüttelte den Kopf, um sie zu vertreiben.

Als sie aufsah, begegnete sie Daniels Blick, sein Gesicht ein Spiegel ihrer eigenen Qualen. »Daniel, es tut mir Leid, aber ich muss gehen. Ich brauche Zeit zum Nachdenken.«

Er nickte, hob aber eine Hand, wie um sie zurückzuhalten. »Lass mich dir helfen, Kirri. Wir können das gemeinsam durchstehen.«

Gemeinsam. Zwei Jahre war sie ganz allein gewesen. Lange Tage und noch längere Nächte voller Fragen und dem quälenden Bedürfnis zu *wissen*. Und jetzt, da sie endlich Antworten bekommen hatte, musste sie sich den Konsequenzen dieses Wissens stellen.

Sie schüttelte den Kopf. »Du bist ein Fremder für mich, Daniel. Ich ... ich kenne dich nicht.«

Ihre Worte stachen ihm ins Herz wie ein Dolch. Der Abgrund zwischen ihnen schien noch weiter zu werden. In seiner Verzweiflung überwand er den Schritt, der sie trennte, und schloss sie in seine Arme.

Dann küsste er sie.

Das Karussell der Farben in Kirris Kopf kam langsam zum Stillstand, als seine Lippen sich von den ihren lösten, aber wenn er sie nicht gehalten hätte, wären ihr die Beine kraftlos weggesackt.

»Das kann nicht sein ...«, murmelte sie.

Daniel nickte. »Synästhesie«, sagte er. »Du schmeckst und riechst in Farben. Du hast mir davon erzählt, dass es Menschen gibt, die eine ganz spezielle Wahrnehmung besitzen, weil ihre Sinne in ihrem Gehirn nicht klar abgegrenzt sind.« Seine goldbraunen Augen blickten sie unverwandt an. »Du hast mir erzählt, dass manche Komponisten behaupten, sie würden in Farben hören und in Geräuschen riechen.«

Dann bestätigte er, was sie bis jetzt nicht hatte wahrhaben wollen.

»Und du hast mir ebenfalls gesagt, dass du dir geschworen hättest, nur einen Mann zu heiraten, der schmeckt und riecht wie ein Regenbogen.«

Kapitel 7

Jenny warf wieder einen Blick zu dem Mann, der nachdenklich eins von Kirris Bildern studierte. Er trug Jeans und ein Freizeithemd, das zwar nicht mehr ganz neu war, aber dafür aktuelle Markenware, und das an einem Körper, der keine Wünsche offen ließ. Sie schätzte ihn auf Ende zwanzig.

Er ging ein paar Schritte weiter und betrachtete ein Aquarell, beugte sich dann vor, um die Signatur des Künstlers zu lesen. Schließlich kam er zum Tresen, wo sie gerade die Verkäufe des Tages auflistete. Er lächelte freundlich und mit gerade so viel männlichem Interesse, dass ihr Ego zum Höhenflug ansetzte.

»Ich dachte erst, die Bilder wären alle von ein und demselben facettenreichen Künstler«, sagte er. Jenny seufzte. Die Tiefe seiner sonoren Stimme passte zu den dunklen Augen und dem schwarzen Haar; der Mann war ein Fleisch gewordener Traum. »Gerade habe ich erst festgestellt, dass es sich um zwei verschiedene Künstler handelt.« Wieder das anziehende Lächeln. »Ich weiß immer gern ein wenig über einen Künstler, von dem ich ein Bild kaufe. Haben Sie vielleicht etwas Hintergrundmaterial über die beiden?«

Jenny nickte diensteifrig und nahm eine Broschüre von einem kleinen Stapel neben der Kasse. Als sie ihm den Flyer reichte, berührten sich ihre Finger. Es war nur flüchtig, jedoch mit einem Hauch von Intimität, der ihre Sinne ins Trudeln brachte.

»Hier drin finden Sie alle Einzelheiten. Interessieren Sie sich für ein bestimmtes Bild?«

»Sie sind alle wunderschön. Aber ich lasse mir immer Zeit, ehe ich mich entscheide.« Er warf einen Blick in die Broschüre und schaute dann wieder sie an. »Vielleicht sind Sie ja noch da, wenn ich wiederkomme?«

»Klar.« Es gelang Jenny, trotz des inneren Aufruhrs, ihre Stimme unter Kontrolle zu halten.

Er machte Anstalten zu gehen, blieb jedoch dann stehen und drehte sich noch einmal um, als sei ihm etwas eingefallen. »Stand nicht gestern ein Krankenwagen hier vor der Tür?«

Sie nickte. »Ein Autounfall mit Fahrerflucht. Ein amerikanischer Tourist, der sich bei uns umgeschaut hatte. Als er die Straße überqueren wollte, wurde er von einem Geländewagen erfasst.«

»Wurde er schwer verletzt?«

»Nein. Kirri, meine Chefin, ist ins Krankenhaus gefahren, um nach ihm zu sehen, aber er hat Gott sei Dank nur Prellungen und eine Gehirnerschütterung davongetragen.«

»Da hat er ja ein Riesenglück gehabt«, meinte der Mann lächelnd.

Das Lächeln schwand aus Brett Lewis' Gesicht, als er die Galerie verließ, aber das Gefühl der Befriedigung blieb. Die Broschüre enthielt nicht nur Fotos beider Künstlerinnen, sondern darüber hinaus Einzelheiten über ihre Kunstgalerie in Cairns und ihre jeweiligen Wohnorte.

Seine Lippen zuckten beim Gedanken an die junge Frau in der Galerie. Sie war ausgesprochen attraktiv auf eine natürliche, etwas knabenhafte Art, nicht unbedingt der Typ Frau, mit dem er für gewöhnlich Sex hatte, aber unter anderen Umständen wäre es ihm ein Vergnügen gewesen, ihr ein paar Dinge beizubringen, die sie kaum von den jungen Männern lernen würde, die Noosa bevölkerten.

Brett verfügte über eine sehr breite Palette ungewöhnlicher Fähigkeiten. Er konnte Schlösser knacken, unbemerkt jemanden beschatten und reines Heroin genau im richtigen Verhältnis strecken, sodass seine Kunden noch zufrieden waren, während er selbst einen maximalen Profit erzielte. Seine Fertigkeiten als Liebhaber hatte er von einer Reihe *sehr* erfahrener Frauen erlernt, unberührt vom moralischen Kodex der Frau, die ihn großgezogen hatte. Cleverness war ihm in die Wiege gelegt worden und hatte ihn bislang davor bewahrt, von der Polizei geschnappt zu werden – oder von zwielichtigen Gestalten, die noch weitaus unsanfter und endgültiger mit ihm umgegangen wären.

Mord war für ihn Neuland, und der Mangel an Erfahrung – und Enthusiasmus – erwies sich als problematisch. Und doch war es erstaunlich, wie sehr die Verlockung des Geldes seine Bereitschaft stärkte, sich auch auf diesem Gebiet gewisse Fertigkeiten anzueignen.

Kirri legte den Pinsel weg und wischte sich die Hände an einem alten Handtuch ab. Normalerweise lenkte ihre Arbeit sie von den Problemen ab, die ihr über den Kopf zu wachsen drohten, aber diesmal funktionierte das nicht. Ihr aktuelles Problem war einfach zu präsent, als dass sie es hätte verdrängen können mit ihrem unstillbaren Bedürfnis zu schaffen, schaffen, schaffen.

Ihre Reaktion auf Daniels Kuss hatte sie bis ins Mark getroffen. Und dass er von ihrem Schwur wusste, nur einen Mann zu heiraten, der nach Regenbogen schmeckte, hatte sie derart konsterniert, dass sie sich ihre Handtasche geschnappt und fluchtartig das Haus verlassen hatte. Anstatt zur Galerie war sie heimgefahren und hatte versucht, sich in ihre Arbeit zu vertiefen.

Sie hatte in den vergangenen zwei Jahren mehr Geduld und Selbstdisziplin gelernt, als sie je zu erlangen für möglich gehalten hätte, aber jetzt versagte beides. In ihrer Gefühlswelt regierte das Chaos, ihre Gedanken wirbelten unkontrolliert durcheinander, sinn- und richtungslos. Ungeduldig strich sie sich eine Strähne aus dem Gesicht, die sich aus dem Gummi gelöst hatte, mit dem sie sich das Haar im Nacken zum Pferdeschwanz gebunden hatte.

Als es an der Tür klopfte, runzelte sie unwillig die Stirn. Das Letzte, worauf sie jetzt Lust verspürte, war eine Begegnung mit dem älteren Ehepaar aus der Wohnung nebenan. Gleich darauf schämte sie sich dieses Gedankens; sie hatte die alten Leute aufrichtig gern. Sie waren freundlich, ohne aufdringlich zu sein, und hatten seit ihrem Einzug ein nachbarschaftliches Auge auf sie gehabt, hatten ihr sogar gelegentlich selbst gebackene Plätzchen oder frisches Gemüse von ihrem Sohn mitgebracht, der irgendwo außerhalb der Stadt eine Farm unterhielt. Kirri hatte sich schon oft gefragt, warum alte Leute immer zu glauben schienen, sie bedürfe großmütterlicher Fürsorge.

Sie verließ das Gästezimmer, das ihr als Atelier diente, und öffnete.

Daniels muskulöse Gestalt schien den ganzen Türrahmen auszufüllen. Ihre Gedanken kehrten zurück zu ihrem Besuch bei ihm an diesem Morgen. Wasser war aus seinen nassen Haaren auf seine Schultern getropft und durch das lockige Haar auf seiner breiten Brust geronnen bis hinunter zu dem Handtuch, das er sich um die Hüften geschlungen hatte. Er war ein athletischer Mann ohne ein Gramm überschüssiges Fett auf den klar definierten Muskeln, und bei seinem Anblick war ihr der Atem gestockt. Nacktes Verlangen war so blitzartig in ihr aufgestiegen, dass ihre Brüste bei der Erinnerung sofort wieder spannten.

»Darf ich reinkommen?«

»Woher weißt du, wo ich wohne?«

Er nickte nur in Richtung Wohnzimmer, und sie trat beiseite. Als er an ihr vorbeiging, registrierte sie erneut seinen ganz eigenen berauschenden Duft, und Farben tanzten vor ihren Augen. Sie versuchte, sie auszublenden, aber sie hatte keine Macht mehr über sie, als wäre Daniel stärker als die Selbstbeherrschung, an der sie so hart gearbeitet hatte.

Sein Blick glitt über die schäbige alte Couchgarnitur und den zerkratzten Couchtisch. »Von Jenny.«

»Jenny würde niemals jemandem meine Adresse verraten.« Daniels Erscheinen hatte sie aus dem Konzept gebracht, sodass sie sich nun in Zorn flüchtete und unwillig die Stirn runzelte.

»Ich habe ihr gesagt, dass ich Catelyns Vater bin.«

»Warum hast du das getan? Jenny ist meine Kusine. Sobald sie zu Hause ist, wird sie ihre Mutter anrufen, und dann sind es nur noch Minuten, bis Tante Deila am Telefon hängt, um meine Großmutter zu informieren, die es wiederum J. D. erzählen wird. Der wiederum wird versuchen, meine Mutter anzurufen und ...«

»Warum soll deine Familie nicht wissen, dass ich Catelyns Vater bin, Kirri?«

Sie las an seinen Augen ab, dass er verletzt war, und ihr Ärger verrauchte. »Ich brauche nur etwas Zeit, um erst einmal selbst damit klarzukommen, bevor meine Familie mir im Nacken sitzt.«

Daniel nickte verständnisvoll.

»Kirri, du bist so plötzlich auf und davon ... Ich habe mir Sorgen gemacht. Wir sollten reden.«

»Worüber?« Kirri fuhr mit den Händen seitlich an den Beinen ihrer fleckigen Jeans entlang.

»Uns.«

»Es gibt kein ›uns‹, Daniel.«

»Es hat aber mal eins gegeben. Und es könnte wieder so sein.«

»Warum? Damit du mich im Stich lassen kannst, wenn

ich dir nicht bis ans andere Ende der Welt folge?« Kirri hatte die bitteren Worte kaum ausgesprochen, als sie das Gefühl erkannte, das sie gequält hatte, seit sie vor Daniels atemberaubendem Kuss davongelaufen war.

Wut. Wut auf Daniel, weil er nicht für sie da gewesen war, als sie ihn gebraucht hätte, weil er keinen Kontakt zu ihr aufgenommen hatte, nachdem er sie endlich aufgespürt hatte. Wut, dass er nicht dabei gewesen war, als Catelyn zur Welt kam. Und Wut wegen der Erinnerungen, die ihm geblieben waren, während in ihrem Kopf nur Leere war.

»Ich habe dich im Stich gelassen, Kirri, und das werde ich mir nie verzeihen. Ich hoffe nur von ganzem Herzen, dass du eines Tages dazu in der Lage sein wirst.«

Kirri sah ihm an, wie elend er sich fühlte, und es ließ sie nicht kalt, dass er litt. Trotzdem gestattete sie sich nicht, ihm Trost zuzusprechen.

»Warum, Daniel? Warum bist du nicht nach Australien gekommen, um mit mir zu reden, nachdem dein Detektiv mich gefunden hatte? Warum bist du einfach davon ausgegangen, ich hätte dich verlassen? Hast du mich wirklich für so oberflächlich gehalten?«

»Du warst der wahrhaftigste Mensch, den ich kannte.«

»Warum also ...«

Daniel fuhr sich mit den Fingern durch das dicke braune Haar. Etwas schoss Kirri durch den Kopf und war gleich wieder weg. Sie versuchte verzweifelt, es zurückzuholen, aber vergeblich.

»Kirri, die einzigen Kontakte zu Frauen, die ich in meiner Jugend hatte, beschränkten sich, abgesehen von den Mädchen in der Schule, auf eine Haushälterin, die den Standpunkt vertrat, Kinder sollte man zwar sehen, aber nicht hören, und die Mutter meiner Mutter, die ich nur in den Schulferien sah. Die Schwester meines Vaters lebte in New York, und meine Großeltern väterlicherseits waren schon vor meiner Geburt nach der Pensionierung nach Florida gezogen. Ich weiß nicht, ob ich vor dem Tod meiner Mutter anders war, aber solange ich denken kann, bin ich sehr schüchtern gewesen.«

»Du machst aber heute keinen besonders schüchternen Eindruck.«

»Ich musste mir mit der Übernahme des Betriebes ein neues Selbstbewusstsein zulegen. Aber als ich dich kennen gelernt habe ...«

»Wo haben wir uns eigentlich kennen gelernt? Himmel, Daniel, es ist so frustrierend.« Kirri hörte selbst, wie gepresst ihre Stimme klang, und wusste, dass sie kurz davor stand, in Tränen auszubrechen. Sie ging auf ihn zu zur Tür. »Du weißt so viel von mir, und ich weiß nichts, nicht das Geringste, von dir.«

»Wir sind uns auf dem Flussdampfer *Natchez* das erste Mal begegnet. Das Boot war im Hafen vertäut, und die Band oben auf dem Aussichtsdeck spielte *When the Saints Go Marching In*. Kitschig, sicher, aber die Touristen lieben es. Es war ein perfekter Herbsttag, so warm, dass man keine Jacke brauchte. Du hast über den Fluss geschaut, und der Wind wehte dir das lange Haar aus dem Gesicht.«

Sie verlangsamte den Schritt. Beim Klang seiner tiefen, leisen Stimme stiegen Bilder vor ihrem geistigen Auge auf.

»Du trugst eine helle Jeans und ein verwaschenes Jeanshemd und dazu eine Weste, die du selbst bemalt hattest. Auf der Rückseite war der australische Busch zu sehen mit Kängurus, Koalas und allerlei anderen einheimischen Tieren. Die Vorderseite zeigte die Unterwasserwelt des Great Barrier Reef. Du sagtest, das wäre deine Art von Werbung für ›das schönste Land der Welt‹.«

Kirri blieb vor ihm stehen. Seine Art zu sprechen und die Szene, die er beschrieb, hatten seltsam beruhigend auf sie gewirkt. »Und da hast du mich darauf angesprochen?«

»Nein, du hast mich zuerst angesprochen. Ich war so fasziniert, dass ich wohl nicht den Mut gehabt hätte, den ersten Schritt zu tun.«

»Ich habe also ...«

»Es war die beste Anmache, die ich je gehört habe. Du hast dich umgedreht und mich dabei erwischt, wie ich dich angestarrt habe. Eine volle Minute hast du mich nur angesehen, dann bist du auf mich zugekommen und hast gefragt, ob ich eine Trittleiter bei mir hätte, für den Fall, dass mich eine Frau küssen wollte.«

»Niemals habe ich das gesagt!«

»Doch, hast du.« Das leise Lächeln erhellte wieder seine Züge, und Kirri verspürte den fast unwiderstehlichen Drang, genau das zu tun: ihn zu küssen.

»Was hast du geantwortet?«

»Nichts«, entgegnete er und beugte sich leicht zu ihr vor. »Ich habe mich zu dir hinabgebeugt und dir tief in die Augen geschaut.«

»Und ich habe ... ich ...«

»Mich geküsst? Nein. Du hast gelächelt und gesagt, meine Augen würden dich an einen Golden Retriever erinnern, den du als Kind hattest. Und da dachte ich mir, dass die freche rothaarige Göre kein schlechter Mensch sein kann, wenn sie Hunde mag.«

Kirri wollte protestieren, aber Daniel ließ sie nicht zu Wort kommen. »Von da an sind wir uns nicht mehr von der Seite gewichen. Es war mein dritter Tag in New Orleans und mein erster Urlaub seit Jahren, den ich nicht opferte, um mich in Dads Geschäfte einzuarbeiten.«

Sanft legte er ihr die Hände auf die Oberarme. Seine Berührung blieb nicht ohne Folgen: Ihre Temperatur stieg, und ihr Atem beschleunigte sich.

»Kirri, ich habe mich auf den ersten Blick in dich verliebt. Und ich habe gelernt, dass das Gefährlichste an der

Liebe ist, dass sie dich verwundbar macht. Ich konnte einfach nicht glauben, dass eine so wunderschöne und talentierte Frau wie du sich in mich verlieben könnte. Als der Anruf wegen Dad kam und ich nach Seattle zurückmusste, wusste ich, dass ich dich nicht zurücklassen konnte. Also machte ich dir einen Heiratsantrag. Als du Ja gesagt hast, war ich überwältigt. Bevor ich dich kennen gelernt hatte, hatte ich noch nie den Wunsch verspürt, den Rest meines Lebens mit jemandem zu teilen. Ich war zufrieden mit meiner Arbeit und dachte mir, dass wohl kaum eine Frau glücklich sein würde mit dem Einsiedlerleben, das ich führte.

Als du also nicht zum Flughafen gekommen bist, kamen mir Zweifel an deinen Worten. Und in den darauf folgenden Wochen redete ich mir dann ein, du hättest nur aus Nettigkeit eingewilligt, meine Frau zu werden, um mir nicht wehzutun in der für mich wegen des Unfalls meines Vaters schwierigen emotionalen Situation. Oder dass du es dir ganz plötzlich anders überlegt hattest und nicht wusstest, wie du es mir sagen solltest. Als ich erfuhr, dass du nach Australien zurückgegangen warst, schien das meine Vermutung zu bestätigen. Ich hatte mich ja von vornherein schwer getan zu glauben, dass ein so energiegeladener, lebensfroher und wunderbarer Mensch wie du mich wirklich lieben sollte.«

»Das ist doch nicht dein Ernst! Du bist attraktiv, sexy ...« Sie brach ab, als ihr bewusst wurde, wie enthusiastisch sie klang. »Und dazu scheinst du noch ein anständiger netter Mensch zu sein«, schloss sie lahm. »Es fällt mir schwer zu glauben, dass du schüchtern sein sollst.« Vor allem jetzt, da seine Hände zärtlich über ihre Arme strichen und ihr prickelnde Schauer über den Rücken jagten.

»Ich habe drei Tage gebraucht, bis ich endlich den Mut aufgebracht habe, dich zu küssen.« Daniel fragte sich, ob er sie jetzt küssen sollte, fürchtete jedoch, dass Kirri dann wie schon Stunden zuvor weglaufen würde.

»Und wie lange hat es gedauert, bis wir ...« Kirri stockte, als ihr erneut bewusst wurde, dass er sich an jedes Detail erinnern konnte, daran, wie sie nackt aussah, wie sie sich anfühlte, wie sie bei der Liebe stöhnte ... und sie zweifelte nicht daran, dass sie gestöhnt hatte, war sie doch jetzt, da seine Hände über ihre Haut fuhren, schon kurz davor. Und sie selbst erinnerte sich an gar nichts!

Sie hätte schreien mögen angesichts dieser Ungerechtigkeit. Stattdessen rückte sie von ihm ab, trat zwei Schritte zurück und verschränkte die Arme vor der Brust. »Zieh dich aus!«, befahl sie.

»Wie bitte?«

Der Ausdruck auf seinem Gesicht war richtig komisch, aber ihr war nicht zum Lachen zu Mute.

»Es ist unfair, dass du weißt, wie ich ... nackt aussehe, und ich dich bisher nur halb nackt gesehen habe. Wenn wir uns über ... unsere Beziehung unterhalten sollen ... über die, die wir einmal hatten«, fügte sie hastig hinzu, »finde ich es nur fair, wenn ich weiß, womit ich es zu tun hatte.«

Sie beobachtete ihn sehr genau, als er über ihre Worte nachdachte, und kam zu dem Schluss, dass er niemals Poker spielen sollte. Jeder Gedanke spiegelte sich in seinen Augen, und sie konnte gut nachvollziehen, warum sie sich damals zu ihm hingezogen gefühlt hatte. Selten war ihr ein Mann mit einem so ehrlichen und offenen Gesicht begegnet wie Daniel Brand. Kein Wunder, dass er solche Schwierigkeiten hatte, sich in der harten Geschäftswelt zu behaupten. Die Haie der Branche hatten zweifellos versucht, ihn sich mit Haut und Haaren einzuverleiben. Aber als sie dann registrierte, wie er ihre Forderung akzeptierte, wurde ihr klar, dass seine Aufrichtigkeit und Entschlossenheit ihm zweifellos auch Respekt eingebracht hatten.

Er fing an, sein Hemd aufzuknöpfen, wobei seine Finger bedächtig zu Werke gingen, während er ihr unverwandt in die Augen schaute. Ohne sich die Mühe zu machen, das Hemd aus der Hose zu ziehen, löste er die Gürtelschnalle und öffnete die Jeans. Er beeilte sich nicht, aber seine Hände zögerten auch nicht.

Kirri fiel es schwer, das Chaos ihrer Gefühle unter Kontrolle zu bringen. Als Daniel sich das Hemd von den Schultern und die Jeans über die Hüften streifte, verfluchte sie ihr impulsives Naturell und die vorlaute Art, die sie von ihrem Vater geerbt hatte. Diese Eigenschaft hatte sie im Laufe der Jahre schon mehrmals in Bedrängnis gebracht, und als Daniel nun die Daumen unter seinen schwarzen Slip hakte, hatte sie das ungute Gefühl, dass dies die größte Bredouille von allen werden könnte.

Kapitel 8

»Du glaubst also, das wäre nur ein Zufall? Diese Kirrily Smith fährt ihn vom Krankenhaus heim, kreuzt am nächsten Morgen bei ihm auf, fährt ihn zur Polizei, zum Einkaufszentrum und anschließend nach Hause, wo sie ein paar Stunden mit ihm zusammen verbringt, und das nur, weil sie gesehen hat, wie er angefahren wurde?«

»Vielleicht ist sie so ein Samariter-Typ«, meinte Brett verächtlich.

»Oder sie hat herausgefunden, dass er reich ist, und will ihn sich deshalb angeln«, lautete die höhnische Antwort.

»Vielleicht hat sie ja inzwischen herausgefunden, dass er auf einem bestimmten Gebiet ein Könner ist.«

Das Schweigen am anderen Ende der Leitung verriet ihm, dass sein Humor nicht gut angekommen war, was ihm jedoch nur ein Gefühl perverser Befriedigung vermittelte. »*Ich* zumindest genieße Sex um seiner selbst willen.«

»Nur weil ich dir Harry vom Leib gehalten habe. Wenn er dazu gekommen wäre zu beenden, was er angefangen hatte ...«

»Schon gut. Ich weiß.« Brett schauderte bei der Erinnerung an die fleischigen Hände, die grob seine schmalen jugendlichen Hüften gepackt und ihn gezwungen hatten, sich weit vorzubeugen ... Hände, die zwischen seinen Schenkeln herumgrapschten ... Schweiß perlte auf seiner Stirn und lief ihm über das Gesicht.

»Was machen sie gerade?«

Brett seufzte und wischte mit dem Handrücken den Schweiß fort. »Brand ist noch bei ihr. Es war leicht, ihm zu folgen. Offensichtlich ist er mit den Gedanken ganz woanders.«

Seine Bemerkung wurde ignoriert, und wie gewöhnlich klang die Stimme seines Gesprächspartners sachlich und nüchtern. »Dann hat das Erdnussöl noch nicht gewirkt. Du hast doch die Spritze mitgehen lassen?«

»Ja.«

»Gut. Was nicht ist, kann ja noch werden. Warten wir noch ein, zwei Tage ab. Aber wenn sich eine günstige Gelegenheit bietet ...«

»Ich weiß. Ich rufe an, bevor ich einen Plan in die Tat umsetze.«

Diesmal klang das Schweigen anders, und Brett konnte sich das zustimmende, befriedigte Lächeln am anderen Ende vorstellen.

Kirris Instinkte warnten sie, dass sie Daniel auffordern sollte aufzuhören. Sein lässiger Striptease verfehlte seine Wirkung nicht. Sie hatte ja nicht geahnt, dass allein der Anblick eines Männerkörpers bewirken konnte, dass ihr regelrecht das Wasser im Mund zusammenlief.

Aber die Worte, die sich in ihrem Kopf formten, waren wie weggewischt, als er quälend langsam den Slip auszog, wobei er den Blick keine Sekunde von ihrem Gesicht abwandte. Ihre Knie schmerzten von der Anspannung, ihre plötzlich kraftlosen Beine aufrecht zu halten.

Sie suchte nach einer Bemerkung, die selbstbewusster und abgebrühter klang, als sie sich fühlte, und versuchte krampfhaft, nicht auf das schwarze Dreieck zwischen seinen muskulösen Schenkeln zu starren.

Entschlossen konzentrierte sie sich auf den Bluterguss an seinem Oberschenkel, ehe sie sich schließlich zwang, den Kopf zu heben und seinem glühenden Blick zu begegnen.

»Kein Wunder, dass das Kondom nicht gehalten hat«, sagte sie leise. Erst als es heraus war, wurde ihr bewusst, was sie da gesagt hatte, und sie konnte sich gut vorstellen, dass die Röte, die ihr ins Gesicht stieg, jener ihrer flammenden Haare in nichts nachstand.

In einem verzweifelten Versuch, die Situation zu retten, sagte sie: »Du bist nahtlos braun. Gehst du auf die Sonnenbank?«

Seine Lippen zuckten leicht, als müsse er sich beherrschen, nicht zu grinsen. »Nein. Ich bin immer so braun. Die dunkle Hautfarbe habe ich von meiner Mutter geerbt.« Jetzt lächelte er doch. »In Seattle bekommen wir nicht viel Sonne ab. Es regnet zu viel. Es ist schon so weit, dass wir T-Shirts tragen mit der Aufschrift: Wir bräunen nicht, wir rosten.«

Kirri musste wider Willen lächeln. Daniel hatte ihr mit Humor über den peinlichen Moment hinweggeholfen, und sie war ihm dankbar für seine Sensibilität. Dann sagte er: »Hast du genug gesehen, oder möchtest du vielleicht auch noch eine Gefühlsprobe?«

Ihre Fantasie lief bei seinen Worten Amok. Die Vorstellung, seinen perfekten Körper zu berühren, war beinahe unwiderstehlich. Beinahe. Daniel musste der gleiche Gedanke gekommen sein, und er reagierte ebenso prompt.

Kirri schnappte nach Luft, als sein Verlangen sichtbar wurde, wirbelte dann herum und flüchtete in die Küche. »Ich denke ...« Sie räusperte sich, ehe sie fortfuhr, »du solltest dich jetzt anziehen. Ich setze Wasser auf.« Sie schaltete den elektrischen Wasserkocher ein. »Ich kann jetzt einen starken Tee brauchen«, murmelte sie. »Oder einen doppelten Bourbon.«

Als sie zurückkehrte, knöpfte Daniel gerade sein Hemd

zu. Sie riskierte einen kurzen Blick und sah, dass es ihm gelungen war, seine abschweifenden Gedanken zumindest einigermaßen zu bändigen. Sie war dankbar, dass Frauen dieses Problem nicht hatten, sonst wäre offensichtlich gewesen, dass es mit ihrer Selbstkontrolle nicht so weit her war.

»Ich hole nur meine Tasse«, sagte sie und ging rüber in ihr Atelier. Sie hatte das spärliche Mobiliar an eine Wand geschoben und ein Stück weiß gesprenkeltes Linoleum auf dem Boden ausgebreitet. Leinwände in verschiedenen Stadien der Fertigstellung lehnten an den anderen Wänden, und zwei weitere standen auf Staffeleien. Farben, Pinsel und Lumpen lagen auf einem mit Zeitungspapier bedeckten Nachttisch. Ein alter Rattanstuhl war zwischen Tisch und eine der Staffeleien gequetscht. Dort lagen verschiedene Zettel, ein Teller und eine Tasse.

»Hier entstehen also deine Meisterwerke.« Daniel war ihr gefolgt und betrachtete nun die Bilder. »Das hier ist anders.« Ein fragender Ausdruck lag auf seinem Gesicht, als er die Leinwand auf einer der Staffeleien studierte. »Was willst du damit ausdrücken?«

Das große Gemälde zeigte einen knorrigen Baum, der einsam inmitten einer kargen Landschaft stand. Der Baum war nackt, abgesehen von einem einzelnen Blatt, das ebenfalls nur aus dem feinen Netzwerk seiner Adern bestand.

»Das ist ... nur ein Experiment«, sagte Kirri achselzuckend.

Daniel horchte auf. Wenn Kirri sich so demonstrativ desinteressiert zeigte, wenn es um ihre Arbeit ging, musste es ihr sehr wichtig sein. Er hatte in den drei Wochen, die sie miteinander verbracht hatten, viel über sie erfahren, darunter vor allem auch, dass sie unglaublich verletzlich war, was ihre Arbeit betraf.

»Lass uns Tee trinken.« Sie nahm Teller und Tasse von dem Stuhl und ging hinaus.

Daniel blieb noch einen Moment vor dem Bild stehen, ehe er Kirri in die Küche folgte.

»Isolation«, sagte er. Kirri warf ihm einen fragenden Blick zu. »Das Bild«, erklärte er. »Das ist der Eindruck, den es mir vermittelt.«

»Etwas in der Art«, murmelte Kirri, aber das flüchtige Lächeln, das über ihre Züge huschte, entging ihm nicht.

Sie schenkte Tee in zwei Tassen, und er sah, dass auf ihnen zwei Bären abgebildet waren, ein großer und ein kleiner, die sich umarmten. Darunter stand: *Nichts geht über die Umarmung einer Mutter.*

»Wo ist Catelyn?«, fragte er und war richtig erschrocken, als er den Schmerz in ihren Augen sah.

»In Cairns.«

»Warum? Ist ...« Er brach ab, als ihm ein schrecklicher Gedanke kam. Er schaute in die großen blauen Augen der Frau, die er immer noch liebte, wie ihm längst klar geworden war, und stellte die schwerste Frage seines Lebens. »Kirri, gibt es ... bist du mit jemandem zusammen?«

»Nein.« Kirri sah, wie die bange Anspannung aus seinem Gesicht wich, woraufhin sie unerklärlicherweise ein absurdes Glücksgefühl durchströmte. »Ich habe keine Zeit für eine Beziehung.«

»Warum dann ...«

»Das ist kompliziert.« Kirri öffnete den Küchenschrank und nahm eine Keksdose heraus. Sie legte ein paar Plätzchen auf einen Teller. »Setzen wir uns, dann erkläre ich es dir.«

Die Couchgarnitur bestand aus niedrigen, dick gepolsterten Vinylsitzmöbeln, bei deren Entwicklung ganz offensichtlich eher Haltbarkeit als Bequemlichkeit im Vordergrund gestanden hatte. Kirri verkniff sich ein Lächeln, als Daniel sich gezwungen sah, die Beine lässig auszustrecken, damit seine Knie nicht lächerlich in die Höhe ragten. Sie nippte mehrmals an ihrem Tee und überlegte dabei, wie viel sie ihm erzählen sollte.

»Trish Farmer und ich haben in Cairns eine Kunstgalerie, die ›Boutique Gallery‹. Vor ein paar Monaten habe ich vorgeschlagen, hier in Noosa eine zweite Galerie zu eröffnen, und sie hat zugestimmt. In Cairns teilen wir uns die Arbeit und stehen jeweils die halbe Woche im Laden, während wir die zweite Hälfte dem Malen widmen. Wir stellen übrigens auch die Werke anderer Maler und Bildhauer aus der Gegend aus. Ich lebe in O'Connor Valley südlich von Cairns, aber während meiner Arbeitszeit habe ich in der Wohnung einer Bekannten übernachtet, die für einige Zeit in Übersee ist.«

»Du lebst im Valley mit deinem Stiefbruder zusammen?«

»Und mit meiner Großmutter. Ich wohne dort, seit Mum J. D.s Vater geheiratet hat, als ich zwölf war – abgesehen von den Jahren, die ich in Sydney gelebt habe. Vor zwei Monaten kam die Freundin mit ihrem neuen Mann aus Übersee zurück, sodass die Wohnung nicht mehr zur Verfügung stand. Trishs Mann Dave hatte sich auf der Rückfahrt von Brisbane in Noosa umgeschaut und ein Ladenlokal entdeckt, das sich wunderbar für eine Galerie eignete. Einen Monat später habe ich eröffnet.«

»Aber du konntest Catelyn nicht mitbringen.«

»Nein. Meine Großmutter kümmert sich um sie.« Kirris Unterlippe zitterte, und sie biss die Zähne zusammen, um nicht in Tränen auszubrechen. »Ich dachte, die Zeit würde vergehen wie im Flug, aber ich vermisse sie ganz furchtbar.«

Daniel beugte sich zu ihr vor und musterte sie forschend. »Kirri, warum wolltest du eine zweite Galerie eröffnen?«

»Ich dachte, hier könnten wir mehr verdienen. Noosa zieht viele reiche Touristen an, und ich hatte gehofft, unseren Umsatz zu steigern.«

»War das wirklich der einzige Grund?«, fragte Daniel stirnrunzelnd. Die Kirri von damals hatte sich nicht sonderlich für Geld interessiert.

Kirri lehnte sich in die Vinylpolster zurück. Wie gut kannte Daniel sie? Wusste er, dass sie ihm nicht die ganze Wahrheit gesagt hatte, oder hatte er nur geraten?

»Nicht ganz.«

Daniel wartete geduldig. Kirri aß einen halben Keks, ehe sie fortfuhr. »Ich habe die Boutique Galerie aus zwei Gründen eröffnet. Erstens um Geld zu verdienen und zweitens um mir einen Namen bei Touristen aus Übersee zu machen. Ich hatte außerdem gehofft ... ich weiß, dass es naiv war, vor allem, nachdem ich schon so lange aus den USA fort war, aber ... ich hatte die Hoffnung, dass Catelyns Vater, wer immer er auch sein mochte, meinen Namen hören, von der Galerie erfahren und herkommen würde. Als nichts dergleichen geschah, wollte ich hier in Noosa einen zweiten Versuch in dieser Richtung starten.«

»Ich wusste, dass es nicht das Geld sein konnte«, nickte Daniel.

»Versteh mich nicht falsch. Ich brauchte das Geld. Ich wollte nicht, dass meine Tochter so aufwächst wie ich ...«

»Ohne zu wissen, ob das Geld für Lebensmittel reicht oder der Strom abgestellt wird. Und in einer Uniform aus der Kleidersammlung zur Schule gehen müssen«, sagte Daniel. Als sie zornig die Stirn runzelte, fügte er hinzu: »Du hast mir von deiner Kindheit erzählt. Wie dein Vater alles Geld für Partys und Geschenke auf den Kopf gehauen hat, ohne daran zu denken, etwas für die Alltagsausgaben zurückzubehalten. Du warst fest entschlossen, nie so zu werden wie er. Wir haben oft gestritten, weil du immer darauf bestanden hast, deinen Anteil zu bezahlen, wenn wir aus waren, und da hast du es mir erzählt. Du warst so verdammt unabhängig ...« Er schüttelte den Kopf, aber dann lächelte er wieder. »Manchmal hast du mich wahnsinnig gemacht, aber das hat nichts daran geändert, dass ich dich ständig küssen wollte, bis dir die Luft ausgeht ... oder noch besser, dich die ganze Nacht lieben wollte.«

Frust und Freude stiegen in ihr auf. So nervenaufreibend es auch war, sich nicht an das erinnern zu können, worauf Daniel so leicht Zugriff hatte, war es doch auch schmeichelhaft, dass sie ihm offenbar so viel bedeutet hatte. Und der Gedanke, mit ihm zu schlafen, war ganz eindeutig verlockend. Seit Catelyns Geburt hatte sie geglaubt, ihr Liebesleben habe das Zeitliche gesegnet, aber das hatte sich dank Daniel als Trugschluss erwiesen.

»Daheim passt Großmutter auf Catelyn auf, wenn ich in Cairns arbeite. Hier arbeitet Jenny in Teilzeit für mich, aber ich könnte Catelyn nicht jeden Tag in die Galerie mitnehmen.« Ihre Züge erhellten sich. »Aber ich sehe sie in ein paar Tagen. Meine Freundin Emma – das ist Trishs Tochter und dazu die Ärztin aus der Notaufnahme, von der ich dir erzählt habe – heiratet am Samstag. Ich bin Brautjungfer, fahre also schon am Donnerstag zurück nach Cairns.«

»Doch nicht in deinem Van?«

Daniel machte ein so entsetztes Gesicht, dass Kirri überlegte, ob sie beleidigt sein sollte, aber dann lachte sie nur. »Warum nicht? Ich bin auch mit dem Van hergefahren, mit einer ganzen Ladung Bilder. Ich muss allerdings gestehen, dass die Rostlaube sich mit manchen Steigungen etwas schwer getan hat.«

»Das glaube ich gern«, brummte Daniel. »Warum fahren wir nicht in meinem Wagen hin? Ich habe Klimaanlage und ...«

»Wir?«, fiel Kirri ihm ins Wort.

Daniel beugte sich vor. »Kirri, bis gestern wusste ich noch nicht, dass ich eine Tochter habe. Es war sehr schmerzlich für mich zu erfahren, dass ich die ersten 15

Monate ihres Lebens verpasst habe, weil ich nicht darauf vertraut habe, dass du mich so liebst, wie ich dich liebe.«

Seine Worte und die Aufrichtigkeit auf seinem Gesicht erschütterten sie. Ob es nun ein Lapsus war oder nicht, sie hatte registriert, dass er in Bezug auf seine Liebe zu ihr nicht in der Vergangenheitsform gesprochen hatte. Plötzlich bekam Kirri es mit der Angst zu tun. Die impulsive, freigeistige Frau, die vor drei Jahren in die USA gegangen war, existierte nicht mehr. Das Trauma, das sie durchlebt hatte, und die Geburt ihrer Tochter hatten sie unwiderruflich verändert. Wenn Daniel noch in die alte Kirri verliebt war, stand ihm eine Enttäuschung bevor.

»Daniel ...« Sie suchte nach den richtigen Worten, wohl wissend, dass Diplomatie nie ihre Stärke gewesen war. Sie war viel zu spontan und direkt, auch wenn die vergangenen zwei Jahre diese Eigenschaften etwas gedämpft hatten. »Ich bin nicht mehr der Mensch, den du in New Orleans kennen gelernt hast. Ich habe mich verändert.«

»Was in unserem Leben geschehen ist, hat uns beide verändert, Kirri. Ich weiß nicht, ob du noch die gleiche Anziehung für mich empfinden kannst wie früher. Ich würde es gerne glauben, möchte dich aber nicht unter Druck setzen. Ich hoffe, dass wir Freunde sein können und ich Catelyn ein Vater sein darf. Was den Rest betrifft, warten wir es einfach ab. Was sagst du dazu?«

Kirri zögerte. Catelyn hatte in J. D. bereits eine Vaterfigur, aber Kirri hatte immer gehofft, dass ihre kleine Tochter eines Tages ihren richtigen Vater kennen lernen würde. Trotz der Verantwortungslosigkeit ihres eigenen Vaters gegenüber seiner Familie und trotz seiner vielen Affären, dachte sie bitter, wusste sie doch, dass er sie von Herzen geliebt hatte. Eine Liebe, die sie erwidert hatte. Und das wünschte sie sich auch für Catelyn.

»Also gut. Du kannst mitkommen.«

Daniel lächelte. Ihm war nicht entgangen, welche Wirkung seine Worte auf Kirri gehabt hatten, und sein Vorschlag, es erst einmal auf freundschaftlicher Basis zu versuchen, hatte nur dazu dienen sollen, ihr die Angst zu nehmen. Zwei Jahre, in denen er um ihre Zukunft besorgte Angestellte und zornige Vorstandsmitglieder bei der Stange halten musste, hatten ihn gelehrt, wie man Krisen meistert, und dieses neue Talent kam ihm jetzt auch im Umgang mit Kirri sehr zugute.

»In meinem Van«, fügte Kirri hinzu.

Sein Lächeln verblasste. Dann stellte er seine Tasse auf dem Boden ab und ergriff sanft Kirris Oberarm. Ihm war ein besserer Einfall gekommen. Er sah ihr tief in die Augen, als er nun seine Taktik änderte. »Kirri, du bist kein egoistischer Mensch, du wirst also verstehen, dass ich nicht zwei Tage für eine Autofahrt verschwenden möchte, wenn ich mit dem Flieger in zwei Stunden da sein kann.«

Kirri wollte widersprechen, aber Daniel war mit seiner Geduld am Ende, und auch die Grenzen seiner Selbstbeherrschung waren überschritten. Er küsste sie, und als er die Zunge zwischen ihre Lippen schob, spürte er, wie ihr Widerstand sich auflöste. Er wollte aufstehen und sie an sich ziehen, war jedoch nicht sicher, ob er wieder von ihr würde ablassen können, wenn er erst ihre Rundungen spürte. Auch jetzt bewahrte ihn nur sein eiserner Wille davor, sich völlig in der brennenden Leidenschaft zu verlieren, die ihr Kuss in ihm entfachte.

Widerwillig rückte er von ihr ab. Sie sah ganz benommen aus, ganz weich und unwiderstehlich küssenswert. Ihm ging durch den Kopf, ob es nicht doch sinnvoller wäre, seine Fertigkeiten auf physischer Ebene einzusetzen, anstatt jene taktische Diplomatie zu nutzen, die im Geschäftsleben so hilfreich war.

»Kannst du morgen weg?«

Immer noch leicht benommen, nickte Kirri. »Jenny kann sich um die Galerie kümmern. Aber Daniel, ich kann mir keinen Flug leisten ...«

Er legte ihr einen Finger auf die Lippen und brachte sie so zum Schweigen. »Wenn ich von Catelyn gewusst hätte, hätte ich für sie Unterhalt gezahlt. Bitte lass mich das jetzt wieder gutmachen. Geld ist mir unwichtig, Kirri, das weißt du.«

Nein, das wusste sie nicht, aber die Aufrichtigkeit in seiner Stimme war sehr überzeugend.

Normalerweise wachte Daniel bei Tagesanbruch von allein auf, aber an diesem Morgen musste er sich zwingen aufzustehen. Er hatte eine unruhige Nacht hinter sich, ganz nervös wegen der bevorstehenden Tage mit Kirri. Er hatte sie schon einmal verloren, und obwohl er fest entschlossen war, es nicht wieder geschehen zu lassen, war er nicht sicher, ob es ihm auch gelingen würde, ihre Liebe zurückzugewinnen.

Um sechs Uhr klopfte er an Kirris Tür. Sie sah ebenfalls übernächtigt aus, aber ihr Koffer stand fertig gepackt neben der Tür.

Sie hatten nur noch auf diesem frühen Flug ab Brisbane zwei Plätze nach Cairns bekommen, zu früh für einen Anschlussflug von der Sunshine Coast nach Brisbane, sodass sie mit dem Wagen bis zum dortigen Flughafen fahren mussten.

Erst beim Einchecken fiel Daniel wieder ein, dass er am Freitag Philip Weyburn am Flughafen von Sunshine Coast abholen sollte. Er warf einen Blick auf die Uhr und wählte dann auf dem Handy die Büronummer.

Stella meldete sich. Daniel unterdrückte die aufsteigende Ungeduld. Als er das erste Mal Philips Büro betreten hatte, hatte Stella ihn auf so eindeutige Art gemustert, dass er sich vorgekommen war wie ein Stück Fleisch in der Auslage einer Metzgerei. Fast so als hätte sie gewusst, was er zu bieten hatte, und als wollte sie abschätzen, ob er ihre Erwartungen auch tatsächlich erfüllen konnte. Sie war keine schöne Frau, aber er hatte hinter der nüchternen Fassade eine primitive Energie gespürt, die ihn ebenso fasziniert wie abgestoßen hatte.

Die Schwingungen, die Daniel damals empfangen hatte, hatten sein Misstrauen geweckt. Abgesehen von dem, was er auf Kirri bezogen lange für eine eklatante Fehleinschätzung gehalten hatte, war er jemand, der sich auf sein Bauchgefühl verließ, und an jenem Tag hatten seine sämtlichen Instinkte Alarm geschlagen. Philip war sichtlich nervös gewesen, gerne bereit, ihm möglichst viel von der Firma zu zeigen, wobei er ihm jedoch die Einsicht in die Bücher verwehrte. Stella war da schon schwieriger zu durchschauen, aber die unterschwelligen Strömungen, die er wahrgenommen hatte, hatten ihm Unbehagen bereitet.

Jetzt teilte sie ihm mit, dass Philip nicht im Büro sei, sie Daniels Nachricht aber an ihn weiterleiten werde.

»Richten Sie ihm nur bitte aus, dass er sich nicht die Mühe zu machen braucht, nach Noosa zu fliegen, da ich über das Wochenende nicht dort sein werde.«

»Wo kann er sie erreichen?«

Daniel verspürte nicht die geringste Lust, sich in den kommenden Tagen von Philip Weyburn stören zu lassen. »Gar nicht. Ich habe etwas Persönliches zu erledigen.«

Am anderen Ende folgte ein kurzes Zögern, dann sagte Stella in gewohnt glattem professionellen Tonfall: »Philip möchte Sie bestimmt gerne sehen, solange Sie noch hier in Australien sind. Werden Sie lange weg sein?«

»So lange es eben dauert«, brummte Daniel.

»Wie bitte?«

»Ich muss los, unser Flug wird gerade aufgerufen.«

»Und er hat wirklich gesagt *unser* Flug?«

Stella nickte.

»Konnten Sie irgendetwas hören, was Aufschluss darüber gegeben hätte, wo er hin will?«

»Nein, Philip, tut mir Leid. Ich weiß, dass Sie gerne mit ihm in Verbindung geblieben wären.«

Philips Augen verengten sich. Warum sagte sie das? Wusste sie von seinem Vater? Immerhin hatten sie eng zusammengearbeitet ... Er entspannte sich, als sie fortfuhr. »Braucht Ihr Anwalt ihn zur Unterzeichnung des neuen Gesellschaftervertrages, wenn die Anteile Ihres Vaters auf Sie überschrieben werden?«

»Ja. Aber ich trage mich auch mit dem Gedanken, einige Punkte des Vertrages zu ändern. In der aktuellen Form ist er mir zu restriktiv.«

»In welcher Hinsicht?«

»Beispielsweise kann keiner ohne die Einwilligung des anderen Firmenanteile veräußern.«

»Mr. Brand scheint mir ein sehr umgänglicher Mensch zu sein. Das dürfte doch sicher kein Problem sein, oder?«

Aber tatsächlich war Daniel Brand gegenwärtig Philips größtes Problem. Was zum Teufel hatte der Kerl vor? Hatte er Lunte gerochen? Führte er auf eigene Faust Nachforschungen durch? Philip konnte es sich nicht leisten, den Amerikaner zu tief in den Aktivitäten von Brand & Weyburn wühlen zu lassen. Er brauchte nur ein klein wenig mehr Zeit ...

Kapitel 9

Cairns hat den Spitznamen »Tor zum Norden« zweifellos verdient, dachte Daniel, als ihre Maschine einen Bogen beschrieb und zum Landeanflug ansetzte. Hohe, mit Regenwald bedeckte Berge säumten eine Stadt ein, die sich auf der einen Seite bis in die Ausläufer hineinerstreckte und auf der anderen bis zum azurblauen Ufer der Trinity Bay. Boote aller Arten und Größen waren im Industriehafen und in der Marina festgemacht.

Während des Fluges hatte Kirri ihm von der Rinderfarm erzählt, die heute J. D. gehörte, nachdem sie sich schon seit Generationen im Besitz der Familie O'Connor befand. Vor elf Jahren hatte J. D.s Vater eine zweite Rinderfarm in der Nähe von Normanton am Golf erworben, und er und Kirris Mutter waren dorthin übergesiedelt.

Die Farm südlich von Cairns war J. D. überschrieben worden, der neben der Mast neuerdings auch einen Zuchtbetrieb unterhielt.

Kirri war damals siebzehn gewesen und hatte gerade die Highschool absolviert. Als junges Mädchen war sie natürlich alles andere als erpicht darauf gewesen, mit ihrer Mutter ins abgeschiedene Hinterland von Queensland zu ziehen. Damals war die Aufnahme in der Cairnser Fachschaft Visual Arts der James Cook University von Townsville ihre Rettung gewesen. Ihre Großmutter war bei ihr und J. D. geblieben, und Kirri hatte sich mit aller Energie ins Studentenleben gestürzt. Nach Abschluss des dreijährigen Studiums hatte sie eine Stelle als Graphikerin in Cairns angenommen, um sich das nötige Geld für ein Auto und den Umzug nach Sydney zu verdienen. Nach zwei Jahren wurde ihr Traum endlich Wirklichkeit, und sie hatte wieder bei ihrem Vater angeklopft, konnte sie es doch kaum erwarten, endlich in die Künstlerkreise Sydneys einzutauchen.

Lachend hatte Kirri Daniel berichtet, wie ihre Träume von einer Karriere als Malerin schnell der Ernüchterung zum Opfer gefallen waren. In der Stadt gab es reichlich Konkurrenz an viel versprechenden Nachwuchskünstlern. Es war ihr gelungen, sich ein gewisses Maß an Anerkennung zu verdienen, aber das war ihr nicht genug. Sie sehnte sich nach dem großen Durchbruch und glaubte fest daran, es schaffen zu können.

Schließlich hatte sie beschlossen, nach New York zu gehen, und durch eine Ganztagsstelle in der New South Wales Art Gallery konnte sie sich diesen Traum finanzieren. In New York hatte sie sich dann mit drei anderen jungen Künstlern ein Atelier in der Green Street in Soho geteilt und schon bald eingesehen, dass, wenn man in New York ernst genommen werden wollte, Originalität gefragt war. Wenn also die anderen Künstler besonders fein und sorgfältig arbeiteten, würde sie durch ein Kaleidoskop von Farben bestechen. Wenn die anderen Farbe in den Mittelpunkt rückten, würden ihre Arbeiten unschlagbar sein in ihrer Detailtreue und der Feinheit der Ausführung. Schließlich erregte sie die Aufmerksamkeit eines Kunstmäzens, der ins Atelier kam, um sich ihre Arbeit anzuschauen. Er kaufte zwei ihrer Werke, und das brachte ihr eine Erwähnung in *Art News* ein.

Ihre Bemühungen, ausgestellt zu werden, sei es auch nur in der kleinsten der unzähligen Kunstgalerien der Stadt, scheiterten jedoch. Als sie es schließlich leid gewesen war, sechs Tage die Woche zu malen und parallel auf unzähligen Partys in Erscheinung zu treten, um Kontakte zu knüpfen, hatte sie beschlossen, nach Australien zurückzukehren. Ihr Visum war noch mehrere Monate gültig gewesen, aber ihr Erspartes war fast aufgebraucht. Schließlich hatte eine Freundin ihr geraten, nach New Orleans zu gehen, um sich die französische Architektur anzusehen, guten Jazz zu hören und einfach ihre Akkus aufzuladen und neue Kraft zu tanken. Und so hatte sie beschlossen, sich von ihrem letzten Geld einen Urlaub zu gönnen, ehe sie heimkehrte.

Daniel hörte ihr lächelnd zu. Er war so glücklich, mit ihr zusammen zu sein und zu sehen, wie ungezwungen sie sich in seiner Gegenwart gab, dass er mit keinem Wort erwähnte, dass sie ihm vieles von ihrer Geschichte schon vor zwei Jahren erzählt hatte. Nicht viel über ihre Familie, aber eine ganze Menge über ihre künstlerischen Ambitionen und ihre Arbeit in Sydney und New York.

Abschließend erfuhr er, dass ihre Mutter und ihr Stiefvater gerade auf einer fünfmonatigen Europareise waren, sodass J. D. sie am Flughafen abholen würde. Offenbar hatte ihr Stiefbruder darauf bestanden, als sie am Vorabend daheim angerufen und von Daniel erzählt hatte.

Als sie das Flugzeug verließen und dem Gang zum Terminal folgten, registrierte Daniel den erwartungsvollen Ausdruck auf Kirris Gesicht und ihre Hast. Obgleich er sich ebenfalls darauf freute, seine kleine Tochter zu sehen, war er doch auch ein wenig nervös, weil er nicht wusste, welchen Empfang Kirris Familie ihm bereiten würde.

Er hatte gerade ihr Gepäck vom Band genommen, als er Kirri »J. D.!« rufen hörte und einen groß gewachsenen Mann Mitte dreißig sah, der mit großen Schritten auf sie zukam. Daniel erkannte den schlanken, braun gebrannten dunkelhaarigen Mann von dem Detektivfoto, den Mann, den er zwei Jahre lang abwechselnd gehasst und beneidet hatte.

J. D. umarmte Kirri und baute sich dann in voller Größe vor Daniel auf. Daniel spürte die Feindseligkeit seines Gegenübers und stöhnte innerlich. Das würde nicht einfach werden. Offensichtlich war J. D. der Meinung, dass Daniel seine Stiefschwester auf das Übelste im Stich gelassen hatte, und nicht geneigt war zu akzeptieren, dass der Amerikaner nun in ihr Leben zurückgekehrt war.

Abrupt wirbelte Kirri herum und funkelte J. D. böse an. »J. D., das ist Daniel Brand. Ich hoffe, dass du unseren legendären Ruf als gastfreundliches Land nicht dadurch ruinieren willst, dass du ihn mitten auf dem Flughafen k. o. schlägst.«

»Wir können ja warten, bis wir die Stadtgrenze passiert haben«, meinte Daniel in breitem amerikanischen Akzent und sah Belustigung in den Augen seines Gegenübers aufblitzen. Schließlich reichte J. D. ihm die Hand, und Daniel ergriff sie. Mit einem Lächeln quittierte er den kräftigen Händedruck.

»Hast dir ja mächtig Zeit gelassen, sie zu besuchen.« Der Tonfall verriet Daniel, dass er noch einen weiten und steinigen Weg vor sich hatte, wenn er Kirris Stiefbruder für sich gewinnen wollte.

»Ich habe dir doch erklärt, wie es war, J. D. Du kannst Daniel keinen Vorwurf daraus machen, dass er dachte, ich hätte ihn verlassen.« Kirri klang ungeduldig, und es wärmte Daniel das Herz, dass sie sich so vehement für ihn einsetzte.

»Seine Menschenkenntnis lässt zu wünschen übrig, wenn er dir so was wirklich zugetraut hat, Kirri.«

Ehe Kirri sich noch einmal für ihn einsetzen konnte, sagte Daniel: »Es war ein unverzeihlicher Fehler, dass ich damals an deiner Schwester gezweifelt habe, J. D., aber du kannst ganz sicher sein, dass ich diesen Fehler kein zweites Mal machen werde. In Zukunft wird sie auf mich zählen können. Jederzeit.«

Unvermittelt ging Kirri davon und ließ die beiden einfach stehen. »Wenn ihr beiden Sturköpfe noch bleiben und die Angelegenheit handgreiflich regeln wollt, bitte. Ich für meinen Teil fahre jetzt heim.«

Der klimatisierte Terminal hatte Daniel nicht auf die sengend heiße Luft vorbereitet, die ihnen entgegenschlug, als sie das Gebäude verließen. Die Sommer im Staat Washington waren mild, verglichen mit jenen im Norden von Queensland, und er fragte sich im Stillen, wie Kirri die Winter in New York überstanden hatte.

J. D. ging voraus zu einem grauen Nissan Patrol Geländewagen. Er ließ Daniel das Gepäck hinten verstauen und öffnete Kirri die Beifahrertür.

»Danke, J. D.«, sagte sie mit einem zuckersüßen Lächeln, »aber ich setze mich zu Daniel nach hinten, damit ich ihm etwas über die Landschaft erzählen kann.«

Noch bevor Daniel sich über diese Geste freuen konnte, fügte sie hinzu: »Wer weiß, wann er noch einmal herkommt.«

Daniel registrierte die Provokation, ging jedoch nicht darauf ein. Kirri würde noch früh genug merken, dass es ihm ernst gewesen war mit dem, was er zu J. D. gesagt hatte. In Zukunft würde er für sie da sein, ganz egal um welchen Preis.

»Wie konntest du zulassen, dass er einfach so entwischt?«

»Auch ich brauche hin und wieder etwas Schlaf«, knurrte Brett nicht minder unfreundlich. Sein Kater stimmte ihn an diesem Morgen eher missmutig. Die Verlockung von Jennys attraktivem Körper hatte ihn bewogen, sein Verlangen bei einer jungen Frau zu stillen, die er in einer Bar aufgerissen hatte, und er hatte zu seiner Überraschung festgestellt, dass er seinem sexuellen Repertoire durchaus noch die eine oder andere Fertigkeit hinzufügen konnte. In Bezug auf den Alkoholkonsum mit ihr mithalten zu wollen war allerdings keine gute Idee gewesen.

»Lass das nächste Mal das Handy an. Ich habe Stunden versucht, dich zu erreichen. Und bis Brand tot ist, wäre es besser, du würdest alleine schlafen.«

Nur der Umstand, dass er nicht leugnen konnte, hielt Brett davon ab zu protestieren. Er wusste, dass er mit einer Lüge nicht durchkommen würde.

»Wir müssen unbedingt in Erfahrung bringen, wohin er geflogen ist. Versuch es über diese Malerin. Finde heraus, ob sie noch da ist oder ob sie ihn begleitet, und wenn ja, wohin.«

Brett beendete das Gespräch mit einem Grunzen und warf das Telefon auf den Nachttisch. Eine schmale Hand glitt von hinten über seine Hüfte und streichelte seinen Bauch. Als die Hand langsam tiefer wanderte, griff er erneut nach dem Telefon und schaltete es ab.

Obgleich Kirri scheinbar fröhlich den Fremdenführer spielte, tanzte ihr Magen auf der Fahrt ins O'Connor Valley Rumba. Ihre Großmutter war am Telefon sehr verständnisvoll gewesen, was aber, wenn sie sich Daniel gegenüber so ablehnend verhielt wie J. D.? Und wie würde Catelyn reagieren?

Nach einer Weile ging ihr auf, dass Daniel ihr mehr Aufmerksamkeit widmete als der Landschaft, und sie wurde immer stiller. Zweifellos teilte Daniel ihre eigene Nervosität.

Seit er sie am Vortag geküsst hatte, und das gleich zweimal, stand ihr Körper im Konflikt mit ihrem Verstand.

Die Vernunft sagte ihr, dass er ein Fremder war, aber ihr Körper gierte mit einer beängstigenden Intensität nach ihm. Es war, als sehne er sich schmerzlich nach einer Vertrautheit, die ihm viel zu lange vorenthalten worden war.

Innerhalb von nur zwei kurzen Tagen hatte sie sich daran gewöhnt, dass sein ernstes Gesicht immer wieder vor ihrem geistigen Auge auftauchte und sie es kaum erwarten konnte, das schiefe Lächeln zu sehen, das erst seine Züge erhellte und dann seine Augen aufleuchten ließ. Sie fragte sich sogar, was sie in ihnen lesen würde, wenn sie der Versuchung nachgab und ihn mit der ganzen Leidenschaft küsste, die in ihr schwelte.

Ihre Gefühle schwangen hin und her wie ein aus dem Rhythmus geratenes Metronom, Verlangen gegen Vorsicht, ausgelöschte Erinnerung gegen den Wunsch, neue zu sammeln.

Eine asphaltierte Straße führte gleich mehrfach über den Fluss, der sich durch das O'Connor Valley wand. Ein riesiges Tal inmitten schroffer Berge, die zur Great Dividing Range gehörten. In Daniels Nervosität mischte sich prickelnde Vorfreude, als J. D. von der Straße in eine unbefestigte Zufahrt abbog. Schon bald kamen Rinderweiden in Sicht, moderne Stallungen aus Stahl, eine Arbeiterbaracke und ein großes hohes Haus mit Veranden rundherum, umgeben von hügeligen grünen und braunen Feldern.

Der Nissan blieb vor dem Haus stehen, und sie öffneten die Türen. Daniel atmete die schwüle Luft ein. *Alle Rinderfarmen riechen wohl gleich*, dachte er, als ihm der vertraute Geruch in die Nase stieg. Nur dass sich hier Eukalyptusduft in die strengen Gerüche von Staub, Kuhdung und tierischem Schweiß mischte. Zwei Hütehunde kamen herbeigelaufen, aber J. D. schickte sie mit einem knappen Befehl davon.

»Catelyn«, hauchte Kirri, und Daniels Herz zog sich zusammen bei ihrem Tonfall. Sie sprang aus dem Wagen und lief zur Treppe, um eine grauhaarige alte Frau zu begrüßen, die ein kleines Kind in einem kurzärmeligen Overall auf dem Arm hielt. Kirri umarmte erst beide zusammen, dann nahm sie das Kind an sich und drückte es ganz fest.

Daniel folgte langsam. Das kleine Mädchen lehnte sich in Kirris Armen nach hinten und sagte mit großer Strenge: »Mami wehtun.«

Tränen schimmerten in Kirris Augen, aber ein strahlendes Lächeln lag auf ihrem Gesicht. »Entschuldige, Schatz. Mami wollte dich nicht so fest drücken. Mami hat dich nur so schrecklich vermisst.«

Catelyn wandte sich Daniel zu, und ein misstrauischer Ausdruck trat in ihre dunklen Augen. Dann lächelte sie, und Daniel verlor auf der Stelle sein Herz an seine Tochter.

»Hallo«, sagte er leise. Am liebsten hätte er sie auf den Arm genommen, wagte es aber nicht, weil er fürchtete, sie würde ihn ablehnen.

Kirri sah die Sehnsucht auf seinen Zügen und verspürte einen Stich. Selbstverständlich hatte er das Recht, seine Tochter kennen zu lernen, aber ihr war auch bewusst, dass diese Begegnung noch schmerzhaft für Catelyn werden konnte. Wenn sie Daniel erst als ihren Vater akzeptiert hatte, wie sollte sie dann damit umgehen, wenn er in die Staaten zurückkehrte?

Aber Kirri war auch bewusst, wie viel ihr eigener Vater ihr immer noch bedeutete und dass sie Catelyn die Chance nicht verwehren durfte, eine Beziehung zu Daniel aufzubauen. Mit belegter Stimme, die verriet, wie ergriffen sie war, sagte sie: »Catelyn, das ist dein Daddy.«

»Day? Day?«, fragte Catelyn sichtlich verwirrt.

»Nein, Schatz, nicht J. D., *Daddy*.« Kirri lächelte entschuldigend zu Daniel auf. »Sie kann J. D. nicht aussprechen und nennt ihn Day.« Catelyn wand sich in ihren Armen, und Kirri ließ sie herunter. Mit einem freudigen Ausruf lief die Kleine auf wackligen Beinchen zu J. D., der noch damit beschäftigt war, das Gepäck auszuladen. Sie streckte die Arme aus und rief: »Day?«

J. D. lachte und hob das kleine Mädchen auf die Arme. »Heute gibt es keine Süßigkeiten, Schatz. Ich habe deine Mami mitgebracht, das reicht doch, oder?«

Daniel war enttäuscht, auch wenn ihm klar war, dass Catelyn ihm keine Zuneigung entgegenbringen konnte, weil er für sie ein Fremder war. Trotzdem schmerzte es.

»Ich bin Cate O'Flaherty, Kirris Großmutter.« Die alte Frau, der Kirri verblüffend ähnlich sah, reichte ihm die Hand, und Daniel war dankbar für das warme Lächeln auf ihrem Gesicht. »Deine Tochter hat dein Kinn, Daniel. Jetzt weiß ich auch, woher sie ihre Willenskraft hat«, fügte sie hinzu, als Daniel ihre Hand drückte.

»Mein Vater hat es immer als Sturheit bezeichnet, Mrs. O'Flaherty.«

»Nennen Sie mich Cate, wir sind hier nicht so förmlich. Kommt rein, ich habe Scones gebacken, und die schmecken ofenfrisch am besten.«

Ein grau gesprenkelter Hund kam aus dem Veranda-Schatten. Er begrüßte Kirri mit einem trägen Schwanzwedeln und beschnupperte dann Daniel. Daniel sah, dass die Augenlinsen des Hundes getrübt waren, und so hielt er ihm die Hand hin, damit er daran riechen konnte. Kirri registrierte die Geste erfreut. »Das ist Toby. J. D. hat ihn mir als Welpe zu meinem 13. Geburtstag geschenkt.«

»Vor fünfzehn Jahren«, murmelte er.

Ein ärgerlicher Ausdruck huschte über ihr Gesicht, und ihm ging auf, dass er sie wieder einmal daran erinnert hatte, wie viel er über sie wusste.

Und wie wenig sie über ihn.

Philip knallte den Hörer auf die Gabel. Es war naiv von ihm gewesen zu glauben, er könnte in so kurzer Zeit eine solche Summe auftreiben. Die Situation an der Börse war so mies, dass auch der Verkauf sämtlicher Aktien nicht einmal die Hälfte des notwendigen Betrages eingebracht hätte.

Das Telefon klingelte, und er nahm ungeduldig ab.

»Ja?«

»Philip, weißt du schon, wo Daniel steckt?«

Er stöhnte. »Nein, Mutter. Ich habe dir doch heute Morgen schon gesagt, dass ich dir Bescheid gebe, sobald ich etwas weiß. Ich habe zu arbeiten. Wir sehen uns heute Abend.«

Verdammt! Es war ein Fehler gewesen, seiner Mutter zu erzählen, dass Daniel Brand aus Noosa abgereist war, ohne sie über sein Reiseziel zu informieren. Sie war sehr nervös geworden, so als hätte Philip ihn bewusst verschwinden lassen wie ein unerwünschtes Geschenk.

Als sein Vater gestorben war, war er aus Sorge um seine psychisch labile Mutter wieder zu Hause eingezogen, aber inzwischen fragte er sich, ob diese Entscheidung richtig gewesen war. In letzter Zeit hatte sie ihn jeden Vor- und Nachmittag angerufen. Es waren nur banale Gespräche gewesen ohne erkennbaren besonderen Anlass.

Bei all dem Ärger wegen der Unterschlagungen seines Vaters und Daniel Brands Schnüffelei fühlte er sich zeitweise vom Verhalten seiner Mutter überfordert.

Das Haus der O'Connors hatte einen rechteckigen Grundriss mit einem Flur, der von der Haustür geradewegs bis zur Küche auf der Rückseite führte. Vorne links befanden sich Kirris und Catelyns Zimmer sowie ein Badezimmer und Cates Zimmer mit separatem Bad. Auf der gegenüberliegenden Flurseite lagen J. D.s Schlafzimmer, ein Arbeitszimmer, ein kleines Gästezimmer, in das Daniel geführt wurde, sowie ein Wohnzimmer, das an die Küche grenzte.

Nachdem sie Tee getrunken hatte, zeigte Kirri Daniel die Gärten und Nebengebäude, bis Cate mit einer alten Kuhglocke zum Mittagessen läutete.

»Kannst du reiten, Dan?«, fragte J. D., ehe er hungrig in sein Roastbeef-Salat-Sandwich biss.

»Ich habe lange nicht mehr auf einem Pferd gesessen.« Daniel hatte das ungute Gefühl, dass die Frage nicht so beiläufig gestellt worden war, wie sie offenbar klingen sollte. »Aber ich kann reiten, ja.«

»Hast du Lust, mich heute Nachmittag auf einen Kontrollritt zu begleiten? Ich muss auf den Weiden nach dem Rechten sehen. Natürlich nur, wenn du nicht zu müde bist von der Reise.«

Daniel schaute kurz zu Kirri hinüber, ehe er J. D.s unschuldigen Blick erwiderte. Ihr Stirnrunzeln bestätigte seinen eigenen Verdacht.

»Klar, sag nur, wann.«

Kirri parierte ihr Pferd im Schatten eines Eukalyptuswäldchens durch und blickte zurück zu Daniel und J. D., die in gemächlicherem Tempo zu ihr aufholten. Sie hatten sich ihrem wilden Galopp quer über die Weiden nicht angeschlossen, und sie sagte sich, dass die beiden bestimmt die Anspannung gespürt hatten, mit der sie zu kämpfen hatte, seit Daniel wieder in ihr Leben getreten war.

Sie waren noch zu weit weg, als dass sie hätte verstehen können, was gesprochen wurde, aber Daniel rief J. D. etwas zu, und die beiden beschrieben einen Bogen nach links und hielten in langsamem Galopp auf den Zaun zu, der in einiger Entfernung die Grenze des O'Connor'schen Besitzes markierte. Erst jetzt bemerkte sie die Kuh, die sich mit einem Hinterbein im Stacheldraht verfangen hatte und verzweifelt versuchte, sich zu befreien.

Als Kirri bei ihnen war, waren die beiden Männer bereits aus dem Sattel gesprungen. J. D. zog seine Lederhandschuhe über und holte ein Lasso aus der Satteltasche. Zwei der Drähte waren beim Befreiungskampf der Kuh gerissen, aber Rücken und Hinterbein des Tieres wiesen zahlreiche blutige Risse auf. Als die beiden Männer sich der Kuh näherten, trat diese in ihrer Panik nach ihnen. J. D. erwischte geschickt die Vorderbeine mit dem Lasso und zog das Seil stramm. Die Kuh fiel auf die Knie. Während J. D. das Seil am Sattel befestigte, packte Daniel den Kopf der sich verzweifelt wehrenden Kuh und warf diese mit einem kräftigen Ruck auf die Seite.

Kirri reichte J. D. das Seil aus ihrer eigenen Packtasche, und er fesselte rasch das freie Hinterbein und verknotete das lose Seilende an Kirris Sattel. Er sprach beruhigend auf die Kuh ein, als er sich daranmachte, sie von dem Draht zu befreien. Er arbeitete zielstrebig und ohne Hektik, aber Kirris Blick ruhte auf Daniel, der weiterhin den Kopf des Tieres hielt, damit es nicht aufspringen und sich noch schwerer verletzen konnte.

J. D. warf das letzte Stück durchtrennten Stacheldraht beiseite und untersuchte die Wunden, die er hinterlassen hatte, genauer. Dann ließ er die Kuh frei. Daniel ließ ebenfalls los, und das Tier sprang auf und lief davon.

»Wahrscheinlich haben Wildhunde sie erschreckt«, brummte J. D. »Dass es ausgerechnet diese Kuh erwischen musste. Sie gehört zu meinen besten Zuchttieren.«

»Sie schien nicht allzu schwer verletzt zu sein«, bemerkte Daniel und klopfte sich den Staub von der Hose.

»Stimmt«, pflichtete J. D. ihm bei, »aber ich reite später trotzdem noch mal raus und spritze ihr ein Antibiotikum.«

Er warf Daniel einen Blick zu. »Wo hast du den Umgang mit Rindern gelernt?«

»Meine Großeltern leiten eine Ranch in Wyoming. Ich habe bis zum College fast alle Schulferien bei ihnen verbracht.« Er lächelte sein zurückhaltendes sanftes Lächeln, woraufhin Kirri prompt das Herz bis zum Hals schlug. »Ich habe sogar beim örtlichen Rodeo ein paar Preise gewonnen.«

Respekt spiegelte sich auf J. D.s Zügen, als er sich wieder in den Sattel schwang, und Kirri war selbst überrascht, wie stolz sie auf den Vater ihrer Tochter war.

Myriaden von Lichtern blinkten in dem Patchwork aus verschiedenen Schwarzschattierungen, das sich im Umkreis von mehreren Kilometern um Stella Quinlans Wohnung im 18. Stock eines Hochhauses in Sydney herum erstreckte. Sie blickte lange auf die Lichter hinab und dachte dabei an Philip Weyburn, wie er an diesem Morgen vor ihr am Schreibtisch seines Vaters gesessen hatte. Schon vor Jahren hatte sie seinen Charakter analysiert und war zu dem Schluss gekommen, dass er aus demselben Holz geschnitzt war wie der Senior: ein Schwächling. Sie verachtete schwache Männer. Bisher war ihr noch kein Mann begegnet, der stark genug gewesen wäre, sich mit ihr zu messen. Viele hatten auf den ersten Blick Stärke ausgestrahlt, aber Stella hatte es immer verstanden, ihren wunden Punkt zu finden und sie zu manipulieren. Sie wusste genau, wie man einen Mann berührte, wie man ihn erregte und ihm unvorstellbare Lust bereitete.

Ihre Finger rieben leicht die Seiten des Kristallglases, das sie in beiden Händen hielt. Sie behielt den Bourbon noch eine Weile im Mund und genoss den Geschmack des milden Whiskeys, ehe sie ihn herunterschluckte. An diesem Abend war die Vorstellung, sich noch ein drittes Glas zu genehmigen, sehr verlockend, aber sie gestattete sich nie mehr als zwei Bourbon, ehe sie ausging, und sie hatte es sich schon vor Jahren zur eisernen Regel gemacht, niemals den Wünschen ihres Körpers nachzugeben. Das hätte Schwäche bedeutet.

Ihr seidener Morgenmantel umschmeichelte fließend ihren schlanken Körper, als sie in die Küche ging, das Glas spülte und anschließend das Schlafzimmer ansteuerte. Wie im Wohnzimmer gab auch die Einrichtung dieses Raumes keinerlei Aufschluss über die Persönlichkeit des Menschen, der in ihm wohnte. Auf der Frisierkommode aus Rosenholz standen weder Fotos von Verwandten noch von Freunden, und den Nachttisch zierten keine sentimentalen Erinnerungsstücke. Das Gemälde an der Wand passte perfekt zu den Farben der Inneneinrichtung, aber das konnte auch der einzige Grund sein, weshalb sie es ausgewählt hatte.

Geschickt schminkte sie sich, wobei sie die Wangenknochen betonte und Wimperntusche und Eyeliner auftrug, um ihr auffallendstes Attribut zu betonen: ihre faszinierenden dunklen Augen.

Aber am nützlichsten war immer noch ihre makellose Figur mit den üppigen Rundungen. In ihrer Freizeit gab sie Stoffen den Vorzug, die im Gegensatz zu ihren Business-Kostümen eng anlagen und Konturen betonten, und sie bewegte sich in einer Art und Weise, die jedem Mann ihre Absichten auf das Eindeutigste signalisierte. Und wenn sie Lust in ihren Augen lasen, machte das das Spiel nur noch reizvoller.

Sie trat vom Spiegel zurück und ließ das Kleid von den Schultern gleiten. Ihr Blick folgte ihren Händen, als diese über ihre vollen Brüste wanderten, abwärts über ihren flachen Bauch und die Vorderseite ihrer Oberschenkel. Vor ihrem geistigen Auge stieg das Gesicht Daniel Brands auf, und sie lachte. Gleich bei ihrer ersten Begegnung hatte sie erkannt, dass er wie sie stark war und sehr genau wusste, was er wollte.

Aus dem spontanen Gelächter wurde ein kaltes Lächeln.

Wenn sie mit ihm fertig war, würde er so schwach sein wie alle anderen.

Kapitel 10

Cate O'Flaherty starrte Daniel verdutzt an und schüttelte dann den Kopf. »Die Männer hier im Haus bieten nur höchst selten ihre Hilfe in der Küche an, Daniel, und ich danke Ihnen dafür, aber ich brauche nur das Geschirr in die Spülmaschine zu stellen.« Sie blickte auf Kirri, die Catelyn in ihrem Kinderstühlchen mit einer Serviette die letzten Reste Gemüse und Soße aus dem Gesicht wischte. »Möchten Sie nicht lieber Kirri helfen, Ihre Tochter zu baden und zu Bett zu bringen, Daniel?«

Kirris Kopf fuhr hoch; sie war sichtlich überrascht von Cates Vorschlag. Die Vorstellung, dass Daniel ihr mit Catelyn half, verstärkte für sie das Bild von ihnen als Familie. Daniel mochte ja der Vater ihrer Tochter sein, aber sie wollte unter keinen Umständen, dass er daraus irgendwelche Ansprüche ableitete. »Schon gut, Gran, ich komme auch alleine zurecht.«

Sofort hatte sie ein schlechtes Gewissen, als sie die Enttäuschung auf Daniels Gesicht sah. Sie hatte ihn im Umgang mit Catelyn beobachtet, hatte gesehen, wie sanft er sich ihr gegenüber verhielt und wie sehr er sich zurücknahm, um sie nicht zu verschrecken. Ihm war bewusst, dass er für das Kind ein völlig Fremder war; Kirri war nicht entgangen, wie tief es ihn getroffen hatte, als Catelyn zu J. D. gelaufen war, als wäre er ihr Vater.

»Andererseits kann ein bisschen Hilfe sicher nicht schaden«, fügte sie hinzu.

Wie der Rest des Hauses war auch das Bad modernisiert worden. Rauchgrüne Fliesen mit einem verschnörkelten Vlies bildeten einen hübschen Kontrast zu den weißen Armaturen. Kirri zog Catelyn aus und reichte sie dann an Daniel weiter, damit sie ein Bad einlassen konnte.

Daniel hielt seine Tochter, als wäre sie eine Mischung aus zerbrechlichem Kristall und glühenden Kohlen. Für Catelyn war die Erfahrung ebenso neu. Sie musterte Daniel forschend, zog dann an seiner Unterlippe und verkündete triumphierend: »Tähne!«

Kirri konzentrierte sich auf das, was sie gerade tat, und versuchte, sich das Lachen zu verkneifen. Aus den Augenwinkeln sah sie das stolze Strahlen auf Daniels Gesicht, als er Catelyn zunickte. »Genau, Zähne«, wiederholte er, seine Lippe noch in der kleinen Kinderhand.

Eine so überwältigende Welle der Liebe und Zärtlichkeit durchströmte Daniel, dass es ihm schier den Atem raubte. Seine Tochter! Dieses wunderhübsche Kind mit den riesigen seelenvollen dunklen Augen und dem ebenholzschwarzen Haar war sein Fleisch und Blut.

Kirris Herz zog sich zusammen. Daniel war so offensichtlich vernarrt in Catelyn. Wieder verspürte sie Furcht, dass er auf die Idee kommen könnte, ihr das Sorgerecht für die gemeinsame Tochter streitig zu machen. Andererseits deutete nichts von dem, was sie in der kurzen Zeit über Daniel Brand erfahren hatte, darauf hin, dass er zu so etwas fähig wäre. Immerhin hatte er sich seinerzeit sogar von ihr fern gehalten, weil er glaubte, es gäbe einen anderen Mann in ihrem Leben. Und wegen eben dieser Zurückhaltung musste sie zwei Jahre lang mit der Ungewissheit leben, Catelyn könnte aus einer Vergewaltigung hervorgegangen sein.

Sie drehte das Wasser ab und prüfte die Temperatur. Dann streckte sie die Hände nach Catelyn aus. Ihre Hände berührten dabei seine Unterarme, und die Lust, die sie dabei durchzuckte, kam für sie völlig unvorbereitet. Zitternd hielt sie in der Bewegung inne, und Daniels plötzliche Reglosigkeit verriet ihr, dass er das Gleiche spürte wie sie.

Einige Sekunden standen sie da wie erstarrt, und die Luft in dem kleinen Bad knisterte förmlich von der Spannung, die ihr Verlangen erzeugte. Dann wand Catelyn sich in Daniels Armen. »Ba«, verlangte sie.

Daniel lächelte, bedauernd und entzückt zugleich. »Ist es okay, wenn ich sie bade?«, fragte er.

Kirri nickte nur, da sie fürchtete, dass ihre Stimme versagte, wenn sie versuchte zu sprechen. Schweigend sah sie zu, wie Daniel sich neben die Wanne kniete und versuchte, seine Tochter zu waschen. Er musste schon bald feststellen, dass es leichter war, eine tobende Kuh am Boden zu halten, als ein kleines Kind zu baden. Catelyn quietschte vergnügt, als sie sah, dass ihr Vater schon nach kurzer Zeit fast so viel Schaum abbekommen hatte wie sie selbst.

In einem etwas verspäteten Versuch, den Badezimmerboden zumindest halbwegs trocken zu halten, hielt Kirri ein großes flauschiges Handtuch bereit, um das lachende Kind in Empfang zu nehmen, das Daniel aus dem Badewasser hob. Daniel blickte an sich herab und grinste beim Anblick seines durchweichten Hemdes. »Ich denke, ich sollte mir etwas Trockenes anziehen.«

»Ich mache Catelyn in der Zwischenzeit bettfertig«, murmelte Kirri und ging hinaus. Sie fluchte innerlich; Daniels seltenes Lächeln ging ihr viel zu nahe. Wenn er so weitermachte, würde sie eher früher als später in seine Arme fallen und ihn küssen, bis Regenbogen durch ihren Kopf wirbelten wie ein Kaleidoskop. Das Problem war nur, dass sie nicht wusste, ob sie das wollte.

Daniel beeilte sich beim Umziehen, da er in Zukunft nicht mehr vom Leben seiner Tochter versäumen wollte, als unvermeidbar war. Kirri deckte das kleine Mädchen gerade zu, als er das Kinderzimmer betrat.

»Ist sie nicht noch zu klein, um in einem richtigen Bett zu schlafen?«, fragte er.

»Das kleine Äffchen konnte schon mit zehn Monaten gehen und mit einem Jahr *laufen*. Und zur gleichen Zeit hat sie angefangen, aus ihrem Gitterbettchen zu steigen. Da war es sicherer, sie in einem Bett unterzubringen wegen der Verletzungsgefahr.«

Die schwarzen Locken hüpften, als Catelyn zu ihm aufblickte. »Buch«, rief sie. »Buch.«

»Buch?«

»Sie möchte, dass du ihr vorliest«, erklärte Kirri.

Daniel verzog das Gesicht, als wäre er gebeten worden, vor einem Saal wütender Aktionäre aus dem Stegreif eine Rede zu halten. Kirri musste lachen. »Sie kann nicht lesen, Daniel. Es fällt nicht auf, wenn du etwas überspringst. Ansonsten kann man beim Vorlesen wirklich nicht viel falsch machen.«

Sie reichte ihm eine Auswahl von Kinderbüchern. »Du hast noch nie jemandem vorgelesen, stimmt's?«

Er schüttelte den Kopf. »Kojoten und Bären haben nicht so viel für Gutenachtgeschichten übrig.« Er sah die Bücher durch und stutzte. »Peter Rabbit«, sagte er leise. »Das hat meine Mutter mir früher vorgelesen. Das ist meine einzige Erinnerung an sie.«

Bei seinen Worten wurde Kirri ganz warm ums Herz, und sie verschränkte ganz fest die Hände hinter dem Rücken, um dem Drang zu widerstehen, diesen starken, sanften Mann mit aller Kraft zu umarmen. Kein Wunder, dass ihm so viel daran lag, seine Tochter kennen zu lernen, nachdem er selbst keine Erinnerung an seine Mutter hatte.

»Kirri.« Cate klopfte leise an die Tür. »Emma ist am Telefon. Irgendwelche Schwierigkeiten mit der Hochzeit, nehme ich an.«

»Du schaffst das schon.« Sie klopfte Daniel noch einmal aufmunternd auf den Rücken und verließ das Zimmer.

Wie bei den meisten Hochzeitspannen war auch diese kein wirklicher Beinbruch, wenn auch eine Enttäuschung für Drew, den Bräutigam. Drews Bruder Chayse, der auch als Trauzeuge fungieren sollte, hatte ihnen eröffnet, dass er es möglicherweise nicht rechtzeitig zur Trauung schaffen würde.

Kirri hatte Chayse vor sieben Monaten kennen gelernt. Sie war nicht ganz sicher, was er beruflich machte, aber Emma hatte erwähnt, dass er etwas mit der Polizei zu tun habe.

Die Feier sollte auf dem ländlichen Anwesen stattfinden, das früher Emmas Vater gehört hatte und inzwischen in eine soziale Einrichtung umfunktioniert worden war, die Straßenkindern eine Perspektive gab, indem sie ihnen Geborgenheit schenkte und ihnen die Gelegenheit bot, gewisse theoretische und praktische Kenntnisse in der Farmarbeit zu erlernen. Es waren Kirris direkte Nachbarn im Tal, und sie verabredete sich für Freitag mit Emma und Drew, um den Ablauf der Zeremonie noch einmal zu proben.

Es dauerte fast eine Stunde, bis sich die beiden Freundinnen am Telefon alle Neuigkeiten erzählt hatten, und Kirri konnte es kaum erwarten zu sehen, wie Daniel mit Catelyn zurechtgekommen war.

Mit klopfendem Herzen blieb sie in der Tür stehen, die Kehle wie zugeschnürt, sodass sie kaum Luft bekam.

Daniel lag mit geschlossenen Augen auf dem Bett, Catelyn in eine Armbeuge gekuschelt. Ihr Köpfchen ruhte zwischen seinem Kinn und seiner Brust. Eine kleine Hand hatte sich in das dunkle Brusthaar gekrallt, das unter dem offenen Hemd hervorschaute. Den Popo hielt sie in die Höhe gereckt, als versuche sie, sich noch enger an Daniel zu schmiegen.

Kirri betrachtete die beiden eine ganze Weile, und beim Anblick der langen gebogenen Wimpern und der perfekt geformten Lippen von Vater und Tochter hatte sie einen Kloß im Hals.

Ein leises Grummeln verriet Kirri, dass Daniel schlief. Sie sah, wie Catelyn im Schlaf noch dichter an ihn heranrückte und sein Arm sich unbewusst schützend um das kleine Mädchen legte.

Tränen stiegen ihr in die Augen, fast Angst einflößend angesichts des physischen Schmerzes, der sie begleitete. Sie flüchtete auf ihr Zimmer, froh, dass J. D. sich nach dem Essen in sein Arbeitszimmer zurückgezogen hatte. Sie hätte nicht damit umzugehen gewusst, wenn er versucht hätte, ihr zu helfen bei dem, was sie bedrückte, zumal sie sich eingestehen musste, selbst nicht zu wissen, was genau sie quälte.

Sie warf sich auf das Bett und vergrub das Gesicht im Kissen. Es dauerte eine Minute, bis ihr bewusst wurde, dass jemand hereingekommen war. Sie drehte den Kopf, als sich jemand zu ihr setzte.

»O Gran!« Sie musste umso mehr weinen, nahm ein Taschentuch aus der Packung auf dem Nachttisch und putzte sich die Nase.

»Entschuldige, Gran. Ich weiß auch nicht, was mit mir los ist.«

Cate strich ihrer Enkelin zärtlich die Locken aus dem Gesicht und lächelte. »Du bist viel zu stark gewesen, Kirri. Seit deine Mutter dich aus den Staaten zurückgeholt hat, hast du gekämpft, um wieder zu Kräften zu kommen. Dann hast du gekämpft, um dir und allen anderen zu beweisen, dass du Catelyn eine gute Mutter sein kannst. Und du warst zu stolz, um finanzielle Hilfe seitens der Familie anzunehmen.«

»Das halte ich immer noch für richtig«, entgegnete Kirri defensiv, und Cate erkannte sich selbst in Kirris Alter wieder.

»Warum weinst du dann?«

Kirri schüttelte den Kopf, aber gleich darauf sprudelten die Worte doch aus ihr hervor, und sie gestand ihrer Großmutter, wie sehr es sie verletzt hatte, dass Daniel nicht nach Australien gekommen war, um sie zu suchen, dass sie Catelyns Geburt alleine hatte durchstehen müssen, ohne auch nur zu wissen, wer der Vater ihrer Tochter war. Sie erzählte Cate von den Gründen, die Daniel ihr genannt hatte, gestand sogar ein, dass sie seine Reaktion nachvollziehen könne, dies aber nicht dazu beitrug, ihren Groll auf ihn zu mildern.

»Und was empfindest du noch für ihn?«

»Was meinst du damit?«

Cate seufzte. »Kirri, du siehst ihn an wie eine hübsch verpackte Praline, und du weißt selbst, was für eine Naschkatze du bist, wenn es um Süßes geht. Und bei ihm ist es nicht anders. Ich werde nie begreifen, wie er es geschafft hat, sich zu beherrschen und dich nicht sofort in sein Bett zu schleifen.«

Als sie Kirris verblüfftes Gesicht sah und die flammende Röte, die ihre Wangen überzog, lachte Cate herzlich. »Lass dir einen so anständigen Mann wie Daniel nicht entgehen, Kirri. Er ist der Richtige, derjenige, für den es sich lohnen würde, deine Unabhängigkeit aufzugeben, das fühle ich.«

Kirri lachte. Andererseits hatte ihre Großmutter mit ihrem Gefühl schon erstaunlich oft richtig gelegen, was die Theorie von Kirris Mutter untermauert hatte, Cate habe eine gewisse »Gabe«. Sie hatte sogar gespürt, dass Kirri etwas zugestoßen war, noch bevor der Anruf aus dem Krankenhaus in New Orleans gekommen war.

Am nächsten Morgen passierte etwas, das Kirri seit Catelyns Geburt nicht mehr passiert war: Sie verschlief.

Ob es an dem Gefühlsausbruch vom Vorabend lag oder daran, dass der Monat fern von daheim sie so viel Kraft gekostet hatte, vermochte sie nicht zu sagen, aber es war fast neun, als sie schließlich unter die Dusche stieg und anschließend in die Küche ging. Ihre Großmutter half Catelyn gerade geduldig beim Zusammensetzen eines Holzpuzzles.

»Wo ist Daniel?« Die Frage rutschte ihr heraus, ehe sie sie sich verkneifen konnte.

»J. D. hat ihn mit rausgenommen, um Zäune zu reparieren, und anschließend wollen sie die Grundstücksgrenzen kontrollieren. Die beiden werden wahrscheinlich den ganzen Tag unterwegs sein.«

Kirri verspürte Enttäuschung. Gleich darauf sagte sie sich jedoch, dass dies eine wunderbare Gelegenheit war, sich voll und ganz ihrer kleinen Tochter zu widmen. Es war erstaunlich, wie sehr sie allein in den letzten vier Wochen gewachsen war. Kirri betrachtete das süße Gesichtchen mit der von Konzentration gerunzelten Stirn und musste plötzlich schlucken. Wie sollte sie es nach der Hochzeit fertig bringen, nach Noosa zurückzukehren und weitere zwei Monate von Catelyn getrennt zu sein? Drei Monate Miete auf Probe hatten seinerzeit wunderbar geklungen, aber jetzt kam ihr das Vierteljahr vor wie eine Ewigkeit.

Der gestrige Tag war langweilig, erfolglos und schlicht ärgerlich gewesen. Während der Beobachtung von Kirris Galerie war es Brett zunehmend schwer gefallen, den Frust ob der sinnlosen stundenlangen Überwachung zu unterdrücken. Kirri Smith war am Vortag nicht zur Arbeit erschienen, und es sah ganz so aus, als würde sie sich auch heute nicht blicken lassen.

Seine Gedanken kehrten immer wieder zurück zur vergangenen Nacht. Es war zwar riskant gewesen, eine zweite Nacht mit der kleinen Nymphomanin zu verbringen, die er im Pub aufgegabelt hatte, aber es hatte sich gelohnt. Ein leises Lächeln stahl sich auf seine attraktiven Züge. Diese Frau war unersättlich. Und so einfallsreich. Allein bei dem Gedanken an sie regte sich sein Verlangen.

Wenn er sich doch nur wieder auf die Terrasse des Straßencafés setzen könnte. Aber das wäre leichtsinnig, da nicht auszuschließen war, dass doch jemand in ihm den Mann erkannte, der den Pajero gestohlen und den Touristen angefahren hatte. Aber er war es auch leid, die Straße auf und ab zu schlendern und so zu tun, als würde er sich ernsthaft für die Auslagen der Geschäfte interessieren.

Einen weiteren Besuch in der Galerie wollte er nicht riskieren. Er wusste, dass die junge Verkäuferin sich an ihn erinnern würde, dafür hatte er selbst gesorgt, aber weitere Fragen über Kirri Smith könnten ihren Argwohn erregen. Sein anonymer Anruf, bei dem er sich nach Kirri erkundigt hatte, hatte ihm auch nur die Antwort eingebracht, dass sie für ein paar Tage nicht erreichbar sei. Vielleicht fand sich ja in ihrer Wohnung etwas, das Aufschluss darüber gab, wo sie sich aufhalten könnte.

Schweiß lief ihm den Rücken hinunter, und der Gedanke an ein kaltes Bier war verlockend. Er lächelte. Die Kleine mit den gewissen Talenten würde dort sein und Poolbillard spielen. Zweifellos würde sie dabei mehr im Blick haben als Queue und Bälle. Das Ziehen in den Lenden wurde stärker.

Vielleicht sollte er mit der Durchsuchung der Wohnung noch bis morgen warten ...

J. D. und Daniel kehrten am Spätnachmittag zurück, aber Kirri war schon bald klar, dass J. D. fest entschlossen war, Daniel zu vereinnahmen. Gleich nach dem Abendessen schleifte er ihn in sein Arbeitszimmer. Offenbar experimentierten Daniels Großeltern mit der Einkreuzung zweifarbiger so genannter Belted Galloways in ihre Herde, und J. D. wollte alles darüber wissen.

Kirri fand, dass ihr Stiefbruder viel zu viel Zeit auf Rindviecher verwandte. Sollte er sich tagsüber mit Kühen beschäftigen und sich dazu noch die Nächte im Internet um die Ohren schlagen, um irgendwelche Zuchteigenschaften nachzulesen, aber das hieß noch lange nicht, dass er ihren Gast rund um die Uhr mit Beschlag belegen und zu diesem Thema löchern musste.

Am nächsten Morgen war Kirri schon früh wach und machte Frühstück. Als J. D. anfing aufzuzählen, was er an diesem Tag alles mit ihrem Gast vorhatte, teilte sie ihm ruhig, aber bestimmt mit, dass sie selbst Daniel auch das eine oder andere zeigen wolle.

Eine Stunde später öffnete sie die Tür zu einem großen Raum unter dem alten Queenslander-Haus.

»J. D. hat den Raum als Atelier für mich ausgebaut«, erklärte sie Daniel. »Als sich herausstellte, dass ich schwanger war, war schon rein finanziell eine Rückkehr in die Staaten oder auch nur nach Sydney ausgeschlossen. Nicht, dass ich das gewollt hätte. Hier hatte ich wenigstens eine Familie, die für mich da war und die meine Tochter lieb haben würde, ganz unabhängig von den Umständen ihrer Zeugung.«

Daniels Herz zog sich zusammen. Die seelischen Qualen, die er gelitten hatte, als er noch glaubte, Kirri hätte ihn verlassen, waren nichts gewesen verglichen mit dem, was sie durchgemacht hatte. »Und wenn du einen Jungen bekommen hättest? Hätte das einen Unterschied bedeutet?«

»Vermutlich nicht. Außerdem wusste ich, dass es ein Mädchen sein würde, das hatte eine Ultraschalluntersuchung bereits ergeben.«

Daniel hob Catelyn, die er auf dem Arm hielt, etwas höher. Sie schien ganz fasziniert von den lockigen dunklen Haaren in seinem Hemdausschnitt, und er biss die Zähne zusammen, als sie die Finger hineinkrallte, um sich dann schwungvoll zu Kirri umzudrehen.

»Malen!«, verlangte sie. Kirri nickte und streckte die Arme nach ihr aus.

Als Catelyn daraufhin erwartungsvoll strampelte und sich zu ihrer Mutter hinüberlehnte, empfand Daniel ein Gefühl des Verlustes. Er sehnte sich ebenso schmerzlich danach, Catelyn zu halten, wie er sich danach sehnte, Kirri endlich zu umarmen. Catelyn lief etwas wacklig auf krummen Beinchen zu einer Miniatur-Staffelei mit Farbpalette in einer Ecke.

»Sie ist gerne bei mir, wenn ich arbeite«, erklärte Kirri.

»Hast du darum gebeten, dass der Arzt das Geschlecht des Babys feststellt? War es für dich wichtig?«

»Und ob es das war!«, fauchte sie und wirbelte mit funkelnden Augen herum. »Ich musste es *wissen*, Daniel! Alles andere das Baby betreffend war ein Rätsel, und da wollte ich wenigstens das Geschlecht wissen.« Die Erinnerung stürzte auf sie ein. »Ja, es war leichter für mich, nachdem ich wusste, dass es ein Mädchen war.«

»Es tut mir so Leid, Kirri!« Ihr offenkundiger Zorn hätte Daniel eigentlich eine Warnung sein müssen, aber er musste sie einfach berühren, musste eine Verbindung herstellen, um die Mauer, die sie zwischen ihnen zu errichten versuchte, einzureißen. Zärtlich umfasste er ihre Oberarme. »Ich würde alles darum geben, wenn ich ungeschehen machen könnte, was passiert ist.«

»Aber das kannst du nicht, Daniel, du kannst es nicht!«

Kirri traten Tränen der Frustration in die Augen, und sie kniff sie fest zusammen, entschlossen, keine Schwäche zu zeigen.

Aber sie war nicht schnell genug, und als er den verräterischen Glanz in ihren Augen sah, fühlte er sich, als hätte man ihm in den Bauch getreten. Er verspürte Schuld und eine Fülle anderer widerstreitender Empfindungen, und er reagierte auf die einzige Art, die ihm richtig vorkam. Er zog sie an sich.

Im ersten Moment wehrte sie sich und versteifte sich, aber dann fühlte sie sich in seinen starken und gleichzeitig sanften Armen wunderbar geborgen und beschützt. Ganz zu schweigen von seiner Wärme, die durch den dünnen Stoff ihrer Baumwollbluse drang.

Ganz sacht hob Daniel ihr Kinn an, und seine Lippen wanderten küssend an ihrem Hals hinab. Er fühlte, wie sie erschauerte, und war sich der sinnlichen Macht seiner Zärtlichkeiten bewusst. Schon damals in New Orleans hatte er sie so sehr geliebt, dass er versucht hatte, ihr in jenen drei Wochen alles zu geben, dessen er fähig war. Seine Lippen wanderten wieder aufwärts, an ihrem Kiefer entlang, bis sie ihren Mund fanden.

Die Farben waren ihr Untergang. Gegen seinen männlichen Geschmack und die harten Brustmuskeln unter ihren Händen wäre sie noch angekommen, aber die unendliche Zärtlichkeit seines Kusses, die Liebe, die er ausstrahlte und die sie spürte bis ins Mark, erzeugten pastellfarbene Blau- und Lilatöne, die in sanften Wirbeln vor ihren Augen miteinander verliefen. Ihre Haut prickelte. Der Funke der Lust sprang über und entfachte ein Feuer, ein pulsierendes Verlangen tief in ihrem Bauch. Die Pastellfarben wandelten sich in ein Feuerwerk aus Rot- und Orangetönen.

Sie schmolz dahin, schmiegte sich weich an ihn und öffnete die Lippen noch weiter.

Wenn es nach ihr gegangen wäre, hätte der Moment ewig dauern können, hätte sie sich willenlos den Gefühlen und Farben hingegeben, die er erzeugte, aber eine kleine Hand krallte sich in ihre Jeans. »Kuss! Kuss!«

Benommen löste sie sich von Daniel und schlug die Augen auf. Daniel sah nicht weniger mitgenommen aus, als sie sich fühlte, auch wenn seine Augen leuchteten von dem Verlangen, das er sich sichtlich bemühte, unter Kontrolle zu halten. Sie senkten beide den Blick. Catelyn versuchte, sich zwischen ihre Beine zu zwängen, und zerrte entschlossen an ihrer beider Jeans, um sie auseinander zu ziehen.

Aus schwarzen Augen blickte sie anklagend zu ihnen auf. »Kuss!«, forderte sie erneut.

Daniel hob sie hoch, und sie legte ihnen beiden einen Arm um den Hals und drückte erst Kirri, dann Daniel einen feuchten Schmatzer auf den Mund.

Kirri sah das Glück und die Liebe in Daniels goldbraunen Augen und fühlte, wie ihre Welt aus den Fugen geriet. Aber ehe sie Gelegenheit hatte, das Glücksgefühl auszukosten, das sich ihrer bemächtigte, hörte sie das dröhnende Motorengeräusch eines nahenden Trucks. Dann rief ihre Großmutter: »Der Schlachter ist da!«

»Schlachter?« Daniels Stimme klang heiser, und Kirri wusste, dass ihre nicht minder belegt war, als sie antwortete. »Ted Grenham, der mobile Schlachtdienst. J. D. muss ihn herbestellt haben. Möchtest du dir unser Schlachthaus ansehen?«

Daniel nickte. Sein Körper beruhigte sich langsam wieder, aber wenn er noch lange mit Kirri allein war, würde es ihm schwer fallen, sich weiterhin zu beherrschen.

Tageslicht stellte immer ein Problem dar. Im Dunkeln konnte er mit den Schatten verschmelzen und sich, wenn nötig, stundenlang verstecken, bis die Luft rein war. Abends sahen die Leute fern, gingen zu Bett, schliefen. Tagsüber neigten sie eher dazu, aus dem Fenster zu sehen. Aber Brett hatte schon vor langer Zeit gelernt, dass Dreistigkeit siegte und man keinen Argwohn erregte, wenn man sich nur selbstsicher und zielstrebig benahm.

Er hatte sich im Kaufhaus eine neue Sonnenbrille gekauft, dazu Mütze, Freizeithemd und weite Shorts, die er weniger aus modischen Überlegungen heraus gewählt hatte als vielmehr deshalb, weil sich darunter so vieles verstecken ließ. Dazu trug er Sportschuhe, deren Marke nicht erkennbar war.

Er war froh, dass Kirris Wohnblock sich in einer verkehrsreichen und auch von Fußgängern stark frequentierten Straße befand, sodass sich kaum jemand an ihn erinnern würde. Er stellte seinen Wagen in einem Seitenweg ab und ging das restliche Stück zu Fuß.

Kirris Wohnung war die letzte von vier in einem niedrigen Gebäude, das in einem rechten Winkel zur Straße hin ausgerichtet war. Brett schlenderte die Zufahrt entlang. Kirris Van stand im Carport. Aus keiner der Wohnungen drang ein Laut.

Sämtliche Fenster waren geschlossen. Brett klopfte an. Keine Antwort. Er klopfte noch einmal und wartete. Drinnen regte sich immer noch nichts. Er blickte sich verstohlen um, fischte Chirurgenhandschuhe aus der Tasche und zog sie rasch über. Dann knackte er mit einer Geschwindigkeit, die er langer Übung verdankte, mit einem Dietrich, den er immer bei sich trug, das Türschloss und trat leise ein.

Daniel konnte den Blick nicht von Kirri losreißen. Ihre sandfarbenen Stretch-Jeans betonten ihre makellose Figur auf so verführerische Art, dass er an sich halten musste, um nicht mit den Händen über den samtigen Stoff zu streichen. Sie hatte ihn gebeten zu warten, bis sie Catelyn zu ihrer Großmutter gebracht hatte, die sich mit der Frau des Schlachters unterhielt. Die beiden saßen auf einer Bank im Schatten eines ausladenden Lorbeerbaumes; die beiden kleinen Kinder des Schlachters spielten zu ihren Füßen.

Verdammt! Vielleicht wäre es leichter, wenn er noch niemals ihre berauschende Leidenschaft genossen hätte, aber wenn er ganz ehrlich war, bezweifelte er das. Sein Verlangen nach ihr wurde mit jedem Tag stärker. Er hatte gespürt, wie ihr Widerstand mit jedem Kuss weniger geworden war, aber gleichzeitig begann er selbst, sich zu verlieren. Angestaute Liebe und Lust hatten inzwischen explosive Ausmaße angenommen.

Kirri setzte Catelyn bei den anderen Kindern ab und machte kehrt, um zu Daniel zurückzugehen. Ihr Haar schwang im Rhythmus ihrer Schritte hin und her und schimmerte in der grellen Morgensonne wie flüssiges Feuer. Sein Blick fiel wieder auf die hautengen Jeans, und beinahe wünschte er, sie würde einen Rock tragen. Er wandte den Blick ab, konzentrierte sich auf weniger erotische Bilder und zwang seinen Körper, sich zu entspannen.

Wohnhaus, Nebengebäude und Ausläufe bildeten einen Halbkreis, wobei die Straße dem Bogen folgte. Der Wagen des Schlachters parkte am anderen Ende der Zufahrt, am stabilen Zaun eines Korrals, in dem ein riesiger Brahman-Stier mit zuckenden Ohren und Flanken stand und nervös schnaubte. Im Vorbeigehen bemerkte Daniel, dass die Augen des Stieres geweitet und starr waren und er unnatürlich schnell atmete. Der massige Leib strahlte eine Gefährlichkeit aus, der auch das Fehlen von Hörnern keinen Abbruch tat.

Als sie sich dem Schlachterwagen näherten, trat J. D. aus einem Schuppen und kam auf sie zu. Er hielt ein Gewehr über der Schulter und trug einen staubigen alten Hut, den er weit in den Nacken geschoben hatte.

»Der hat sich zu einem Ausbruchspezialisten entwickelt«, erklärte er und nickte in Richtung des Stieres. »Hat zu viele Zäune ruiniert bei dem Versuch, zu den Kühen zu kommen, und sich mit den anderen Stieren angelegt und mehrere verletzt. Er ist bösartig geworden und muss weg.«

Daniel nickte. »Mein Großvater hat auf der Ranch immer mal wieder das gleiche Problem. Man muss die Unruhestifter aussondern, bevor der Nachwuchs sich ihr Verhalten abguckt.«

»Ich sage nur schnell Ted Bescheid, dass ich so weit bin. Sobald ich den Bullen erschossen habe, kommt er mit dem Wagen rüber und hängt ihn zum Ausweiden und Zerlegen auf.« J. D. wandte sich einem stämmigen Mann zu, der an dem Van lehnte.

Als J. D. sich entfernte, rief Cate ihnen zu: »Kirri, Catelyn möchte zu dir. Sie ist unterwegs.«

Daniel und Kirri blickten dem kleinen Mädchen entgegen, das auf sie zulief. Als Catelyn auf Höhe des Pferches war, in dem der ausgesonderte Bulle stand, verlor sie den Stoffhut, den ihre Großmutter ihr zum Schutz gegen die Sonne über die Locken gestülpt hatte. Kirri lächelte über den zornigen Ausdruck auf dem stupsnasigen Gesicht, als Catelyn Halt machte und zurückstapfte, um den Hut zu holen. Es war nicht einfach gewesen, Catelyn begreiflich zu machen, wie wichtig es war, sich vor der Sonne zu schützen, und Kirri war froh, dass sich die Mühe offenbar gelohnt und ihre Tochter die Lektion verinnerlicht hatte.

Als Catelyn sich eben bückte, um den Hut aufzuheben, flatterte ein Schmetterling an ihr vorbei und ließ sich auf der untersten Zaunlatte nieder.

Catelyn richtete sich auf, der Hut war schlagartig vergessen. Als der Schmetterling wegflog, krähte sie vergnügt, ließ sich auf alle viere fallen und krabbelte unter dem Zaun hindurch.

Kapitel 11

Die Durchsuchung von Kirri Smith' Schlafzimmer lieferte Brett nicht den geringsten Hinweis darauf, wohin sie gefahren sein könnte. Obwohl noch Kleider im Schrank hingen, hatte das Zimmer eine unpersönliche Note, die darauf schließen ließ, dass der Mieter sich hier nur vorübergehend niedergelassen hatte.

Er schaute in die Kommode, wobei er darauf achtete, keine Spuren zu hinterlassen. Den Rest des Zimmers hatte er in nur einer Minute gesichtet, und auch hier hinterließ er dank der Handschuhe keinerlei Spuren. Die Küche war ebenfalls keine Herausforderung: keine Unterlagen, keine Briefe, kein Notizbuch. Sofern es derlei gab, musste sie alles mitgenommen haben. Im Kühlschrank fand sich nichts Verderbliches, der einzige Hinweis darauf, dass sie vermutlich länger als ein, zwei Tage weg sein würde.

Das Wenige, das Kirri im Badezimmer gelassen hatte, deutete darauf hin, dass sie definitiv für einige Zeit fort war. Wenn Deo, Zahnbürste und Zahnpaste fehlten, konnte man davon ausgehen, dass eine längere Abwesenheit geplant war.

Ungeduldig stieß er die zweite Tür auf, die vom Wohnzimmer abging. Die Tür knallte gegen ein Gemälde, das an der Wand lehnte, und er fluchte leise. Er ließ den Blick durch den Raum schweifen. Möbel, Bilder. Nichts, das auch nur im Geringsten auf Kirris Aufenthaltsort hätte schließen lassen.

Als er gerade gehen wollte, entdeckte er einen Schwung Papiere auf einem Rattanstuhl. Er ging hinüber und nahm sie an sich. Ein Brief, adressiert an Kirri und unterzeichnet mit »Gran«, dazu zwei Blätter mit sinnlosen Farbklecksen. Er überflog den Brief, und ein seltsames Gefühl überkam ihn angesichts der Liebe und Zärtlichkeit, die aus den leicht krakeligen Worten sprachen.. Worte, aus denen hervorging, dass jemand namens Catelyn, offensichtlich ein Kind, Kirri sehr vermisste und die »Kleckse« für ihre »Mum, Mum« gemalt habe.

Liebe. Er hatte die Bedeutung dieses Wortes schon vor langer Zeit vergessen. So schwach und erfolglos seine eigene Mutter gewesen war in ihren Versuchen, ihn vor ihrem gewalttätigen Ehemann zu schützen, hatte er doch immer gewusst, dass sie ihn liebte. Er hatte sich verzweifelt an diese Überzeugung geklammert und sich gesagt, dass sie nichts von Harrys sexuellen Übergriffen geahnt hatte.

Harry. Allein bei dem Gedanken an seinen Namen durchlief Brett ein kalter Schauer. Er hatte Harry nie als Vater betrachten können, weil Harry sich nie wie die Väter der anderen Jungen benommen hatte. Er hatte sich nie um ihn gekümmert, hatte ihm nie Liebe oder Zuneigung entgegengebracht. Nicht die Art von Liebe, die Väter für ihre Kinder empfinden sollten. Und die Art, wie Harry Bretts Mutter Gloria behandelt hatte, war ein Wechselbad aus psychischer und physischer Gewalt gewesen, je nachdem, wie viel Alkohol er konsumiert hatte.

Als Harrys Sarg in die Grube hinabgelassen worden war, hatte der dreizehnjährige Brett am Grab gezittert vor Erleichterung. Fünf Jahre später war seine Mutter an einem Herzinfarkt gestorben, und Brett hatte den einzigen Menschen auf der Welt verloren, der ihn wirklich liebte.

Er war so sehr in die Lektüre des Briefes vertieft, dass er nicht hörte, wie die Haustür geöffnet wurde. Erst als eine

Stimme Kirris Namen rief, wurde ihm bewusst, dass er nicht länger allein war.

Hastig ließ er die Blätter fallen, trat lautlos hinter die Tür und lugte durch den schmalen Spalt zwischen Tür und Zarge.

»Catelyn!«

Kirris Aufschrei klang Daniel noch in den Ohren, als er auch schon in Richtung Pferch sprintete.

Der Stier reagierte sofort auf den Eindringling in seinem Gefängnis. Drohend scharrte er abwechselnd mit dem rechten und dem linken Vorderhuf im Sand und wirbelte dabei eine große Staubwolke auf. Seine Augen waren so weit aufgerissen, dass das Weiße zu sehen war, und sein ganzer vor Kraft strotzender Körper bebte von dem Adrenalin, das in seinen Organismus gepumpt wurde.

Daniel registrierte, wie Catelyn den Bullen ansah und eine kleine Hand ausstreckte.

Der Pferch war recht groß, aber der rasende Stier würde nur Sekunden brauchen, um bei Catelyn zu sein, wenn er sich erst in Bewegung gesetzt hatte. Daniel erkannte, dass die Zeit nicht ausreichen würde, um bei dem Mädchen zu sein und sie aus der Gefahrenzone zu bringen, ehe der mächtige Bulle angriff.

Er änderte leicht die Richtung und betete, dass seine Größe und Kraft ihm den nötigen Vorteil verschaffen würden.

Der Stier senkte den mächtigen Kopf.

Len Woodford war ganz sicher, dass er ein Geräusch aus Kirris Apartment gehört hatte. Wenn er nicht gerade seine eigene Wohnung betreten hätte, nachdem er die Post geholt hatte, hätte er vermutlich nichts mitbekommen. Normalerweise war Kirri tagsüber nicht daheim, aber ihr Van stand im Carport. Vielleicht war sie ja krank?

Er humpelte zu ihr rüber, wobei er wie jeden Tag hoffte, dass die schmerzende Arthritis bald so weit nachlassen würde, dass er wieder Spaß an der Gartenarbeit hatte. Er klopfte bei Kirri an und wartete. Dann klopfte er noch einmal. Immer noch keine Antwort. Was, wenn sie sich verletzt hatte oder zu krank war, um an die Tür zu kommen?

Er drehte den Türknauf.

Die Tür war nicht abgeschlossen. Er trat ein und rief ihren Namen. Sie war ein so zierliches junges Ding. Seine Frau meinte immer, dass ein hübsches junges Mädchen wie sie jemanden brauchte, der auf sie aufpasste und dafür sorgte, dass sie ein wenig mehr aß. Er würde sie fragen, ob sie nicht Lust hatte, am Nachmittag mit ihm Tee zu trinken. Es waren noch ein paar Kürbis-Scones da. Er runzelte die Stirn. Ja, er sollte nachsehen, ob mit ihr alles in Ordnung war. Er hinkte zum Schlafzimmer. Leer.

Jetzt war er ehrlich besorgt.

Brett überlegte, wie seine Chancen standen, unbemerkt zu verschwinden, aber als der Mann im Wohnzimmer auftauchte, stand fest, dass daran nicht zu denken war. Brett beobachtete, wie er ins Bad ging und sogar hinter der Tür nachschaute.

Scheiße! Wenn er ins Atelier kam ... Bretts Gedanken überschlugen sich. Hier gab es nirgendwo ein Versteck. Das Bett war zu niedrig, und um zum einzigen Schrank zu gelangen, musste er an der offenen Tür vorbei.

Er sah wieder durch den Spalt.

Der alte Mann schaute sich um und kam dann auf das Zimmer zu, in dem Brett sich versteckte.

Brett ließ die Hand in die Tasche seiner Shorts gleiten, und seine Finger schlossen sich um den kurzen, kalten, stählernen Lauf seiner 38er. Er zog den Revolver heraus und wog ihn in der Hand.

Er hoffte, dass der alte Mann nicht hereinkommen würde, aber wenn er es doch tat, war er bereit.

Daniel hechtete in eben dem Augenblick über den Zaun, da der Stier angriff.

Panik beflügelte ihn. Er landete unsanft auf dem Rücken des Bullen und klammerte sich mit den Beinen an seinem Rumpf fest.

Das Tier brüllte auf, stürmte jedoch weiter.

Daniel packte ein Ohr und die Nase des Stieres und riss dessen Kopf nach oben und zur Seite. Er sah die Überraschung auf Catelyns Gesicht, als das Tier die Richtung änderte und Speichel aus seinem Maul und den Nüstern auf ihren rosa Overall spritzte.

Sie verlor das Gleichgewicht und fiel auf den Po, als Kirri gerade den Arm unter dem Zaun hindurchstreckte und sie packte.

Daniel konnte sich der Erleichterung, dass seine Tochter in Sicherheit war, nur kurz hingeben, da der Bulle unter ihm nun vollends in Raserei geriet. Er warf sich herum, bockte und schnellte immer wieder ruckartig vor.

Als er sich gegen den Zaun warf, entfuhr Daniel ein Schmerzensschrei; sein Bein prallte gegen den Zaun und wurde zwischen Stier und Holz eingequetscht.

Als der Bulle sich erneut herumwarf, hob Daniel das unverletzte Bein über den Widerrist und sprang zu Boden. Er rollte sich ab und wälzte sich unter dem Zaun hindurch.

Ein Schuss ertönte.

Das Toben des Stieres fand ein abruptes Ende. Seine Vorderbeine knickten ein. Wie in Zeitlupe schüttelte er sich und sank zu Boden.

Kirri war immer noch kreidebleich im Gesicht und wollte Catelyn gar nicht mehr loslassen. Schließlich reichte sie ihre Tochter aber doch an ihre Großmutter weiter und kniete sich neben Daniel. »Bist du okay?«

Daniel blickte an ihr vorbei auf Catelyn, die sich wand und mit aller Macht versuchte, sich aus Cates Armen zu befreien. Ganz offensichtlich war ihr nichts geschehen. Teufel auch, er hatte geglaubt, er wüsste, was Furcht sei, aber wahre Angst hatte er erst in der Sekunde kennen gelernt, da seine Tochter sich in Lebensgefahr begeben hatte. Ihm war der Magen in die Kniekehlen gerutscht, und seine Lungen waren wie gelähmt gewesen. Die paar Meter zum Pferch waren ihm endlos weit vorgekommen.

»Mir geht es gut, ich fürchte aber, mein Bein hat etwas abbekommen.« Er setzte sich hin und versuchte aufzustehen. Ein heftiger Schmerz durchzuckte sein rechtes Bein, und es gab unter ihm nach. Er schaffte es gerade noch, sich mit den Händen abzufangen, sonst wäre er mit dem Gesicht voran im Staub gelandet.

Staubige Stiefel traten in sein Blickfeld. Dann reichte J. D. ihm die Hand. »Komm, Kumpel.«

»Du kannst ihn nicht zwingen aufzustehen!«, rief Kirri empört. »Was, wenn das Bein gebrochen ist?«

Daniel drehte sich auf den Rücken und setzte sich erneut auf.

»Das glaube ich nicht. Ich hatte schon mehrere Brüche und weiß, wie sich das anfühlt.« Er nahm J. D.s Hand und ließ sich auf die Beine helfen.

Sofort legte J. D. sich Daniels Arm um die Schultern und schlang den eigenen Arm um dessen Taille. »Glaubst du, du schaffst es bis zum Haus?«

Daniel sah die Anerkennung in seinen Augen und nickte.

»Ha!« Kirri wandte sich abrupt ab. »Typisches Machogehabe!«, schäumte sie und stapfte davon in Richtung Haus.

J. D. grinste breit. »Du hast bei ihr einen Stein im Brett,

Dan.« Er betrachtete Daniel mit neuem Respekt. »Sie muss mehr für dich übrig haben, als sie zugeben will.«

Daniel blickte Kirri hinterher. Catelyns dunkle Locken wippten im gleichen Rhythmus wie Kirris wellige Mähne. Sein Herz zog sich schmerzhaft zusammen. Er brauchte diese beiden so dringend wie die Luft zum Atmen.

Er konnte nur hoffen, dass J. D. Recht hatte.

Die Prellung, die Daniel bei dem Unfall mit dem Geländewagen an der Hüfte davongetragen hatte, hatte eben angefangen zu verblassen; jetzt zierte ein neuer drei Handbreit großer Bluterguss seinen Oberschenkel oberhalb des Knies. Daniel war sicher, dass der Knochen nicht gebrochen war, aber der Muskel würde ein paar Tage brauchen, um zu heilen. Während J. D. dem Schlachter zur Hand ging, rieb Daniel sein Bein mit der Salbe ein, die Cate ihm gegeben hatte.

Er war gerade wieder in seine Jeans gestiegen, als jemand an seine Zimmertür klopfte. »Herein.«

Kirri öffnete die Tür. »Ich habe mich gefragt ... Vielleicht hast du ja Lust ... Nach dem Mittagessen findet die Probe für Emmas und Drews Trauung statt, und Gran muss noch einiges vorbereiten für das Fest ...«

Daniel wartete. Was immer sie ihm mitteilen wollte, fiel ihr offenbar nicht leicht.

»Emma und Drew ... die beiden stehen finanziell nicht so gut da, und da sie sich so sehr für Straßenkinder einsetzen, helfen alle im Tal mit, um ihnen eine möglichst schöne Hochzeitsfeier zu bereiten.«

Daniel war froh, dass er von Natur aus ein geduldiger Mensch war. Er nickte aufmunternd, und Kirri holte tief Luft.

»Würdest du auf Catelyn aufpassen, während ich drüben bin?«

Daniel entging nicht, dass sie die rechte Hand hob und

die Stelle am Halsansatz rieb, ehe sie die Hand hastig wieder in der Jeanstasche verschwinden ließ. Sie war nervös! Aber warum nur? Er musterte sie forschend, und da ging ihm ein Licht auf. Sie vertraute ihm Catelyn an.

Fragen stürmten auf ihn ein. War sie deshalb nervös, weil sie normalerweise ihre Tochter niemandem außerhalb der Familie anvertraute? Oder weil sie ihm gestattete, Teil ihres und Catelyns Leben zu werden? Er hoffte inständig, dass Letzteres der Fall war.

»Sehr gerne«, entgegnete er ruhig.

Emma Randall drehte sich schwungvoll um die eigene Achse, damit Kirri ihr Hochzeitskleid bewundern konnte. Der Crêpe in sattem butterfarbenen Ton passte perfekt zu ihrem karamellfarbenen Haar und der blassen Haut.

Kirri verspürte einen Stich. Daniel hatte ihr erzählt, er hätte sie damals heiraten wollen, aber dann, vor drei Tagen, hatte er gesagt, er wolle ihr Freund sein. Im ersten Moment war sie erleichtert gewesen, aber nachdem sie inzwischen so viel Zeit zusammen verbracht hatten, wünschte sie ...

»Was hast du in Sachen Daniel vor?«, fragte Emma in ihre Gedanken hinein.

»Ich möchte, dass Catelyn ihren Vater kennen lernt ...«

»Aber?«

»Aber ich weiß nicht, wie lange er in Australien bleiben will. Was, wenn er in die Staaten zurückkehrt? Wenn Catelyn ihn erst lieben gelernt hat, wird es ihr das Herz brechen, wenn er abreist.«

Emma setzte sich zu Kirri auf das Bett. »Du denkst dabei nicht wirklich an Catelyn, oder, Kirri?« Sie sah das Stirnrunzeln auf dem Gesicht ihrer Freundin. »Warum fragst du Daniel nicht einfach, was er vorhat?« Kirri zuckte die Achseln. Emma seufzte. »Manchmal glaube ich, du bist sogar noch eigenbrötlerischer als ich.«

»Aber du heiratest doch!«

»Stimmt, aber Drew hat die Hölle durchgemacht, bis ich endlich erkannt habe, wie viel er mir bedeutet. Heute könnte ich mir ein Leben ohne ihn gar nicht mehr vorstellen. Manchmal ...«

Kirri war verblüfft, als sie ihre Freundin erröten sah.

»Manchmal«, fuhr Emma fort, »denke ich an ihn, stelle mir vor, wie er die Stirn runzelt, wenn er die Akte eines unserer Kids liest, oder denke an die Geduld, die er immer wieder im Umgang mit den Kindern an den Tag legt. Ich sehe vor mir, wie er eine Braue hochzieht, wenn ihn etwas verwirrt, und dann fühle ich so viel Liebe für ihn, dass es mich selbst immer wieder verblüfft. Und trotzdem habe ich meine Eigenständigkeit nicht aufgegeben – ich habe nur meine Perspektive geändert.«

Emma griff in die Tasche ihrer Jeans, die neben ihr auf dem Bett lag, und holte einen Schlüsselbund hervor, den sie Kirri reichte. »Wir werden drei Wochen weg sein, Kirri, wenn du also aus irgendeinem Grund hier übernachten möchtest oder den Wagen brauchst, tu dir keinen Zwang an. Ich habe auch Mutter einen Schlüssel gegeben, und Drew hat Chayse einen Satz überlassen, aber es ist höchst unwahrscheinlich, dass der sie benutzt.« Sie seufzte. »Wir können von Glück sagen, wenn er es überhaupt zur Hochzeit schafft.«

In der einen Stunde, die er auf Catelyn aufgepasst hatte, war Daniels Respekt für Kirris Geduld noch gewachsen. Sein verletztes Bein behinderte ihn doch sehr, und so war er dankbar für das Holzgitter, das das kleine Energiebündel daran hinderte, die Verandatreppe herunterzukommen. Noch dankbarer war er, als Cate ihm zurief, er solle Catelyn in die Küche bringen, sie könne ihm beim Kochen helfen.

Nachdem sie mehr Teig gegessen als ausgestochen hatte, schlief Catelyn auf Daniels Schoß ein.

Cate musterte die beiden. »Warum bringst du sie nicht zu Bett?«, fragte sie.

Der Duft des Backwerks, der sich mit Catelyns süßem Babygeruch vermischte, ließ eine Woge der Zärtlichkeit und Liebe in ihm aufsteigen. Er war selbst überrascht von der Intensität der Gefühle, die ihn trafen wie ein Faustschlag gegen die Brust. Dieses perfekte kleine Wesen, das so warm und vertrauensvoll in seinen Armen lag, war *seine* Tochter. Seine Gefühle für sie waren so stark, sein Beschützerinstinkt so ausgeprägt, dass er überzeugt war, Berge für sie versetzen zu können.

Bis er Kirri kennen gelernt hatte, hatte er nicht geahnt, dass er die Fähigkeit besaß, so sehr zu lieben, und nun war er überwältigt von den Gefühlen, die Catelyn in ihm weckte. Er war fest entschlossen, keine von beiden wieder loszulassen.

»Lass sie noch eine Weile auf meinem Schoß schlafen.«

Cate O'Flaherty hatte einen guten Mann geheiratet und war enttäuscht gewesen, als ihre einzige Tochter, Lynn, sich für Joshua Smith entschieden hatte, einen zwar charmanten, aber perspektivlosen Künstler. Sie wollte nicht, dass ihre Enkelin denselben Fehler machte. In Daniel Brand sah sie Kraft, gepaart mit Sanftmut, Integrität und Fürsorglichkeit, und nicht zu vergessen – ein leises Lächeln umspielte ihre Lippen – Leidenschaft. Und genau die würde er auch brauchen, wenn er Kirris Herz erobern und an sich binden wollte.

»Als meine Tochter sich von Kirris Vater scheiden ließ und nach Hause zurückkam, machten wir eine Durststrecke durch. Wir hatten gerade genug Geld für das Allernötigste, aber irgendwie haben wir noch genug zusammenkratzen können für Kirris Malbedarf.« Cate verteilte Teig in einer Pie-Form. »Schon als sie zehn war, stand fest, dass sie Talent besaß. Dann ließ die Bank die Farm versteigern, eine Woche später starb mein Mann, und Lyn, Kirri und ich zogen in die Stadt.«

Sie hielt den Blick auf den Teig geheftet, mit dem sie die Backform auslegte, war aber dabei ganz auf Daniel konzentriert, der ihr aufmerksam zuhörte.

»Kirri wusste, dass wir es uns nicht länger leisten konnten, ihr ihre Malutensilien zu finanzieren, und so gab sie die nächsten zwei Jahre vor, sie hätte das Interesse an der Malerei verloren. Uns war bewusst, dass sie es uns damit nur leichter machen wollte, aber es schmerzte, dass sie etwas aufgeben musste, das ihr so viel bedeutete. Lyn lernte John kennen – J. D.s Vater –, und die beiden heirateten. Sein erstes Geschenk an Kirri war eine eigene Staffelei nebst einem Pinselset und Ölfarben. Ich habe Kirri in ihrem ganzen Leben nie glücklicher erlebt – außer als ihr Catelyn das erste Mal in die Arme gelegt wurde.«

»Was versuchen Sie, mir zu sagen, Cate?«

Cate schob drei Pasteten in den Ofen und betete, dass sie das Richtige tat, als sie antwortete: »Kirri ist stur, Daniel, aber sie hat zwei Schwächen.«

Daniel wusste sofort, was sie meinte. »Catelyn und die Malerei.«

Das Lächeln der alten Frau bestätigte ihn. Daniel war sich dieser beiden Schwachpunkte Kirris längst bewusst, aber er wollte sie nicht ausnutzen, um sie an ihn zu binden.

»Für Kirri ist die Malerei so unverzichtbar wie die Luft zum Atmen«, fuhr Cate fort. »Ich meine nicht die kommerziellen Bilder, die sie in der Galerie verkauft, sondern die wahre Kunst, mit der sie sich in Kunstkreisen etablieren möchte.«

»Aber die Bilder, die ich gesehen habe, waren hervorragend.«

»Ich weiß. Sie sind gut. Sehr gut. Trotzdem ist das nur

rein kommerziell.« Cate suchte nach den richtigen Worten, um Daniel begreiflich zu machen, was sie meinte. Es war nicht leicht; manchmal fragte sie sich, ob sie selbst es verstand. »In wahrer Kunst drückt der Künstler seine Wahrnehmung der Welt aus. Nicht unbedingt so, wie sie tatsächlich ist, sondern eben so, wie er sie sieht.«

»Wie Picasso, Monet ... Pollock.« Daniels Gesichtsausdruck verriet Cate, dass er sich schwer tat, Farbkleckse auf einer Leinwand als ›wahre Kunst‹ zu sehen, aber er schien den Grundgedanken zu begreifen. »Und warum malt sie dann nicht das, was ihr wirklich am Herzen liegt?«

»Aus finanziellen Gründen. Für gewöhnlich verdienen Künstler so gut wie gar nichts, solange sie sich keinen Namen gemacht haben und gutes Geld für ihre Werke verlangen können.«

»Und Kirri ist zu dickköpfig und stolz, um sich von ihrer Familie durchfüttern zu lassen auf ihrem Weg zum Erfolg.«

Cate nickte. »Wann immer sie einen Moment Zeit findet, malt sie an Gemälden, die ihr wirklich am Herzen liegen. Ein halbes Dutzend dieser Bilder hängt in der Boutique Gallery, die sie in Cairns betreibt. Derzeit arbeitet sie an einer Landschaft, mit der sie sich für den Fleurieu Award bewerben möchte. Der Preis ist mit 50.000 der höchstdotierte in Australien. Wenn sie gewinnt, verschafft sie sich damit den Freiraum, sich die nächsten Jahre ausschließlich der Kunst zu widmen, die ihr am Herzen liegt.«

Daniel dachte an das Gemälde in Kirris Wohnung in Noosa. Kein Wunder, dass ihr das so viel bedeutete. Er stand auf, seine Tochter zärtlich in den Armen haltend. »Ich liebe Kirri, Cate, und ich möchte sie heiraten«, sagte er mit belegter Stimme. »Und Catelyn bedeutet mir ebenso viel. Ich würde Kirri jeden Dollar, den ich besitze, schenken, wenn es sie glücklich machen würde, aber ich werde niemals versuchen, ihre Liebe zu erkaufen.«

»Das wollte ich auch damit nicht vorschlagen, Daniel. Aber ein Mann muss die Träume einer Frau kennen, um ermessen zu können, was ihr im Leben wirklich wichtig ist. Träume, Talent und Kirri sind eins. Du kannst nicht das eine lieben, ohne das andere zu akzeptieren.«

»Ich liebe alles an Kirri«, erklärte Daniel und humpelte hinaus auf den Flur.

Cate entfuhr ein leiser zufriedener Seufzer, als sie das Mehl vom Tisch wischte.

»Knapper geht nicht«, bemerkte J. D. trocken zu Daniel, als am nächsten Nachmittag eine weiße Ford Limousine auf die versammelten Hochzeitsgäste zuraste. Stühle waren auf dem Rasen hinter dem Haus von Emmas verstorbenem Vater im Schatten eines Sonnendaches aufgestellt worden.

Ein groß gewachsener Mann in einem langärmeligen weißen Hemd, mit weißer Bändchenkrawatte und schwarzer Hose sprang heraus, kaum dass der Wagen zum Stehen gekommen war. Der Mann lief zu Drew hinüber, der neben einem kleinen mit Blumen geschmückten Podium wartete.

»Der Trauzeuge hat es also doch noch geschafft.« Grinsend beobachtete J. D., wie sich die beiden Männer umarmten.

Daniel richtete seine Aufmerksamkeit auf den zweiten Mann, der nun aus dem Wagen stieg. Er war mittleren Alters, hatte schütteres Haar und einen seltsamen, beinahe schaukelnden Gang, als er zu einem der wenigen noch freien Stühle ging und sich setzte, wobei er aufmerksam den Blick über die Anwesenden schweifen ließ.

In eben diesem Moment ertönte der Hochzeitsmarsch, und alle blickten auf Kirri, die den Gang zwischen den Stuhlreihen hinunterkam. Catelyn quiekte begeistert und hüpfte auf Cates Schoß auf und ab. Daniel nahm seine Tochter und hielt sie hoch, damit sie ihre Mutter besser sehen konnte. Das fließende Kleid in hellem Eisblau umschmeichelte Kirris schlanken Körper.

Liebe und Lust durchströmten Daniel mit solcher Macht, dass er vergaß zu atmen und die Braut, die am Arm eines älteren Herrn der Brautjungfer folgte, gar nicht registrierte.

Daniel nahm die kurze Zeremonie nur verschwommen wahr und verspürte einen schmerzenden Stich der Eifersucht, als Kirri den Trauzeugen Chayse Jarrett anlächelte. Als Drews Bruder – breitschultrig und gut aussehend – Kirri eine Hand auf die Hüfte legte, während sie hinübergingen, um die Heiratsurkunde zu unterschreiben, musste Daniel an sich halten, um nicht einzuschreiten und Kirri von ihm wegzuholen.

Ein großer Schuppen war gründlich gesäubert und mit Blumen und Bändern geschmückt worden; Tische bogen sich unter Bergen von Köstlichkeiten. Die ganze Feier war sehr familiär mit spontanen Ansprachen. Als die Tische beiseite geräumt wurden, um Platz zu schaffen für eine kleine Tanzfläche, sah Daniel, wie Chayse Kirri beiseite nahm. Was er sagte, schien sie zu verblüffen, dann führte er sie nach draußen.

Daniel versicherte sich hastig, dass Catelyn noch bei ihrer Urgroßmutter war, und folgte den beiden unauffällig hinaus.

Die Nacht war angebrochen, und es war dunkel draußen, aber eine Lampe spendete genügend Licht, sodass Daniel sehen konnte, wie die beiden hinter dem Schuppen zu dem Mann mit dem schütteren Haar stießen. Daniel konnte nicht verstehen, was er sagte, aber Kirri schlug die Hände vor das Gesicht und brach in Tränen aus.

Glühend heiße Wut stieg in Daniel auf, und mit geballten Fäusten ging er auf die Gruppe zu.

Als er in den Lichtkreis trat, sagte er mit kalter, harter Stimme: »Ich schlage vor, Sie lassen Kirri jetzt in Ruhe.«

Kapitel 12

Chayse wirbelte herum, sein ganzer Körper gespannt wie eine Stahlfeder. Er schätzte die Entfernung zu dem athletischen Mann mit dem amerikanischen Akzent ab und versuchte abzuwägen, ob er ein wirklich ernst zu nehmender Gegner war.

Kirri blickte auf. »Daniel«, sagte sie mit bebender Stimme. »Mr. Woodford, mein Nachbar in Noosa ... er wurde umgebracht.«

Sorge löste den flammenden Zorn in den Augen des Amerikaners ab. Er ging zu Kirri und schloss sie in die Arme.

Chayse war Kirri erst wenige Male begegnet, seit sein Bruder Drew und Emma ein Paar geworden waren, aber er hatte sehr schnell erkannt, wie wichtig ihr ihre Eigenständigkeit war. Chayse mochte sie, und wäre seine Arbeit nicht gewesen, hätte er sich sicher mit ihr verabredet. Als er nun sah, wie sie vertrauensvoll das Gesicht an der Brust des Fremden barg, so als gehöre sie dorthin, fühlte er sich ganz plötzlich auf absurde Weise einsam. Überrascht schob er das Gefühl beiseite. Wenn die Heirat eines Bruders eine solche Wirkung auf ihn hatte, war er nur froh, dass er nicht noch mehr Brüder hatte.

»Chayse Jarrett.« Er reichte Daniel die Hand und nickte dann in Richtung des älteren Mannes. »Das ist Mick Landers von der Polizei in Cairns.«

Als Daniel sich mit den beiden Männern bekannt machte, löste Kirri sich aus seiner Umarmung und wirkte dabei ein wenig verblüfft, als wüsste sie selbst nicht, wie sie dorthin gekommen war.

»Mr. Woodfords Frau war für ein paar Tage zu Besuch bei Verwandten«, erklärte Mick. »Als ihr Mann gestern Nacht nicht ans Telefon ging, war sie beunruhigt. Er war schon am Vorabend nicht rangegangen, aber da hatte sie noch angenommen, er sei auswärts essen. Als sie heute Morgen nach Hause kam, war er nicht da, und sie ging nach nebenan, um Kirri zu fragen, ob sie ihn gesehen hätte.«

»Ich fühle mich so elend«, schluchzte Kirri. »Ich hätte ihnen sagen sollen, dass ich ein paar Tage weg sein würde. Aber ich musste an so vieles denken ...«

Mick trat von einem Fuß auf den anderen, als fühle er sich unbehaglich. »Kirris Tür war offen, und so ging sie hinein. Ihr Mann lag auf dem Fußboden ...«

»Wie wurde er getötet?« Daniel wollte Kirri wieder in die Arme schließen, sie festhalten und beschützen. Aber sie blieb außer Reichweite, als hätte sie Angst davor, erneut der Schwäche nachzugeben, die sie vorhin schon bewogen hatte, in ihrer Wachsamkeit nachzulassen.

»Zuerst dachten die Kollegen, es wäre nur ein Schlag auf den Kopf gewesen, aber die Autopsie ergab, dass der Schlag nicht tödlich war, sondern er an einem Herzinfarkt gestorben ist. Vermutlich aufgrund des Schocks.« Er blickte auf Kirri. »Sie glauben, er hat einen Einbrecher überrascht. Es tut mir sehr Leid, aber die Polizei von Noosa möchte, dass Sie zurückkommen, um festzustellen, ob etwas gestohlen wurde.«

»Wann?«

»So bald wie möglich.«

»Wir können morgen zurückfliegen.« Daniels Tonfall ließ Kirri aufblicken, aber als sie den entschlossenen Ausdruck auf seinem Gesicht sah, nickte sie nur.

»Schaffst du das?« Daniel nahm Kirri Catelyn ab, als sie – nachdem der Ermittlungsbeamte der Polizei eingetreten war – an der Schwelle zu ihrer Wohnung zögerte. Kirri hatte sich geweigert, sich noch einmal von ihrer Tochter zu trennen, und Daniels Versicherung, dass er für sie da sein würde, hatte Cate und J. D. beruhigt.

Kirri nickte, widersprach jedoch nicht, als Daniel ihr beim Eintreten den Arm um die Schultern legte.

Es war noch genau so, wie sie es zurückgelassen hatte, und doch kam alles Kirri völlig unwirklich vor, als sie von einem Zimmer zum anderen ging. In der Tür zum Atelier blieb sie wie angewurzelt stehen, als sie den dunklen Fleck auf dem hellen Vinylboden sah.

Sie stellte sich vor, was die alte Dame von nebenan durchgemacht haben musste, als sie ihren Mann fand, und Tränen rannen über ihre Wangen.

»Was ist mit diesem Raum hier?«, fragte der Beamte.

Kirris Blick glitt von der Staffelei zum Tisch, vom Rattanstuhl zurück zur Staffelei zu ... Hatte sie nicht Grans Brief auf dem Stuhl liegen lassen anstatt daneben? Sie war nicht sicher ...

Sie schüttelte den Kopf. »Nichts.«

»Du wirst nicht mehr dort wohnen, Kirri«, sagte Daniel bestimmt, bemüht, seinen Ärger über ihre Dickköpfigkeit zu zügeln.

»Ich habe keine andere Wahl, Daniel. Ich muss irgendwo wohnen, bis der Mietvertrag ausläuft.«

Daniel lief im Wohnzimmer von Philip Weyburns Ferienhaus auf und ab wie ein Tiger, wobei seine ausholenden Schritte das eigentlich recht geräumige Zimmer viel kleiner erscheinen ließen. »Ich miete eine andere Wohnung. Da können wir bleiben, so lange du willst.«

Kirri hob behutsam Catelyns Kopf von ihrem Schoß,

schob ihr ein Kissen unter die dunklen Locken und stand vorsichtig vom Sofa auf. »Was soll das ›Wir‹-Gerede, Daniel?«

Wenn seine kleine Tochter nicht so friedlich dagelegen und geschlafen hätte, hätte Daniel womöglich die Geduld verloren und die Stimme erhoben. »Wir sind Eltern eines kleinen Kindes, das auf gar keinen Fall in einer Wohnung wohnen wird, in die so leicht einzubrechen ist, dass die Polizei noch nicht einmal Einbruchspuren finden konnte.«

»Bisher ist der Einbruch reine Mutmaßung. Vielleicht habe ich ja vergessen abzuschließen.«

»Ich habe mich davon überzeugt, dass alles abgeschlossen war, bevor wir gefahren sind, Kirri.«

Kirri wusste, dass sie unvernünftig war, wusste, dass Daniel Recht hatte, und es tat ihr gut, dass er ihr versicherte, sie diesmal nicht im Stich zu lassen. Die Erinnerung an den dunklen Fleck auf dem Fußboden war genug – allein die Vorstellung, in dem Apartment zu wohnen, in dem ihr Nachbar gestorben war, war unvorstellbar.

Sie zuckte die Achseln. »Und wann fangen wir mit der Suche nach einer geeigneten Wohnung an?«

»Sobald wir aus Sydney zurück sind.«

»Wie bitte?!«

Daniel blieb vor ihr stehen. Er legte ihr die kräftigen Hände auf die Schultern, fühlte ihre weiche Haut, ihre im Vergleich zu seinen so zerbrechlichen Knochen. Am liebsten hätte er sie sich über die Schulter geworfen, sie nach nebenan ins Schlafzimmer getragen und sie so lange geliebt, bis sie nicht mehr die Kraft hatte, mit ihm zu streiten.

»Nur für den Fall, dass du heute noch nicht in den Spiegel gesehen hast, Sweetheart, du siehst aus, als hättest du eine Woche nicht geschlafen. Wenn du hier bleibst, wirst du dich in der Galerie zu Tode schuften oder nächtelang aufbleiben und malen.«

Als sie zu einem Protest ansetzte, legte er ihr einen Finger auf die Lippen. »Cate hat mir erzählt, wie du bist, wenn du dir wegen irgendetwas Sorgen machst oder wütend bist. Sie sagte auch, dein Vater hätte angerufen und sie gebeten, dich zu überreden, ihn zusammen mit Catelyn zu besuchen. Ich habe geschäftlich in Sydney zu tun, wir können also gleich morgen hinfliegen.«

Als sie erneut widersprechen wollte, war er gewappnet. Seine Lippen lösten seinen Finger ab, und er zog sie an sich, so fest, dass er jede ihrer wundervollen Rundungen spürte. Die Reaktion seines eigenen Körpers erfolgte prompt.

Er war entschlossen, sie zu küssen, bis ihr Hören und Sehen verging, und schon bald verlor er sich in dem Verlangen, das ihn fortriss wie eine Flutwelle. Kirri schmiegte sich an ihn, wobei sie ihn mit einer Selbstvergessenheit küsste, die ihm nahezu den Verstand raubte. Seine Beine zitterten, und die Hitze in seinen Lenden wurde so intensiv, dass er sich nicht mehr würde stoppen können, wenn er nicht sofort reagierte.

Er wusste selbst nicht, wo er die Willenskraft hernahm, den Kuss zu unterbrechen, aber als Kirri die Augen aufschlug und entrückt zu ihm aufschaute, erkannte er, wie leicht es wäre, sie zu verführen. Gleichzeitig erkannte er, dass Verführung nicht das war, was er anstrebte. Mehr als alles andere wünschte er sich Kirris Liebe, völlig frei und vorbehaltlos gegeben und ehrfürchtig empfangen.

Er ließ die Stirn gegen die ihre sinken. Seine Stimme war kaum mehr als ein heiseres Flüstern: »Ich bezahle eine Aushilfskraft, die Jenny in der Galerie zur Hand geht, und ich veranlasse, dass deine Sachen aus der Wohnung geholt und irgendwo eingelagert werden, bis wir etwas anderes gefunden haben. Und ich möchte keine Widerworte hören.«

Aus dem verträumten Lächeln, das hierauf ihre sinnlichen Lippen umspielte, schloss Daniel, dass Widerspruch das Letzte war, wonach Kirri der Sinn stand.

»Ich buche unsere Flüge, und dann rufe ich Philip an und kündige ihm meinen Besuch an.«

Es war nicht so gewesen, wie er erwartet hatte. Das Töten eines Menschen hatte weder einen Adrenalinstoß des Triumphes noch Reue nach sich gezogen. Vielleicht lag es daran, dass der alte Mann nicht seine Zielperson gewesen war. Er hatte keine Zeit verloren, aus Noosa zu verschwinden, sobald er Kirris Wohnung verlassen hatte, und in den folgenden zwei Tagen hatte er aufmerksam die Nachrichten verfolgt, bis er ganz sicher sein konnte, dass der alte Mann tot war.

Er hatte flüchtig Mitleid mit der Ehefrau empfunden, die ihren Mann gefunden hatte, aber dieses Gefühl war rasch abgelöst worden von Erleichterung, als der Nachrichtensprecher erklärte, die Polizei tappe im Dunkeln und es gäbe keinerlei Hinweise auf den Täter.

Er ließ sich auf dem Hügel an der South Bank von Brisbane ins Gras zurücksinken und schloss die Augen gegen die schräg fallenden Strahlen der untergehenden Sonne. Minuten später war er in die Grauzone zwischen Wachen und Schlafen eingetaucht.

Dieser entspannte, beinahe tranceartige Zustand war dann auch dafür verantwortlich, dass er den Rauchgeruch nicht sofort wahrnahm. Vielmehr kreiste er ganz am Rand seiner Wahrnehmung und weckte alte Erinnerungen, Erinnerungen, die sein Gehirn auszublenden suchte, die jedoch unerbittlich in sein Bewusstsein drängten.

Es waren Erinnerungen aus einem anderen Leben. Damals war er einmal aus tiefem Rausch erwacht und konnte gerade noch mit seinem Rucksack aus seiner brennenden Wohnung flüchten. Er hatte fast das Ende der Straße erreicht, ehe er sich so weit beruhigt hatte, dass er Halt machen und seinen Rucksack nach dem Päckchen Heroin durchsuchen konnte, das er von einem Dealer zum nächsten bringen sollte.

Dann der Schock: Er fand nur eine Brieftasche, ein paar Kleidungsstücke zum Wechseln, Schokoladenriegel und einige zerfledderte Taschenbücher. Er hatte das Heroin in der Wohnung zurückgelassen ... ebenso wie seinen Freund, den er in seiner Panik völlig vergessen hatte.

Er machte kehrt, aber als er vor dem Wohnblock stand, war die Feuerwehr bereits da. Zu seinem Entsetzen war nach den Löscharbeiten nur eine verkohlte Ruine übrig, die keinen Zweifel bestehen ließ am Schicksal des jungen Mannes, der einen Drink und einen Schuss zu viel mit ihm geteilt hatte.

Und wenn er das Heroin nicht ablieferte, war auch er fällig. Mit Kurieren, die sich als unzuverlässig erwiesen, wurde kurzer Prozess gemacht. Ihm wurde ganz schlecht vor Angst, und so lief er weg und tätigte fünf Minuten später den Anruf, der sein Leben verändern sollte.

Als Wasser auf sein Gesicht klatschte, sprang er auf, im ersten Moment völlig desorientiert. Flammen schlugen aus einer Mülltonne ganz in der Nähe. Eine vollschlanke Frau mit einem Spielzeugeimer in der Hand schüttelte entschuldigend den Kopf.

»Tut mit Leid«, sagte sie. »Irgendein Idiot hat eine brennende Zigarette in die Tonne geworfen, und der Abfall hat Feuer gefangen. Ich wollte nur den Brand löschen.«

Brett murmelte etwas wie »Schon gut« und stolperte davon.

Der Vibrationsalarm seines Handys ließ ihn zusammenfahren. Fluchend griff er nach der Tasche an seinem Gürtel. Er würde mehr brauchen als einen kräftigen Drink, wenn der Anrufer ihn zur Schnecke gemacht hatte.

»Ich liebe es, wenn es aussieht, als würde die Maschine auf dem Wasser landen, um dann in letzter Minute beizudrehen und den Flughafen anzufliegen.« Kirri lächelte Daniel von ihrem Fensterplatz aus zu, als sie in Sydney zum Landeanflug ansetzten. Das tiefe Blau der Botany Bay schimmerte unter der Tragfläche, dicht gefolgt von Felsen, Gras und dunkelgrauem Asphalt.

Catelyn hatte sich während des Fluges benommen wie ein alter Hase. Sie hatte sich mit Buntstiften und Malbüchern beschäftigt und sich von Daniel und Kirri immer wieder ihre Bücher vorlesen lassen. Daniel hatte festgestellt, dass sie eine typische Frau sei, die ständig volle Aufmerksamkeit verlange, aber angesichts des Leuchtens in seinen Augen und der Liebe und des Stolzes auf seinen Zügen hatte Kirri sich eine schnippische Erwiderung verkniffen und stattdessen gelächelt.

»Ich habe ja nie geahnt, dass man für ein Kind so viel Zeug braucht«, brummte Daniel, als er dem Taxifahrer half, ihr Gepäck im Kofferraum zu verstauen.

»Sei froh, dass sie nicht mehr die Flasche bekommt«, entgegnete Kirri.

»Hast du sie denn nicht gestillt?«

Kirri unterdrückte ein Lachen, als sie den besorgten Ausdruck auf seinem Gesicht sah. »Nach anfänglichen Schwierigkeiten habe ich sie etwa ein halbes Jahr gestillt. Aber das war nur Gran zu verdanken, die mich praktisch ans Bett gefesselt und mit Proteindrinks und Bergen von Essen quasi zwangsernährt hat.« Sie lächelte breit. »Diese Frau hat wirklich einen eisernen Willen.«

»Für mich klingt das, als sollte man sie zur Heiligsprechung vorschlagen.«

Ein warmes Glühen breitete sich in Kirri aus. Seit sie nachgegeben und Daniel gestattet hatte, ihren Flug nach Sydney zu organisieren, war die Anspannung, die sie nicht mehr losgelassen hatte, seit sie wusste, dass er Cateyns Vater war, langsam immer weniger geworden. Obwohl sie seine sexuelle Frustration spürte und ihre eigene Reaktion auf ihn verfluchte, war sie so entspannt wie schon lange nicht mehr. Das beiläufige Geplänkel und die gemeinsamen Momente mit Catelyn waren Balsam für ihre Seele.

»Ich habe mich für dieses Hotel entschieden, weil wir dort direkt am Strand sind und mit Catelyn am Wasser spazieren gehen können«, erklärte Daniel, als das Taxi in die Auffahrt des Brighton Novotel einbog. Gleich darauf lächelte er schief. »Außerdem ist es das einzige Hotel, das ich hier kenne. Philip Weyburn hat mich hier untergebracht, als ich das erste Mal hergeflogen bin.«

»Wo ist das Büro von Brand & Weyburn?«

»In St. Leonards.«

»Das ist aber ein ganzes Stück weg. Warum hat er nicht ein Hotel ausgewählt, das näher bei der Firma liegt?«

»Ich habe so das Gefühl, dass er mich möglichst weit weg haben wollte. Am liebsten wäre es ihm wohl gewesen, wenn ich gar nicht gekommen wäre«, entgegnete Daniel nachdenklich.

Ein befriedigtes Lächeln umspielte Stellas Lippen. Daniel Brand war wieder in Sydney. Interessant. Philip hatte Tage nichts mehr von ihm gehört, und dann war heute Morgen unerwartet der Anruf gekommen, dass er noch am selben Tag einträfe.

Sie stand in der halb offen stehenden Bürotür und betrachtete Philip, der sichtlich beunruhigt die Stirn runzelte. Idiot. Brand war doppelt so viel wert wie dieser Schwächling. Aber wenigstens war Philip leicht zu manipulieren. Ganz wie sein Vater.

Daniel hatte zwei nebeneinander liegende Suiten gebucht, die durch eine Tür miteinander verbunden waren. Als Kirri Catelyns Tasche auspackte, betrachtete sie das Doppelbett und malte sich aus, wie es wäre, dieses mit Daniel zu teilen. Innerhalb weniger Sekunden hatte ihre Künstlerfantasie das Szenario vor ihrem inneren Auge entstehen lassen. Ihr Körper reagierte sofort mit prickelnder Vorfreude und Sehnsucht nach der Erfüllung, die ihm so lange verwehrt geblieben war.

»Verdammt!« Ihr wurde erst bewusst, dass sie laut gesprochen hatte, als Catelyn das Wort wiederholte. Entschieden versuchte sie, ihre erotischen Gedanken auszublenden.

Als Daniel klopfte, errötete sie beschämt. Ihre Wangen glühten immer noch, als sie schließlich öffnete. Als sie registrierte, wie seine Pupillen sich beim Anblick ihrer brennenden Wangen und verhärteten Brustwarzen weiteten, verspürte sie ein Ziehen zwischen den Schenkeln.

»Ich ...« Daniels Stimme klang unnatürlich rau, und er räusperte sich. »Ich wollte fragen, ob du nicht Lust hast, mich in die Firma zu begleiten. Wir könnten anschließend mit Catelyn in den Taronga-Zoo gehen, bevor wir zu deinem Vater fahren. Das wäre kein großer Umweg.«

»Okay. Ich muss nur Catelyns Windel wechseln und mich etwas frisch machen, dann kann's losgehen.«

»Kann ich das vielleicht machen? Ihre Windel wechseln, meine ich?«

Kirri lächelte. Es mit einem rasenden Stier aufzunehmen war eine Sache, aber immerhin wusste sie jetzt, dass er ein mutiger Mann war.

»Ich hatte mir die Firma nicht ganz so groß vorgestellt«, gestand Kirri, als sie das Bürogebäude von Brand & Weyburn betraten.

Daniel nickte. »Wir haben über zweihundert Angestellte. Eigentlich ist die Firma viel zu groß, um noch in dieser Form weitergeführt zu werden, zumal wenn einer der Inhaber im Ausland lebt. Ich wollte mit Philip über die Umwandlung in eine GmbH sprechen, aber bisher ist er mir immer ausgewichen.«

»Vielleicht war er noch nicht so weit und brauchte Zeit, um sich mit dem Gedanken anzufreunden.«

Daniel nickte und hob Catelyn etwas höher. Sie war im Taxi eingeschlafen, und Daniel hielt sie vor der Brust, ihr Köpfchen an seine Schulter gelehnt, das Gesicht in seiner Halsbeuge versteckt.

Der moderne dunkelgrüne Empfang hob sich stilvoll von den Bodenfliesen und Wänden ab, die in Hellgrau und -grün gehalten waren. Der Mann dort teilte Daniel mit, dass er erwartet würde, und führte sie einen Flur hinunter in ein Büro mit einem imposanten Mahagonischreibtisch und großen grünen Aktenschränken. In einer Ecke stapelten sich Kartons.

Kirri sah die verblüfften Mienen des Mannes am Schreibtisch und der großen Blondine, die eben Unterlagen aus dem Aktenschrank nahm. Sie spürte ihre Neugier, und da ging ihr auf, dass Daniel mit keinem Wort erwähnt hatte, dass er in Begleitung kommen würde.

»Philip.« Daniel nickte dem Mann zu, der nun hinter dem Schreibtisch hervorkam. »Das ist eine liebe Freundin: Kirri Smith.« Er sah die blonde Frau an. »Kirri, das ist Stella Quinlan, Philips Sekretärin.«

Kirri murmelte ein höfliches »Hallo«, abgelenkt von der Intensität in Stellas Blick. In dieser Sekunde wachte Catelyn auf und hob den Kopf von Daniels Schulter.

»Und das«, verkündete Daniel stolz, als sie sich den Fremden zuwandte, »ist meine Tochter Catelyn.«

Kapitel 13

Kirri war nicht vorbereitet auf die Reaktion der beiden. Der Schock auf Philips Gesicht war noch harmlos verglichen mit der grenzenlosen Wut, die für einen Moment in den Augen der Sekretärin aufloderte, ehe sie sich wieder im Griff hatte.

Stella kam auf Daniel zu. Sie zitterte beinahe von der Wut, die sie mit aller Macht zu kontrollieren suchte. Das gezwungene Lächeln, das sie aufsetzte, erreichte ihre Augen nicht, und auch ihre Mundwinkel hoben sich kaum. Sie starrte Catelyn so eindringlich an, dass diese das Gesicht wieder an Daniels Schulter barg. Dann ging sie auf Kirri zu und reichte ihr die Hand.

Als Kirri diese schüttelte, wirbelte Schwärze durch ihren Kopf. Stellas fester Druck fühlte sich an wie eine Falle, und Kirri zog hastig ihre Hand zurück. Sie hatte noch nie etwas Vergleichbares empfunden, und ein kalter Angstschauer lief ihr über den Rücken.

Eine halbe Stunde später wartete Kirri mit Catelyn in Philips Büro. Philip hatte Daniel gebeten, sich neue Maschinen anzusehen, die er kaufen wollte, und auf Daniels Protest, dass er sie nicht allein lassen wolle, hatte Kirri ihm zugeredet. Sie wollte nicht, dass ihre Anwesenheit einem möglicherweise wichtigen Gespräch zwischen den Männern im Wege stand.

Stella hatte Kirri Tee und Kekse gebracht und sie zu

ihrer Beziehung zu Daniel befragt. Da Daniel seinerseits keine Einzelheiten zu ihnen beiden preisgegeben hatte, war sie seinem Beispiel gefolgt, und so war Stella schließlich ohne neue Informationen in ihr eigenes Büro zurückgekehrt.

Catelyn verlor bald das Interesse an den Spielsachen, die Kirri für sie mitgebracht hatte, lief im Büro umher und richtete ihre Aufmerksamkeit schließlich auf den Papierkorb. Auf ein freundliches, aber bestimmtes »Nein« ihrer Mutter hin ging sie weiter. Als sie zu den Kartons kam, packte sie mit den kleinen Händen nach dem obersten, der prompt herunterfiel, sodass der magere Inhalt sich über den Fußboden verstreute. Catelyn lächelte glücklich, hob eine Geburtstagskarte auf und hielt sie Kirri hin.

»Bild, Mami, malen.«

»Nein, Liebes, das ist eine Karte und kein Gemälde«, murmelte Kirri, als sie sich bückte. Jäger und Sammler, dachte sie, als sie alte Karten, Kalender mit wunderschönen Landschaftsbildern, alte Fotos und einige Zeitungsausschnitte aufsammelte. Sie legte eben alles in den Karton zurück, als Catelyn einen der Ausschnitte in der Hand zerknüllte.

»Danke, Catelyn.« Kirri streckte die Hand aus, und die Kleine legte das verknitterte Papier hinein. Als Kirri es glatt strich, sprang ihr ein Name ins Auge.

»Neall Quinlan, geliebter Bruder von Stella Quinlan ...« Kirri erkannte, dass es sich um eine Todesanzeige handelte. Eine eher kryptische Anzeige, um genau zu sein. Es wurden weder Eltern noch sonstige Verwandte erwähnt, nur das Geburtsdatum, das Todesdatum von vor vier Jahren und der Hinweis auf die Einäscherung. Das Papier hatte etwas Kaltes, Trauriges an sich und sprach von großer Einsamkeit. Kirri legte den Ausschnitt hastig in den Karton, den sie vor Catelyn in Sicherheit brachte. Sie beugte sich eben herab, um ihre Tochter auf den Arm zu nehmen, als auf dem Flur eine schrille Stimme zu hören war.

»Beeilt euch, ihr zwei, ich muss Essies Baby sehen.«

»Essies Enkelin, Mum.« Philips Stimme klang erschöpft. »Beruhige dich, sonst machst du der Kleinen nur Angst.«

Aber seine Bitte stieß offenbar auf taube Ohren. Die Tür flog auf, und eine hagere, grauhaarige alte Dame in einem eleganten fliederfarbenen Hosenanzug trat ein. Ihre Miene erhellte sich, als ihr Blick auf Catelyn fiel. »O du süßes kleines Ding.« Tränen schimmerten in ihren Augen. »Du könntest glatt Essies Tochter sein.«

Kirri warf einen fragenden Blick auf Daniel, der mit Philip hereinkam.

»Essie war meine Mutter«, erklärte er ruhig.

»Kirri, das ist meine Mutter, Irene. Sie und Daniels Mutter waren eng miteinander befreundet.« Philip wich seiner Mutter nicht von der Seite und benahm sich alles in allem sehr beschützend.

Als Irene sich ihr zuwandte, verstand Kirri den Grund hierfür. Irene Weyburn strahlte die Nervosität und Hektik einer überaus labilen Persönlichkeit aus.

»Ein solcher Verlust«, sagte Irene zu niemandem im Besonderen, den Blick immer noch auf Catelyn gerichtet, die eine Banane aus Kirris Tasche kramte. »Ich war damals auch schwanger. Mit Philip. Essie wollte, dass wir sie in die Berge begleiteten, aber ich hatte Angst. Ich hatte schon zwei Fehlgeburten hinter mir und ... Na ja, wir wären zu weit weg gewesen von meinem Spezialisten. Essie war immer viel robuster als ich. Daniel war ein lebhaftes Kerlchen, und die Geburt war so problemlos verlaufen.«

Sie wandte sich Daniel zu. »Dein Vater hat den Verlust nie verwunden, nicht wahr?«

»Nein, Ma'am.«

Kirris Herz zog sich zusammen, als sie die Trauer auf Daniels Gesicht sah.

Irene gestikulierte mit einer Hand. »Er ist bei keinem seiner späteren Aufenthalte hier je wieder in den Bergen gewesen. Er hat es nicht verwunden, Essie und das Baby dort verloren zu haben.«

»Mrs. Weyburn ...« Daniels Magen verkrampfte sich. »Wollen Sie damit sagen, dass meine Mutter hier in Australien gestorben ist? Und dass sie schwanger war?«

»Ja.« Irene war sichtlich erstaunt. »Hat dein Vater dir das denn nicht erzählt?«

Daniel schüttelte den Kopf. »Nein. Er hat nie vom Tod meiner Mutter gesprochen. Ich weiß nur, dass sie bei einem Autounfall ums Leben gekommen ist. Es war offensichtlich, dass ihr Tod ihm immer noch so nahe ging, dass er es nicht über sich brachte, darüber zu sprechen. Sie wurde in Seattle bestattet. Ich dachte immer, sie wäre auch dort gestorben.«

»O mein Gott.« Irene erbleichte. Philip hakte sie unter und führte sie zu einem Stuhl. »Es tut mir sehr Leid, Daniel. Ich dachte, du wüsstest, dass sie hier in den Blue Mountains gestorben ist.«

Warum hatte sein Vater ihm das verschwiegen? Der Schmerz, den er beim Tod seines Vaters verspürt hatte, durchfuhr ihn erneut. Was hatte er ihm noch vorenthalten? »Was wollte sie dort?«

»Essie fand Sydney schrecklich hektisch. Sie liebte die Berge und wollte während ihres Aufenthaltes mit Ken oben in unserem Ferienhaus wohnen. Sie wollten eigentlich nicht bis zur Geburt in Australien bleiben, aber dann wurde Ken geschäftlich aufgehalten, und Essie wollte nicht ohne ihn zurückfliegen. Du warst damals drei, Daniel, und manchmal nahm dein Vater dich mit nach Sydney, damit Essie ihre Ruhe hatte.«

Irene schloss die Augen, erzählte jedoch weiter. »Es war Winter. Völlig unerwartet zog ein Sturm aus der Antarktis auf. Es gab einen Temperatursturz und wurde eiskalt. Schneeregen und Schnee in den Bergen drohten. Dein Vater rief Essie an, um sie zu warnen, konnte sie aber nicht erreichen. Später stellte sich heraus, dass ein Ast die Telefonleitung zum Haus gekappt hatte.«

»Mum, möchtest du vielleicht einen Tee oder Kaffee?«, unterbrach Philip, als seine Mutter eine Pause einlegte. Irene schüttelte den Kopf, öffnete jedoch die Augen wieder und schaute Daniel an.

»Ken ließ dich an jenem Abend bei uns, und das war gut so. Er fand den Wagen deiner Mutter. Er war gegen einen Baum geprallt. Essie war tot. Sie hat das Baby bekommen und ist verblutet.«

»Und das Baby?«

Eine Träne glitt über Irenes Wange. »Die Polizei hat gesagt ... sie sagte ... ein Fuchs habe es sich geholt. Es gab Pfotenabdrücke an der Unfallstelle ...« Sie fuhr sich mit den Fingern über die Augen. »Die Wehen haben zwei Wochen zu früh eingesetzt. Es war so kalt ... Das Baby war zweifellos schon tot, als es ... geholt wurde.«

Kirri hatte Daniel die ganze Zeit nicht aus den Augen gelassen und seine schockierte Reaktion auf Irenes Enthüllungen beobachtet. Sie sah den Schmerz, die Sehnsucht und die Einsamkeit, die er als Kind durchlitten hatte und die ihn auch heute als Mann noch quälten.

Ihr Herz flog ihm zu, und sie hätte ihn am liebsten in den Armen gehalten, um seinen Schmerz zu lindern. Er blickte zu ihr herüber, und die Sehnsucht in seinen Augen war wie eine Liebkosung. Der letzte Rest von Groll gegen ihn verflog, abgelöst von dem Wunsch, diesen Mann, den sie einst so sehr geliebt hatte, dass sie ihn heiraten wollte, richtig kennen zu lernen.

»Philip, würdest du mir bitte ein Taxi rufen.« Irene tupfte sich mit einem Taschentuch die Tränen aus den Augenwinkeln. »Ich möchte jetzt heim und mich ausruhen.«

Sie stand auf. »Daniel, ich habe noch Fotos von deinen Eltern und einen alten Zeitungsausschnitt von einem Ball, auf dem wir alle ein Jahr vor dem Tod deiner Mutter noch waren. Ich wollte sie dir bringen, und als ich Philip anrief und Stella erwähnte, du wärst mit deiner Tochter hier, war ich ganz aus dem Häuschen. Ich bin so überstürzt losgefahren, dass ich die Fotos habe liegen lassen. Ich gebe sie heute Abend Philip mit, dann bekommst du sie morgen.«

»Vielen Dank, Mrs. Weyburn.«

Irene reichte Daniel die Hand, aber er beugte sich herab und umarmte sie. Ihre Züge erhellten sich, und sie lächelte glücklich. Dann wandte sie sich Kirri und Catelyn zu. »Pass gut auf sie auf, mein Kind, Essie hätte sie sehr lieb gehabt.«

Kirri war sehr still auf der Fahrt im Mietwagen zum Taronga-Zoo. Sie wusste, dass Daniel sich darauf konzentrieren musste, auf der »falschen« Straßenseite zu fahren, und sie selbst brauchte ebenfalls etwas Zeit, um ihre Gedanken zu ordnen.

Erst als sie Catelyn in ihrem Buggy durch den Zoo schob, sprach sie aus, was ihr durch den Kopf ging.

»Haben dein Vater und deine Großeltern dir denn nichts über deine Mutter erzählt?«

»Meine Großmutter hat viel von ihr gesprochen, aber nie über die näheren Umstände ihres Todes. Und als ich meinen Vater danach fragte, wollte er nicht mehr sagen, als dass sie bei einem Autounfall ums Leben gekommen sei. Großmutter hat sie für mich zum Leben erweckt, sodass ich, obwohl ich keine Erinnerung an sie hatte, vermisst habe, was zwischen uns gewesen wäre.«

Catelyn wurde unruhig und versuchte, aus dem Buggy

zu steigen. Sie waren am Affenhaus angelangt, und sie plapperte aufgeregt drauflos, während sie auf die verspielten Tiere zeigte und Daniel die Arme entgegenreckte. Er hob sie ganz hoch und wirbelte sie durch die Luft, bis sie glucksend lachte.

Als Daniel sie an seine Brust drückte, klopfte Catelyn mit den Händchen auf seine Wangen. »Daddyyyy«, sagte sie und drückte ihm einen feuchten Schmatzer auf den Mundwinkel.

Daniel erstarrte, einen überwältigten Ausdruck auf dem Gesicht, als wäre er eben Zeuge eines Wunders geworden. Kirri wusste nur zu gut, was er fühlte: den unglaublichen Augenblick, in dem ein Elternteil erkennt, was für eine wundervolle, überwältigende, Furcht einflößende Verantwortung er seinem Kind gegenüber eingegangen ist – und in dem ihm das Band der Liebe bewusst wird, das bis zum Tod erhalten bleiben würde.

Catelyn wandte ihre Aufmerksamkeit wieder den Affen zu, und Daniel trat mit einem immer noch leicht benommenen Lächeln dichter an den Zaun. Kirri blieb zurück, vollauf beschäftigt mit ihren eigenen Gefühlen. Noch nie zuvor hatte ein Mann sie so tief berührt wie Daniel. War das, was sie fühlte, Liebe? Dieses unbezähmbare, überschäumende, mitreißende Gefühlschaos, das in seiner Intensität beinahe körperlich schmerzte? Vor zwei Jahren hatte sie Gewissheit gehabt, jetzt konnte sie nur hoffen.

»Kirri?« Daniel hielt ihr die Hand hin. Lächelnd ergriff sie sie.

»Hättest du Lust, morgen in die Blue Mountains zu fahren, Daniel? Möchtest du dir vielleicht das Ferienhaus ansehen, in dem deine Eltern gewohnt haben?«

Daniel wagte einen kurzen Blick zu Kirri auf dem Beifahrersitz. »Kannst du auch noch Gedanken lesen?«

»Ich dachte mir, das würde dir vielleicht helfen.« Sie gab ihm Anweisung, wie er fahren sollte, und kurz darauf hielten sie vor einem kleinen Backsteinhaus mit gepflegtem Garten davor.

»Ehrlich gesagt hätte ich nicht erwartet, dass dein Vater in einem so *konventionellen* Umfeld wohnt«, bemerkte Daniel, als er Catelyn von den Sicherheitsgurten des Kindersitzes befreite.

»Bevor ich nach New York gegangen bin, hat Dad wieder geheiratet. Lorraine ist Mutter von vier Kindern und hat bereits zwei Enkel. Sie ist extrem bodenständig und lässt sich von ihm kein X für ein U vormachen. Er ist ganz verrückt nach ihr.« Kirri verdrehte die Augen. »Gott allein weiß, was sie in ihm sieht. Sie bemuttert ihn, vielleicht ist das die Antwort. Sie sind ein paar Mal nach Cairns gekommen, um Catelyn zu sehen, und ich kann gar nicht fassen, wie sehr er sich verändert hat.«

Sie schnappte sich die Tasche vom Rücksitz. »Er ist ein besserer Opa als Vater.«

Catelyn schlief tief und fest, als sie am Abend ihr Zimmer im Novotel betraten. Kirri legte sie schlafen, während Daniel erst den Zimmerservice anrief und anschließend Irene Weyburn.

Sie aßen draußen auf dem Balkon und genossen die abendliche Kühle ebenso wie die köstlichen Speisen. Von den Swimmingpools unten drang Gelächter zu ihnen herauf. Das dunkle Wasser der Botany Bay schimmerte silbrig im Mondschein, und hier und da blinkten die roten und grünen Lichter der Flugzeuge im Landeanflug auf Sydney.

»Wie findest du Dad?«, fragte Kirri.

»Ich mag ihn. Und Lorraine.«

»Ja. Es ist leicht, Dad zu mögen.« Kirri nippte an ihrem Wein. »Ich kann gar nicht glauben, dass er Catelyn morgen den ganzen Tag bei sich haben möchte. Dass er sogar die alte Erpressungsmasche benutzt hat, dass er sie ja so selten sehen würde, weil wir so weit weg wohnen.«

Daniel lächelte. »Ich finde es gut, dass du Ja gesagt hast. Und Lorraine scheint mir eine patente Person zu sein. Zwar wird es mir schwer fallen, einen ganzen Tag mit meiner Tochter zu versäumen, aber es ist nicht zu übersehen, wie vernarrt dein Vater in sie ist. Ich glaube, er bereut, was er versäumt hat, als du klein warst.«

»Das sollte er auch«, entgegnete Kirri bissig. Dann fuhr sie milder fort: »Ich schätze, er hat eben länger als andere gebraucht, um erwachsen zu werden. Außerdem haben wir so den Tag in den Blue Mountains ganz für uns.«

»Irene hat erzählt, sie hätten das Ferienhaus vor ein paar Jahren verkauft.« Daniel beobachtete eine Jacht, die durch die Bucht glitt. Die geblähten Segel hoben sich im Licht des Vollmondes hell vom dunklen Wasser ab. »Es ist wohl in ein Gasthaus namens ›Thistledown‹ umfunktioniert worden.«

»Warum übernachten wir nicht morgen dort?« Die Worte waren heraus, ehe ihr bewusst war, was sie da sagte.

»Und Catelyn?«

Kirri schob sich noch einen Bissen Fisch in den Mund und kaute bedächtig, während sie sich ihre Antwort diesmal gründlich überlegte. Heute hatte sie in Bezug auf Daniel eine Grenze überschritten. War sie bereit, noch weiter zu gehen?

Sie setzte sich etwas aufrechter hin und sah ihm fest in die Augen. »Ich weiß.«

Daniel, der gerade ein mundgerechtes Stück von seinem Steak abschnitt, hielt mitten in der Bewegung inne, sein ganzer Körper sichtlich angespannt. »Was willst du genau damit sagen, Kirri?«

»Ich ... ich weiß auch nicht genau, Daniel. Um ehrlich zu sein, das ist mir rausgerutscht, ohne dass ich darüber nachgedacht hätte. Ich habe mich in Bezug auf Menschen immer auf meine Instinkte verlassen, also sollte ich vielleicht riskieren, mich auf ... auf das, was zwischen uns ist, einzulassen.«

»Du willst mit mir schlafen.«

»Verdammt, Daniel. Musst du es gleich so krass formulieren!« Kirri lehnte sich in ihrem Stuhl zurück. »Ich möchte mit dir Liebe machen, ja.«

»Warum?« Daniel war bewusst, dass er sich auf sehr dünnem Eis bewegte, aber er wünschte sich Kirris Liebe so sehr, dass er sich nicht auf irgendwelche spontanen Experimente einlassen wollte, die möglicherweise alles zerstörten.

»Weil ...« Sie brachte die schnippische Antwort, die ihr auf der Zunge lag, nicht über die Lippen. Sie konnte diesem Mann nichts vorspielen. Der verzweifelte Hunger in seinen Augen verriet ihr, wie verwundbar er war. »Weil du mir inzwischen sehr viel bedeutest.«

Sie war froh, ehrlich gewesen zu sein, als sie sah, wie seine Züge aufleuchteten vor Liebe und Verlangen. »Und wenn wir nicht bald Liebe machen, Daniel Brand, werde ich noch wahnsinnig. Ich habe keine Nacht mehr richtig geschlafen, seit du in Noosa in meiner Galerie aufgekreuzt bist. Jedes Mal, wenn ich dich ansehe, ist das Verlangen nach deiner Berührung so intensiv, dass es richtig wehtut. Deine Augen sind unglaublich sexy, so warm und diese Farbe ... Bernstein ... Jetzt weiß ich auch, woher Catelyn ihren unwiderstehlichen Kussmund hat ...«

Verdammt! Sie tat es schon wieder. Redete dummes Zeug. Wo war die selbstsichere Frau, die ganz allein nach New York aufgebrochen war, um die Kunstszene zu erobern? Waren die Schwangerschaft und das Mutterdasein schuld, dass sie sich so verändert hatte? Ein prickelnder Schauer lief ihr den Rücken hinunter. Oder lag es an Daniel? Er brauchte sie nicht einmal zu berühren, damit sie weiche Knie bekam. Wie würde sich das erst entwickeln, nachdem sie miteinander geschlafen hatten?

Daniel stand auf, ging um den Tisch herum und zog Kirri in seine Arme. »Kussmund, ja?«

Sein Geruch wirkte auf sie wie eine Droge.

Sie nickte.

Sie dachte, sie wäre gewappnet für seinen Kuss, aber als er schließlich von ihr abließ, klammerte sie sich an ihn wie eine Ertrinkende, als wolle sie mit ihm verschmelzen. Ja, dachte sie gleich darauf, genau das wollte sie, wollte ihn spüren, wollte ...

»Ich rufe jetzt besser an wegen der Buchung.« Seine Stimme klang unnatürlich heiser. Kirri nickte nur, da sie wusste, dass ihre Stimme ihr doch nicht gehorchen würde. Als Daniel sie langsam losließ, fiel sie kraftlos zurück auf ihren Stuhl.

Sie hörte vage, wie er sich nach der Nummer des ›Thistledown‹ erkundigte. Dann stand er plötzlich wieder neben ihr, seine tiefe Stimme leise und verführerisch.

»Letzte Chance, es dir noch zu überlegen. Soll ich ein Doppelzimmer buchen oder zwei Einzelzimmer?«

»Doppelzimmer.«

Ein boshaftes Lächeln umspielte Bretts Mundwinkel, als er der zornigen Stimme am anderen Ende der Leitung lauschte. Offenbar hatte Daniel Brand wieder etwas Unerwartetes getan, das alle Pläne über den Haufen warf. Brett lachte in sich hinein. Schön zu wissen, dass auch selbst inszenierte Allmacht ihre Grenzen hatte.

»Er wird inzwischen aufgebrochen sein. Er fährt einen weißen Fairmont. Schreib dir das Kennzeichen auf, damit du es nicht vergisst.«

Brett machte sich keine große Hoffnung, den Wagen tatsächlich zu finden. Trotzdem notierte er sich die Einzelheiten. »Kennst du seinen Reiseplan?«, fragte er.

»Nein, aber er übernachtet heute im ›Thistledown‹ am Mt. Victoria. Und er hat diese Malerin bei sich.«

Bretts Magen verkrampfte sich. Mist! Das verkomplizierte alles. Er war gar nicht begeistert davon, möglicherweise auch die Frau töten zu müssen.

»Ist es wirklich notwendig, den Mann gleich umzubringen? Gibt es nicht einen anderen Weg, an die Kohle ranzukommen?«

»Glaubst du, ich würde mich mit einem solchen Versager wie dir abgeben, wenn es eine Alternative gäbe?«

»Ich muss das nicht tun, weißt du.« Das war kindischer Trotz, und er wusste es. Er ließ sich auf das Hotelbett fallen und wünschte, er wäre irgendwo, nur nicht hier in Sydney mit seinen Erinnerungen und Albträumen.

Das verächtliche Gelächter in seinem Ohr brach abrupt ab, als sein Gesprächspartner die Verbindung unterbrach.

Es war noch keine drei Jahre her, dass Kirri Sydney verlassen hatte, um nach New York zu gehen, aber auf der Fahrt in die Blue Mountains kam es ihr vor, als wären mindestens zehn Jahre vergangen. Die kleinen Läden, Tearooms und Kunstgalerien hatten sich, von einigen wenigen Ausnahmen abgesehen, nicht groß verändert, und doch sah sie sie heute mit anderen Augen.

In Leura legten sie eine Pause ein und bummelten Hand in Hand durch die Geschäfte, tranken Tee und aßen englische Muffins.

Die Touristin zu spielen fiel Kirri gar nicht so schwer, wie sie ursprünglich erwartet hatte. Sie hatte gedacht, die bevorstehende Nacht würde sie so nervös machen, dass sie niemals entspannen und den Tag mit Daniel genießen könnte.

Daniel seinerseits wirkte um vieles entspannter, als sie selbst sich fühlte. Andererseits wusste er ja bereits, was ihn erwartete. Eine Minute verstrich, ehe ihr bewusst wurde, dass sie keinen Groll mehr gegen ihn hegte. Und bei genauerem Hinsehen wurde auch die Anspannung auf seinem Gesicht deutlich. Sie lächelte, und die Steifheit, die ihre Muskeln befallen hatte, ließ schlagartig nach.

»Lass uns einen Akubra für dich kaufen«, meinte Kirri, als sie Katooba erreichten. »Park da drüben.«

»Akubras sind aus Kaninchenfell«, erklärte sie, als sie einen Laden betraten. »Kaninchen wurden vor mehr als einhundert Jahren nach Australien importiert, damit englische Freizeitjäger etwas vor die Flinte bekamen. Innerhalb kürzester Zeit haben sie sich aber vermehrt wie ... na ja, wie die Karnickel eben ...« Sie verstummte, als Daniel lachte. Der Klang brachte sie irgendwie aus dem Gleichgewicht und entfachte ihre Libido, sodass sie erst tief Luft holen musste, ehe sie fortfahren konnte. »Sie wurden bald zur Plage, und da war es eine gute Lösung, Hüte aus ihrem Fell zu machen.«

»Haben sich vermehrt wie die Karnickel, ja?« Daniel war stehen geblieben und blickte auf sie hinab; er stand so dicht vor ihr, dass er die goldenen Sprenkel in ihren braunen Augen sehen konnte. Er lächelte leise, und Kirri verspürte das fast unwiderstehliche Verlangen, ihm die Arme um den Hals zu legen und ihn zu küssen, dass ihm Hören und Sehen verging, so wie es ihr selbst am Vorabend ergangen war.

»Ja.« Das Wort klang atemlos, und sie schluckte zweimal, ehe sie sich an einen Verkäufer wandte. Als sie das Geschäft verließen, bemerkte Kirri einen groß gewachsenen Mann, der eben aus einem Auto stieg. Etwas an seiner Kopfhaltung und seinem Profil kam ihr bekannt vor.

»Ich lege den Hut in den Wagen, und dann sehen wir

uns nach einem Restaurant um«, hörte sie Daniel sagen und nickte abwesend.

Als sie die Straßenecke erreicht hatten, war der Mann aus ihrem Blickfeld verschwunden.

Zwanzig Minuten später bewunderten sie bei Krokodil-Burgern die atemberaubende Aussicht auf das Jamison Valley, und danach schauten sie aus 200 Metern Höhe aus einer Gondel auf dasselbe Tal hinab.

»Ich frage mich, ob meine Eltern mit der Bergbahn gefahren sind?«, sinnierte Daniel und blickte auf die steilen Felswände und die gestreiften Sandsteinformationen, die als ›Die drei Schwestern‹ bezeichnet wurden und wie stumme Wächter über dem dicht bewaldeten Talboden und den Bergausläufern aufragten.

Kirri war seltsam still. Er berührte sacht ihren Arm. »Kirri?«

»Entschuldige. Was hast du gesagt?«

»Nicht wichtig. Bedrückt dich etwas?«

Sie zuckte die Achseln; sie wollte nicht aussprechen, was nicht mehr als eine vage Vermutung war. Als sie jedoch den Ausdruck auf Daniels Gesicht sah, wusste sie, dass er sich nicht einfach so abspeisen lassen würde.

»Vorhin beim Laden ... habe ich einen Mann aus einem grünen Wagen aussteigen sehen. Vermutlich ist es nur Einbildung gewesen, aber irgendwie kam er mir bekannt vor.«

Daniel runzelte die Stirn. »Inwiefern ›bekannt‹?«

»Na ja ...« Sie holte einen kleinen Block hervor und fing an zu zeichnen. »Sein Profil hat mich an den Typ erinnert, der dich in Noosa angefahren hat.« Sie hob abwehrend die Hand, als sie das Interesse auf seinem Gesicht bemerkte. »Die Ähnlichkeit war frappierend, aber ich kann mich auch irren. Immerhin habe ich nur einen flüchtigen Blick auf den Fahrer werfen können.«

»Aber es beunruhigt dich?«

»Vorhin am Laden noch nicht.« Kirri legte die Stirn in Falten und versuchte, das Unbehagen abzuschütteln, das sie befallen hatte. »Aber als unsere Gondel losgefahren ist, habe ich ihn unten an der Talstation wieder gesehen.«

Kapitel 14

Bretts Laune war auf dem Nullpunkt, als er außer Sichtweite der Scenic Skyway Plattform wartete. Langsam hatte er genug von dieser ganzen Unfall-Aktion. Wann würde sich endlich eine Gelegenheit ergeben? Es wäre so viel einfacher, Brand zu erschießen, und das hatte er auch seinem Auftraggeber gegenüber geäußert. Die Gründe, weshalb dies unangebracht wäre, wurden ihm *geduldig* – durch zusammengebissene Zähne, wie er sich gut vorstellen konnte – dargelegt, allerdings stand es mit seiner eigenen Geduld inzwischen nicht mehr zum Besten.

»Da ist das Schild. Da müssen wir abbiegen.« Kirri zeigte auf die Stelle, an der die Straße sich von Mt. Victoria nach Bell schlängelte. »Thistledown. Jetzt ist es nicht mehr weit.« Sie warf einen Blick auf Daniel. »Geht es dir gut?«

»Ja. Anfangs war es für mich schwer zu akzeptieren, dass mein Vater mir die näheren Umstände des Todes meiner Mutter verschwiegen hat, aber wenn man jemanden verliert, den man so sehr liebt, wie er meine Mutter geliebt hat ...« Er seufzte. »Ich kann verstehen, dass es für ihn zu schmerzlich war, darüber zu reden. Zumal er nicht nur seine Frau, sondern auch gleichzeitig ein Kind verloren hat.«

Kirri konnte das gut nachvollziehen. Als Catelyn zu dem Stier in den Pferch gekrabbelt war, war sie wie gelähmt gewesen vor Angst. Wenn Daniel nicht sofort reagiert hätte ...

»Ich habe mich noch nicht richtig bei dir bedankt dafür, dass du Catelyn das Leben gerettet hast. Wenn ich darüber nachdenke, was hätte passieren können ...«

Daniel legte eine Hand auf die ihre. »Aber es ist nichts passiert. Ich kann mir allerdings vorstellen, dass es nicht mehr lange dauert, bis uns die ersten grauen Haare wachsen. Meine Großmutter hat mir erzählt, dass meine Mom nichts als Unsinn im Kopf hatte und schwerer zu hüten war als ein Sack Flöhe.«

Er tut es schon wieder, dachte Kirri. Er spricht so, als wären wir schon eine Familie. Nur dass die Vorstellung ihr inzwischen keine Angst mehr machte, sondern ihr vielmehr verlockend erschien. Ebenso verlockend wie das brennende Verlangen, das in ihr pulsierte, seit seine Hand auf ihrem Schenkel ruhte.

Eine vollschlanke Frau mittleren Alters, die sich ihnen als Mrs. Anderson vorstellte, hieß sie in der geräumigen Empfangshalle willkommen. Das zweistöckige Sandsteinhaus war offensichtlich innen renoviert worden, um dem neuen Verwendungszweck als Hotel zu entsprechen, aber das gemütlich-rustikale Ambiente mit viel Holz und cremefarbenen Wänden war noch erhalten.

Als Daniel seine Kreditkarte überreichte, hörte Kirri ein Geräusch von jenseits der Tür mit der Aufschrift »Büro«. Die Tür hatte bereits halb offen gestanden, wurde aber jetzt von einem stämmigen Mann, dessen Glatze nur noch von einem Kranz grauer Haare umgeben war, vollends geöffnet. Kirri lächelte, aber er schien sie nicht wahrzunehmen. Seine Aufmerksamkeit galt Daniel, und er legte die Stirn über den buschigen Brauen in tiefe Falten.

Dann schüttelte er den Kopf und verschwand wieder im Büro.

Als die Formalitäten erledigt waren, schnappte Daniel

sich ihr Gepäck und folgte Mrs. Anderson eine mit Schnitzereien verzierte Holztreppe hinauf. Als sie den ersten Treppenabsatz erreichten, blickte Kirri zurück.

Der Mann beobachtete sie von seinem Schreibtisch aus.

»Ich bringe Ihnen innerhalb einer Stunde Ihr Essen rauf«, sagte Mrs. Anderson noch, als sie das Gastzimmer verließ.

»Wow! Das ist wirklich hübsch, Daniel«, sagte Kirri, die den Blick über die kerzenförmigen Wandlampen gleiten ließ, das verschnörkelte Messingbett, den Kamin und den Whirlpool, der durch einen ebenfalls geschnitzten Paravent vom Schlafraum abgetrennt war. Sie ging ans Fenster. »Sieh dir nur diese Aussicht an, diese Farben. Bis wir in die Berge raufgefahren sind, hatte ich völlig vergessen, dass um diese Zeit der Rhododendron blüht. Schau doch die unterschiedlichen Schattierungen in diesem kirschfarbenen Busch. Und der dort ... Was siehst du mich so an?«

»Vor zwei Jahren hast du mehr Farbe in mein Leben gebracht, als ich für möglich gehalten hätte, Kirri. Und jetzt tust du es schon wieder. Ich war ein verdammter Idiot, dass ich geglaubt habe, du würdest mich belügen, nur um meine Gefühle nicht zu verletzen. Dazu bist du viel zu offen und aufrichtig.«

»Pssst.« Kirri legte ihm die Fingerspitzen auf den Mund. »Wir können die Zeit nicht zurückdrehen, Daniel. Lass uns die Zeit genießen, die uns jetzt gegeben ist.«

Seine Lippen formten sich unter ihren Fingern zum Kuss, dann nahm er ihre Hand, und seine Lippen wanderten an der Innnenseite ihres Armes aufwärts. In Kirris Bauch setzte ein leises Flattern ein wie von Schmetterlingsflügeln, und das Gefühl wurde mit jeder Berührung intensiver. Seine Lippen legten sich zärtlich auf die ihren, nachdem sie sich willig in seine Arme hatte ziehen lassen.

Als es an der Tür klopfte, brauchte Kirri eine ganze Weile, um das Geräusch einzuordnen. Als das Klopfen sich wiederholte, rückte sie widerwillig von Daniel ab, sich vage bewusst, dass seine Hände noch auf ihrem Rücken und Po lagen, seine Erregung deutlich spür- und sichtbar.

»Geh und bewundere die Aussicht«, flüsterte sie, die Lippen noch auf seinen. »Ich mache auf.«

Mrs. Anderson entschuldigte sich umständlich, als sie Kirri zwei flauschige weiße Handtücher reichte. »Die habe ich vergessen, bitte entschuldigen Sie vielmals.«

Kirri dankte ihr, schloss die Tür wieder und legte die Handtücher aufs Bett. Daniel stand immer noch am Fenster. Sie trat neben ihn. Er legte ihr einen Arm um die Schultern, blickte jedoch weiter auf die leuchtenden Farben draußen.

»Daniel?«

»Hast du Lust auf einen Spaziergang durch den Garten?«

Verdutzt folgte sie seinem Blick. Der Garten war zweifellos wunderschön, aber Daniels Interesse daran kam ihr doch übertrieben vor. »Warum?«

»Ich dachte, du möchtest vielleicht ein paar Skizzen zeichnen.« Er drehte sie herum und steuerte die Tür an.

Kirri blieb irritiert stehen. »Da musst du dir schon etwas Besseres einfallen lassen, Daniel Brand. Was ist der wahre Grund?«

Daniel seufzte. »Es bleibt nur noch eine Stunde, bis Mrs. Anderson das Essen bringt. Ich halte es nicht aus mit dir in einem Raum, ohne mit dir ins Bett zu wollen, aber eine Stunde ist definitiv nicht genug für das, was mir vorschwebt.«

»Oh.« Kirri blickte an ihm hinab und verstand, wo das Problem lag. »Ich hole nur meinen Skizzierblock.«

»Ich wünschte, ich hätte den Fotoapparat mitgebracht«, seufzte Kirri, als sie sich auf einem Holzstuhl niedergelassen hatte und mit dem Skizzieren anfing. »Das Nachmittagslicht auf dem Rhododendronstrauch wiederzugeben wird ohne Fotovorlage nicht einfach sein.«

Daniel stand auf. »Am Empfang gab es Einmalkameras. Ich hole eine.«

Minuten verstrichen, und Kirris Finger flogen förmlich über das Papier. Die Skizze war fast fertig, als sie vom Auffliegen einer weißen Taube aus einem Baum ganz in der Nähe in ihrer Konzentration gestört wurde. Der Vogel flog zum Dach auf der Rückseite des Hauses, und Kirri drehte den Kopf, um ihm nachzuschauen.

Der Mann aus dem Büro stand an einem Fenster im Obergeschoss. Ihre Blicke trafen sich, und sie wusste, dass er sie beobachtet hatte. Er verharrte noch ein paar Sekunden am Fenster, ehe er sich abwandte und ging.

»Tut mir Leid, dass es so lange gedauert hat.«

Kirri fuhr erschrocken zusammen und wirbelte zu Daniel herum. »Tu das nie wieder, hörst du!«

»Was?«

»Mich so zu erschrecken!«

Daniel unterdrückte ein Lächeln und reichte ihr stattdessen die Kamera. »Du solltest das Licht einfangen, solange es noch geht.«

»Ja.« Sie warf einen Blick auf den Rhododendron. »Es nimmt rasch ab.« Sie richtete den Apparat auf den Busch. »So ein Foto ist auf jeden Fall zuverlässiger als mein Gedächtnis.«

Daniels Herz zog sich schmerzlich zusammen. Er hoffte aus tiefster Seele, dass die Erinnerungen, die sie jetzt sammelten, nie verloren gehen würden.

»Gran würde Mrs. Anderson lieben«, stellte Kirri fest, als sie ihre Serviette neben den leeren Teller legte. »Für sie rangiert eine gute Köchin nur knapp hinter einer Heiligen.« Sie lächelte Daniel zu und leerte ihr Weinglas. »Ich bin froh, dass du das Abendessen aufs Zimmer hast bringen lassen. Mir war heute nicht danach, unten im Speisesaal zu essen.«

»Wir brauchen Ruhe. Du siehst aus, als würdest du immer noch nicht besonders gut schlafen.«

»Tue ich auch nicht. Ich muss ständig an Mr. Woodford denken. Wenn ich den Nachbarn gesagt hätte, dass ich ein paar Tage weg sein würde, wäre er auf ein Geräusch hin nicht hereingekommen. Dann hätte er gleich die Polizei gerufen.«

»Kirri, du weißt doch gar nicht, wie es kam, dass er bei dir drüben war. Und dich trifft ganz sicher keine Schuld.« Daniel musterte sie forschend. »Ist das der einzige Grund dafür, dass du nicht gut schläfst?«

Röte überzog ihre Wangen, und der befriedigte Ausdruck in seinen Augen entging ihr nicht. »Du weißt verdammt gut, was mich sonst noch wach hält, Daniel Brand.«

Er lächelte. »Dann sollten wir endlich etwas gegen das Problem tun.«

Von einer Sekunde auf die andere war die Atmosphäre zwischen ihnen elektrisch geladen. Kirri fühlte sich, als wäre jede Sehne ihres Körpers mit einem Mal zum Zerreißen gespannt, aber plötzlich überkamen sie Zweifel. Sie wusste, dass sie sich verändert hatte, nicht nur körperlich, sondern auch emotional. Was, wenn der Funke, der damals zwischen ihnen übergesprungen war, nicht mehr da war?

»Das hast du auch damals gemacht, als wir uns das erste Mal geliebt haben.«

»Was?«

»Die Stelle am Halsansatz gerieben. Du sagtest, du seist nervös.«

Kirri ließ die Hand auf den Tisch sinken. »Habe ich das?«

Er nickte. »Du sagtest, ich solle wissen, dass du dich in mich verliebt hättest und die Entscheidung, mit mir zu schlafen, dir nicht leicht fiele, weil es dich verwundbar machen und doppelt so wehtun würde, wenn es zur Trennung käme.«

»Und was hast du darauf geantwortet?«

»Bis zu diesem Augenblick hatte ich dir noch nicht gesagt, dass ich für dich genauso empfand. Ich denke, ich hatte ebenso große Angst, zurückgewiesen zu werden wie du. Als du dann aber sagtest, du wärst in mich verliebt ...« Daniels Augen leuchteten von solch tief empfundener Liebe, dass Kirri der Atem stockte. »... da fühlte ich mich unbesiegbar.«

Er stand auf. »Lass uns baden.«

»Ich ...« Kirri hatte Mühe, mit ihren Gedanken zurande zu kommen. »Ich rufe nur rasch Dad an und überzeuge mich davon, dass mit Catelyn alles in Ordnung ist.«

Kirri steckte ihr Haar auf und verließ das Badezimmer. Der Whirlpool befand sich in der angrenzenden Ecke mit üppigen Grünpflanzen in Messingkübeln, deren Blätter fast bis ins sprudelnde Wasser hinabreichten. Daniel hatte das Licht gedimmt, dessen weicher Schimmer von den cremefarbenen Wänden reflektiert wurde.

Daniel saß bereits in der Wanne und wartete auf sie. Als sie ihren Morgenmantel von den Schultern gleiten ließ, beobachtete Kirri sehr genau Daniels Reaktion. Zu ihrer Erleichterung flammte in seinen Augen sofort glühendes Verlangen auf. Gut. Wenigstens fand er sie immer noch körperlich attraktiv.

Sie stieg in die Wanne und setzte sich. Das Badewasser duftete angenehm nach Zitrone und Flieder, war warm, beruhigend und doch aufgrund des Sprudeleffektes gleichzeitig anregend.

»Daniel, läuft da etwas zwischen dir und Stella?« Diese Frage hatte ihr seit dem Vortag keine Ruhe gelassen, aber der schockierte Ausdruck auf Daniels Gesicht zerstreute ihre Befürchtungen noch nachhaltiger als sein entschiedener Protest.

»Nein! Sie hat etwas ...« Daniel suchte nach dem richtigen Wort. »*Besonderes*, aber nein, ich fühle mich in keiner Weise zu ihr hingezogen.«

Kirri gestattete sich ein befriedigtes Seufzen. »Und außerdem sind ihre Haare gefärbt.«

Daniel lachte leise. Die Frau, die er liebte, war so natürlich und unaffektiert, dass sie es sich sogar erlaubte, ihre Eifersucht offen zu zeigen. Das gehörte zu den vielen Dingen, die er an ihr so liebenswert fand.

»Nein wirklich«, beharrte Kirri. »Ich habe den dunklen Ansatz gesehen.«

»Komm her.« Daniel packte sie bei den Hüften und zog sie mit von ihm abgewandtem Gesicht auf seinen Schoß. »Entspann dich, ich werde dir den Nacken massieren.«

Kirri glaubte nicht, dass es ihr möglich sein würde, sich zu entspannen, während sie Daniels kräftige Beine unter den Schenkeln fühlte, ganz zu schweigen von seiner Erektion, aber als seine Finger begannen, sanft ihren Nacken und ihre Schultern zu kneten, folgte sie schon bald dem Rhythmus seiner Hände.

In dem Maße, da ihre Anspannung nachließ, nahm ihr pochendes Verlangen zu. Seine Hände wanderten nach vorn und streichelten ihre Brüste und liebkosten ihre Brustwarzen, bis sie es nicht mehr aushielt und ihm entgegendrängte.

»Wir sollten das Bad beenden«, sagte er mit tiefer Stimme.

Daniel beobachtete, wie ihre Brüste sich hoben, als sie die Arme hob und die Haarnadeln aus der Frisur zog. Als die letzte rotbraune Strähne herabfiel, nahm er Kirri auf die Arme und legte sie auf das Bett. Dort blieb sie mit einem so zärtlichen erwartungsvollen Lächeln liegen, dass er erschauerte vor Lust auf sie.

»Daniel?«

Er beugte sich herab und küsste sie so sanft, wie es seine Selbstbeherrschung erlaubte. »Ich liebe dich«, flüsterte er, ohne die Lippen von den ihren zu nehmen. Verdammt, das würde nicht einfach werden. Er hoffte nur, dass er lange genug durchhielt, dass auch sie auf ihre Kosten kam. Er legte sich neben sie, entschlossen, nichts zu überstürzen, und streichelte sanft die weiche Rundung ihrer Brüste, während er sie erneut küsste.

Winzige Schauer durchliefen ihren Körper bei Daniels Berührung. Seine nackte Haut auf ihrer zu spüren war unglaublich erotisch. Sie hatte in ihrem Leben noch nicht viele Liebhaber gehabt, aber bei keinem anderen Mann hatte sie so empfunden wie bei Daniel. Seine Hände glitten tiefer, streichelten ihren Bauch, dann die glatte, weiche Haut an der Innenseite ihrer Schenkel. Sie stöhnte und spreizte die Beine, bereit für ihn.

Aber seine Finger setzten ihren aufreizenden Weg entlang ihres Schenkels bis zum Knie fort und wanderten dann erst in Zeitlupentempo wieder aufwärts, über das seidige Dreieck zwischen ihren Schenkeln und dann am anderen Bein wieder hinab, bevor er sich wieder dem Zentrum ihrer Weiblichkeit widmete.

Während seine Hand die süße Folter fortsetzte, ließen seine Lippen von ihrem Mund ab. Sie hatte die Finger in sein Haar gekrallt und ließ nur widerwillig los.

Daniel blickte auf Kirris von purer Lust rosig angehauchtes Gesicht, auf die Brüste, die sein Kind gestillt hatten, auf die verhärteten rosa Brustwarzen, und eine neue Woge der Liebe brandete in ihm auf. Seine Lippen schlossen sich um eine ihrer kleinen wohl geformten Brüste und saugten vorsichtig. Kirri bäumte sich wimmernd auf und grub die Finger in seinen Nacken.

Sein zutiefst männlicher Geruch überwältigte ihre Sinne, und Farben wirbelten hinter ihren geschlossenen Lidern. Kirri wusste, dass sie das nicht mehr viel länger aushalten würde. Wenn sie Daniel nicht bald in sich spürte, würde sie noch den Verstand verlieren.

»Bitte, Daniel«, flehte sie. Daniel hob den Kopf und blickte auf sie herab. In seinen Augen lag ein fiebriger Glanz, und es erfüllte sie mit tiefer Befriedigung, dass es in ihrer Macht lag, so intensive Gefühle in ihm auszulösen. Blind tastete er nach dem Kondom auf dem Nachttisch und streifte es sich über.

Dann lag er auf ihr und presste seinen Unterleib an ihren, wobei er ihr Gesicht keine Sekunde aus den Augen ließ. Als er ganz langsam in sie eindrang, fühlte Kirri, wie sie sich dehnte, um ihn aufzunehmen. Einen Moment verspannte sie sich, nicht sicher, ob seine Größe zu ihrem Körper passte.

»Entspann dich«, sagte Daniel leise und hielt inne. Er strich ihr feuchte Haarsträhnen aus der Stirn und zitterte dabei vor Selbstbeherrschung am ganzen Körper. »Beim ersten Mal hattest du dasselbe Problem.« Er küsste sie auf den Mundwinkel. Er liebte es, wie das Kornblumenblau ihrer Augen sich dunkler färbte. »Wir gehen es ganz langsam an. Du bestimmst, was passiert.«

»Okay«, entgegnete sie atemlos. Sie war heiß und feucht und sehnte sich nach ihm, aber es war zwei Jahre her, seit sie das letzte Mal mit einem Mann geschlafen hatte, und Catelyns Geburt hatte vernarbtes Gewebe zurückgelassen, das sich erst an das Eindringen eines Mannes gewöhnen musste. Sie begann, die Hüften kreisen zu lassen, und genoss es, ihn mit jedem Mal ein klein wenig tiefer in sich zu spüren. Schließlich legte sie ihm beide Hände auf die Hüften und zog ihn vollends in sich hinein.

Daniel stieß einen tiefen Seufzer aus und sackte kurz auf ihr zusammen. »O Gott«, stöhnte er und zwang sie mit seinem Gewicht einen Augenblick zur Bewegungslosigkeit. »Viel länger hätte ich das nicht ausgehalten. Fast wäre es um mich geschehen gewesen.«

Er umschloss ihr Gesicht mit beiden Händen und küsste sie zärtlich. »Jetzt kann es weitergehen.«

Kirri atmete erleichtert aus. Im ersten Moment hatte sie geglaubt ... Dann spürte sie, wie Daniel sich in ihr bewegte, und Denken wurde unmöglich. Sie konnte nur noch fühlen, fühlen, fühlen, das tiefe Sehnen, die winzigen Zuckungen, das Kaleidoskop von Farben, ihren Körper. Der ihn immer tiefer und tiefer aufnahm, bis alles in einem wahren Feuerwerk von Licht explodierte.

Ihr war vage bewusst, dass sie Daniel ins Gesicht schaute. Seine Kiefer spannten sich, die Sehnen an seinem Hals zeichneten sich unter der gebräunten Haut ab, dann stöhnte er, und sie spürte, wie er sich in ihr ergoss. Das Feuerwerk wiederholte sich und raubte ihr den letzten Rest von Kraft.

Kirri kroch zurück ins Bett, als das erste schwache Licht des anbrechenden Tages sich durch das Fenster stahl. Sie schmiegte sich an Daniel, legte sich auf ihn und sog förmlich seine Wärme in sich auf.

»Du bist ja ganz kalt«, murmelte er und schlang die Arme um sie.

»Man sollte meinen, in einem Haus wie diesem würden die Toilettensitze vorgewärmt«, murmelte sie gut gelaunt. »Ich habe seit New York nicht mehr so gefroren.«

»So ist das eben in den Bergen.« Daniel schlug verschlafen ein Auge auf. »Und wir haben noch Glück mit dem

Wetter. Mrs. Anderson hat gesagt, es habe die ganze Woche geregnet. Wenigstens hatten wir gestern Sonne. Wir ...« Daniel zuckte zusammen, als Kirris kalte Hand zur wärmsten Stelle seines Körpers wanderte und anfing, ihn zu liebkosen.

Kirri hatte noch nicht ausgesprochen, dass sie ihn liebte, aber Daniel hoffte, dass das, was sie am gestrigen Abend erlebt hatten, Rückschlüsse zuließ auf ihre Gefühle.

»Du bist unersättlich«, flüsterte er ihr ins Ohr und ließ auch seine Hände auf Wanderschaft gehen.

Mit glühenden Wangen blickte sie auf ihn hinab. »Nur bei dir, Daniel. Nur bei dir.«

Sie hatten eben an einem der kleineren Tische im Speisesaal zu Ende gefrühstückt, als der Mann mit der Glatze zu ihnen herüberkam. Kirri versteifte sich. Ihr wurde erst jetzt bewusst, dass sie Daniel noch gar nichts von dem Interesse erzählt hatte, dass der Mann am gestrigen Tag an ihnen bekundet hatte.

»Daniel Brand?« Die Frage klang beinahe wie bei einem Verhör, und Kirri musste sich eine patzige Erwiderung verkneifen.

Daniel nickte.

»Sie sind aus den Vereinigten Staaten?«

Daniel nickte erneut. Der Mann sprach so, als kenne er die Antworten bereits und als ginge es ihm lediglich um Bestätigung einer Vermutung.

»Ist Ken Brand Ihr Vater?«

Daniels Gesichtsausdruck wirkte angespannt. Er stand auf. Er überragte den älteren Mann um einiges und ließ diesen klein und schmächtig aussehen. »Worum geht es?«

Der Mann ließ sich von Daniels Statur jedoch nicht einschüchtern. »Wenn er Ihr Vater ist, habe ich etwas für ihn.«

Kapitel 15

Mein Vater ist vor zwei Jahren gestorben.«

Der Mann runzelte die Stirn und reichte Daniel dann die Hand. »Ich bin Ed Anderson. Meine Frau und ich sind die Inhaber dieses Hotels. Wie ist er gestorben?«

Als Daniel seine Hand schüttelte, bedeutete ihm Ed, wieder Platz zu nehmen, und zog für sich selbst vom Nebentisch einen Stuhl heran.

»Ein Arbeitsunfall. Er ist abgerutscht und vom Dach eines dreistöckigen Gebäudes in die Tiefe gestürzt«, entgegnete Daniel, dem es widerstrebte, mehr preiszugeben, solange er nicht wusste, was Ed Anderson von ihm wollte.

»Armer Teufel«, murmelte Ed mit geschürzten Lippen.

Daniel verspürte erst Zorn, aber dann fiel ihm ein, dass »Teufel« in Australien ein Ausdruck von Freundschaft, ja sogar Zuneigung sein konnte.

»Haben Sie meinen Vater gekannt, Mr. Anderson?«

»Nennen Sie mich Ed, mein Junge. Und nein, ich habe nie ein Wort mit Ihrem Vater gewechselt.« Ohne Daniels Antwort abzuwarten, fuhr er fort. »Als er deine Mutter nach dem Unfall gefunden hat, muss ihn das fast umgebracht haben. Ich habe nie einen traurigeren Anblick gesehen als diese zusammengekrümmte hübsche Frau mit den gefrorenen Tränen auf den Wangen ...«

»Sie waren dort, Mr. An... Ed?«, brach es aus Kirri hervor. Sie blickte auf Daniel. Er war ganz blass geworden. Sie langte über den Tisch und nahm seine Hand. Sein Daumen strich über ihre Finger.

»Ich hatte damals gerade bei der Polizei angefangen, und das war mein erster Autounfall«, erklärte Ed. »Mr. Brand war kurz vor mir und dem Sergeant vor Ort eingetroffen. Ein Anwohner hatte den Unfall gemeldet.« Er wandte sich wieder Daniel zu. »Der Wagen Ihrer Mutter ist auf schwarzem Eis ins Schleudern geraten, von der Straße abgekommen und gegen einen Baum geprallt. Was hinterher passiert war, war schwer nachzuvollziehen aufgrund der vielen Spuren, die alle hinterlassen hatten, die am Unfallort gewesen waren. Ich bin in den Bergen aufgewachsen und war mir sicher, dass das Baby nicht von einem Fuchs verschleppt worden war, aber niemand wollte auf mich hören. Alle waren überzeugt davon, dass das Kind tot war, und in Anbetracht des vielen Blutes und der eisigen Temperaturen musste man wohl auch davon ausgehen.«

»Und warum haben Sie nicht an die Geschichte mit dem Fuchs geglaubt?«, wollte Daniel wissen.

»Füchse meiden Menschen. Wir machen lange genug Jagd auf sie, sodass sie gelernt haben, sich von uns fern zu halten. Das Baby war verschwunden, aber ein Fuchs hätte eher die Plazenta weggeschleppt als ein weinendes Baby. Einmal vorausgesetzt, das Baby hat nach der Geburt überhaupt gelebt.«

»Dann war die Plazenta also weg?«

»Ja. Darum glaube ich auch, dass der Fuchs diese – entschuldigen Sie – Beute weggeschleppt hat und nicht das Kind. Es war ein harter Winter gewesen, und es kann schon sein, dass ein Fuchs verzweifelt genug war, sich über die Plazenta herzumachen.«

»Und was ist dann aus dem Baby geworden?«

»Das weiß ich nicht, mein Junge.«

Kirri sah ihm an, dass er sehr wohl mehr darüber wusste, als er zugab. »Aber Sie haben eine Theorie?«

Ed lächelte. »Bullen haben immer ihre eigene Theorie, Miss. Wenn ich zuständig gewesen wäre, hätte ich genauer nach Spuren menschlichen Eingreifens Ausschau gehalten.«

Daniel beugte sich vor und musterte Ed Anderson eindringlich. »Soll das heißen, Sie glauben, jemand hat das Baby mitgenommen?«

»Ich behaupte gar nichts. Ich sage nur, dass man damals versäumt hat, anderen Spuren nachzugehen.« Er schob seinen Stuhl zurück und stand auf. »Aber jetzt ist es sowieso zu spät. Tut mir Leid, das mit Ihrem Dad.«

»Woher wussten Sie, dass ich sein Sohn bin?«

»Sie sehen ihm sehr ähnlich. Sie haben mich gestern beim Einchecken an ihn erinnert. Und als ich dann meine Frau nach Ihrem Namen fragte und woher Sie kommen, schien das meine Vermutung zu bestätigen.« Lachfältchen erschienen an seinen Augenwinkeln. »Sie mag es nicht, wenn ich den Empfang übernehme – sie sagt, ich wäre zu schroff.«

Er griff in seine Hemdtasche und holte einen kleinen Plastikbeutel mit einem weißen Blatt Schreibpapier heraus. »Der Unfallwagen stand etwa ein Jahr auf dem Autohof herum, bevor er verschrottet wurde. Ein Teil des Bodens war weggerostet, und als er auf den Truck gehievt wurde, fiel das hier heraus. Die andere persönliche Habe war längst an Ihren Vater geschickt worden, und so legte der Serge das hier in die Schublade und vergaß es einfach. Ich fand es, als ich nach seiner Pensionierung seinen Schreibtisch aufgeräumt habe.«

Daniel nahm den Beutel an sich. »Und warum haben Sie das all die Jahre aufbewahrt?«

»Aus demselben Grund, aus dem wir dieses Haus gekauft haben, nachdem ich aus dem Polizeidienst ausgeschieden bin. Es war mein erster Autounfall, und er ist mir im Gedächtnis haften geblieben, weil ich bis zuletzt der Meinung war, bei der Untersuchung sei geschlampt worden. Man könnte wohl sagen, ich war bis zu einem gewissen Grad besessen von dem Fall. Ein guter Cop möchte eben sicher sein, dass er alle Fakten aufgedeckt hat.«

»Ed.« Daniel legte dem Hotelbesitzer eine Hand auf den Arm. »Vielen Dank.«

Kirri beobachtete sein Gesicht, als er las, was auf dem verknitterten Papier stand. Ein Muskel spannte sich an seinem Kiefer, dann reichte er das Blatt an sie weiter.

Liebe Mom,
lieber Dad,

hier in den Bergen ist es kälter, als ich erwartet habe, aber die Temperaturen sind immer noch harmlos verglichen mit jenen in Seattle. Ich schreibe diese Zeilen in einem kleinen Straßencafé in Katoomba. Ich war gerade beim Arzt, weil ich mir ein wenig Sorgen mache wegen der Schwangerschaft. Keine Angst, es ist ganz sicher alles in Ordnung, ich fühle mich nur so anders als damals bei Daniel. Ich habe so viel mehr zugenommen, fühle mich unförmig, und der Druck ist unbeschreiblich. Gott sei Dank sind es nur noch zwei Wochen bis zur Geburt.

Der Arzt will einen Ultraschall-Termin für mich im örtlichen Krankenhaus vereinbaren. Noch wollte er mir nicht verraten, was er vermutet, aber er meinte, es wäre nichts, weswegen ich beunruhigt sein müsste. Ich werde Ken fragen, ob er Daniel wieder mit nach Sydney nehmen kann. Im Haus ist es zwar furchtbar einsam ohne die beiden, aber ich brauche die Ruhe. Ich weiß, dass Ken mich ins Krankenhaus begleiten wollen wird, aber das ist nicht der richtige Ort für ein Kind, und hier in den Bergen haben wir niemanden, der in der Zwischenzeit auf Daniel aufpassen könnte.

Ich stricke gerade einen Pullover für Daniel. Lacht nicht – ich weiß, ihr habt immer geunkt, ich würde das Stricken nie lernen, aber Jims Frau Irene hat es mir beigebracht, und so langsam werde ich richtig gut.

»Wahrscheinlich wollte sie den Brief nach der Ultraschalluntersuchung fertig schreiben«, sagte Kirri leise.

Daniel nickte. »Grandma hat immer gesagt, Moms Unabhängigkeitsdrang würde sich irgendwann einmal rächen. Ich schätze, sie hätte gar nicht alleine hier sein dürfen. Mein Vater hat sich deswegen sicher bis zu seinem Tod Vorwürfe gemacht.«

»Er konnte nicht ahnen, was passieren würde.«

Eine Stunde später parkte Daniel während ihrer Erkundungstour an einem Aussichtspunkt. Sie traten an den Sicherheitszaun und schauten über die tiefen Täler und hoch aufragenden Berge. Heftige Regenschauer während der Nacht hatten die Luft abgekühlt und den durchdringenden Eukalyptusduft noch verstärkt. Es wehte eine kühle Brise, und Kirri war froh, dass sie Jeans und einen Blazer trug.

»Seattle wird vom Mt. Rainier überragt«, sagte Daniel sanft. »Im Juli und August blühen auf den Wiesen dort abertausende von wilden Blumen. Es ist, als hätte jemand eine Schrotflinte in einen Regenbogen abgefeuert und als wären die winzigen Splitter auf das grünste Gras herabgefallen, das man sich nur vorstellen kann. So viele Farben – rot, blau, orange, weiß, rosa, gelb, lila ... In den letzten zwei Jahren habe ich dort oben gezeltet, jedes Mal wenn ich mir ein paar Tage freinehmen konnte.«

Kirri betrachtete ihn verstohlen, das nachdenkliche Gesicht, die großen gebräunten Hände auf dem Eisengeländer. Sie hatte das fast unwiderstehliche Bedürfnis, ihn zu berühren und zu halten, rührte sich jedoch nicht.

»Ich habe mir die Farben angesehen und an dich gedacht. Und dabei habe ich mich so allein gefühlt, dass ich mich gefragt habe, ob mich jemand vermissen würde, wenn ich vom Campen nicht zurückkäme.«

»Hat es ... jemanden ... gegeben? Seit New Orleans, meine ich.«

Er schüttelte den Kopf. »Nein. Ich hatte das Gefühl, als wäre alle Farbe aus meinem Leben verschwunden. Ich meine, ich konnte sie sehen, sie sogar berühren, aber sie berührte mich nicht mehr. Ohne dich hatte mein Leben keinen Sinn, Kirri.«

Bei diesen Worten wandte er sich ihr zu, und seine goldbraunen Augen sprachen von einer Liebe, die sich nicht in Worten ausdrücken ließ. »Daran hat sich bis heute nichts geändert.«

»O Daniel«, murmelte sie und schlang die Arme um seine Brust. Sein Herz schlug kraftvoll an ihrem Ohr.

Trotz allem brachte sie die Worte der Liebe und des Trostes, die ihr auf der Zunge lagen, nicht über die Lippen. Es war, als würde ihr Verstand sich weigern, die überschäumenden Gefühle in ihrem Herzen zur Kenntnis zu nehmen.

Als spüre er ihren inneren Aufruhr, streichelte Daniel zärtlich ihren Rücken, sagte jedoch nichts. Nach ein paar Minuten küsste er sie auf die Stirn, und sie kehrten zurück zum Wagen.

Als Daniels Fairmont sich von der Aussichtsplattform entfernte, verließ ein grüner Commodore seine Deckung hinter dichtem Gestrüpp und nahm die Verfolgung auf.

Einen Kilometer weiter wurden sie von einer Frau im orangefarbenen Overall mit reflektierendem Logo des Staatlichen Technischen Hilfswerkes an den Straßenrand gewunken. Als Daniel anhielt, trat die Frau an die Fahrertür und schob den Hut weit in den Nacken.

»Hinter der nächsten Kurve hat es einen Erdrutsch gegeben. Zwar ist die Hauptstraße nicht direkt betroffen, aber zahlreiche Einsatzfahrzeuge sind unterwegs und befahren die unbefestigte Nebenstraße, die zum Ort des Geschehens führt. Außerdem ist die Fahrbahn verschmutzt. Ich möchte Sie also bitten, vorsichtig zu fahren.«

»Wie schlimm ist denn der Erdrutsch?«, fragte Daniel.

»Offenbar wurden zwei Häuser mitgerissen.«

»Kann ich vielleicht irgendwie helfen? Ich habe Erfahrung mit Erdrutschen bei uns in den Staaten. Ich bin in der Baubranche.«

Als die Frau zögerte, fügte er hinzu: »Vielleicht kann ich rüberfahren und den Einsatzleiter fragen?«

»Okay«, sagte sie. »Wir sind selbst gerade erst gekommen, und es kann noch eine Weile dauern, bis Verstärkung eintrifft. Vielleicht käme etwas Hilfe wirklich nicht schlecht. Fragen Sie nach Sam Reeves.«

»Scheiße!« Brett stieg hinter der Kurve in die Eisen. Er warf einen hastigen Blick in den Rückspiegel und setzte am Fahrbahnrand zurück, bis er von Brands Wagen aus nicht mehr zu sehen war.

Leise vor sich hin fluchend stieg er aus und ging zu Fuß weiter, bis er Brands Wagen sehen konnte, ohne selbst bemerkt zu werden. Als der weiße Fairmont weiterfuhr und um eine Kurve verschwand, hetzte Brett zurück zu seinem Commodore und nahm die Verfolgung wieder auf.

Er lächelte höflich, als die Frau in Orange ihre Warnung wiederholte. Erst nach etwa zwei Meilen ging ihm auf, dass der Fairmont nicht mehr vor ihm war. Einen Schwall von Schimpfworten ausstoßend, wendete er und raste in entgegengesetzter Richtung zurück.

Die unbefestigte Straße führte zu einem Schauplatz der Verwüstung.

Ein riesiges braunes Loch klaffte am Berghang und führte hinab zu den Trümmern mehrerer Häuser, deren Balken wie zerbrochene Streichhölzer aus der Erde ragten. Die Piste endete abrupt am Rand der Erdlawine. Unmittelbar oberhalb der verschütteten Straße stand ein Holzhaus, dessen Stelzenveranda gefährliche Schräglage hatte, obwohl die zerbrochenen Stützen inzwischen mit Hilfe zweier Stahlrohre notdürftig ersetzt worden waren. Daniel kannte die Rohre, die normalerweise dazu dienten, auf Baustellen Decken zu stützen, die hohe Gewichte tragen mussten.

Er parkte neben einem Einsatzfahrzeug. Ein Stück weiter die Straße hinunter stand ein LKW des Technischen Hilfswerkes. Männer und Frauen in orangefarbenen Overalls stiegen den Berghang hinunter, wo die Überlebenden des Erdrutsches verzweifelt versuchten, Verschüttete freizuschaufeln. Kirri und Daniel wollten ihnen eben den Steilhang hinab folgen, als ein stämmiger junger Mann hinter dem abgestützten Blockhaus hervorkam.

»Helfen Sie mir! Bitte! Angie ... meine Frau ... sie ist eingeklemmt.« Seine Augen waren vor Furcht geweitet, und er atmete stoßweise. »Ich dachte, sie wäre bei den Nachbarn.« Er zeigte auf ein Haus oberhalb des vom Erdrutsch betroffenen Abschnitts. »Dann habe ich sie rufen hören. Eine Wand ist eingestürzt, und sie ist unter einem Kleiderschrank eingeklemmt. Ich komme nicht zu ihr durch. Die Öffnung ist zu schmal.«

»Ist sie schwer verletzt?«, fragte Kirri.

»Ich hoffe nicht«, entgegnete der Mann, einen gespannten Zug um den Mund. »Sie ist im vierten Monat schwanger.«

Kirri blutete das Herz aus Mitleid. Sie wusste, was es hieß, verletzt und allein zu sein. Aber wenigstens hatte sie nicht gewusst, dass sie schwanger war. »Könnte ich vielleicht durch die Lücke passen?«

»Ich denke ja.«

»Kirri, wir wissen nicht, wie groß die Einsturzgefahr ist. Bleib bitte hier, bis ich mir ein Bild von der Situation gemacht habe«, erwiderte Daniel.

Die Sorge in seiner Stimme veranlasste Kirri, sich ihren zornigen Widerspruch zu verkneifen. Sie blickte ihn entschlossen an. »Minuten können über Leben und Tod entscheiden. Ich gehe da rein.« Ohne seine Reaktion abzuwarten, begann sie mit dem Aufstieg zur Rückseite des Hauses.

Daniel wandte sich dem jungen Mann zu und sah die Panik in seinen Augen. Er musste ihm vertrauen, wenn sie zusammenarbeiten sollten. »Ich bin Daniel. Wie heißen Sie?«

»Aaron.«

Daniel legte ihm eine Hand auf die Schulter. »Aaron, haben Sie ein Seil?«

»Im Geräteschuppen.«

»Holen Sie's.« Daniel hoffte, dass das genügen würde. Während der junge Mann davonhastete, folgte er Kirri zum Haus.

Brand konnte nur in die einzige Straße abgebogen sein, die vom Highway abging, und während er der steilen Piste folgte, sank Bretts Laune auf den Nullpunkt. Als das Wäldchen ganz plötzlich aufhörte, bremste er und betrachtete das Chaos vor ihm. Er sah gerade noch, wie Brand in einem Haus verschwand, das vom Erdrutsch in Mitleidenschaft gezogen und unter den Erdmassen in eine prekäre Schieflage geraten war. Sekunden später folgte ihm ein zweiter Mann in die Blockhütte.

Brett registrierte die Stahlrohre, die als einzige Stützen verhinderten, dass das Haus abrutschte. Ein kaltes Lächeln erhellte seine Züge, und die Frustration, die an ihm nagte, seit er aus Sydney eingetroffen war, verflüchtigte sich.

Endlich lachte auch ihm wieder das Glück. Endlich bot sich eine Gelegenheit, Daniel Brand auf eine Art zu beseitigen, bei der nun wirklich niemand anzweifeln würde, dass es sich um einen Unfall handelte.

Er setzte zurück, bis er eine Stelle fand, an der er den Commodore sicher wenden konnte, parkte seinen Wagen dann abseits der Straße und lief zu Fuß zurück zu dem Lastwagen des Hilfswerks, den er zuvor gesehen hatte.

Er schaute sich um; es war weit und breit niemand zu sehen. Der Overall, den er aus dem LKW nahm, saß etwas eng, verschaffte ihm jedoch zusammen mit dem Sicherheitshelm eine gewisse Anonymität. Er suchte so lange in der Ausrüstung hinten auf dem LKW, bis er einen Vorschlaghammer gefunden hatte, und hastete dann hinauf zu den provisorischen Stahlstützen unter der Veranda.

Einige Sekunden zögerte er und betrachtete die Stützen. Von oben aus dem Haus drangen Stimmen.

Das Haus ächzte, als sich sein Gewicht noch etwas stärker auf die Stahlstützen verlagerte.

»Hier drin.« Aaron eilte ihnen voraus den abfallenden Flur hinunter, wobei er sich Halt suchend gegen eine der stabileren Wände stützte. Die Küchen- und Badezimmerwände waren intakt, aber Esstisch und Stühle waren gegen die Schränke gerutscht. Scherben eines blau gemusterten Services knirschten unter ihren Stiefeln.

Als sie das Schlafzimmer erreichten, sank Daniel das

Herz bei dem Anblick, der sich ihnen bot. Ein großes Bett war ins Rutschen gekommen und versperrte teilweise die Tür. Außerdem war die Innenwand eingestürzt, und zwischen ihr und Bett gab es nur noch einen schmalen Spalt. Er ging in die Hocke und blickte durch die Öffnung.

Kirri war es gelungen, sich hindurchzuzwängen, sodass sie sich nun auf der anderen Seite des Bettes befand. Sie kniete in dem engen Hohlraum und hielt die Hand einer blonden Frau, deren Beine unter einem großen antiken Kleiderschrank begraben waren. Aber das war noch nicht alles: Trümmer der eingestürzten Wand lasteten zusätzlich auf dem schweren Möbel. Die Frau lag ganz still da; sie war sehr blass.

»Kirri, wie geht es ihr?«

Kirri atmete erleichtert auf, als sie Daniels Stimme hörte. »Ich schätze, ihr Bein ist gebrochen, und wahrscheinlich hat sie einen Schock. Kannst du mir helfen, sie von hier wegzubringen?«

»Kannst du irgendwie ihre Beine freibekommen?«

»Wenn ich etwas hätte, womit sich der Schrank abstützen ließe, und du anschließend irgendwie das Gewicht der Wand vermindern könntest, hätte ich vielleicht eine Chance, sie herauszuziehen.«

Daniel schaute sich in dem Zimmer um, in dem er stand. Ein Sofa mit Holzunterbau und Wandtrümmer waren in die am tiefsten gelegene Ecke gerutscht, ein bunter Teppich zwischen ihnen; der Fernseher war erstaunlicherweise heil geblieben. Das Sofa war in ein Regal aus Brettern und Backsteinen gekracht, und Zeitschriften und Bücher lagen auf dem ganzen Fußboden verstreut.

Vorsichtig über Hindernisse hinwegsteigend, durchquerte Daniel den Raum und sammelte zwei Backsteine und ein Regalbrett auf. Als er eben den schräg geneigten Fußboden wieder hinaufstieg zu Aaron, hörte er ein klirrendes Geräusch. Es klang, als würde Metall auf Metall treffen. Daniel war jedoch so sehr damit beschäftigt, das Gleichgewicht zu halten, dass er dem keine weitere Beachtung schenkte.

Er reichte Kirri Backsteine und Regalbrett durch die schmale Türöffnung. »Schieb die Steine so tief du kannst unter den Schrank. Aaron und ich werden versuchen, die Wand anzuheben, um den Druck zu vermindern. Schieb das Brett zwischen Steine und Schrank, sobald etwas Luft ist, und dann zieh sie raus.«

»Okay.« Kirri gab ihr Bestes, zuversichtlich zu klingen, aber tatsächlich war ihr richtig schlecht vor Angst. Sie sah die Sorge in Daniels Augen, dann berührte seine Hand die ihre in einer flüchtigen Liebkosung, und er verschwand aus ihrem Blickfeld.

Eilig schob sie die Backsteine unter den Schrank, brachte das Regalbrett in Position und lächelte Angie aufmunternd zu. »Sie sind bald frei«, versicherte sie der jungen Frau. Angie nickte, aber die Panik, gegen die sie tapfer ankämpfte, stand ihr ins Gesicht geschrieben.

Im Nebenraum schlug Daniel ein Loch in die Verkleidung der umgestürzten Zwischenwand und schlang das Seil um das freigelegte Ständerwerk. Wieder hörte er das seltsame metallische Klirren. Er runzelte die Stirn. Die Leute vom Technischen Hilfswerk machten sich doch sicher nicht an den Stahlstützen zu schaffen? Vielleicht brachten sie zusätzliche Stützen an.

»Packen Sie ein Seilende«, wies er Aaron an. »Ich nehme das andere, und wenn ich Kirri zurufe, ziehen wir die Wand vorsichtig hoch, okay?«

Aaron nickte. Daniel baute sich breitbeinig auf, griff nach dem Seilende und zog es stramm. »Kirri, bist du so weit?«

Auf ihr Okay hin nickte er Aaron zu, und die beiden

Männer begannen, gleichmäßigen Zug auf die Wand auszuüben. Die Wand bewegte sich leicht, ganz langsam. Putz bröckelte von der Decke auf sie herab.

»Hast du sie?«, rief Daniel.

»Noch nicht.«

Plötzlich hallte ein noch lauterer, tieferer metallischer Klang durch das Haus.

Daniel und Aaron erstarrten.

Klong. Der Boden unter ihren Füßen erzitterte.

»Was ist das?« Aaron schaute Daniel ängstlich an.

Klong.

Daniels Magen verkrampfte sich vor Furcht. Wer zum Teufel bearbeitete die Stahlstützen? »He, hier sind Leute drin!«, brüllte er.

Klong.

Das Haus erbebte und sackte noch etwas weiter ab.

Daniel wäre am liebsten nach draußen gerannt, um einzuschreiten, wagte jedoch nicht, das Seil loszulassen. Wenn er die Wand wieder herunterließ, lastete der Schrank wieder schwerer auf Angie, und Kirri könnte sie nicht unter dem schweren Möbel hervorziehen.

»Kirri! Versuch es nochmal«, rief er, nickte Aaron zu und zog mit aller Kraft an dem Seil. Die Wandtrümmer knarrten, Holz splitterte, und die Verkleidung brach.

Klong.

Kirri schrie, aber ihre Stimme wurde von einem lauten Ächzen übertönt.

Ein Zittern durchlief das Haus.

Dann sackte es endgültig ab und glitt den Berghang hinunter.

Kapitel 16

Brett rannte zurück zum LKW, warf Vorschlaghammer und Helm auf die Ladefläche, riss sich den Overall herunter und schleuderte ihn hinterher. Dann hetzte er in Richtung Wald davon.

Angie schrie, ein schriller Schrei blanken Entsetzens.

Kirri hielt sie fest und stemmte sich mit den Füßen gegen den Kleiderschrank, als das Haus auf dem Hang aufschlug. Der Geruch von feuchter Erde und splitterndem Holz ließ Braun- und Ockertöne durch ihren Kopf wirbeln. Lärm und Erschütterungen stürmten auf ihre Sinne ein.

Möbel zerbarsten, Glas splitterte.

Holz brach krachend.

Das ganze Haus bebte und bockte auf seiner Schlitterpartie hangabwärts.

Abrupt kam alles zum Stillstand, als wäre ein Film mitten in einer Szene angehalten worden.

»Kirri!« Daniels Stimme hallte laut in der plötzlichen Stille.

Kirri holte tief Luft und sammelte sich. Ein stechender Schmerz durchzuckte ihre Schulter. Sie bewegte sie vorsichtig. Es tat weh, aber wenigstens schien nichts gebrochen zu sein. »Wir sind okay.«

»Angie?« Sorge schwang in Aarons Stimme mit.

»Ich habe sie herausgezogen, unmittelbar bevor das

Haus abgesackt ist.« Kirri blickte auf die Frau in ihren Armen. »Sie ist ohnmächtig geworden.«

»Bleib, wo du bist, bis ich mir einen Eindruck verschafft habe«, befahl Daniel.

Kirri tastete nach Angies Puls. Er war schwach und langsam. »Beeil dich!«

Daniel richtete sich mit allergrößter Vorsicht auf und bedeutete Aaron, es ihm gleichzutun. Der Fußboden war aufgerissen, und er konnte mehrere Meter tiefer den nackten Felshang sehen. Er ging hinaus auf den Flur und blickte den Berg hinauf.

Er hatte von Anfang an mit dieser Möglichkeit gerechnet, und doch jagte der Anblick ihm einen kalten Schauer über den Rücken. Durch das, was vom Flur übrig war, konnte er die hintere Haushälfte sehen, die noch an der ersten Reihe Stützen verankert war, aber starke Schräglage hatte und jeden Moment abstürzen und sie noch weiter mitreißen konnte.

Durch das Wohnzimmer kämpfte er sich durch zur Verandatür.

Und blieb wie angewurzelt stehen.

Die vordere Haushälfte war etwa 12 Meter weit abgerutscht: Ein natürlicher Vorsprung und zwei große Eukalyptusbäume hatten ein weiteres Absacken verhindert. Die Bäume waren jedoch durch die Wucht des Aufpralls und das Gewicht der Haushälfte halb entwurzelt worden. Unmittelbar vor der Veranda tat sich ein steiler Hang ins Tal auf.

Niemand konnte sagen, wie lange die Bäume und der Vorsprung noch halten würden.

Er machte kehrt, kämpfte sich zur Schlafzimmertür durch und rief: »Kannst du Angie auf das Bett heben, sodass wir sie durch die Türöffnung ziehen können?«

»Ich werde es versuchen.«

Unter den Wandtrümmern war es so eng, dass Kirri Mühe hatte, Angie unter den Achseln zu packen und sie zum Bett zu zerren. Das Haus knarrte und ächzte die ganze Zeit, so als würde das Holz sich setzen – oder als würde es jeden Moment wieder ins Rutschen kommen. Die Angst verlieh ihr ungeahnte Kräfte, und sie ignorierte die Schmerzen in der Schulter. Sie wuchtete Angie auf das Bett.

Angie stöhnte, und Kirri war froh, dass die junge Frau nicht bei Bewusstsein war. Ihr Unterschenkel stand in unnatürlichem Winkel ab, aber auf ihrer Hose war kein Blut zu sehen. Aarons Gesicht tauchte neben Daniels im Türspalt auf. Sorgenvoll betrachtete er seine Frau.

»Sie müssen sie näher heranrücken«, sagte er zu Kirri.

Ihre Muskeln schmerzten höllisch von der vorangegangenen Anstrengung, aber irgendwie schaffte sie es, und kurz darauf konnte Aaron Angie endlich in die Arme schließen.

Als sie selbst durch die schmale Öffnung kroch, sah Kirri, wie Daniel das Seil aufrollte. Ihre Blicke trafen sich, und sie las die Anspannung in seinen Augen. Sie blickte den Berg hinauf auf die Überreste des Hauses und dann auf den blauen Himmel und die fernen Hänge auf der gegenüberliegenden Talseite. Eine Welle der Furcht stieg in ihr auf.

»Wenn wir sehr vorsichtig sind, müssten wir es eigentlich schaffen, hinten rauszuklettern«, sagte Daniel leise, als könnte schon der Klang seiner Stimme die Fortsetzung ihrer Talfahrt herbeiführen. Aber die Beherrschtheit und Kraft in seiner Stimme machten ihr Mut, und das Zittern in ihren Händen ließ nach.

Behutsam durchquerten sie den geteilten Flur, wobei Aaron Angie trug und Daniel ihm und Kirri über die Trümmer hinweghalf, die ihnen immer wieder den Weg versperrten. Das Gefälle des Fußbodens war nicht mehr so stark, aber dafür fühlte er sich um vieles instabiler an als noch vorhin.

Eine der Stützen in der Mitte des Hauses war abgebrochen, hatte den Hang durchpflügt und das Haus bei seiner Rutschpartie gebremst. Der abgebrochene Flurboden ragte etwa zwei Meter hoch in die Luft.

Daniel nahm das Seil von der Schulter und knotete ein Ende zur Schlinge. »Wenn ihr beide unten seid, lasse ich Angie zu euch herunter«, erklärte er Kirri und Aaron.

Sekunden später hatten Kirri und Aaron festen Boden unter den Füßen. Daniel schlang Angie das Seil wie ein Geschirr um Taille und Schultern.

Als er die immer noch bewusstlose Frau abseilte, ging ein Zittern durch die Erde. Er beeilte sich und atmete auf, als Aaron Angie in Empfang nahm.

Er stellte einen Stiefel auf die Flurkante, um abzuspringen.

Es gab einen heftigen Ruck, das Haus sackte ab, und er fiel zurück in den Flur.

Kirri schrie auf und rief seinen Namen, als sie ihn fallen sah. Dann beobachtete sie atemlos vor Entsetzen, wie das Haus sich immer stärker neigte und schließlich über den Vorsprung rutschte, als die beiden Bäume endgültig nachgaben.

»Kommen Sie, bevor wir noch mitgerissen werden!«, rief Aaron und kämpfte sich durch den dicken Schlamm auf einen Felsvorsprung zu.

»Aber Daniel ...«

Die Erde bebte, als das Haus über die Kante glitt. Kirri stand reglos da, wie gelähmt von dem Anblick und der Erkenntnis, dass der Mann, den sie liebte, gleich sterben würde. Aaron, der sich Angie in Rettermanier über die Schulter gelegt hatte, zog sie am Arm, aber sie wollte, konnte sich nicht von der Stelle rühren.

Als eben das letzte Zimmer über den Vorsprung rutschte, schoss etwas aus dem Loch, das einmal der Flur gewesen war, und landete auf der schlammigen Kante.

Der zähe Schlamm gab nach, und Daniel versuchte verzweifelt, sich irgendwo festzukrallen, um nicht in die Tiefe gerissen zu werden.

Kirri schnappte sich das Seil, das Aaron von Angies Körper gelöst hatte, und arbeitete sich bis zu Daniel vor, wobei sie sich das Seil im Gehen um die Taille knotete. Panik schnürte ihr die Kehle zu, als sie sah, dass Daniel immer weiter in Richtung Abgrund geriet.

In einer reinen Verzweiflungstat warf sie ihm das andere Seilende zu. Das Seil spannte sich abrupt, und Kirri wurde fast von den Füßen gerissen.

Dann fühlte sie, wie starke Arme sich von hinten um ihre Mitte legten und nach dem Seil griffen. »Zurück«, keuchte Aaron.

Langsam bewegten sie sich rückwärts und zogen Daniel rutschend und stöhnend vor Anstrengung auf sicheren Boden. Ermattet stapfte er aus eigener Kraft bis zu ihnen, und Kirri gestattete sich einen Moment der Erleichterung, als sie ihn flüchtig umarmte.

Aaron holte Angie und hob sie vom feuchten Boden auf. »Danke«, sagte er schwer atmend, als er sich wieder aufrichtete, »die Polizei ist da. Und ein Krankenwagen.«

Als die Fahrzeuge vorfuhren und gerade neben dem LKW parkten, erhob sich erneut ein unheilvolles Grollen. Die drei blickten gleichzeitig auf und sahen, wie der Rest des Hauses sich aus der Verankerung löste.

»Los, weg hier!«, rief Daniel und nahm Aaron Angie ab. »Nehmen Sie Kirri! Los!«

Seine ausholenden Schritte machten Kirris und Aarons kürzere mehr als wett bei ihrem Kampf durch den weichen Boden. Der Felsvorsprung kam ihnen plötzlich schrecklich weit weg vor.

Der Boden vibrierte. Dann realisierte Kirri, dass sie nicht länger durch Schlamm wateten, sondern festen Boden unter den Füßen hatten. Sie warf einen raschen Blick bergauf. Fast wäre sie gestrauchelt beim Anblick des Hauses, das sich auf sie zuwälzte.

Aaron zog sie weiter, und sie erklommen gemeinsam die Felsformation.

Stumm beobachteten sie, wie die zweite Haushälfte sich mehrmals überschlug, in immer kleinere Teile zerbrach und schließlich auf dem Talboden zerschellte, wo sich die Bergungskräfte eilig vor den herumfliegenden Trümmern in Sicherheit brachten.

Brett beobachtete aus seinem Versteck zwischen den Bäumen, wie die vordere Haushälfte talwärts glitt.

Als er sich gerade abwandte, nahm er aus den Augenwinkeln wahr, wie das Haus langsamer wurde. Mit wachsendem Unglauben verfolgte er das weitere Geschehen und wie Brand der tödlichen Gefahr in letzter Sekunde entkam.

Die Frustration und Anspannung der letzten Tage machten sich in blinder Wut Luft. Er schlug mit der Faust gegen einen Baum und fluchte, als sich Rindensplitter in seine Knöchel bohrten.

Er lief zu seinem Wagen, ließ den Motor an und raste in einer Fontäne aufspritzender Erde los in Richtung Highway. In einer kleinen Ausbuchtung abseits der Straße parkte er und wartete. Brand mochte dieses eine Mal noch entkommen sein, aber jetzt gab es für ihn kein Entrinnen mehr!

Ungeduldig trommelten seine Finger auf das Lenkrad. Er war entschlossen, zu Ende zu führen, was er begonnen hatte, und zum Teufel mit seinen Instruktionen, es unter allen Umständen wie einen Unfall aussehen zu lassen.

Mit heulender Sirene jagte der Krankenwagen mit Angie und Aaron davon. Kirri und Daniel hatten den Sanitätern versichert, dass ihnen nichts passiert sei, und nun saßen sie in einem eiligst errichteten Zelt, das als Einsatzzentrale dienen sollte, und beantworteten die Fragen des zuständigen Polizeibeamten und des Leiters des Bergungsteams, Sam Reeves.

»Ich dachte, jemand vom Technischen Hilfswerk würde die Stahlstützen neu einstellen«, teilte Daniel Sam Reeves mit. »Oder auch zusätzliche Träger anbringen.«

»Die anderen Stützen hatten wir bei uns«, entgegnete Sam. »Und unser eigenes Personal war unten im Tal.«

Die ganze Tragweite dieser Information traf Daniel wie ein Schlag in die Magengrube. »Das heißt ...«

»Jemand hat die vorhandenen Stützen entfernt«, beendete Sam den Satz für ihn.

»Warum sollte jemand so etwas tun?« In Kirris Stimme schwang die Verständnislosigkeit mit, die sie alle empfanden.

»Wir lassen überprüfen, ob der Hausbesitzer irgendwelche Feinde hat, die möglicherweise die Situation ausgenutzt haben«, erklärte der Polizeibeamte und machte sich eine Notiz. »Außerdem lassen wir die Mitarbeiterin des Bergungstrupps befragen, die damit betraut war, die Autofahrer zu warnen. Vielleicht hat sie ja etwas Verdächtiges beobachtet. Aber jetzt hätte ich gerne erst einmal Ihre vollständigen Namen.« Er nickte Kirri und Daniel zu. »Und die Adresse, unter der wir Sie erreichen können.«

»Du hast den Mann gar nicht erwähnt, den ich gestern gesehen habe«, bemerkte Kirri, als sie zurück zu ihrem Mietwagen gingen.

»Wir haben keinen Schimmer, wer er ist, Kirri, oder ob er irgendwo hier in der Nähe war. Wer weiß, vielleicht hat

Aaron ja tatsächlich einen Nachbarn, der es auf ihn abgesehen hat.«

»Das glaubst du doch nicht wirklich, oder?«

»Ich weiß nicht mehr, was ich glauben soll«, seufzte Daniel und legte Kirri die Hände auf die Schultern. Sie zuckte zusammen und wich leicht zurück. Daniel nahm ihre Hand und drehte sie zu sich herum. »Was ist los?«

»Ich fürchte, die Wand hat meine Schulter gerammt«, entgegnete sie. »Aber es ist nicht schlimm. Alles, was ich brauche, ist eine heiße Dusche.«

Sie blickte zu ihm auf, auf den getrockneten Schlamm an seiner Kleidung, die Kratzer in seinem Gesicht und sein zerzaustes Haar. Und ihr ging das Herz auf vor Liebe. Die Panik, die sie befallen hatte, als sie glaubte, er würde sterben, übermannte sie wieder, und sie fing an zu zittern.

Daniel legte die Arme um sie und drückte sie an sich. Er roch nach feuchter Erde, Schweiß, Hanfseil und ... Daniel.

Heiße Tränen rannen über ihre Wangen. Sein Herz klopfte kräftig unter ihrem Ohr und beruhigte ihren eigenen jagenden Puls, seine Körperwärme wirkte so besänftigend wie die großen Hände, die über ihren Rücken fuhren und ihr das Haar aus dem Gesicht strichen.

Sie standen lange eng umschlungen da, ohne ein Wort zu wechseln. Schließlich rückte Kirri von ihm ab, strich sich über die schmutzigen Wangen und schenkte ihm mit Tränen in den Augen ein zittriges Lächeln. »Können wir bitte gleich zu Dad zurückfahren? Ich habe das Bedürfnis, Catelyn in den Armen zu halten.«

Daniel nickte verstehend. Auch er wollte seine beiden Frauen bei sich haben, sicher und wohlbehalten.

Schweigend folgten sie der gewundenen Bergstraße talwärts.

Kirri durchlebte noch einmal den Schock und das ungläubige Entsetzen, als sie oben auf den Felsen gestanden und sich bewusst gemacht hatte, dass sie alle beinahe ums Leben gekommen wären. Aaron und Angie hatten bei dem Erdrutsch ihr Zuhause verloren, aber noch wussten sie nicht, ob die Lawine nicht andere das Leben gekostet hatte. Sie hoffte nur, dass Angie wieder auf die Beine kam.

Daniel war in Gedanken ebenfalls bei dem Erdrutsch, allerdings beschäftigte ihn viel mehr die Häufung von Unfällen, denen er in letzter Zeit ausgesetzt war. Der Geländewagen, der ihn angefahren und liegen gelassen hatte, der Mann, den Kirri bei der Seilbahn beobachtet hatte und von dem sie meinte, er sähe dem flüchtigen Unfallfahrer ähnlich. So weit weg von Noosa? Daniel schüttelte den Kopf. Unwahrscheinlich, und doch ...

Was, wenn es kein Zufall war? Was, wenn jemand ihm nach dem Leben trachtete? Aber warum? Und wer?

Ihm fiel nur eine Person ein, die ein Motiv hätte, seinen Tod zu wünschen. Philip Weyburn. Er traute seinem Partner so viel Skrupellosigkeit eigentlich nicht zu, aber vielleicht verheimlichte er etwas, das für Daniel eine Gefahr darstellte.

Plötzlich kam ihm ein Gedanke, und seine Finger krallten sich mit solcher Kraft um das Steuer, dass die Knöchel weiß hervortraten. Falls tatsächlich jemand versuchte, ihn zu töten, war bei dem Einbruch in Kirris Wohnung möglicherweise auch er gemeint gewesen!

Der Commodore, der von hinten angeschossen kam, fuhr viel zu schnell. Daniel registrierte diesen Umstand jedoch nur am Rande, war er doch in Gedanken noch bei den Anschlägen auf sein Leben.

Er warf einen Seitenblick auf Kirri. Sie hatte den Kopf mit geschlossenen Augen zurückgelehnt, und die kleinen Sommersprossen auf ihrer Nase und den Wangen hoben sich dunkel von ihrer blassen Haut ab. Sie sah erschöpft aus. Er wünschte, er könnte sie in die Arme schließen und in den Schlaf wiegen, so wie sie es abends mit Catelyn tat.

Erst als der Commodore zum Überholen ansetzte, registrierte er die Farbe.

Grün.

Instinktiv trat er auf die Bremse.

Er erhaschte einen Blick auf schwarzes Haar und eine Sonnenbrille, als der Commodore die Fahrerseite des Leihwagens rammte.

Kirri schrie.

Der Fairmont wurde abgedrängt auf den unbefestigten Fahrbahnrand. Nur niedriges Strauchwerk trennte sie vom steil abfallenden Hang.

Kapitel 17

Kirri konnte Daniels Wut spüren wie elektrische Spannung.

Sie hatte jedoch genug mit ihren eigenen Gefühlen zu tun. Ihre Hände zitterten, und sie verschränkte die Arme vor der Brust, um sie unter Kontrolle zu bringen.

Der Fairmont war nur Zentimeter vom Abgrund zum Stehen gekommen, der Commodore um die nächste Kurve verschwunden.

»Könntest du bitte ein Stück zurücksetzen?«, bat sie. »Ich habe für heute genug von Gratwanderungen.« Es war ein verzweifelter Versuch, die Atmosphäre aufzulockern, entlockte Daniels grimmigen Zügen jedoch keine Reaktion.

Er legte den Rückwärtsgang ein, fuhr einen Meter zurück, zog die Handbremse an und versuchte, seine Tür zu öffnen. Das Knirschen von Metall gegen Metall strapazierte Kirris ohnehin schon zum Zerreißen gespannte Nerven zusätzlich. Daniel stemmte sich mit der Schulter gegen die Tür, und diese gab endlich nach. Wortlos stieg er aus, baute sich, die Hände in den Taschen seiner Jeans vergraben, neben dem Wagen auf und betrachtete das zerbeulte Blech.

Kirri holte tief Luft, öffnete die Beifahrertür und ging um den Fairmont herum zu Daniel. Zögernd legte sie ihm eine Hand auf den Arm. »Alles okay mit dir?«

»Das war Absicht!«, knurrte er. »Dieser verfluchte ...«

»Du meinst ... Er *wollte* uns von der Straße abdrängen?«

»Genau! Er hat versucht, *uns* von der Straße abzudrängen.« Daniels Augen sprühten Funken vor Zorn. »Wenn er mich umbringen will, ist das eine Sache, aber er hat auch dich in Gefahr gebracht.«

»Aber uns ist nichts passiert.«

»Was mich betrifft, lässt mich das alles kalt, Kirri. Aber er muss gewusst haben, dass du auch im Haus warst, als er die Stützen weggehauen hat, und er hat verdammt genau gewusst, dass du im Wagen warst. Was ist das nur für ein Mistkerl!«

»Also, es mag dir ja egal sein, was aus dir wird, Daniel Brand, aber mir nicht!« Kirri war jetzt ebenso wütend wie er. »Du kannst nicht einfach so in mein Leben stürzen wie eine Naturkatastrophe, mich in dich verliebt machen, Catelyn daran gewöhnen, dass sie einen Vater hat, mich ...«

»Ist das dein Ernst?« Hoffnung erhellte seine Züge.

»Was?«

»Dass du dich in mich verliebt hast?«

»Also, ich weiß ja nicht, wie leicht du mich beim ersten Mal erobert hast ...« Kirri musste lächeln angesichts seines plötzlich gänzlich veränderten Gesichtsausdrucks. »... Aber es hat ganz den Anschein, als hätte ich eine Schwäche für große Yanks mit sexy Augen, Kussmund und einer unwiderstehlichen Art, mit einem anderthalb Jahre alten kleinen Mädchen umzugehen.«

»Verdammt, würdest du bitte meine Frage beantworten?«

Kirri sah die Hoffnung, die Angst und die Liebe auf seinem Gesicht. »Ja.« Ihr Tonfall wurde weicher. »Ich liebe dich.«

Er roch immer noch nach Schlamm und Schweiß, aber das störte sie nicht. Die Lippen auf ihren und sein Körper schützend um ihren geschlungen, fiel alle Anspannung von ihr ab. Die Gefühle, die sie durchströmten, waren so kraftvoll, dass sie gleich hier mit ihm geschlafen hätte, aber als sie eben glaubte, es nicht länger auszuhalten, brach Daniel den Kuss schwer atmend ab.

»Lass uns zur nächsten Polizeiwache fahren. Der Wahnsinnige muss aus dem Verkehr gezogen werden.«

»Wer würde von Ihrem Tod profitieren?«, fragte Detective Ross Claymore Daniel, als sie wenig später in einem Verhörzimmer auf der Wache von Katoomba saßen.

Daniel warf einen Blick auf Kirri, die mit dem Zeichnen eines Phantombildes beschäftigt war, wobei sie immer wieder hochkonzentriert die Augen schloss, um gleich darauf wieder mit sicheren Bewegungen den Bleistift über das Papier zu führen. Sie hatte einer Beamtin, die den Fahndungscomputer bediente, eine verbale Beschreibung gegeben, die sie mit einer Zeichnung untermauern wollte.

Er richtete seine Aufmerksamkeit wieder auf den Detective. »Philip Weyburn. Mein Geschäftspartner.«

»Ihr Partner? Inwiefern?«

»Das ist kompliziert.«

»Es ist ruhig heute.« Claymore wickelte ein Bonbon aus dem Papier und schob es sich in den Mund. »Ich habe Zeit.«

»Mein Großvater war im Zweiten Weltkrieg in Sydney stationiert. Er freundete sich mit Philips Großvater an, und nach dem Krieg gründeten die beiden gemeinsam das Bauunternehmen Brand & Weyburn. Als mein Dad zwölf war, bekam meine Großmutter schreckliches Heimweh, und sie kehrten zurück in die Staaten. Philips Großvater führte die Firma weiter, und mein Großvater wurde zum stillen Teilhaber.«

»Und was hat das mit Philip zu tun?«

»Der Partnerschaftsvertrag sieht vor, dass, wenn einer der Partner stirbt, ohne Kinder zu hinterlassen, sein Anteil an den jeweils anderen Partner fällt. Die Klausel sollte ursprünglich dazu dienen, die Gründungspartner zu schützen, die viel Zeit und Mühe in den Aufbau der Firma gesteckt hatten.«

Claymore dachte einen Moment darüber nach. »Und wenn der Nachwuchs des Betreffenden noch minderjährig ist?«

»Dann hat der überlebende Partner die alleinige Führung inne, bis das Kind 25 ist. Meine Tochter dürfte also nicht in Gefahr sein«, entgegnete Daniel und fügte gleich darauf düster hinzu: »Es sei denn, sie hält sich in meiner Nähe auf.«

»Ist die Firma viel wert?«

»Das Barvermögen ist beträchtlich, außerdem gibt es Immobilien und Maschinen. Jim Weyburn hat einige wirklich clevere Geschäfte im Namen der Firma getätigt. Wer immer das alles erben würde, wäre ein sehr reicher Mann.«

»Haben Sie Beweise dafür, dass Philip Weyburn Ihnen nach dem Leben trachtet?«

Daniel schüttelte den Kopf. »Nein. Aber die Anschläge haben erst nach meiner Ankunft in Noosa begonnen, und Philip war die einzige Person, die wusste, dass ich mich dort aufhielt. Allerdings hat er nicht am Steuer des Geländewagens gesessen, der mich angefahren hat. Möglicherweise hat er ja jemanden dafür bezahlt.«

»Das genügt aber nicht, um ihn ermittlungstechnisch als Verdächtigen einzustufen.«

Daniel widerstrebte es, seinen Verdacht hinsichtlich der Firmenfinanzen zu offenbaren, aber um Kirri zu schützen, war er auch hierzu bereit. »Seit ich hier bin, versuche ich, Philip dazu zu bewegen, mir die Firmenbücher zu zeigen, aber er findet immer wieder Ausflüchte. Sein Vater ist kürzlich gestorben, und darum habe ich ihm etwas Zeit gelassen, sich einzuarbeiten, aber ich kann mich des Eindrucks nicht erwehren, dass er Zeit schindet und mich hinhält.«

»Geben Sie mir mehr Einzelheiten, und ich werde veranlassen, dass meine Kollegen in Sydney diesen Weyburn überprüfen. Wir haben ja auch Ihre Beschreibung des Fahrzeugs, das Sie gerammt hat, vielleicht bringt uns das weiter. Die Spurensicherung ist gerade dabei, Farbpartikel an Ihrem Wagen sicherzustellen.«

Eine Minute später überreichte Kirri der Beamtin den Zeichenblock. »Fertig.«

Claymore ging hinüber, um sich die Zeichnung anzusehen. »Nur im Profil?« Enttäuscht kaute er an der Unterlippe.

»Tut mir Leid. Ich habe ihn nie von vorne gesehen.«

»Und Sie sind sicher, dass es derselbe Mann war, der Mr. Brand in Noosa angefahren hat?« Die Skepsis des Polizisten war nicht zu überhören, aber als Kirri entschieden nickte, sagte er: »Sie müssen eine sehr gute Beobachtungsgabe haben.«

»Die haben die meisten Maler.«

Daniel stand auf.

»Wir fliegen gleich morgen früh zurück nach Cairns, Detective. Sie können Mick Landers von der dortigen Polizei kontaktieren, wenn es etwas Neues gibt.«

»Sie bleiben nicht in Sydney?«

»Nein. Ich riskiere nicht das Leben meiner Verlobten und meiner Tochter, indem ich sie hier bei mir behalte.« Daniel ignorierte Kirris verblüfften Gesichtsausdruck. Sie setzte zum Sprechen an, aber er ließ sie nicht zu Wort kommen. »Sobald ich die beiden sicher bei Kirris Familie abgeliefert habe, werde ich zurückfliegen und mich der Sache persönlich annehmen.«

»Wir halten nicht viel von Privatermittlungen, Mr. Brand.«

»Keine Angst, Detective. Ich gedenke, lediglich ein paar Dingen auf den Grund zu gehen. Als Teilhaber ist es mein gutes Recht, Einsicht in die Firmenbücher zu fordern.« Er stand auf und legte dabei Kirri eine Hand um den Oberarm.

»Ich melde mich«, sagte der Detective.

»Viel Glück bei Ihrem Versuch, das Rauchen aufzugeben«, sagte Kirri lächelnd.

Daniel sah den verdutzten Ausdruck auf dem Gesicht des Polizisten. »Woher weißt du, dass er das Rauchen aufgeben will?«, fragte er Kirri, als sie die Wache verließen.

»Die Nikotinflecken an seinen Fingern ... und er hat die ganze Zeit ununterbrochen Kaugummi gekaut.« Sie wartete, bis sie bei dem blauen Calais waren, den Daniel als Ersatz für den weißen Fairmont gemietet hatte, ehe sie ihn zur Rede stellte. »Warum hast du mich als deine Verlobte bezeichnet?«

Daniel stützte sich rechts und links von Kirri mit beiden Händen auf die Motorhaube. »Vor zwei Jahren hast du gesagt, du liebst mich, und zwei Wochen später hast du meinen Antrag angenommen. Vor ein paar Stunden hast du wieder gesagt, dass du mich liebst. Die logische Folge müsste also sein, dass du auch meinen nächsten Antrag annimmst. Ich wollte uns nur etwas Zeit ersparen.«

»Noch habe ich nicht Ja gesagt, Daniel Brand!«

»Dann frage ich noch einmal. Willst du?«

Die grimmige Entschlossenheit in seinem Tonfall hätte sie erzürnt, wäre da nicht die Furcht in seinen Augen gewesen, als er dem Detective sagte, er wäre nicht geneigt, ihr und Catelyns Leben in Gefahr zu bringen. Dann erst begriff sie die ganze Tragweite seiner Frage. Sie dachte an die Veränderungen, die ihr Jawort nach sich ziehen würde, an die Probleme, die sie meistern mussten – wo sie leben würden, was aus ihrer Malerei werden sollte ... Die Liste der offenen Fragen schien endlos lang.

Sie dachte an die vergangenen zwei Jahre, an die Einsamkeit, die Leere, die furchtbare Angst vor den Umständen von Catelyns Zeugung. Angst, die sie nur dank ihrer Liebe zu Catelyn und der Unterstützung ihrer Familie ertragen hatte.

Dann dachte sie an die vergangenen zehn Tage mit Daniel, seine Liebe, seine Zärtlichkeit, das Band, das so selbstverständlich zwischen ihm und seiner Tochter entstanden war. In der kurzen Zeit, die sie ihn kannte, hatte sie ihm mehr von sich gegeben als jedem anderen Mann zuvor. Und nach allem, was Daniel erzählt hatte, war es in jenen Wochen in New Orleans, an die sie sich nicht mehr erinnern konnte, genauso gewesen.

Und sie liebte ihn.

So einfach war das.

»Ja«, hauchte sie.

Daniel schloss die Augen. Dann atmete er aus. »Gott sei Dank«, murmelte er.

»Können wir jetzt fahren und Catelyn holen?«, fragte Kirri, und das Lächeln in ihrer Stimme entsprach jenem in ihrem Herzen.

Joshua und Lorraine bestanden darauf, dass sie zum Essen blieben und ihnen ausführlich berichteten, was sich zugetragen hatte. Daniel erkannte Kirris Bedürfnis, sich in Sicherheit wiegen zu lassen von der Normalität innerhalb der Familie, und so nahm er die Gastfreundschaft gerne an. Noch dankbarer war er, endlich duschen zu können und aus den schlammverkrusteten Kleidern herauszukommen, die er immer noch trug. Als er sich erfrischt hatte, buchte er für sich und seine kleine Familie für den folgenden Tag einen Flug nach Cairns.

In der Heimeligkeit und Geborgenheit des bescheidenen Vorstadthäuschens ihres Vaters gelang es Kirri beinahe, sich selbst davon zu überzeugen, dass nicht irgendwo in der Dunkelheit Gefahr lauerte und sie den Albtraum dieses Tages bald vergessen haben würde. Als sie jedoch später am Abend ihr Hotelzimmer betrat, stürzte die Erinnerung wieder auf sie ein und quälte sie mit dem, was *hätte passieren können*.

Daniel stellte ihre Taschen ab und ging durch die Verbindungstür nach nebenan. Catelyn wand sich aus Kirris Armen. Kirri blickte ihrer kleinen Tochter nach, als sie mit ausgestreckten Armen und wackelndem Windel-Po hinter ihrem Daddy herstakste. Trotz ihrer Erschöpfung und ihrer Ängste musste sie lächeln. Bald würden sie eine richtige Familie sein.

Wenige Minuten später kehrte Daniel zurück, Catelyn an seine Schulter gekuschelt.

»Ich glaube, sie ist müde«, sagte er leise.

Kirri zeigte auf das Einzelbett. »Leg sie hin. Ich koche uns einen Tee, und wir setzen uns raus auf den Balkon. Ich möchte reden.«

»Ich hätte lieber einen Kaffee.« Als er den Ausdruck in ihren Augen sah, fügte er hinzu: »Stark. Ich glaube, den werde ich noch brauchen.«

»Daniel, warum willst du unbedingt nach Sydney zurück? Wäre es nicht besser, die Ermittlungen der Polizei zu überlassen?«

Daniel fühlte, wie der heiße Kaffee seine Kehle hinunterrann. Er nahm sich einen Augenblick Zeit, Wärme und Aroma zu genießen, ehe er antwortete. »Glaubst du, es war ein Zufall, dass einige Tage nach unserem Wiedersehen in Noosa bei dir eingebrochen wurde?«

»Was hat das denn mit ... O nein. Du glaubst, dass derjenige, der es auf dich abgesehen hat, deinetwegen in meine Wohnung eingebrochen ist. Aber das würde ja bedeuten ...«

»Genau.« Daniel presste die Lippen zu einem schmalen Strich zusammen. »Ich bin inzwischen überzeugt davon, dass es kein wahlloser Einbruch war. Er weiß, wo du in Noosa gelebt hast. Ich bin also nicht sicher, ob er uns nicht auch nach Cairns nachreist. Und wenn ich in deiner Nähe bin, bringe ich euch damit in Gefahr.«

»Aber im Tal ist nichts passiert. Dort waren wir sicher.« Sie beugte sich in ihrem Stuhl vor. »Daniel, bitte, bleib bei uns, wenigstens für ein paar Tage. Die Hunde lassen keinen Fremden in die Nähe des Hauses.«

Daniel fiel es überaus schwer, der Verlockung ihrer großen blauen Augen zu widerstehen. Der Gedanke, von ihr getrennt zu sein, war ihm verhasst, trotzdem würde er, sobald sie bei J. D. in Sicherheit und der über den Ernst der Lage informiert war, nach Sydney zurückfliegen.

»Ich denke darüber nach«, entgegnete er beschwichtigend. »Aber ich werde Philip nicht mitteilen, wohin wir fliegen.«

Sie schwiegen einige Minuten. Der Vollmond war nicht mehr zu sehen, und das Wasser der Botany Bay jenseits der hell erleuchteten Uferpromenade war nur als tintenschwarze Fläche zu erkennen. Kirri empfand die ganze Atmosphäre als bedrohlich. »Ich bin froh, dass wir heute in einem Bett schlafen«, sagte sie aus tiefstem Herzen.

Daniel hielt inne, die Kaffeetasse an den Lippen. Der leichte Aufwärtsschwung seiner Mundwinkel und der Blick, den er ihr über den Tassenrand hinweg zuwarf, verrieten, dass sie ihm aus der Seele gesprochen hatte.

Kirri knipste das Licht aus, als Daniel sich zu ihr legte. Sie wandte sich ihm zu und schmiegte sich an seine Brust. Sie küssten sich lange und innig, ein Kuss, der ebenso erregend wie beruhigend war, und Kirri fühlte, wie die Anspannung langsam von ihr abfiel.

Sie wehrte sich gegen die Lust, die in ihr aufstieg, als er sie fest an sich zog. Sie hatte sich durch den Kopf gehen lassen, was sich alles ereignet hatte, seit Daniel wieder in ihr Leben getreten war, und eins ließ ihr keine Ruhe. »Daniel, was, wenn deine Adrenalinspritze gar nicht verloren gegangen ist?«

»Du meinst, jemand hat sie gestohlen?« Daniel stützte den Kopf auf die Hand und blickte im schwachen Licht, das durch den Spalt zwischen den Vorhängen hereinfiel, auf sie hinab.

»Wenn sie wussten, dass du auf Erdnüsse allergisch bist ...«

Der Gedanke, dass der Unbekannte so intime Kenntnisse von ihm hatte, jagte Daniel einen kalten Schauer über den Rücken. Seine Allergie behielt er für gewöhnlich für sich; er sprach nur darüber, wenn die Situation es aus Sicherheitsgründen erforderte.

»Wer immer bei dir eingebrochen ist, kann ebenso gut bei Philip eingebrochen sein«, überlegte er laut.

»Und er kann Erdnussöl in das dort vorhandene Öl gemischt haben.«

»Wenn Philip ihm den Schlüssel gegeben hat, musste er noch nicht einmal einbrechen.«

Der Verdacht war ungeheuerlich, ließ sich jedoch nicht so ohne weiteres von der Hand weisen. Das würde heißen, dass ein professioneller Killer auf ihn angesetzt worden war, und bei diesem Gedanken fühlte Daniel sich schrecklich verwundbar. Er würde einen Rückflug nach Sydney buchen, sobald er Kirri und Catelyn sicher in O'Connor Valley untergebracht hatte.

Nur der ernste Inhalt ihres Gespräches hatte Daniel bislang davon abgehalten, mit Kirri zu schlafen, als ihre Hände jedoch über seine Brust immer weiter abwärts wanderten, flammte sofort glühende Lust in ihm auf.

»Wie fest schläft Catelyn?«

»Sehr fest.«

»Gut.« Sie fühlte, wie seine Lippen auf den ihren sich zu einem Lächeln verzogen.

Sie erwiderte das Lächeln.

Sie begehrte ihn so sehr, dass es wehtat, brauchte ihn mit einer Intensität, die sie tief berührte.

In der kurzen Zeit ihres Zusammenseins war er bis in die geheimsten Winkel ihres Herzens vorgedrungen. Sie hatte zugestimmt, ihn zu heiraten. Keine Bedingungen, keine Einschränkungen. Es schockierte sie, dass sie bereit war, für diesen Mann ihre so hoch geschätzte Unabhängigkeit aufzugeben.

Entschlossen schob sie die Furcht beiseite, die sie bei diesem Gedanken befiel. Die Furcht, sie könne wieder verlieren, was sie eben erst zurückgewonnen hatte. Daniels Berührungen waren unendlich zärtlich, und sie wusste, dass er Rücksicht nahm auf ihre verletzte Schulter, aber ihr war nicht nach Sanftheit.

Sie schlang die Beine um ihn und griff zwischen ihre Schenkel, um ihn zu führen.

»Warte!« Sie hörte Folie reißen, dann spürte sie, wie er sich das Kondom überstreifte. Kirri wollte protestieren, sie wollte ihn pur in sich fühlen, glühende Haut auf glühender Haut, aber sie wusste, dass dies nicht der richtige Zeitpunkt war, nicht, solange sein Leben bedroht war.

Mit einer fließenden Bewegung kniete sie sich über ihn, senkte das Becken herab und genoss das Gefühl, als er sie langsam ausfüllte.

Seine Hände umschlossen ihre Brüste, und er rieb ihre Brustwarzen zwischen Daumen und Zeigefinger. Ein heißer Kern bildete sich in ihrem Bauch, und von dort strahlte die Hitze langsam in ihren ganzen Körper aus. Sie bewegte sich rhythmisch, nahm ihn immer wieder tief in sich auf.

Er stöhnte in der Dunkelheit, und seine Hände legten sich auf ihre Hüften, führten sie schneller und schneller.

Ihre Fingernägel hinterließen rote Striemen auf seiner Brust. Sie registrierte vage ihr eigenes Keuchen, ganz konzentriert auf die Wogen der Lust, die in ihr aufbrandeten.

Dann spannte sich ihr Körper, und Farben explodierten in ihrem Kopf. Sie ließ sich schwer atmend vornüber auf seine Brust sinken, während er sich mit einem letzten Stoß und einem Aufstöhnen Erleichterung verschaffte.

Lange Minuten später hob Kirri den Kopf von seiner Schulter. »War es immer so aufregend zwischen uns?«

»Anfangs mussten wir uns erst ein wenig aneinander gewöhnen«, murmelte er und lächelte dann, als er ihren süßen Duft einatmete. Schafgarbe. »Aber wir haben so viel geübt, dass wir es schließlich hinbekommen haben.«

»Fühlt sich ganz so an«, seufzte sie und kuschelte sich wieder an ihn.

Daniel legte schützend die Arme um sie, als er an die Anschläge auf ihr Leben dachte. Er war überzeugt davon, dass Philip Weyburn dahinter steckte. Er würde von Daniels Tod profitieren, würde aber doch sicher seinen Plan aufgeben, nachdem die Polizei eingeschaltet worden war und er damit rechnen musste, von den Ermittlern ins Visier genommen zu werden. Andererseits kam es vielleicht ganz darauf an, wie verzweifelt er war. Man wusste nie, wie jemand reagierte, der mit dem Rücken zur Wand stand.

Daniel erkannte, wie wenig er tatsächlich von dem Mann wusste, der jetzt sein Partner war.

J. D. erwartete sie bereits am Flughafen von Cairns. Er umarmte Kirri und Catelyn, und sein fester Händedruck bekundete, dass er die Neuigkeit von Kirris und Daniels Verlobung guthieß.

»Mick Landers hat angerufen«, sagte er, als sie das Gepäck in den Nissan Patrol luden. »Die Polizei hat den grünen Commodore, der euch von der Straße abgedrängt hat, gefunden. Er wurde irgendwo in Sydney abgestellt, gründlichst gesäubert und ohne eine Spur von Fingerabdrücken. Die Überprüfung der Motornummer hat ergeben, dass der Wagen ursprünglich gestohlen und unter falscher Nummer angemeldet wurde. Die Daten des Halters haben sich bei der Überprüfung als falsch herausgestellt.«

»Dann sieht es also ganz so aus, als hätte unser Killer Kontakte zu Verbrecherkreisen, die ihn mit falschen Papieren und dergleichen versorgen.«

»Mick glaubt das auch«, bestätigte J. D.

Kirri dachte zurück an ihre Panik, als der Mietwagen von der Bergstraße abgekommen war, und sie schauderte, als sie Catelyn in ihrem Kindersitz anschnallte.

»Die Polizei hat ein Phantombild von dir.« Mühsam beherrschter Zorn zischelte aus dem Handy. »Sie befragen jeden bei Brand & Weyburn.«

Brett bediente sich seines weniger feinen Wortschatzes, als ihm aufging, was das bedeutete. Dann murmelte er: »Ich wette, das haben wir dieser Maler-Schlampe zu verdanken.«

»Glaub ja nicht, dass du damit aus der Sache raus bist. Es bedeutet lediglich, dass es jetzt nicht mehr nach einem Unfall aussehen muss. Bring ihn um, egal wie. Und sei entsprechend vorsichtig, damit dich niemand sieht.«

»Wird er nicht unter Polizeischutz gestellt?«

»Er hat aus dem Hotel ausgecheckt. Ich schätze also, dass er Sydney verlassen hat. So wie ich Brand kenne, wird er die Frau und das Kind nach Hause bringen. Die Adresse hast du ja.«

»Ich werde fliegen müssen. Und wenn die Bullen den Flughafen überwachen?«

»Du hast früher schon dein Aussehen verändern müssen, um nicht erkannt zu werden. Tu es wieder.«

J. D. fühlte, wie ein Schatten auf ihn fiel. Er blickte auf und sah Daniel in der Tür des großen Wellblechschuppens stehen.

»Was gibt's, Kumpel?«, fragte er und stellte die Kiste, in der er gerade gewühlt hatte, zurück auf die Werkbank.

Daniel trat ein. »Ich möchte mit einem Anwalt sprechen. Gibt es welche in Gordonvale?«

»Zwei, soviel ich weiß.« J. D. musterte ihn forschend. Trotz aller anfänglichen Vorbehalte hatte er den großen Amerikaner schätzen gelernt. Und er mochte ihn. »Wo liegt das Problem?«

»Ich möchte mein Testament ändern und Kirri und Catelyn als alleinige Begünstigte einsetzen.«

»Weiß Kirri davon?«

»Nein. Ich weiß, wie dickköpfig sie ist und wie viel ihr ihre Unabhängigkeit bedeutet. Sie würde es nicht wollen. Aber ich muss einfach wissen, dass Kirri finanziell abgesichert ist, für den Fall, dass mir etwas zustößt. Ich halte es für das Beste, sie diesbezüglich vor vollendete Tatsachen zu stellen. Sie wäre dann auch in der Lage, sich der Art von Malerei zu widmen, an der ihr wirklich etwas liegt, und sich gleichzeitig um Catelyn zu kümmern.«

J. D. runzelte die Stirn. »Glaubst du nicht, dass wir uns der beiden annehmen würden?«

Daniel lächelte. »Wenn ich nicht der Überzeugung wäre, dass die beiden hier bestens aufgehoben sind, hätte ich sie nicht hergebracht. Aber von Cate weiß ich, dass Kirri sich in der Vergangenheit bereits geweigert hat, sich von dir finanziell unterstützen zu lassen, um malen zu können. Ist das Testament erst geändert, bleibt ihr gar nichts anderes übrig, als anzunehmen.«

J. D. nickte. »Okay. Das Telefonbuch liegt in meinem Arbeitszimmer. Schau in den Gelben Seiten unter ›Rechtsanwälte‹ nach. Sag, dass du es eilig hast, dann nehmen sie dich bestimmt dazwischen. Ach ja ... Falls du noch heute Nachmittag einen Termin bekommst, würdest du mir dann neue Torscharniere mitbringen?« Er zeigte auf ein Metalltor, das an der Wand lehnte. »Ich kann kein Ersatzscharnier finden, obwohl wir so was normalerweise immer dahaben.« Er griff in die Tasche, warf Daniel einen Schlüsselbund zu und nickte in Richtung eines Lieferwagens mit Sauerstoff-Azetylen-Flaschen auf der Ladefläche. »Nimm den Lieferwagen.«

Zehn Minuten später war Daniel zurück. »Ich habe in einer halben Stunde einen Termin.«

»Was hast du Kirri gesagt?«

Daniel lächelte. »Dass ich in die Stadt fahre, um ein Torscharnier für dich zu besorgen.«

J. D. erwiderte das Lächeln. »Dann kannst du das neue Teil ja gleich anschweißen, wenn du zurück bist. Du kannst doch schweißen?«

Daniel warf einen Blick auf die Ausrüstung hinten im Lieferwagen. »Sieht so ähnlich aus wie bei uns zu Hause, dürfte also kein Problem sein.«

»Gut. Ich muss nämlich nach den Rindern sehen.«

Daniel ging um den Wagen herum zur Fahrertür. »Daniel!«, rief J. D. Daniel hielt inne. »Sei vorsichtig.«

Es zahlt sich eben aus, Freunde zu haben, die wiederum Freunde überall im Land haben, dachte Brett, als er ein weiteres »recyceltes« Auto in Empfang nahm.

Für die Strecke von Cairns nach Gordonvale brauchte er weniger lange als von einem Ende Sydneys zum anderen. Brett hatte keinen Blick für die Landschaft übrig. Langsam wurde er nervös. Es war höchst unwahrscheinlich, dass die Bullen hier nach ihm suchten, aber er hielt sich trotzdem strikt an das Tempolimit. Die Zeit war zu knapp gewesen für eine Verkleidung und einen neuen Führerschein, aber es war ihm gelungen, am Flughafen von Sydney Polizisten aus dem Weg zu gehen.

Aus der Broschüre, die Jenny ihm seinerzeit in der Galerie mitgegeben hatte, wusste er, dass Kirrily Smith im O'Connor Valley südlich von Cairns lebte, aber er brauchte genauere Angaben, wenn er sie finden wollte. In einem kleinen Café in der Hauptstraße bestellte er sich einen Hamburger. Die junge Kellnerin gab die Bestellung weiter und kam dann zurück, um den bereits sauberen Tisch abzuwischen. Brett schob die Sonnenbrille in die Stirn.

»Auf der Durchreise?«, fragte sie.

»Also, um genau zu sein, suche ich einen Freund. Bernard Nelson ist sein Name. Er lebt irgendwo im O'Connor Valley. Er ist Künstler.«

»Nelson?« Sie runzelte die Stirn. »Nein. Nicht im Tal. Die einzige Künstlerin dort ist Kirri Smith.«

»Vielleicht hat Bernard ja vorübergehend bei ihr gewohnt. Ich würde ihn wirklich gerne wieder sehen.«

»Dann folgen Sie der O'Connor Valley Road ein paar Kilometer weit und halten Ausschau nach einem großen Schild mit der Aufschrift Connaught Downs Rinderzuchtbetrieb. Die Farm gehört J. D. O'Connor, Kirris Bruder.«

»Vielen Dank auch.« Brett schenkte ihr ein strahlendes Lächeln, und als sie dieses erwiderte, fühlte er das triumphierende Prickeln, das sich jedes Mal einstellte, wenn es ihm wieder einmal mühelos gelungen war, eine Frau hereinzulegen.

Eine Viertelstunde später wischte er sich mit einer Serviette den Mund ab und dachte über den nächsten Schritt nach.

Aus reiner Gewohnheit hatte er einen Tisch am Fenster gewählt, und als er nun geistesabwesend hinausblickte auf Verkehr und Passanten, riss er unvermittelt die Augen auf.

Auf der gegenüberliegenden Straßenseite hielt ein Lieferwagen. Ein großer, breitschultriger Mann stieg aus und betrat den Eisenwarenladen. Brand! Er könnte schwören, dass es der Amerikaner war!

Brett verließ das Café und ging hinüber zum Lieferwagen. Er sah aus wie ein Arbeitsfahrzeug. Woher sollte Brand ... Ah, dachte er gleich darauf, Kirris Bruder, der mit der Rinderfarm.

Bretts Gedanken überschlugen sich. Er hatte schon mit sechzehn gelernt, wie man einen Wagen kurzschloss, und diese und andere Fähigkeiten bis zu seiner Volljährigkeit ausgebaut, aber es war zu viel los, um sich an dem Wagen zu vergreifen.

Er schaute sich unauffällig die Ladefläche an und entdeckte die Schweißausrüstung. Sauerstoff-Azetylen. Interessant. Er hatte bei einer Lehre im Anschluss an die Highschool Schweißen und Löten gelernt, und wenngleich er schon immer eine Aversion gegen handwerkliches Arbeiten gehabt hatte, war ihm schon damals klar gewesen, dass sich diese Kenntnisse auch auf anderem Gebiet sinnvoll nutzen ließen.

Aus den Augenwinkeln registrierte er, dass sich die Tür zum Eisenwarenladen öffnete. Er wandte sich ab, schlenderte ein Stück weit weg und gab dann vor, seinen Schuh neu zu schnüren. Als er sich wieder aufrichtete, warf Brand eben etwas auf den Rücksitz des Lieferwagens. Dann schlug er die Tür wieder zu, schloss sie ab und überquerte die Straße.

Brett beobachtete, wie Brand zum nächsten Block lief und etwa 20 Meter hinter der nächsten Querstraße ein Bürohaus betrat.

Lässig kehrte Brett zurück zum Lieferwagen und warf einen Blick durch das Fahrerfenster. Auf dem Beifahrersitz lagen drei große Eisenscharniere. Brett lächelte. Brand hatte Schweißarbeiten zu erledigen.

Mit einem breiten Grinsen fischte Brett das kleine Werkzeugetui aus der Tasche, das er immer bei sich trug.

Kapitel 18

Es ist so einfach, dachte Brett. Nur ein kleines Loch in der Azetylen-Leitung. Wenn das Ventil geöffnet wurde, würde das Gas, das schwerer war als Sauerstoff, sich auf der Ladefläche des Lieferwagens sammeln. Ein Funke beim Schweißen oder Löten, und das Gas würde Feuer fangen, die Sauerstoffflasche erhitzen und Peng! Eine Explosion, die Brand in die ewigen Jagdgründe katapultieren würde.

Eilig zog er einen kleinen Schraubendreher aus dem Etui und ließ dieses wieder in der Tasche verschwinden. Nachdem er sich davon überzeugt hatte, dass er nicht beobachtet wurde, bohrte er ein Loch in den roten Azetylen-Schlauch. Das weiche Material zog sich gleich wieder zusammen, sodass der Schaden gar nicht zu sehen war.

Aber er wusste, dass es genügen würde.

Kirri sah, wie der Lieferwagen im Schuppen verschwand und seufzte erleichtert. Daniel hatte außergewöhnlich lange gebraucht, um ein paar Scharniere zu kaufen, und sie war schon versucht gewesen, selbst nach Gordonvale zu fahren, um ihn zu suchen.

Sie wandte sich vom Küchenfenster ab. »Daddy ist zurück.« Sie lächelte Catelyn an. Das kleine Mädchen stellte sich auf seinen Stuhl und blickte sich suchend um. »Daddyyyy?«

»Später, Liebes. Daddy muss noch arbeiten.« Sie setzte Catelyn wieder hin. »Und ich ...« Sie blickte auf die Lebensmittel auf der Arbeitsplatte. »... werde versuchen, einen Mais-Bohneneintopf für ihn zu kochen. Eine echte Succotash-Suppe.«

Cate lachte, als sie den Teigdeckel auf der Fleischpastete andrückte. »Und ich dachte immer, Succotash wäre ein von Kater Sylvester erfundenes Wort.«

»Also laut Daniel handelt es sich um eine indianische Suppe. Das Rezept liest sich eigentlich ganz einfach, aber ...« Kirri runzelte die Stirn, als ihre Großmutter eine mehlbestäubte Hand auf ihre Brust legte. »Gran? Ist mit dir alles in Ordnung?«

Cate zuckte die Achseln. »Ich hatte nur plötzlich so ein komisches Gefühl. Ist schon wieder vorbei.«

Daniel lehnte das Tor gegen die Werkbank. Er betrachtete das abgebrochene Scharnier eine Weile und überprüfte dann das Schweißgerät hinten auf dem Wagen. Es sah aus, als wäre alles in bestem Zustand, und der Schlauch war auch lang genug.

Nachdem er Handschuhe übergezogen und die Schutzbrille aufgesetzt hatte, drehte er die Ventile der beiden Flaschen auf. Dann griff er nach der Düse, stellte sie mit Hilfe der Drehknöpfe ein und zündete die Gasflamme an.

Vorsichtig entfernte er das Scharnier vom Metallrahmen.

Kirri rührte in der sämigen gelben Suppe und schaltete die Herdplatte herunter. Sie blickte auf, als Cate die Tür des Wandofens öffnete und dann die Pastetenform holte. Ihre Großmutter runzelte die Stirn und zögerte, ehe sie die Pastete in den Ofen stellte und die Tür schloss.

»Ich gehe nur kurz frische Luft schnappen«, erklärte Cate und nahm ihre Schürze ab. »Hier drin ist es mir zu heiß.« Sie ging zur Tür.

»Gran, ist mit dir auch wirklich alles in Ordnung?«

Cate schenkte ihr ein beruhigendes Lächeln. »Aber natürlich. Die O'Flahertys sind eine zähe Sippe. Unkraut vergeht nicht.«

Obwohl er sich bemüht hatte, das kaputte Scharnier möglichst dicht am Rahmen abzutrennen, sah Daniel hinterher, dass noch zu viele Metallstückchen am Tor hafteten. Er drehte den Schweißbrenner ab, schob die Schutzbrille hoch und ließ den Blick über die Werkbank schweifen.

J. D. hielt in seiner Werkstatt Ordnung. Das Handwerkszeug hing fein säuberlich an der Schuppenwand. An der Werkbank selbst war ein Schraubstock befestigt, und rechts und links befanden sich Steckdosen.

Er öffnete einen großen Schrank und betrachtete die Kisten voller Eisenwaren und Elektrowerkzeug. Gut! Es war auch eine Flex darunter. Er schloss sie an der Steckdose an, die dem Tor am nächsten war.

Cate O'Flaherty stieg eilig die Hintertreppe hinunter. Sie war beim Tod ihrer Eltern noch zu jung gewesen, um das bedrohliche Gefühl zu deuten, das sie wenige Minuten vor dem Zugunglück, bei dem sie zu Tode gekommen waren, verspürt hatte.

Und dann ... als ihr Mann nach einem Besuch bei der Bank, bei dem er mit ihrem finanziellen Ruin konfrontiert worden war, einen tödlichen Herzinfarkt erlitten hatte. Cate hatte gewusst, was passiert war, noch bevor sie auf das Klingeln des Telefons hin den Hörer abgenommen hatte.

Und Kirri ... Gott sei Dank war in ihrem Fall die Todesahnung falsch gewesen.

Nun hastete sie zum Schuppen und betete, dass das Gefühl wieder ein Irrtum war, dass es sich tatsächlich nur um ein vorübergehendes Unwohlsein handelte.

Weiße Funken sprühten, als Daniel die scharfen Kanten abschliff.

Er hielt inne, um sein Werk zu begutachten. Nur noch eine kleine Unebenheit.

Als er sich eben wieder an die Arbeit machen wollte, nahm er eine Bewegung an der Tür wahr. Er blickte hinüber und gab Cate mit einem Handzeichen zu verstehen, dass er in einer Sekunde fertig wäre. Dann hielt er die Scheibe wieder an das Metall, und eine wahre Funkenfontäne flog durch die Luft.

Urplötzlich züngelten auf der Ladefläche des Lieferwagens orangefarbene Flammen.

Furcht durchzuckte ihn. Er ließ die Flex fallen, riss sich die Schutzmaske vom Gesicht und rannte auf Cate zu. »Raus hier!«

Kirri beobachtete vom Küchenfenster aus, wie Cate zu dem Wellblechschuppen eilte, in dem Daniel arbeitete. Cate war blass und geistesabwesend gewesen, als sie die Küche verließ, und Kirri machte sich Sorgen um sie.

Cate verschwand im Schuppen.

Der Duft der Suppe lenkte Kirri ab, aber noch bevor sie diese umrühren konnte, zerriss eine ohrenbetäubende Detonation die Stille. Die Seitenwand des Schuppens wurde zerfetzt, und Trümmer regneten auf das umliegende Gras herab.

Das, was vom Schuppen noch übrig war, war erfüllt von Rauch und Staub.

Panisches Entsetzen schnürte Kirri die Luft ab. Sie schnappte sich Catelyn, brachte sie ins Schlafzimmer, wo sie sie auf das Bett setzte, lief dann hinaus und schloss die Tür hinter sich.

Sie rannte die Treppe zwei Stufen auf einmal nehmend hinunter und hatte sich Sekunden später ein Bild der Verwüstung gemacht.

Ladefläche und Führerhaus des Lieferwagens waren in einem Hagel rasiermesserscharfer Schrapnelle explodiert. Die Sauerstoffflasche war aufgeplatzt wie eine Melone und wie ein tödliches Projektil durch die Wand katapultiert worden.

Cate lag am Schuppeneingang auf dem Rücken, die Augen geschlossen, ihr regloser Körper zur Hälfte von Daniels verdeckt. Kirri schnappte nach Luft beim Anblick der blutenden Platzwunde seitlich an Cates Kopf.

Verbrannte und blutige Haut war durch klaffende Löcher in Daniels Hemd zu sehen. Der linke Ärmel war blutgetränkt, und eine leuchtend rote Lache sickerte langsam auf den Betonboden.

Keiner von beiden rührte sich.

Kapitel 19

»Ich fürchte, der Zustand Ihrer Großmutter ist nicht stabil genug für einen Flug nach Brisbane«, teilte der Dienst habende Arzt der Intensivstation Kirri und J. D. mit. »Wir lassen dafür gleich morgen früh einen Neurochirurgen kommen.«

Kirri blickte zum Bett hinüber, in dem Cate gelegen hatte. Schläuche, Drähte, Monitore – das Ganze kam Kirri schrecklich bekannt vor und machte ihr Angst Sie wollte Cate nicht verlieren, schon gar nicht so. Erst jetzt konnte sie wirklich nachfühlen, wie es ihrer Mutter ergangen sein musste, als sich ihr in New Orleans der gleiche Anblick geboten hatte – nur dass die Frau im Bett ihre Tochter gewesen war.

»Wird er operieren müssen?«

Der Arzt nickte. »Vermutlich.« Er lächelte freundlich. »Sie sollten sich etwas Ruhe gönnen. Sie können jetzt nichts für Ihre Großmutter tun, und Sie haben morgen einen langen Tag vor sich.«

»Nein. Ich möchte bleiben.« Kirri kämpfte verbissen gegen die Tränen an, die in ihren Augen brannten. »Jemand muss hier sein, nur für den Fall, dass ...«

»Ich komme später wieder und bleibe über Nacht«, sagte J. D. »Wenn du dich nicht etwas hinlegst, packst du den morgigen Tag nicht.«

Kirri nickte widerstrebend und sah, wie Mick Landers von einer Krankenschwester hereingeführt wurde. Er nickte ihnen zu.

»Daniel ist jetzt wach«, sagte er, als sie auf den Flur hinausgingen.

»Ist er ...«

»Er möchte Sie sehen«, beruhigte er sie. »Ich muss Sie allerdings darauf hinweisen, dass sein Gehör bei dem Knall Schaden genommen hat. Er kriegt nicht alles mit, aber der Arzt meint, das wird wieder.«

»Er lebt, das ist das Einzige, was zählt.«

Die Intensivstation befand sich im ersten Stock eines relativ neuen Traktes, der über einen langen Flur mit der Chirurgie verbunden war. Als sie auf den Fahrstuhl warteten, der sie in den fünften Stock hinaufbringen sollte, wurde Kirri bewusst, dass sie denselben Weg an diesem Abend bereits viermal zurückgelegt hatte. Die Versicherungen des Personals hatten ihr nicht gereicht, sie hatte sich selbst davon überzeugen müssen, wie es Cate und Daniel ging.

Sie betrat das Einzelzimmer, in dem Daniel untergebracht war. Eine Schwester beendete eben einen Eintrag in die Krankenakte und hängte diese dann wieder ans Fußende des Bettes. Sie lächelte Kirri im Hinausgehen zu, aber diese hatte nur Augen für den Mann im Bett. Er lag auf dem Bauch, den Kopf ihr zugewandt. Großflächige Verbände bedeckten seine linke Schulter und den Arm. Er hob die rechte Hand, und sie ergriff sie, dankbar für die Kraft, die es ihr verlieh, ihn anfassen zu können.

»Würdest du etwas für mich tun, Liebes?« Es klang, als bereite jedes Wort ihm Schmerzen, und in Anbetracht der Gehirnerschütterung, die er davongetragen hatte, war dem vermutlich auch so.

Kirri nickte nur wortlos, da sie fürchtete, dass, wenn sie sprach, die unterdrückte Angst und Sorge der vergangenen Stunden sich in einem emotionalen Ausbruch Luft machen würden, und das wollte sie ihm in seinem Zustand nicht zumuten.

»Gut. Mick wird dir sagen, was zu tun ist. Und anschließend möchte ich, dass du von hier wegbleibst, bis sie den Kerl geschnappt haben.« Seine Augen wurden glasig, und der Druck seiner Hand ließ nach.

Kirri erkannte, dass er wieder eingeschlafen war. Sie legte seine Hand zurück auf das Bett und küsste ihn auf die Wange. »Ich liebe dich«, flüsterte sie leise.

»Bist du sicher, dass du das schaffst?«

Kirri blickte zu J. D. auf und hatte plötzlich ein Gefühl von Déjà-vu. War es wirklich erst fünf Tage her, dass Daniel ihr eine ganz ähnliche Frage gestellt hatte? Der Anblick der Blutflecke auf dem Fußboden in ihrer Wohnung war harmlos gewesen verglichen mit dem Grauen der vergangenen Stunden.

Sie hatte noch den antiseptischen Krankenhausgeruch in der Nase, als sie Mick Landers in das kleine Büro hinter dem Schwesternzimmer folgte. Drinnen schloss Mick die Tür und bedeutete Kirri, auf einem Drehsessel Platz zu nehmen.

»Die Spurensicherung nimmt den Unfallort unter die Lupe, und wir betrachten die Explosion als verdächtig, bis sie sich als eindeutiger Unfall erweist.«

Kirri nickte. Sie sah zu, wie Mick eine Nummer auf einem Telefondisplay eintippte, das halb von einem Wust von Unterlagen verdeckt wurde. Dann reichte er ihr den Hörer.

»Geben Sie nur die Informationen weiter, die wir Ihnen genannt haben«, sagte er. »Nicht mehr. Wenn Daniels Verdacht zutrifft, wird der Killer es wieder versuchen.«

Das Freizeichen summte in ihrem Kopf. Sie war schrecklich müde, bezweifelte jedoch, dass sie würde schlafen können.

»Hallo?« Die Stimme klang schläfrig.

Kirri fuhr zusammen, die Nerven zum Zerreißen gespannt. »Spreche ich mit ... Philip Weyburn?«, fragte sie. J. D.s Hand lag warm und beruhigend auf ihrer Schulter.

»Ja.«

»Hier ist Kirri Smith.«

»Kirri? Daniel Brands Kirri?«

»Ja.« Es klang fast wie ein Seufzen. Sie stützte sich mit den Ellbogen auf den Schreibtisch. »Entschuldigen Sie die späte Störung, aber ich habe schlechte Neuigkeiten. Daniel ... wurde schwer verletzt. Und meine Großmutter auch. Es hat eine Explosion gegeben.«

»Himmel! Das tut mir schrecklich Leid, Kirri. Sind Sie in Ordnung? Und Ihre Tochter?«

»Ja, ja, uns ist nichts passiert.«

»Wo ist Daniel? Als Sie beide hier waren, erwähnte er, dass Sie in Cairns leben.«

»Er liegt in einem Einzelzimmer der chirurgischen Station im hiesigen Krankenhaus. Ich dachte nur, Sie würden gerne Bescheid wissen. Ich muss jetzt gehen. Auf Wiederhören.«

»Ja, natürlich. Vielen Dank für Ihren Anruf.«

Kirri legte auf und barg das Gesicht in den Händen. Ihre Augen brannten von unvergossenen Tränen, aber sie war zu erschöpft, um zu weinen.

»Reicht das, Mick?«, fragte J. D., und als der Detective nickte, half er Kirri auf die Füße. »Komm. Du musst etwas schlafen.«

Sie nickte. »Wenigstens haben wir es nicht weit. Was für ein Glück, dass Emma mir ihre Haus- und Wagenschlüssel dagelassen hat. Und es war wirklich großartig von Trish, sich die ganze Zeit um Catelyn zu kümmern.«

»Sie ist eine wahre Freundin«, bestätigte J. D.

J. D. schenkte Portwein in ein Glas und reichte dieses Kirri, die es sich auf dem Sofa gemütlich gemacht hatte. »Emma und Drew haben ganz sicher nichts dagegen, dass du etwas von ihrem Portwein trinkst, um besser schlafen zu können.«

Kirri war so blass, dass J. D. sich um sie sorgte. Sie hatte sich am Nachmittag tapfer geschlagen, hatte den Krankenwagen gerufen und bei Cate und Daniel erste Hilfe geleistet. Er war froh, dass er selbst in Straßennähe arbeitete, als der Krankenwagen aus Gordonvale mit heulender Sirene zur Farm gerast war. Nachdem der Notarzt Cate und Daniel erstversorgt hatte, hatte er einen Rettungshubschrauber gerufen, der schon kurze Zeit später eingetroffen war. Danach hatte J. D. Trish Farmer angerufen und Kirri und Catelyn ins Krankenhaus gefahren.

»Ich bleibe über Nacht in der Klinik«, sagte er. »Trish hat versprochen, morgen früh herzukommen und dich nach Hause zu bringen, damit du dich umziehen kannst.«

Kirri nickte. Sie fühlte sich ausgebrannt und wie betäubt. Sie nippte an ihrem Porto und schmeckte das weiche, süßliche Aroma auf der Zunge. Dann nahm sie einen kräftigen Schluck und fühlte, wie die Wärme des Alkohols sich in ihr ausbreitete. Früher am Abend hatte sie ein sehr emotionales Telefonat mit ihrer Mutter geführt. Die Verbindung nach Wien war so einwandfrei gewesen, dass es sich angehört hatte, als wäre Lyn nebenan. »Ich hoffe, dass Mom bald heimkommen kann«, sagte sie mit brüchiger Stimme. »Nur für alle Fälle.«

J. D. beugte sich zur ihr hinab und drückte sie. »Wenn du mich brauchst, erreichst du mich im Krankenhaus. Und denk dran, dass Micks Visitenkarte in deiner Handtasche ist, falls irgendetwas sein sollte.« Als sie nickte, wandte er sich zum Gehen. Er wollte sie nicht allein lassen, aber einer von ihnen musste bei Gran im Krankenhaus bleiben. Nach allem, was die Ärzte gesagt hatten, würde es eine lange Krankenwache werden.

»Ich schließe hinter mir ab. Schlaf jetzt.«

Kirri blieb noch lange im Wohnzimmer sitzen und starrte vor sich hin, ohne wirklich etwas um sich herum wahrzunehmen. Drew hatte sein Haus an derselben Stelle gebaut, an der sein Elternhaus sieben Monate zuvor niedergebrannt war. Er und Emma hatten eine offene Bauweise gewählt mit hellen Fliesenböden und großen Fenstern, die den kühlen Wind hereinließen, der von der Trinity Bay herüberwehte. An diesem Abend wehte nur ein ganz leichter Windhauch, was Kirri jedoch gar nicht registrierte.

Sie blickte auf das Glas in ihrer Hand. Der Portwein war tiefrot, fast braun. Dann schaute sie an dem Glas vorbei auf einen ebenfalls rötlichbraunen Fleck auf ihren Jeans. Daniels Blut. Und Cates Blut. Zwei runde Flecken, die entstanden waren, als sie erst den Kopf ihrer Großmutter und anschließend Daniels Arm notdürftig mit sauberen Handtüchern verbunden hatte. Keiner von beiden hatte dabei einen Laut von sich gegeben, und während sie in der unheimlichen Stille auf den Krankenwagen gewartet hatte, war es Kirri vorgekommen, als wäre die Zeit stehen geblieben.

Langsam ließ sie den Blick wandern. Sie hatte sich im Krankenhaus die Hände gewaschen, aber ihre Unterarme und ihre Bluse waren noch voller Blut. Hastig kippte sie den Rest Portwein herunter und ging ins Bad.

Erst als sie unter dem heißen Duschstrahl stand, fing sie an zu zittern. Sie lehnte sich an die Wandfliesen, ließ sich von der Anspannung der letzten Stunden und Tage überwältigen und schluchzte bitterlich.

Lange Minuten später wickelte Kirri sich in ein Handtuch, sammelte ihre Kleider ein und ging in die Waschküche. Nach dem Waschgang gab sie Hose und Bluse in den Trockner. Auf dem Sofa im Wohnzimmer wartete sie dann, dass das Rauschen des Trockners verstummte.

Als sie zum Schuppen gerannt war, hatte sie panische Angst gehabt, Gran und Daniel könnten tot sein. Sie hatte erst erleichtert aufgeatmet, als sie bei beiden einen Puls gefühlt hatte. Inzwischen wusste sie, dass Daniel außer Gefahr war, während Cates Leben noch am seidenen Faden hing. Vage hörte sie den Trockner im Hintergrund summen, ein stetes, beinahe beruhigendes Geräusch. Ein Insekt kratzte am Schutzgitter vor dem Fenster, aber Kirri hatte die Augen geschlossen, und das leise Geräusch klang nicht so beunruhigend, wie sie es bei ihrer Ankunft vielleicht noch empfunden hätte. Sie sehnte sich danach, Daniels Arme um sich zu fühlen, die Wärme seines Körpers. Und als sie einnickte, quoll eine Träne unter ihren geschlossenen Lidern hervor und rann langsam über ihre Wange.

»Stella, bitte buchen Sie mir nach der Besprechung des Dinnegan-Projekts morgen früh einen Flug nach Cairns.« Philip war bewusst, dass sein Tonfall alles andere als höflich klang, aber er hatte nach Kirris Anruf am Vorabend kaum ein Auge zugetan. Er stellte seinen Aktenkoffer ab und ließ sich auf seinen Bürosessel fallen.

Stella musterte ihn fragend.

»Daniel Brand wurde schwer verletzt. Ich möchte hinfliegen und ihn im Krankenhaus besuchen.« Er schlug mit der Faust auf den Schreibtisch. »Verdammt! Er sollte eigentlich herkommen und den neuen Vertrag unterschreiben. Diese dämlichen Cops mit ihrer fixen Idee, dass jemand versucht, ihn umzubringen. Und dann schnüffeln sie überall herum und stecken ihre Nase in firmeninterne Angelegenheiten, die sie nichts angehen.«

»Sie haben ihnen ja gesagt, sie sollen wiederkommen, wenn sie einen Durchsuchungsbefehl haben, und daraus, dass sie sich bisher nicht wieder haben blicken lassen, kann man schließen, dass sie Sie nicht verdächtigen.«

Stellas Lächeln verursachte ihm wie so oft Unbehagen.

»Was glauben Sie, weshalb jemand darauf aus sein könnte, ihn zu töten?«, fragte sie.

»Ich?« Philip war verblüfft. »Woher zum Teufel soll ich das wissen?« Aber er fühlte, wie ihm alles Blut aus dem Gesicht wich, und er sprang auf, um seine Reaktion zu überdecken. »Sie sollten auch für sich einen Flug buchen.«

Einen Sekundenbruchteil bemerkte er, wie Stellas gewohnte Souveränität bröckelte. »Warum soll ich Sie begleiten?«

»Meinen Vater haben Sie doch auch auf allen Geschäftsreisen begleitet. Er hat immer gesagt, dass er ohne Ihre Steno- und Laptopkenntnisse aufgeschmissen wäre. Es sind ja nur ein, zwei Tage, aber nach der Dinnegan-Besprechung werde ich Ihnen einiges zu diktieren haben.« Er hob seinen Aktenkoffer auf und stellte ihn auf den Schreibtisch. Er würde das Biest nicht alleine in der Firma lassen. Er hatte die Unterschlagungen seines Vaters inzwischen gut verschleiert, aber er wollte Stella keine Gelegenheit zum Schnüffeln geben. Auch wenn sie das vermutlich längst getan hatte.

Nein, er traute ihr keinen Meter weit.

Brett hatte bald festgestellt, dass Cairns ein ordentliches Angebot an Nachtclubs zu bieten hatte. In dem Bewusstsein, alles in die Wege geleitet zu haben, um Brand endlich auszuschalten, fand er, dass er es sich verdient hatte, ein wenig vorab zu feiern.

Bretts private Feiern hatten Sex immer eingeschlossen, und er hatte schon vor Jahren erkannt, dass sein attraktives Äußeres und seine lässige Art ihn diesbezüglich nur sehr selten scheitern ließen, wenn er es darauf anlegte.

Am vergangenen Abend war er bereits erfolgreich gewesen und hatte die Nacht bei einer dunkeläugigen Wildkatze verbracht, die ihm mehr angeboten hatte als Sex. Er war jedoch mit dem Taxi auf und davon, noch bevor die aufgehende Sonne die stillen Wasser der Trinity Bay in goldenes Licht tauchte.

Es war fast Mittag, als er aus dem Motelbett und unter die Dusche stolperte. Das Gras gestern war Top-Qualität gewesen, aber die nicht unerheblichen Mengen Alkohol dazu musste er nun bitter büßen. Nach zwanzig Minuten unter dem Wasserstrahl und zwei Tassen starken schwarzen Kaffees begab er sich in ein Schnellrestaurant und bestellte einen Hamburger mit Fritten zum Mitnehmen. In einem nahe gelegenen Park stillte er seinen Hunger und schüttete eine Dose Cola in sich hinein. Erst dann schaltete er sein Handy ein.

Es gab nie irgendwelche Nachrichten. Nachrichten konnten unter Umständen auf die Identität des Absenders schließen lassen. Brett war nicht so naiv zu glauben, dass er auf seinen Auftraggeber zählen konnte, falls er in Schwierigkeiten geriet.

Er setzte sich in den Schatten eines ausladenden Feigenbaums, aber es war so heiß, dass ihm schon bald der Schweiß den Rücken hinunterlief.

Obgleich er mit der Vibration gerechnet hatte, schrak er zusammen, als das Handy tatsächlich summte. Er drückte eine Taste und hielt sich das Telefon ans Ohr.

»Gratuliere. *Fast* hättest du es geschafft.«

»Fast?«

»Brand liegt im Krankenhaus. Er ist schwer verletzt. Wie hast du das angestellt?«

Lächelnd erstattete Brett Bericht. »Und jetzt soll ich ins Krankenhaus schleichen und ihn endgültig um die Ecke bringen, richtig?« Er stellte bereits erste Überlegungen an, wie dies zu bewerkstelligen wäre, freute sich sogar auf die Planung. Am Rande seines Bewusstseins bildeten sich Bilder von weißen Uniformen über prallen Brüsten und runden Hüften.

»Nein. Erst musst du ein anderes Hindernis aus dem Weg räumen.«

»Und das wäre?«

»Die Malerin hat eine Tochter. Die Kleine muss sterben.«

Kapitel 20

Brett fluchte vehement. »Es war nie die Rede davon, ein Kind umzubringen!«

»Das Beste kommt immer am Schluss.«

Er konnte sich das gemeine Lächeln vorstellen, das diese Worte begleitete. Er hatte keine großen Gewissensbisse verspürt, als er vom Tod des alten Mannes erfahren hatte, nur Erleichterung darüber, dass die Polizei keine Hinweise auf den Täter gefunden hatte. Auch dass Brand um ein Haar ins Gras gebissen hätte, ließ ihn kalt. Aber ein Kind ...

»Ich weiß nicht ...«

»Du hast keine Wahl.«

»Du kannst mich nicht ans Messer liefern, ohne dir selbst zu schaden. Immerhin hast du mir die neue Identität verschafft.«

»Bist du wirklich so blöd zu glauben, dass ich irgendwelche Spuren hinterlassen hätte, die sich bis zu mir zurückverfolgen ließen?«

Nein, so dumm war Brett nicht. Nicht mehr.

»Warum die Kleine?«

»Im Vertrag steht, wenn einer der Teilhaber kinderlos stirbt, fällt sein Firmenanteil an den überlebenden Partner.«

»Und?«

»Die Kleine ist Daniel Brands Tochter.« Hierauf folgte kurzes Schweigen, dann: »Jetzt mach keinen Aufstand deswegen. Sie ist noch ganz klein und wird sich nicht groß wehren. Du brauchst nur abzuwarten, bis sie heute Abend eingeschlafen ist, und dann erstickst du sie mit dem Kopfkissen. Es kommt schon mal vor, dass kleine Kinder ganz plötzlich und unerwartet im Schlaf sterben.« Er sah vor sich, wie sein Auftraggeber gleichgültig die Achseln zuckte. »Ist nichts Besonderes.«

»Was ist mit Brand?«

»Das könnte ein größeres Problem werden. Die Polizei wurde eingeschaltet und wird ein Auge auf ihn haben. Das Kind wird aber ganz sicher nicht unter Polizeischutz gestellt werden. Daniel Brand widmen wir uns wieder, sobald das mit der Kleinen erledigt ist.«

Daniel saß nur mit einer vom Krankenhaus zur Verfügung gestellten Pyjamahose bekleidet auf der Kante seines Bettes. »Ich sagte doch, du sollst nicht herkommen.«

Kirri zuckte die Achseln. »Nur weil ich eingewilligt habe, deine Frau zu werden, heißt das noch lange nicht, dass du mir Vorschriften machen kannst, Daniel Brand.«

»Und ob ich ein Wörtchen mitzureden habe!«, entgegnete er ungehalten. »Ich werde nicht mit ansehen, wie die Frau, die ich liebe, einem Killer in die Quere kommt, der es auf mich abgesehen hat.«

Kirri ließ sich von seinen zornsprühenden Augen nicht einschüchtern, sondern lächelte nur. *Die Frau, die ich liebe.* Sie hatte bei diesen Worten ein leichtes Flattern im Bauch verspürt. Er lebte. Und er liebte sie. Wenn jetzt noch Cates Operation gut verlief und die Polizei den Attentäter fasste, konnte sie sich endlich auf eine gemeinsame Zukunft mit diesem zärtlichen Mann mit der tiefen, ruhigen Stimme freuen, bei deren Klang ihr regelmäßig heißkalte Schauer den Rücken hinunterliefen.

»Und ich werde den Mann, den ich liebe, das alles nicht allein durchstehen lassen.«

»Dir wird aber nichts anderes übrig bleiben, Kirri.« Er zeigte auf den kleinen Koffer, den sie bei sich hatte. »Sind da meine Sachen drin?«

»Ja.«

»Gut.« Er nahm ihr den Koffer ab und legte ihn auf das Bett.

Kirri entging nicht, wie vorsichtig er den linken Arm bewegte, als er die Pyjamahose auszog. Aber der Gedanke war schlagartig vergessen, als er sich wieder aufrichtete. Sie zuckte richtig zusammen bei der Erinnerung daran, wie sein nackter Körper sich angefühlt hatte. »Ich sollte besser die Tür schließen«, murmelte sie.

»Was?«

Sie wollte eben lauter wiederholen, was sie gesagt hatte, schüttelte aber dann nur den Kopf. »Nichts.«

Er nahm Unterhosen und Jeans aus dem Koffer, und sie sah zu, wie er sich wieder hinsetzte und sehr langsam anzog.

»Was tust du da?«, fragte sie, als er daraufhin erneut im Koffer wühlte.

Er nahm ein Hemd heraus. »Ich verschwinde von hier. Wenn du nicht davon abzubringen bist, dich in Gefahr zu bringen, indem du mich besuchst, ziehe ich in ein Motel.«

»Du weißt aber doch, dass du unter Polizeischutz stehst. Dein Name steht nicht einmal an deinem Bett, und sie haben sogar einen Cop als Lockvogel eingeschleust. Mick hat gesagt, das Personal wäre angewiesen worden, jeden, der nach dir fragt, zu diesem ›Patienten‹ zu schicken.«

»Kirri.« Daniel spannte die Bauchmuskeln an, bemüht, die Gefühle in Schach zu halten, die in ihm tobten. »Ich kann einfach nicht riskieren, dich zu verlieren. Ich habe schon zwei Jahre hinter mir, in denen ich dachte, ich würde dich nie wieder sehen. Noch einmal würde ich das nicht durchstehen.«

Kirri war sehr blass und angespannt, die Hände an den Seiten zu Fäusten geballt. »Ich liebe dich, Daniel. Ich brauche dich bei mir.«

Das Glitzern von Tränen in ihren blauen Augen zerriss ihm schier das Herz. Aber es war das leichte Zittern, das ihren Körper durchlief, das ihn letztendlich zur Kapitulation zwang. Mit einem zornigen Fluch schleuderte er das Hemd auf das Bett und schloss sie in die Arme. Er stieß die Luft zischend aus, als sich die verbrannte Haut an seiner Schulter schmerzhaft spannte, aber das Glück, sie in den Armen zu halten und ihren Duft einzuatmen, war stärker als jeder Schmerz. Sie schmiegte sich an ihn, und er war sich der prallen Rundung ihrer Brüste durch den dünnen Stoff ihres Kleides, ihrer kühlen Hände auf seiner Taille und ihrer Wange an seiner Brust nur zu bewusst.

Ein in seiner Intensität nahezu primitiver Beschützerinstinkt wallte in ihm auf, nur erreicht von dem brennenden, pulsierenden Verlangen in seinen Lenden.

Himmel, wenn er sich nicht beherrschte, würde er sie auf das Bett werfen, ihr die Kleider vom Leib reißen und sie hier und jetzt lieben. Die Vorstellung war verlockend, aber die Gefahr, mit heruntergelassenen Hosen erwischt zu werden, doch zu groß. Die Analogie entlockte ihm ein Lächeln, und ihm wurde bewusst, dass er in keiner anderen Situation so viel lächelte, wie wenn er mit Kirri zusammen war.

Irgendwie gelang es ihm, ein wenig von ihr abzurücken. »Du könntest Mick mitteilen, dass ich hier rausmöchte.« Als sie sorgenvoll die Stirn runzelte, lächelte er wieder. »Keine Bange. Ich komme zu dir in Emmas und Drews Haus, sobald Mick es arrangieren kann. Wie geht es Cate?«

Kirri warf einen Blick auf die Uhr. »Der Neurochirurg meinte, die Operation würde an die zwei Stunden dauern.

J. D. wartet auf ihrem Zimmer auf der Intensivstation. Ich gehe auch jetzt rüber.«

»Was ist mit deinen Eltern?«

»Sie bemühen sich um einen Heimflug.«

»Und Catelyn? Ist mit ihr alles in Ordnung?«

»Sie wollte heute Morgen nicht bei Trish bleiben.« Tränen füllten ihre Augen. »Sie spürt, dass etwas passiert ist, und das bedrückt sie.«

Furcht nagte an Daniel. Furcht und Schuldgefühle wegen des Schmerzes, den er Kirri und ihrer Familie beschert hatte. Aber er würde einen Weg finden, dem ein Ende zu setzen. Hoffentlich würde sich der Killer von Micks List mit dem Lockvogel täuschen lassen. Er küsste Kirri leicht auf den Mund. »Nimm Catelyn heute Nacht mit zu Emma. Ich denke, wir haben beide das Bedürfnis, sie bei uns zu haben.«

Kirri nickte, löste sich dann aus seiner Umarmung und ging hinaus. Sie wusste, dass die versteckten Überwachungskameras sie auf dem Gang beobachteten, aber auch diese Sicherheitsmaßnahme konnte sie nur wenig beruhigen. Sie fühlte sich nur in Daniels Armen sicher.

Es war ganz leicht gewesen, in Erfahrung zu bringen, in welchem Trakt Brand untergebracht war. Ein Anruf bei der Krankenhausverwaltung hatte genügt, und man hatte ihm anstandslos Stockwerk und Zimmernummer genannt.

Einen geeigneten Parkplatz zu finden war da schon schwieriger gewesen, sodass Brett gezwungen gewesen war, zwei Blocks weit bis zum Boulevard vor dem Krankenhaus zu laufen. Er gab vor, die Segelboote unten in der Bucht zu fotografieren, setzte sich dann auf eine Bank und holte ein belegtes Brot aus seiner überdimensionierten Fototasche.

Er hatte keine Angst, gesehen und später erkannt zu werden. Er hatte schon vor langer Zeit festgestellt, dass, wenn man zu der Figur wurde, die man darstellen wollte, jeder Betrachter einen auch für eben diese Figur hielt. Die Kleidung und der Strohhut, die er unter normalen Umständen keines Blickes gewürdigt, geschweige denn gekauft hätte, machten die graue Farbe, die er sich ins Haar gesprüht hatte, de facto überflüssig. Eine Brille mit aufgesteckten dunklen Gläsern und bequeme Wanderschuhe vervollständigten die Verkleidung. Aber vor allem sein Gang, die Art, wie er die Kamera hielt und auf der Bank saß, machten seinen Auftritt glaubwürdig.

Es war leicht, geduldig zu sein; es liefen genug Joggerinnen vorbei, die ihm mit ihren engen Shorts und knappen Oberteilen Ablenkung verschafften.

Wenn er gewusst hätte, welchen Wagen Kirri fuhr, hätte das seine Beobachtung erleichtert, aber wenigstens wusste er, wie sie aussah, und die rote Mähne war nicht zu übersehen.

Kirri und J. D. warteten vor dem mit einem Vorhang abgetrennten Abschnitt der Intensivstation, wo die Krankenschwestern Cate eben von der Trage ins Bett zurücklegten. Durch die großen Fenster konnte Kirri die Strahlen der Mittagssonne auf dem ruhigen Wasser der Bucht sehen. Das leise, gleichmäßige Summen und Piepsen der Apparate und das Quietschen der Gummisohlen des Personals auf dem Linoleum vermittelten Kirri ein unwirkliches Gefühl, als ihr Blick auf eine Gruppe von Kindern fiel, die unten auf dem Rasen am Wasser spielten.

Der Neurochirurg kam herein.

Als sie sein Lächeln sah, durchströmte sie eine Welle der Erleichterung, noch bevor er ein Wort gesagt hatte. »Die Operation ist wunderbar verlaufen«, sagte er. »Allerdings ist sie noch nicht ganz über den Berg. Wir werden sie noch ein paar Tage hier unter Beobachtung halten. Wir verlegen sie dann auf die normale Station, sobald der Zustand sich stabilisiert hat.«

»Wann wird sie aufwachen?«, fragte Kirri hoffnungsvoll.

»Vielleicht in ein paar Stunden. Sie können jetzt nichts für sie tun. Wenn Sie eine Telefonnummer hinterlassen, unter der Sie zu erreichen sind, melden wir uns bei Ihnen, sobald sie wieder zu sich kommt.«

»Okay. Darf ich trotzdem noch einen Moment hier bei ihr sitzen bleiben?«

»Natürlich. Aber Sie müssen auch an sich denken. Gönnen Sie sich etwas Ruhe. Ihre Großmutter wird Sie brauchen, wenn sie wieder heimkommt.«

»Verflucht!« Seine Frustration hätte Brett beinahe dazu verleitet, sich völlig uncharakteristisch zu benehmen für die Figur, die er verkörperte. Kirri hatte eben das Krankenhaus verlassen, ging nur leider nicht in die Richtung, in der er geparkt hatte, sondern genau entgegengesetzt.

Er beobachtete, wie sie in einen grauen Nissan Patrol einstieg, notierte sich das Kennzeichen und hastete dann zurück zu seinem eigenen Wagen, wobei er demonstrativ mehrmals auf die Uhr schaute, als wäre ihm plötzlich ein ungemein wichtiger Termin eingefallen.

Als er die Stelle erreichte, an der sie geparkt hatte, war der Nissan nirgendwo zu sehen. Er entschied sich, nach rechts abzubiegen. Mist! Auch hier kein Nissan. An der nächsten Kreuzung blickte er nach links. Da, einen Block entfernt bog der Nissan gerade in die Lake Street ein und fuhr nach Süden.

Brett folgte und blieb hinter ihr, wobei er darauf achtete, dass immer zwei andere Wagen zwischen ihnen waren, damit sie ihn nicht bemerkte. Als sie das größte Einkaufszentrum der Stadt erreichte, parkte sie in der Ladezone. Er hatte Glück und fand einen Platz ganz in der Nähe. Die

Parkuhr war abgelaufen, aber er blieb im Wagen sitzen und beobachtete, wie Kirri in ein Geschäft hastete. Er konnte den Namen des Ladens nicht erkennen, aber aus den Bildern und dem Kunsthandwerk im Fenster schloss er, dass es sich um die zweite Galerie handelte, an der sie beteiligt war.

Er versuchte, sich an den Namen zu erinnern, den er in dem Prospekt gelesen hatte, und schließlich fiel er ihm tatsächlich ein. Boutique Gallery.

Fünf Minuten später verließ Kirri den Laden wieder, ein schlafendes Kind auf dem Arm. Eine ältere Frau mit kurzem hellbraunen Haar folgte ihr, die Arme voll beladen mit Tüten. Kirri öffnete die hintere Tür des Nissans, setzte das Kind in den Kindersitz und schnallte es an. Dann nahm sie der anderen Frau die Tüten ab, legte sie in den Kofferraum und schloss die Wagentür. Die beiden Frauen umarmten einander, und Kirri setzte sich ans Steuer.

Brett ließ wieder zwei Wagen vorfahren, als er ihr vom Einkaufszentrum weg folgte. Er war ganz sicher, dass sie ihn bisher nicht bemerkt hatte. Sie fuhr geradewegs zu einem niedrigen cremefarbenen Haus in einer Parallelstraße der Strandpromenade.

Er fuhr vorbei, parkte ein paar Häuser weiter und wartete, während sie erst das Kind und dann die Tüten hineintrug. Ein niedriges Gebäude. Gut. Es war weitaus riskanter, aus einem hohen Haus zu fliehen, wenn es brenzlig wurde. Über die gesamte Hausfront verlief eine überdachte Veranda, aber er hatte im Vorbeifahren die Sicherheitsgitter vor den Fenstern gesehen. Das störte ihn jedoch nicht weiter, da er ohnehin die Tür vorzog und er ein Schloss in der Regel innerhalb kürzester Zeit knacken konnte.

Er wollte eben wegfahren, als ein Streifenwagen in die Straße einbog. Einen Sekundenbruchteil überfiel ihn Panik, bis ihm bewusst wurde, dass er in seiner Verkleidung nicht zu erkennen war. Jetzt wegzufahren konnte womöglich Aufmerksamkeit erregen. Er schaltete den Motor aus, nahm eine Zeitschrift aus der Fototasche und gab vor, darin zu lesen.

Im Rückspiegel beobachtete er, wie der Streifenwagen hinter Kirris Nissan in die Auffahrt einbog. Zwei uniformierte Beamte, beides kräftige Kerle, stiegen aus. Ein großer Mann mit schütterem Haar und verschwitztem, verknittertem weißen Hemd stieg hinten aus. Er hatte sich eine große Kiste unter den Arm geklemmt. Die drei Männer gingen zur Tür. Innerhalb von Sekunden wurde geöffnet, und die Beamten betraten das Haus.

Brett war der Ansicht, dass er genug riskiert hatte, startete den Motor und fuhr los.

Wenn er noch fünf Minuten länger gewartet hätte, hätte er beobachten können, dass nur einer der Uniformierten mit dem Mann im weißen Hemd wieder herauskam und davonfuhr.

Brett entschied, dass es keine gute Idee wäre, sich durch die Vordertür Zugang zu verschaffen. Es gab auch nicht genügend Bäume und Sträucher, die ihm als Deckung hätten dienen können.

Er bog zweimal ab, bis er zu dem Haus unmittelbar hinter jenem gelangte, in dem Kirri verschwunden war. Es sah unbewohnt aus. Sämtliche Fensterläden waren geschlossen, und der Rasen hätte dringend gemäht werden müssen. Werbung quoll aus dem Briefkasten und lag im ungepflegten Vorgarten verstreut.

Er fuhr an den Straßenrand, ließ den Motor jedoch laufen. Mit einer Schnelligkeit, die er jahrelanger Erfahrung verdankte, machte er sich ein Bild des Umfeldes. Hunde waren immer ein potenzielles Problem, und so beobachtete er ein junges Pärchen, das die Straße entlangging, und merkte sich, wo Hunde an den Zaun gelaufen kamen und bellten.

»Daniel, du brauchst nun wirklich kein schlechtes Gewissen zu haben wegen Gran.« Kirri versuchte, ihre Verzweiflung nicht durchklingen zu lassen. »Als sie vorhin aufgewacht ist, hat sie sofort gefragt, wie es dir geht. Sie hat gespürt, dass du in Gefahr warst. Sie ist zum Schuppen gegangen, um dich zu warnen.«

»Wenn ich in Sydney geblieben wäre und dich und Catelyn allein ins Flugzeug gesetzt hätte, wäre das nicht passiert.« Daniel polierte wütend den Teller in seiner Hand, ehe er ihn in den Schrank stellte und an die Spüle zurückkehrte, um den nächsten abzutrocknen.

Kirri hob eine Hand und hinterließ einen Klecks Schaum auf seiner Nasenspitze. »Wir wären nicht ohne dich geflogen.« Sie versuchte, ein finsteres Gesicht zu machen, musste aber wider Willen lächeln. »Wenn du nicht aufpasst, verpasse ich dir noch den passenden Bart und Schnauzer.«

»In dieser Sache wirst du dich nicht durchsetzen, indem du mich zum Lachen bringst, Kirri«, knurrte er, aber sie sah, dass seine Mundwinkel zuckten, als unterdrücke er ein Lächeln. Sie spülte zu Ende, zog den Stöpsel heraus und trocknete sich die Hände ab. »Ich sehe nochmal nach Catelyn, bevor wir schlafen gehen.«

»Ich kann nicht länger euer beider Leben aufs Spiel setzen«, erklärte Daniel, als er zusah, wie Kirri Catelyn die Bettdecke über die Schultern zog. »Ich fliege so bald wie möglich zurück nach Sydney.« Seine Tochter wirkte so klein und verwundbar auf dem großen Bett, die Locken auf dem hellblauen Kopfkissen ausgebreitet. Nur mit Mühe konnte er den Impuls unterdrücken, sie schützend in die Arme zu nehmen.

Kirri flüsterte ihm etwas zu, aber er verstand nur vereinzelte Worte. Der Arzt hatte gesagt, die Schwerhörigkeit sei nur vorübergehender Natur, aber er empfand es als äußerst störend. Er zuckte mit der unverletzten Schulter, um ihr zu bedeuten, dass er sie nicht verstanden hatte, und Kirri nickte. Sie küsste Catelyn zärtlich auf die Stirn und ging dann zu Daniel hinüber.

Obwohl es eine sehr heiße Nacht war, hatte Kirri die Vorhänge zugezogen, und eine leichte Brise drückte den Stoff gegen die Fenstergitter. Abgesehen von dem Bett und einem Einbauschrank standen nur noch eine Kommode und ein Rattanstuhl mit mehreren Kissen im Zimmer. Wie im Rest des Hauses sorgten auch hier blassblaue Wände und Bodenfliesen für ein angenehmes subjektives Gefühl von Kühle. Bilder und Einrichtung brachten Farben ins Spiel, die dem Haus eine lebendige, freundliche Atmosphäre verliehen. Das Gemälde über Catelyns Bett war von Kirri, jedoch völlig anders als die Bilder, die er in der Galerie gesehen hatte. Erst auf den zweiten Blick erkannte er, dass es sich um die Farm handelte, auf der Emma und Drew geheiratet hatten. Das Haus war in viel besserem Zustand als heute, so als wäre das Bild kurz nach dem Bau entstanden.

Kirri hakte ihn unter, als sie zur Tür gingen. Sie betätigte den Dimmer, bis der Raum nur noch von einem schwachen Lichtschimmer erhellt wurde.

Das Elternschlafzimmer befand sich gleich nebenan, und als sie es betraten, wandte Kirri sich Daniel zu. »Ich sagte vorhin, dass der Killer annehmen muss, du seist noch im Krankenhaus. Mick hat dafür gesorgt, dass die Medien entsprechend berichten. Und er hat veranlasst, dass jede Stunde ein Streifenwagen vorbeifährt. Die Polizei und J. D. sind die Einzigen, die wissen, dass wir hier sind, wir müssten also sicher sein.«

Daniel nickte. Er wusste, dass Kirri damit nicht nur ihn beruhigen wollte, sondern vor allem sich selbst, und nichts konnte die Angst vertreiben, die an ihm nagte.

Kapitel 21

»Du hast toll ausgesehen in der Uniform.« Kirri lächelte verführerisch, als sie sich zu Daniel ins Bett legte. »Ich werde Mick überreden, dir für unsere Flitterwochen eine zu borgen.« Daniel lag auf dem Bauch, und sie strich zärtlich über seinen Po und die Rückseite seiner Oberschenkel. Seine Pomuskeln spannten sich bei jeder Berührung.

»Erinnerst du dich?«, fragte er.

»Erinnern woran?« Ihre Hand glitt zwischen seine Schenkel und ertastete Kraushaar und samtweiche Haut. Ihre Finger folgten dem anschwellenden Glied.

Es dauerte einen Moment, bis er antwortete. »Das hast du in New Orleans auch gemacht.«

»Was?«, flüsterte sie, so dicht an seinem Ohr, dass er ihren warmen Atem an seiner Wange spürte. Wieder fuhr ihre Hand über seine Pobacken.

»Das«, sagte er heiser.

»Warum drehst du dich nicht auf die Seite, dann kannst du mein Gedächtnis auch noch in Bezug auf andere Praktiken auffrischen.«

»Wir können nicht miteinander schlafen, Kirri.«

Im schwachen Licht der Nachttischlampe sah Kirri ihm an, dass er es ernst meinte. »Kein Problem«, versicherte sie ihm hastig. »Wenn dir nicht danach ist, kuscheln wir eben nur.«

Er drehte sich auf die rechte Seite, und hierbei wurde

offensichtlich, dass ihm sehr wohl danach war. »Ich möchte ja mit dir schlafen, Kirri, aber entweder hast du die Kondome nicht eingepackt, oder Mick hat sie liegen lassen, als er im Krankenhaus meine Sachen gepackt hat.«

»Ich habe sie nicht eingepackt.«

»Aber wir können nicht ...«

»Absichtlich.«

Das Wort hing lange zwischen ihnen in der Luft. »Warum?«, fragte Daniel schließlich.

»Als ich gestern in den Schuppen gerannt bin und dich und Gran reglos dort habe liegen sehen, dachte ich, du wärst tot. Und neben der Panik ging mir durch den Kopf, dass ich wünschte, wir hätten in der letzten Nacht in Sydney nicht verhütet.«

Sie blickte aus ihrer halb liegenden Stellung auf ihn hinab, betrachtete die langen dichten Wimpern, die seine goldbraunen Augen einrahmten, die markante Kontur seines Kinns. Die überwältigende Liebe, die sie in diesem Augenblick empfand, verschlug ihr beinahe die Sprache. »Ich dachte ... in Sydney ...« Sie räusperte sich. »Dass ich nicht schwanger werden will, solange du in Gefahr bist. Gestern ist mir klar geworden, dass ich mir so sehr ein Kind von dir wünsche, dass ich hätte heulen können wegen der versäumten Gelegenheit.«

Sie streckte sich an seiner Seite aus. Ihre Brüste berührten ganz leicht seine Brust, und sie spürte seine Erektion an ihren Schenkeln. »Ich liebe dich, Daniel, und ich möchte noch ein Kind von dir.« Sie lächelte. »Ich dachte immer, meine Malerei würde meine kreativen Bedürfnisse befriedigen, aber jedes Mal, wenn ich dich und Catelyn zusammen sehe, weiß ich, dass das nicht genug ist. Ich möchte, dass wir gemeinsam noch ein Kind zeugen.«

Die Vorstellung, dass Kirri von ihm schwanger wurde, erregte ihn über alle Maßen. Obwohl er Catelyn längst ins

Herz geschlossen hatte, bedauerte Daniel zutiefst, die ersten fünfzehn Monate ihres Lebens versäumt zu haben. Ein zweites Kind würde diese Zeit selbstverständlich auch nicht zurückholen können, aber mit Kirri eine Familie zu gründen, mit ihr weitere Kinder zu bekommen, war Teil seiner Hoffnungen gewesen, als er ihr den Heiratsantrag gemacht hatte. »Ich möchte das Risiko nicht eingehen, Kirri. Wenn mir etwas zustößt ...«

»Das werden wir nicht zulassen, Daniel.« Sie schwang ein Bein über das seine und führte ihn mit der Hand ein Stück weit in sich ein. Sie blickte fragend auf ihn hinab, las die Antwort in seinen Augen und schob die Hüften vor, bis sie ihn tief in sich spürte.

Daniel stöhnte vor Lust, als er fühlte, wie er in ihre feuchte Wärme glitt. Es fühlte sich genauso an, wie er es sich ohne Kondom vorgestellt hatte, eng, samtig-weich und feucht. Er nahm mit den Hüften einen langsamen Rhythmus auf und genoss jeden einzelnen kontrollierten Stoß.

Unendlich zärtlich zog er ihren Kopf zu sich herab und küsste sie.

Kirri schlang einen Arm um seine Taille, darauf bedacht, die verletzte Schulter und den Arm nicht zu berühren. Die Bedächtigkeit ihrer Vereinigung war unbeschreiblich erotisch und schärfte all ihre Sinne. Sie konnte jede Kontur von ihm spüren, wenn er sich in Zeitlupentempo in ihr auf und ab bewegte, wobei eine Hand auf ihrem Po ruhte und ihr den Rhythmus vorgab.

Es war wie ein Tanz, ein sinnlicher, langsamer Walzer. Kirri glaubte zu schweben vor Wonne und versank in einem Kaleidoskop wirbelnder Farben. Sie berührte ihn sanft forschend, fühlte ihn, die harten Muskeln, die weiche Haut, das raue Haar zwischen seinen Schenkeln, die seidigen Strähnen an seiner Schläfe, als sie mit den Fingern durch sein Haar fuhr.

Anders als bei einem Tanz, der irgendwann einfach endet, brach der Orgasmus wie eine Welle über sie herein, die sich an einem langen flachen Strand brach und sich nur ganz langsam wieder zurückzog. Als Daniel unter ihr erschauerte und sie ihn in sich zucken fühlte, kam sie erneut.

Erst dann brach sie ihren Kuss ab und schlug die Augen auf. Beim Anblick des staunenden, verklärten Ausdrucks auf Daniels Gesicht hätte sie weinen mögen vor Glück.

Ganz egal, was auch geschah, sie würde ihren Entschluss nie bereuen.

Stella rollte sich von der beinahe schlafenden Gestalt des kräftigen Russen, den sie in einem Nachtclub aufgegabelt hatte, und lachte. Einen Moment hatte sie gedacht, sie hätte sich verschätzt, aber letztendlich hatte sie doch gewonnen. Jedes Mal, wenn sie den Schmerz verschärft hatte, hatte er ihr mit Gewalt gedroht, und so hatte sie ihm unbeschreibliche Lust bereitet, Lust, wie er sie noch bei keiner anderen Frau erlebt hatte.

Schließlich hatte er gelernt mitzuspielen. Das taten die Hurensöhne immer. Wenn sie die ultimative Lust spüren wollten, mussten sie erst die Schmerzen ertragen. Und dann ging sie, in dem Bewusstsein, wie gewöhnlich gewonnen zu haben.

Denn genau darum ging es: um das Gewinnen. Erobern, die Trophäe mit nach Hause nehmen und den Verlierer anschließend zermalmen. Einen ernst zu nehmenden Gegner zu besiegen war ein berauschender Triumph, und sie genoss das Gefühl der Macht, das ihr der Sieg bescherte.

Es war ein schäbiges Hotel, aber die Handtücher waren sauber, und als sie die Spuren der Exzesse dieser Nacht von ihrem Körper wusch, richtete sie ihre Gedanken auf Philip Weyburn. Sie verachtete seine Schwäche, andererseits wiederum machte es ihr Spaß, diese zu nutzen, um ihn zu manipulieren. Sie war nicht in der Position, sich in einem offenen Machtkampf mit ihm zu messen. Sie lächelte grimmig. Noch nicht.

Philip knipste das Schlafzimmerlicht aus und ließ sich ins Bett fallen. Er hatte vier Stunden an den Plänen für das Dinnegan-Projekt gearbeitet, sich aber nur die halbe Zeit konzentrieren können.

Die Saat des Betruges ging auf, allerdings nicht so, wie er es sich gedacht hatte. Die Lügen, die er erzählt, und die Wahrheiten, die er verschwiegen hatte, hatten ihn eingeholt, und so langsam fragte er sich, ob sich die Sache überhaupt noch stoppen ließ.

Brett warf einen Blick auf die Uhr. Zwei Uhr früh. Die beste Zeit.

Am Nachmittag hatte er den Schlaf nachgeholt, den ihn die Drogen und der Sex in der vorherigen Nacht gekostet hatten.

Als er nun zu dem leer stehenden Haus hinter Kirris fuhr, ging er in Gedanken noch einmal seinen Plan durch. Er parkte möglichst weit weg von der nächsten Straßenlaterne und schlenderte auf das Gebäude zu.

Er holte eine Skimaske aus der Tasche seiner dunklen Jeans und zog sie über den Kopf. Anschließend streifte er Chirurgenhandschuhe über. Sekunden später war er im Haus und suchte sich einen Beobachtungsposten. Einen vergessenen leeren Umzugskarton nutzte er als Sitzgelegenheit. Der klagende Schrei eines Brachvogels zerriss die nächtliche Ruhe, dann kehrte wieder Stille ein. Kurz darauf hörte er einen Betrunkenen fluchen, quietschende Reifen und das Klirren von Glas, aber die Geräusche waren zu weit weg, als dass sie ihm Grund zur Beunruhigung gegeben hätten. Fünf Minuten verstrichen, und er war versucht, jetzt schon rüberzugehen. Aber jemand hatte ihn gelehrt, dass es unverzichtbar war, ein Haus zu beobachten, bevor man dort einbrach, nur für alle Fälle.

Er fluchte, als er einen Streifenwagen langsam die Straße herauffahren sah. Offensichtlich behielten sie Kirri Smith' Domizil im Auge. Er schaute erneut auf die Uhr und wartete.

Eine lange, unbequeme Stunde verging, ehe der Streifenwagen zurückkam. Brett stand auf und verließ seinen Beobachtungsposten.

Der wacklige Holzzaun zwischen den beiden Gärten stellte kein Hindernis dar, aber in der Dunkelheit stolperte er über einen Stapel Eisenrohre, die auf dem Boden herumlagen. Zwei schlugen gegeneinander. Es war nur ein ganz leises Geräusch, das ihm selbst jedoch schrecklich laut erschien. Er ließ sich zu Boden fallen, und seine dunkle Kleidung verschmolz mit Erde und Gras. Undeutlich konnte er die Umrisse eines Maschendrahtzauns erkennen, der offenbar gesetzt werden sollte.

Fünf Minuten lang wartete er, ob sich etwas rührte und vielleicht jemand kam, um nach der Ursache für den Lärm zu forschen.

Als alles ruhig blieb, schlich er zur Hintertür. Das Schloss der Gittertür bereitete ihm größere Schwierigkeiten als erwartet, aber es gelang ihm schließlich doch, es zu knacken. Die Holztür war ein Kinderspiel. Er griff in die Tasche und holte die 38er heraus. Das Metall lag kühl in seiner Hand, und der kalte Stahl beruhigte seine Nerven ein wenig.

Nachdem er Waschküche und Küche durchquert hatte, schlich er langsamer weiter. Er musste das Kinderzimmer finden. Er hoffte nur, dass die Kleine alleine schlief und nicht bei ihrer Mutter. Obwohl es ihm widerstrebte, das Kind zu töten, war sein Selbsterhaltungstrieb stärker als seine Bedenken, und wenn nötig, würde er die Malerin ebenfalls erledigen.

Inzwischen hatten seine Augen sich an die Dunkelheit gewöhnt, und er sah, dass das erste Schlafzimmer, das von dem Flur abging, der Wohn- und Schlafräume voneinander trennte, in ein Arbeitszimmer umfunktioniert worden war. Unter einer weiteren Tür weiter unten schimmerte ein schwacher Lichtschimmer hindurch.

In einem kleinen Alkoven befanden sich zwei weitere Türen: Bad und WC. Er ging an ihnen vorbei und blieb vor der Tür mit dem hellen Spalt darunter stehen.

Angespannt betrat er das Zimmer und ging auf das Bett zu.

Das Kind war noch kleiner, als er geglaubt hatte, nachdem er es auf den Armen seiner Mutter gesehen hatte. Ersticken. Der Rat seines Auftraggebers klang ihm noch in den Ohren, und er sah sich eilig nach einem Kissen um. Er wollte nicht riskieren, die Kleine zu wecken, indem er das Kissen unter ihrem Kopf wegnahm. Er war nicht sicher, ob er sein Vorhaben würde durchziehen können, wenn sie sich wehrte.

Auf dem Stuhl. Er atmete erleichtert auf und holte eines der Kissen, die Waffe immer noch in der Hand.

Er kehrte zurück zum Bett.

Beugte sich hinab.

Das kleine Mädchen hatte die Augen einen schmalen Spalt weit geöffnet, auch wenn es ganz offensichtlich schlief.

Er packte das Kissen fest mit beiden Händen.

Kapitel 22

Brett fuhr schockiert hoch und ließ das Kissen fallen.

Er wich bis zum Fenster zurück und fischte das Handy aus der Tasche.

Die Pistole zuckte in seiner Hand, als er eine Nummer eintippte.

Er hielt sich mit zitternder Hand das Telefon ans Ohr und wartete, dass am anderen Ende abgenommen wurde.

Nach dem dritten Freizeichen drang ein grimmiges »Ja?« an sein Ohr.

»Das Kind ... es sieht aus wie ich.« Er war so aufgeregt, dass er lauter sprach als beabsichtigt. »Genauso wie ich, als ich klein war.«

»Stimmt. Die Ähnlichkeit ist verblüffend, nicht wahr?«

»Wer ist sie?«

»Deine Nichte.«

»Meine Nichte? Das heißt ... Daniel Brand ...«

»Genau. Du hast doch immer gesagt, du hättest gerne einen großen Bruder.« Ein bitteres Lachen verhöhnte ihn. »Jemanden, der dich vor mir beschützen würde.«

Brett fluchte leise, aber inbrünstig. »Du wolltest, dass ich meinen eigenen Bruder umbringe.«

»Denk an das Erbe.«

»Was für ein verdammtes Erbe?«

»Brand ist stinkreich. Seine Tochter wird alles erben. Es sei denn, sie stirbt ...«

Die ganze Tragweite der Worte drang langsam in Bretts benommenes Hirn. Er schaute wieder zum Bett. Die Kleine schniefte und legte einen Arm über den Kopf.

Er kehrte zurück zum Bett, die Waffe immer noch erhoben, aber ganz auf das Kind konzentriert. Seine Nichte! Aber wie ...

Er hatte sich manches Mal gefragt, ob er vielleicht adoptiert worden war. Er hatte keinerlei äußerliche Ähnlichkeit zwischen sich und den Menschen, die er als seine Eltern betrachtet hatte, feststellen können, und der Mann, den er Vater genannt hatte, hatte ihn oft einen Bastard geschimpft. Verdammt! Das war nicht nur irgendein Schimpfwort gewesen!

»Dann war Harry nicht mein Vater?«

»Ebenso wenig wie Gloria deine Mutter war.«

Die Bestätigung, dass die Mutter, die er so geliebt hatte, ihn all die Jahre belogen hatte, erschütterte ihn beinahe ebenso sehr wie die Erkenntnis, dass er beinahe seinen eigenen Bruder getötet hätte. Brett beendete das Gespräch und steckte das Handy wieder ein.

Er musste nachdenken. Ungestört.

Er ging zurück zum Bett und starrte auf das Kind, das lockige schwarze Haar, die hohen Wangenknochen und den breiten Mund.

Seine Nichte. Mein Gott. Er war hereingelegt worden. In seiner Wut ballte er die Hände zu Fäusten. Nun, der Tiger würde sich gegen seinen Wärter wenden. Niemals könnte er dieses Kind töten. Das wäre so, als würde er einen Teil von sich töten. Er hatte in der Vergangenheit schon manches getan, das man als unmoralisch und verwerflich bezeichnen konnte, aber ...

»Legen Sie die Waffe weg.«

Brett wirbelte mit erhobener Pistole herum.

Trotz der Dunkelheit konnte Daniel den schockierten Ausdruck in den Augen des vermummten Mannes sehen. Dann, wie dieser in Sekundenschnelle den Verband an seinem Arm und der Schulter registrierte, die Pyjamahose. Er zwang sich zur Ruhe. Wenn Kirri ihn nicht geweckt hätte, weil sie glaubte, eine Stimme gehört zu haben ...

Er biss die Zähne zusammen, immer noch wie gelähmt von dem grauenhaften Anblick des Mannes, der eine Pistole auf Catelyn richtete. Eine Pistole, die jetzt auf ihn zielte. Aber die Hand, die sie hielt, zitterte. »Legen Sie die Waffe weg und lassen Sie uns reden«, sagte Daniel in beruhigendem, versöhnlichem Tonfall. Er signalisierte Kirri, die ihm gefolgt war, draußen zu bleiben, und machte dann zwei Schritte auf den Einbrecher zu.

Brett war verwirrt. Brand war also gar nicht ernsthaft verletzt! Dann hatte man ihn diesbezüglich also auch belogen. Nackte Wut ergriff von ihm Besitz. War das Ganze eine Falle? Wie zum Teufel sollte er aus dieser Klemme wieder rauskommen?

Das Handy in seiner Tasche vibrierte. Brett griff reflexartig danach und vergaß, dass er noch die Pistole in der Hand hielt.

Daniel schnellte vor und stürzte sich auf den Eindringling.

Kirri kam hereingelaufen und sah, wie beide Männer zu Boden gingen.

Ein gedämpfter Knall ließ sie zusammenfahren.

Catelyn fing an zu weinen, ein durchdringendes angstvolles Heulen, und Kirri eilte sofort an ihre Seite. Rasch überzeugte sie sich davon, dass Catelyn unverletzt und nur von dem Schuss erschreckt worden war. Sie wandte sich Daniel zu, der eben von dem hustenden, sich windenden Einbrecher abließ.

Sie hielt die Luft an, als sie die roten Flecke auf Daniels

Brust sah, aber er schüttelte den Kopf, und sie erkannte, dass es nicht sein Blut war.

»Ruf einen Krankenwagen«, wies er sie an. »Und die Polizei. Sie sollen Mick verständigen.«

Kirri nahm Catelyn auf den Arm und lief ins Wohnzimmer. Augenblicklich hörte die Kleine auf zu weinen und kuschelte sich an Kirris Hals. Die Anrufe waren schnell erledigt, als sie jedoch ins Kinderzimmer zurückkehrte, saß Daniel mit gebeugtem Kopf und auf die Knie gestützten Armen neben dem Unbekannten.

Er hatte offenbar versucht, die heftige Blutung am Unterbauch des Mannes zu stillen, aber vergeblich. Der hastig zusammengefaltete Kissenbezug war blutgetränkt. Kirri blickte auf die reglose Gestalt.

»Ist er ...«

Daniel hob den Kopf und schaute zu ihr auf. Er nickte.

Kirri starrte weiter auf den Mann, während sie mit den Händen ganz automatisch Catelyn beruhigend über Haar und Rücken strich. Sie wusste, dass sie eigentlich etwas fühlen müsste, irgendetwas, aber sie war wie betäubt. Dieser Mann hatte versucht, ihre Tochter zu töten. Warum? Wer ... »Zieh ihm die Skimaske aus«, bat sie Daniel mit ausdrucksloser Stimme.

Er warf ihr einen fragenden Blick zu, kam ihrer Bitte jedoch nach. Kirri sah, wie das schwarze Haar unter der Mütze hervorquoll, und trat näher, um ihn im Profil betrachten zu können. Er sah gut aus.

Und es war der Mann, den sie für die Polizei skizziert hatte. Die ebenmäßigen, klar definierten Züge, die langen dunklen Wimpern, der volle Mund ... Das alles kam ihr vertraut vor.

»Hat er ... noch etwas gesagt?«

»Er hat mich nur mehrmals gebeten, mich hinzuknien. Er war aber so schwach, dass ich den Rest nicht verstanden habe.« Daniel richtete sich auf und kam auf Kirri zu. Er musste sie und Catelyn warm und wohlbehalten in seinen Armen fühlen, sich davon überzeugen, dass ihnen wirklich nichts passiert war. Er streckte die Hände nach ihnen aus und sah das Blut an seinen Händen. »Ich wasche das schnell ab. Geh rüber ins Wohnzimmer, ich komme gleich nach. Du kannst hier nichts tun.«

Kirri nickte und ging. Daniel blieb noch eine Minute und betrachtete den Leichnam des Mannes, der so viel Schrecken und Schmerz über seine Familie gebracht hatte. Seine Hände begannen zu zittern, und kurz darauf ging das Zittern auf seinen ganzen Körper über. Als es endlich wieder nachließ, fühlte er sich körperlich und psychisch erschöpft, am Ende seiner Kräfte. Kurz darauf im Bad überkamen ihn jedoch unaufhaltsam Schuldgefühle.

Er ging die Szene in Gedanken noch einmal durch, wollte sich selbst davon überzeugen, dass es keine andere Möglichkeit gegeben hatte, Catelyn zu schützen, ohne sie in noch größere Gefahr zu bringen. Wenn es sich hier um denselben Mann handelte, der bereits versucht hatte, ihn und Kirri zu töten, hätte ihn wohl nichts und niemand davon abhalten können zu tun, weswegen er gekommen war.

Trotzdem lasteten die Schuldgefühle schwer auf ihm. Er hatte den Mann angegriffen und dessen Tod herbeigeführt, wenn auch nicht absichtlich. Jetzt würde er nie wissen, ob es ihm nicht vielleicht gelungen wäre, ihn zu überreden, die Waffe wegzulegen.

Als er das Wohnzimmer betrat, näherten sich draußen heulende Sirenen dem Haus. Kirri saß auf dem Sofa, Catelyn auf dem Schoß. Sie blickte aus großen Augen zu ihm auf, ihr Gesicht so blass wie die weißen Orchideen auf ihrem dunkelblauen Satin-Morgenmantel. Er setzte sich und schloss sie in die Arme. Er stöhnte auf, ignorierte jedoch den Schmerz, als Kirris heiße Tränen auf seinen Hals tropften. Ihr ganzer Körper wurde vom Schluchzen geschüttelt, und er hielt sie ganz fest, redete beschwichtigend auf sie ein, wobei er nicht nur sie, sondern auch sich selbst zu beruhigen suchte.

»Manche Verbrecher liefern einem wirklich alles auf dem Silbertablett.« Mick kam kopfschüttelnd herein. »Er hatte seine Brieftasche bei sich. Laut Führerschein war sein Name Brett Gavon Lewis. Sagt Ihnen das etwas?« Die frühen Morgenstunden waren nicht unbedingt seine Zeit, und er ließ sich mit einem tiefen Seufzer Daniel und Kirri gegenüber auf einen Sessel fallen.

»Nein«, entgegnete Daniel, und Kirri verneinte kopfschüttelnd. Catelyn war inzwischen wieder eingeschlafen und bekam nichts mit von den Polizisten in Uniform und in Zivil im Haus. Kirri war dankbar, dass ihre kleine Tochter von den tragischen Ereignissen nur den Knall wahrgenommen hatte, der sie geweckt hatte.

»Wir geben seine Fingerabdrücke in den Computer ein und versuchen, Verwandte ausfindig zu machen, die seine Identität bestätigen können. Vielleicht erfahren wir, warum er versucht hat, Ihre Tochter zu töten, Kirri.« Er nickte in Daniels Richtung. »Und natürlich auch Ihre, Daniel. Falls es sich allerdings um einen Auftragskiller handelt, könnte es schwierig werden, demjenigen auf die Spur zu kommen, der hinter den Anschlägen steckt.«

Ein Beamter der Spurensicherung wandte sich an den Polizisten. »Wir würden uns gerne den Rest des Hauses ansehen, Mick. Seid ihr hier so weit fertig?«

Mick nickte und blickte dann auf Daniel und Kirri. »Ich möchte Sie bitten, auf die Wache zu kommen, damit wir Ihre Aussage zu Protokoll nehmen können. Bestimmt wollen Sie sich vorher anziehen.« Er wandte sich seinem Kollegen zu. »Ist es okay, wenn sie ihr Schlafzimmer betreten?«

»Ja. Das Kinderzimmer ist allerdings tabu.«

»Ich brauche für Catelyn etwas zum Anziehen«, protestierte Kirri. »Und Windeln.«

Mick kratzte sich mit dem Kugelschreiber am Kopf. »Ganz in der Nähe ist ein Supermarkt, der rund um die Uhr geöffnet hat, da müssten Sie alles Nötige bekommen. Sie können mir auf dem Weg zur Wache nachfahren, ich bringe Sie hin.«

Unter einem rosa angehauchten Himmel fuhren Kirri und Daniel einige Stunden später zurück ins O'Connor Valley. Catelyn schlief friedlich in ihrem Kindersitz.

Kirri war erschöpft, hatte aber darauf bestanden zu fahren. Sie warf einen Blick auf Daniel und sah den verkniffenen Zug um den Mund. Er hatte immer noch starke Schmerzen. »Sobald wir etwas geschlafen haben, besuche ich Gran. Und wenn die Polizei in Emmas Haus fertig ist, hole ich Catelyns Sachen und kümmere mich darum, dass das Kinderzimmer gereinigt wird.«

Daniel knurrte unwillig. »Kirri, du wirst nicht ...«

»Ich weiß, dass du nicht willst, dass ich dorthin zurückgehe, aber ich finde es schon schlimm genug, dass in ihrer Abwesenheit jemand in ihrem Haus eines gewaltsamen Todes gestorben ist.«

»Mick hat versprochen, eine Spezialfirma mit der Reinigung zu beauftragen.« Daniel klang ergeben, als hätte er sich damit abgefunden, dass er sich in dieser Sache doch nicht gegen sie würde durchsetzen können.

»Ich weiß. Trotzdem möchte ich mich davon überzeugen, dass die Firma gründlich arbeitet. Außerdem werde ich in Cairns bleiben, solange Gran auf der Intensivstation liegt. Das Valley ist zu weit weg, falls ...« Der Gedanke, ihre geliebte Großmutter zu verlieren, schnürte ihr die Kehle zu.

Eine kräftige warme Hand legte sich tröstend auf ihren Schenkel. »Wir quartieren uns in einem Motel ein, Liebes. Unter falschem Namen.« Daniels Stimme klang ungewöhnlich weich vor Sorge.

Kirri nickte zustimmend. »Hauptsache, die Polizei ist informiert. Mick hat versprochen, für uns größtmöglichen Polizeischutz zu organisieren.« Die Worte waren als Beruhigung gedacht, aber den Gedanken, dass jemand beinahe ihre Tochter getötet hätte, konnten beide nicht verdrängen.

Mick Landers lehnte sich frustriert in seinem Bürosessel zurück.

In Lewis' Führerschein war eine Adresse in Tweed Heads angegeben, aber die uniformierten Kollegen dort hatten festgestellt, dass die Anschrift falsch war. Eine Überprüfung beim Straßenverkehrsamt hatte ergeben, dass zuvor eine Adresse in Sydney registriert gewesen war und davor wiederum eine in Tasmanien. Mick wartete noch darauf, dass diese überprüft wurden. Inzwischen bestand keine Dringlichkeit mehr bei der Ermittlung; der Attentäter war tot. Und falls ihn tatsächlich jemand auf Brand und seine Familie angesetzt hatte, war es nur eine Frage der Zeit, bis sich ein Hinweis auf seine Identität ergab. Zumindest hoffte er das.

Den Behörden in Brisbane zufolge, die mit der Abgleichung der Fingerabdrücke betraut war, waren Brett Lewis' Abdrücke in das nationale Netz mit Zentrale in New South Wales eingespeist worden, aber eine Reihe schwerer elektrischer Stürme in und um Sydney in der vergangenen Nacht hatten den Hauptrechner lahm gelegt. Mick schimpfte auf die Tücken der modernen Technik und beantragte in Campbelltown in Sydney eine manuelle Überprüfung. Allerdings wusste er, dass die Beamten dort das Ersuchen eines Kollegen aus North Queensland, der die

Identität eines bereits toten Attentäters überprüfte, zweitrangig behandeln und ihre eigenen, dringenderen Fälle vorziehen würden.

Er sah einige Unterlagen auf seinem Schreibtisch durch und nahm eine Liste der Anrufe heraus, die Lewis von seinem Karten-Handy aus getätigt hatte. Lewis hatte nur eine Minute vor seinem Tod eine andere Handynummer eingegeben, die jedoch ebenfalls zu einem Kartentelefon gehörte, sodass der Besitzer nicht ausfindig zu machen war. Als er die Liste erneut überflog, stellte Mick fest, dass Lewis besagte Nummer am häufigsten gewählt hatte. Er beschloss, die Telefongesellschaft um mehr Informationen zu dieser Nummer zu bitten. Und wenn er schon dabei war, würde er sich auch die Liste der Anrufe geben lassen, die von Philip Weyburns Telefonen aus geführt worden waren: geschäftlich, privat und auf dem Handy.

Wenigstens hatten die Kollegen in Sydney ein Auge auf Weyburn. Bisher hatte sich allerdings nichts ergeben, das darauf hindeutete, dass er auch in die Mordanschläge auf Daniel Brand und seine Tochter involviert war.

Mick seufzte. Ein Motiv allein nützte nichts, sie brauchten Beweise.

Daniel wurde vom Läuten des Telefons geweckt. Er sah auf die Uhr. Zwölf Uhr mittags. Er war versucht, das Klingeln zu ignorieren und weiterzuschlafen, aber dann fiel ihm wieder ein, dass J. D. ausgeritten war, um nach irgendwelchen Rindern zu sehen, und nicht abheben konnte. Er setzte sich auf und verzog vor Schmerzen das Gesicht. Die Wunde am Arm war erträglich, aber die Verbrennung an der Schulter pochte schmerzhaft. Erst jetzt fiel ihm ein, dass er eigentlich am Morgen im Krankenhaus vorbeischauen sollte, um die Wunde reinigen und den Verband wechseln zu lassen. Das würde er am Nachmittag erledigen. Wenigstens hatte sein Gehör sich inzwischen ein wenig erholt.

Kirris Bettseite war leer, und ihm wurde bewusst, dass das Läuten verstummt war. Er nahm das Röhrchen mit den Schmerztabletten vom Nachttisch und ging in die Küche. Kirri lief ruhelos auf und ab, das schnurlose Telefon am Ohr und sichtlich konzentriert. Sie unterbrach die Verbindung, unmittelbar bevor sie ihn bemerkte.

»Das war Mick«, teilte sie ihm mit. »Er wollte dich wissen lassen, dass Philip und Stella im Krankenhaus waren. Die Polizei in Sydney wusste, dass sie kommen, und so wurden sie gleich zur Wache gebeten. Mick hat ihnen von gestern Abend erzählt, und sie haben wohl einen ehrlich schockierten Eindruck gemacht.«

»Darauf wette ich.«

»Daniel, Mick meinte außerdem, dass Philip sauber zu sein scheint. Brett Lewis hat noch telefoniert, bevor er versucht hat, Catelyn zu töten.« Sie schauderte bei dem Gedanken. »Und zwar nicht mit Philip.«

»Mit wem denn?«

»Das wissen sie nicht. Die Nummer gehört zu einem Karten-Handy, aber sie können den Besitzer nicht ermitteln.«

»Dann kann es doch Philip gewesen sein. Er kann unter falschem Namen ein zweites Handy gekauft haben.«

»Stimmt. Aber er hat für die Zeit des Anrufs ein Alibi.«

»Für drei Uhr früh?«, fragte Daniel skeptisch.

»Offenbar ging es Irene nicht gut, und Philip hat den Arzt gerufen. Der Arzt schwört, dass Philip die ganze Zeit bei ihm war, während sie auf den Krankenwagen gewartet haben. Er habe definitiv nicht telefoniert.«

»Der Arzt kann sich hinsichtlich der Zeit irren.« Daniel massierte sich mit der linken Hand die Stirn. »Ist Irene in Ordnung?«

»Ja. Aber sie behalten sie ein paar Tage im Krankenhaus.« Kirri bedeutete ihm, sich an den Tisch zu setzen, und holte ihm ein Glas Wasser.

»Es gibt noch einen anderen Anruf, der dagegen spricht, dass Philip etwas mit der Sache zu tun hat. Vor unserem Flug nach Sydney in Noosa hast du Philip angerufen, um ihm Bescheid zu geben, dass wir kommen. Zur gleichen Zeit hat Lewis einen Anruf von besagtem Handy erhalten.«

»Verdammt!« Daniel schlug so heftig mit der Faust auf den Tisch, dass das Glas wackelte. »Wenn nicht Philip, wer dann?«

»Könnte es nicht sein, dass es gar keinen Auftraggeber gibt und Lewis völlig eigenständig gehandelt hat?«

»Das hat Mick auch schon gefragt, aber ich wüsste beim besten Willen nicht, was für ein Motiv er haben könnte, uns umbringen zu wollen.«

Kirri seufzte. »Wenigstens brauchen wir nicht zu befürchten, dass er es nochmal versucht. Glaubst du, er wollte Catelyn töten, um dich zu treffen? Oder dir Angst einzujagen?«

»Ich habe keinen Schimmer.« Daniel griff nach dem Glas und schluckte zwei Tabletten. Kirri musterte ihn mit sorgenvollem Stirnrunzeln.

»Vielleicht kann Philip etwas Licht ins Dunkel bringen«, überlegte sie. »Mick sagte, er wollte dich dringend sprechen.«

»Und ich ihn. Aber ich will ihn nicht hier haben. Hat Mick erwähnt, wo Philip wohnt?«

»Er hat mir den Namen des Motels genannt. Ich habe Mick gesagt, dass wir dort vorbeifahren, nachdem wir im Krankenhaus waren, um Gran zu besuchen und deinen Verband wechseln zu lassen. Er wollte Philip Bescheid geben.«

»Wir? Kirri, ich will nicht, dass du dich auch nur in die

Nähe dieses Mannes begibst. Mag sein, dass er nichts mit den Anschlägen zu tun hat, aber ich bin mir immer noch nicht sicher, ob ich ihm trauen kann.«

»Mick hat versprochen, einen Beamten abzustellen, der rund um die Uhr ein Auge auf uns hat, nur für alle Fälle.« Sie setzte eine entschlossene Miene auf. »Daniel, ich lasse dich dort nicht allein hingehen. Du siehst aus wie ein Vulkan kurz vor dem Ausbruch. Ich möchte nicht, dass du etwas ... Unüberlegtes tust und selbst im Gefängnis landest.«

Ihr Tonfall duldete keinen Widerspruch, und Daniel gab sich geschlagen.

»Philip sollte besser eine verdammt gute Erklärung für sein merkwürdiges Verhalten in den letzten zwei Wochen parat haben.«

Kirri gab ihm im Stillen Recht. Nach Brett Lewis' Tod war die unmittelbare Gefahr für Daniel und Catelyn gebannt, aber solange sie nicht wussten, wer ihren Tod wünschte und die Anschläge in Auftrag gegeben hatte – vorausgesetzt, es gab einen solchen Auftraggeber –, würden sie sich nicht sicher fühlen.

»Mick hat übrigens gesagt, die Spurensuche in Emmas Haus wäre abgeschlossen. Die Reinigungsfirma kommt morgen früh um neun.«

Daniel sah ihren besorgten Blick. »Okay. Wir werden da sein.« Die Freude, Kirri zurückgewonnen zu haben, wurde überschattet von den tragischen Ereignissen, und er kam einfach nicht gegen die nagenden Schuldgefühle an. Jetzt konnte er nur alles in seiner Macht Stehende tun, um die Menschen zu schützen, die ihm auf der Welt am meisten bedeuteten. Wenn nötig mit seinem Leben.

»Kommt rein. Kommt rein.« Philip trat von der Tür des Motelzimmers zurück und winkte Daniel, Kirri und Catelyn zu einer kleinen Sitzecke. Er war sichtlich irritiert, Kirri zu sehen, und machte daraus auch keinen Hehl.

»Ich hatte auf ein Gespräch unter vier Augen gehofft, Daniel.« Er ging auf und ab wie ein Tiger im Käfig, während Daniel und Kirri auf den dunklen Ledermöbeln Platz nahmen. Catelyn saß still auf Kirris Schoß.

»Kirri ist als Zeugin hier, Philip. Und um mich daran zu hindern, dir den Schädel einzuschlagen, wenn du mir nicht eine plausible Erklärung dafür lieferst, warum du mich seit Wochen daran hinderst, Einsicht in die Firmenbücher zu nehmen.« Daniel wirkte sogar jetzt, da er scheinbar entspannt auf dem Sofa saß, einschüchternd, zumindest auf Philip, der plötzlich aschfahl wurde.

»Ich war bei meinem Vater, als er in seinem Büro den tödlichen Herzinfarkt erlitt«, begann er.

»Das ist mir bekannt«, entgegnete Daniel. Er hatte Kopfschmerzen, seine Schulter brannte wie Feuer, und seine Geduld neigte sich dem Ende zu.

»Was ich dir nicht erzählt habe ...« Philip unterbrach seine rastlose Wanderung und betrachtete den glatten Stoff eines cremefarbenen Lampenschirms, als könne der ihm bei seinem Erklärungsversuch helfen. »... ist, was die Attacke ausgelöst hat.«

Daniel und Kirri warteten. »Weiter«, forderte Daniel schließlich.

»Er sagte mir, er werde erpresst.«

»Erpresst?« Daniel konnte seine Betroffenheit nicht verbergen. »Von wem? Und womit?«

»Ich weiß nicht, wer der Erpresser war, aber ich weiß, worum es ging.«

Er blieb erneut stehen. »Und?«, ermutigte Kirri ihn freundlich.

»Er hat in den vergangenen zwei Jahren Firmengelder unterschlagen.«

Daniel riss endgültig der Geduldsfaden. »Wie viel?« Der eiskalte Tonfall veranlasste Philip, ihn anzusehen. Der junge Mann schluckte hörbar.

»Fast eine Million Dollar.«

Kapitel 23

»Eine Million Dollar!«, wiederholte Daniel schockiert.

»Fast.«

»Hast du eine Ahnung, warum?«

Philip fühlte sich sichtlich unwohl. »Ich hatte seit Jahren den Verdacht, Dad habe eine Affäre.«

»Weißt du, wer sie ist?«, fragte Kirri.

»Zuerst dachte ich, es wäre Stella, aber es gab nie einen Hinweis darauf, dass sie etwas miteinander hätten.« Philip fühlte sich nach seiner Beichte offenbar wohler, setzte sich auf den einzigen Sessel und beugte sich zu ihnen vor. »Wenn man eine Affäre hat, verrät man sich doch früher oder später zwangsläufig. Ein Blick, ein Kuss, eine Berührung. Irgendetwas.«

»Wie sind Stella und dein Vater denn miteinander ausgekommen?« Daniel argwöhnte, dass Stella sehr entgegenkommend sein konnte, wenn sie nur wollte.

»Gut ... ihr Umgang war ... locker. Sie haben eng zusammengearbeitet, aber es hat nie etwas darauf hingedeutet, dass da mehr war.«

»Das wundert mich gar nicht.« Kirris trockener Kommentar machte beide Männer auf sie aufmerksam. Sie zuckte die Achseln. »Auf mich wirkt sie eiskalt. Ganz sicher nicht der Typ für eine romantische Liebesaffäre. Es sei denn, sie hätte einen wirklich guten Grund dafür gehabt.«

»Was weißt du von Stella?«, fragte Daniel seinen Kompagnon.

»Sie bewarb sich schriftlich bei meinem Vater, nachdem sie ihr Diplom in Betriebswirtschaftslehre gemacht hatte. Er antwortete, dass nur der Posten der Chefsekretärin zu vergeben sei, für den sie überqualifiziert wäre und der sie somit kaum interessieren dürfte. Aber sie griff zu. Sie sagte, sie wolle den Job von der Pike auf lernen. Dad war froh, weil ich mich mehr für die praktische Seite des Geschäfts interessierte, und er erkannte, dass Stella ihm eine große Hilfe sein würde.«

»War sie gut in ihrem Job?«

»Und ob! Ehrgeiziges Miststück«, knurrte Philip und entschuldigte sich gleich darauf. »Entschuldigen Sie, Kirri. Aber ich kann sie einfach nicht leiden. Ich habe ja nie geahnt, dass ich mörderische Gedanken hegen könnte, bis ich Dads Part übernehmen musste und plötzlich so viel mit ihr zu tun hatte. Ich wollte sie mit einer Entschädigung entlassen, sobald ich das von Dad gestohlene Geld zurückgezahlt hätte.«

Das Geld zurückgezahlt ... Log er? Daniel überdachte noch einmal Philips Verhalten, seine Nervosität, die Unterwürfigkeit, die durchschaubare Zeitschinderei. Erst jetzt erkannte er, dass die dunklen Augenringe und die Sorgenfalten nicht nur auf die Trauer um den verlorenen Vater zurückzuführen waren. »Und wie wolltest du das bewerkstelligen?«

»Ich habe mein Haus zum Verkauf angeboten. Ich habe Mum gesagt, ich brauchte es nicht mehr, jetzt, da ich wieder daheim wohne. Und da ich zurzeit nicht liiert bin, ist das kein größeres Problem.« Er seufzte. »Ich habe außerdem mein Portfolio verkauft und das Geld in die Firma zurückfließen lassen. Und ich habe versucht, Wege zu finden, den Rest aufzubringen.«

»Was hat dich bewogen, mir doch noch von der Unterschlagung zu erzählen?«

»Als ich hörte, du wärst verletzt, dachte ich, es sei ein Unfall gewesen. Aber als Detective Landers mir dann erzählte, jemand hätte versucht, deine Tochter zu töten, kam mir der Verdacht, das Ganze könnte vielleicht mit der Erpressung meines Vaters in Zusammenhang stehen. Der Gedanke, dass meine Bemühungen, meine Mutter vor einem Skandal zu bewahren, Catelyns Tod zur Folge hätte haben können, ist mir unerträglich.« Er sackte in seinem Sessel zusammen. »Ich schätze, du wirst die Polizei informieren müssen.«

»Ja«, pflichtete Daniel ihm bei. »Allerdings nur, damit sie dich von der Liste der Verdächtigen streicht. Was die Unterschlagung angeht, werden wir schon intern eine Lösung finden. Wenn sich herausstellt, dass du nichts mit der Sache zu tun hattest, sehe ich keinen Grund, dich für etwas zu bestrafen, wofür dein Vater verantwortlich ist.«

»Daniel, ich bin gewillt, das Geld zurückzuzahlen, ich brauche nur noch etwas Zeit. Ich will nicht, dass meine Mutter etwas davon erfährt. Es würde sie umbringen.«

Irene machte ganz sicher nicht den Eindruck, stark genug zu sein, mit den Fakten umzugehen, dass ihr Mann sie nicht nur betrogen hatte, sondern darüber hinaus ein Dieb gewesen war. Daniel dachte an die Freundschaft seiner Mutter zu dieser Frau und daran, wie sehr es Irene offenbar belastete, dass sie nicht für Essie da gewesen war, als diese sie brauchte.

»Deine Mutter braucht nichts zu erfahren, Philip. Was ist mit Stella? Glaubst du, sie weiß Bescheid?«

Bei der Erwähnung dieses Namens setzte Philip sich abrupt kerzengerade auf und wirkte wieder so angespannt wie zu Beginn des Gesprächs. »Ich weiß nicht. Dad war ziemlich clever ...«

Auf ein lautes Klopfen an der Tür hin sprang er auf und öffnete. »Stella!«

»Hallo, Philip.« Sie rauschte an ihm vorbei. »Daniel, Kirri.« Sie nickte den beiden zu. »Schön, Sie beide wohlbehalten zu sehen. Wie geht es Ihrer Großmutter, Kirri?«

»Als wir sie heute Nachmittag besucht haben, ging es ihr schon viel besser, danke.«

Philip bot Stella nicht an, Platz zu nehmen, und es entstand eine unbehagliche Stille.

»Hat dir der Stadtbummel gefallen?«, fragte Philip sie schließlich. »Stella hat einen Wagen gemietet, um sich die Gegend anzusehen«, erklärte er Daniel und Kirri.

»Eine wunderschöne Stadt.« Stella schenkte Daniel ein Lächeln, und Kirri nahm flüchtig einen Ausdruck in ihren dunklen Augen wahr, der ihr das Blut in den Adern gefrieren ließ. Sie hatte einmal eine Wildkatze beobachtet, die sich an eine Maus heranschlich. Stellas Augen hatten die gleiche mörderische Konzentration reflektiert, den gleichen Raubtierblick.

Catelyn hob eine Hand und zog an Kirris Haaren. »Mummy«, sagte sie schmollend. Ihr Gesicht war gerötet, und ihre Augen tränten leicht. Besorgt fühlte Kirri ihre Stirn. Sie war nicht sehr warm, andererseits war der Raum klimatisiert ...

In eben diesem Moment klingelte das Handy in Kirris Handtasche. Sie drückte Catelyn an sich, kramte das Telefon hervor und meldete sich. Mit wachsender Erregung lauschte sie, ohne die anderen zu beachten, die neugierig beobachteten, wie ihre Wangen sich röteten und ein Leuchten in ihre Augen trat. Schließlich legte sie das Handy zurück und nahm Daniels Hand.

»Das war Trish! Einer der Kuratoren der Queensland Art Gallery ist in der Galerie. Er möchte ein paar Bilder von mir bei einer für Nachwuchskünstler von North Queensland geplanten Ausstellung zeigen.«

»Deine guten Bilder?« Der verklärte Ausdruck auf ihrem Gesicht verriet ihm, wie wichtig ihr das war. Sie nickte. »Möchte er dich gleich sprechen?«

»Nein. Er hat wohl Urlaub in Port Douglas gemacht und ist den letzten Tag hier, bevor er morgen nach Brisbane zurückfliegt. Er hat noch einen Termin, möchte sich aber morgen früh um neun mit mir treffen. Verdammt!« Ihre Züge verdüsterten sich. »Da haben wir ja schon den Termin mit der Reinigungsfirma.«

»Du kannst mich dort absetzen, ich erledige das schon. Catelyn kann mir helfen, ihre Tasche zu packen.« Er beugte sich zu dem kleinen Mädchen hinab und drückte ihr einen Kuss auf die Wange. »Du bleibst dann bei Daddy, nicht wahr, Schatz?«

Catelyn nickte und schmiegte sich dann enger an Kirri. Kirri war noch etwas unsicher. »Ich kann Emmas Wagen nehmen, wenn du den Nissan brauchst. Sie hat mir den Schlüssel dagelassen. Für den Notfall ...«

»Das regeln wir noch«, sagte Daniel, stand auf und reichte Philip die Hand. »Wir setzen unser Gespräch ein andermal fort. Wann fliegst du nach Sydney zurück?«

»Ich werde versuchen, für morgen einen Flug zu bekommen.« Er blickte auf Kirri. »Nicht zu früh, damit ich noch Zeit habe, mir Kirris Galerie anzusehen und eins ihrer Bilder zu kaufen.« Er lächelte. »Bevor die Preise in die Höhe schießen.«

Als sie zur Tür gingen, sagte Stella an Daniel gewandt: »Es muss schrecklich sein, den Tod eines Menschen auf dem Gewissen zu haben.«

Daniel fühlte sich unbehaglich, weil Stella seine Gefühle so genau erkannt hatte. Tatsächlich machte Brett Lewis' Tod ihm immer noch sehr zu schaffen. »Ja. Es ist nicht leicht, damit zu leben. Ich hätte erst versuchen müssen, ihn zum Aufgeben zu bewegen.«

»Immerhin wollte er deine Tochter töten!«, protestierte Philip.

»Ich weiß, aber das macht es mir auch nicht leichter.«

»Nein.« Stella trat ein wenig zurück, als Philip die Tür öffnete. »Schuldgefühle haben die unangenehme Eigenart, einen nicht mehr loszulassen. Und außerdem müssen Sie jetzt noch die Polizei davon überzeugen, dass Sie keine andere Wahl hatten.«

»Daniel hat sich nichts vorzuwerfen, Stella!«, stellte Kirri zornig fest. »Nein, nein, natürlich nicht«, entgegnete Stella beschwichtigend, aber der Tonfall machte Kirri nur noch wütender.

Sie verabschiedete sich knapp und trat hinaus in die schwüle Nachmittagshitze. Trishs Anruf hatte sie einen Moment vergessen lassen, in welcher Gefahr Daniel und Catelyn möglicherweise immer noch schwebten, aber Stellas Worte hatten sie unsanft in die Wirklichkeit zurückgeholt.

Daniels Arm um ihre Schulter war tröstlich und beschützend, aber das ungute Gefühl hielt sich hartnäckig.

»Ich frage mich, wie lange er damit leben kann«, sinnierte Stella, als sie und Philip Daniel und Kirri nachblickten.

»Was meinst du?« Philip zwang sich zur Ruhe. Er hatte die Nase gestrichen voll von Stella, aber bis sie wieder in Sydney waren und er ihr die Kündigung präsentieren konnte, wollte er sie sich nicht zum Feind machen.

»Mit dem Wissen, jemanden getötet zu haben. Edlen Rittern wie Daniel Brand fällt es schwer zu akzeptieren, dass sie auch nur Menschen sind. Es kommt vor, dass sie daran zerbrechen.«

»Niemals. Dazu ist Daniel viel zu hart im Nehmen«, erklärte er, aber erste Zweifel waren gesät.

Stella beobachtete seine Züge und wusste, dass sie gewonnen hatte. Sie zog sich auf ihr Zimmer zurück. »Schieb nur eine Nachricht unter meiner Tür durch, sobald du weißt, wann unser Flug geht«, sagte sie über die Schulter hinweg. »Ich werde mich heute Abend ins Nachtleben von Cairns stürzen, also wäre es mir lieb, wenn wir nicht zu früh fliegen, so gegen Mittag vielleicht.« Sie blieb stehen und holte ihren Zimmerschlüssel aus der Handtasche. »Das wäre wirklich sehr nett.«

Philip unterdrückte den Impuls, ihr falsches Lächeln zu erwidern.

»Verdammt!« Mick knallte den Hörer auf die Gabel und starrte auf das Foto von Brett Lewis, das er per E-Mail an die tasmanische Polizei geschickt hatte. Als sie das Foto Brett Lewis' Mutter gezeigt hatten, hatte diese abgestritten, dass es sich um ihren Sohn handelte. Thelma Lewis hatte dem Beamten sogar Fotos gezeigt, die ihre Behauptung untermauerten. Außerdem hatte sie erzählt, dass sie ihren Sohn zwar sechs Jahre nicht mehr gesehen hatte, er ihr aber jedes Jahr an Weihnachten eine Karte geschrieben habe. Leider war auf keiner der Karten ein Absender vermerkt gewesen.

Mick ließ sich nicht von Sackgassen entmutigen, wenn er auch aus nachvollziehbaren Gründen Verbrechen vorzog, die leichter aufzuklären waren. Rache, Leidenschaft, Geldgier ... früher oder später offenbarte sich das Motiv. Aber er hatte das Gefühl, dass er ziemlich viel Geduld würde aufbringen müssen, um die Verbindung zwischen dem amerikanischen Touristen und dem unbekannten Toten herzustellen.

Höchste Zeit, noch einmal in Brisbane anzurufen. Vielleicht konnte er die Jungs, die die Fingerabdrücke überprüften, ein wenig zur Eile antreiben. Er hegte zwar keine großen Hoffnungen, auf der Prioritätenliste höher zu rutschen, aber versuchen wollte er es dennoch.

Dicke Regentropfen klatschten auf den Asphalt. Stella beschleunigte den Schritt, wobei die Sohlen ihrer Sportschuhe kaum ein Geräusch verursachten. Das Blätterdach der Bäume am Straßenrand würde sie nicht davor schützen, durchweicht zu werden, falls der Regen stärker wurde.

Donner grollte. Blitze zuckten.

Motorengeräusch näherte sich von hinten, und Scheinwerfer erfassten sie in ihrem Jogginganzug. Stella fluchte, als der Wagen langsamer wurde und sich ihrem Tempo anpasste. Das Fenster auf der Beifahrerseite glitt nach unten.

»He, soll ich dich ein Stück mitnehmen?«, rief eine Männerstimme.

Im schwachen Schein der Konsolenbeleuchtung konnte Stella den Fahrer undeutlich erkennen. Sie wollte eben den Kopf schütteln, als ein Platzregen niederging. Verflucht! Bei diesem Wetter würde sie sich nur verdächtig machen, wenn sie das Angebot ablehnte. Sie zog die Beifahrertür auf und stieg ein. Die Innenbeleuchtung flammte auf und verlosch dann langsam wieder. Sie schlug die Kapuze ihrer Joggingjacke zurück.

Ein Gefühl der Macht durchströmte sie, als sie das anerkennende Leuchten in den Augen des Mannes sah. Er war eher vierzig als dreißig, war auf eine etwas derbe Art durchaus attraktiv, und die Hände am Steuer waren groß und kräftig. Sie registrierte den leichten Schimmer eines Eherings. Gut. Ein verheirateter Mann würde kaum herumerzählen, dass er mitten in der Nacht auf einer einsamen Straße eine Frau aufgelesen hatte. Trotzdem konnte es nicht schaden, auf Nummer sicher zu gehen. Ihr wurde ganz heiß bei dem Gedanken.

Sie öffnete den Reißverschluss der Trainingsjacke und hörte einen leisen bewundernden Pfiff. Mit einem Lächeln nahm sie seine Hand und legte sie auf ihre nackte Brust.

Am Morgen machte greller Sonnenschein dem nächtlichen Regen ein Ende, und ein drückend schwüler Tag brach an.

Kirri stand in der Tür zu Emmas Haus und wurde von schrecklichen Gewissensbissen geplagt. »Sie ist so unruhig und weinerlich, Daniel. Ich bin ganz sicher, dass sie etwas ausbrütet.« Catelyn sah so unglücklich aus, als sie aus der Geborgenheit von Daniels Armen heraus die Hände nach ihr ausstreckte, das Gesichtchen verzerrt, als würde sie jeden Moment in Tränen ausbrechen.

»Ich mache das schon, Kirri. Wenn du dich nicht beeilst, kommst du noch zu spät zu deiner Verabredung.«

Aber sie zögerte immer noch, hin und her gerissen zwischen Catelyns Bedürfnissen und ihren eigenen. »Ich könnte sie mitnehmen.«

»Nein, das kannst du nicht«, widersprach Daniel geduldig. »Nicht, wenn du ein vernünftiges Gespräch mit dem Kurator führen möchtest. Das ist deine große Chance. Catelyn wird auch eine Stunde ohne dich zurechtkommen. Sobald die Putzkolonne fertig ist ...« Er warf einen Blick hinter sich ins Haus, als ein Staubsauger ansprang. »... gehe ich mit ihr spazieren und kaufe ihr vielleicht ein Eis.«

»Okay. Aber vergiss nicht, Emmas Wagenschlüssel ist am Schlüsselbund, für den Fall, dass du mit ihr zum Arzt fahren musst. Und du hast ja meine Handynummer und die Nummer der Galerie. Und ...«

Es hatte sich in der Vergangenheit als probates Mittel erwiesen, sie zum Schweigen zu bringen, und funktionierte auch jetzt wieder. Aber Daniel brach den Kuss schon bald wieder ab, flüsterte noch »Viel Glück« und schloss dann die Tür. Catelyn fing an zu weinen, aber er drückte sie an seine gesunde Schulter und wanderte mit ihr von einem Zimmer zum anderen, bis sie in unruhigen Schlaf fiel. Mit einem erleichterten Seufzer machte er es sich, das Kind im Arm, auf dem Sofa gemütlich.

Eine halbe Stunde später war die Putzkolonne fertig, und Catelyn wachte auf, als er bezahlte. Er ging ins Kinderzimmer, um ihre Sachen zu packen, und versuchte, Catelyn ins Bett zu legen, aber sie klammerte sich schreiend an ihn.

Er strich ihr die dunklen Locken aus dem Gesicht. Ihm wurde ganz flau im Magen, als er ihre verschwitzte Stirn fühlte und sah, wie blass sie geworden war. Beruhigend auf sie einredend, wiegte er sie sacht in den Armen, während er fieberhaft überlegte, was er tun sollte. Es war nicht zu übersehen, dass ihr Zustand sich verschlechtert hatte, aber wie schlecht ging es ihr wirklich? Er hatte von Freunden gehört, dass Kinder sich manchmal in der einen Minute hundeelend fühlten und in der nächsten bereits wieder herumtollten. Jetzt wünschte er, er hätte besser aufgepasst, wenn sie die Symptome beschrieben.

Catelyn fing an zu wimmern, und Daniel traf eine Entscheidung. Er würde mit ihr zum Arzt fahren. Er nahm die Schlüssel aus der Jackentasche und suchte denjenigen heraus, der zum Garagentor passte.

Es klingelte an der Tür.

Auf der Südseite von Cairns bedrohte ein junger Drogensüchtiger einen Tankwart mit dem Messer und verlangte die Herausgabe der Einnahmen. Der Tankwart versuchte, dem Jungen das Messer aus der Hand zu schlagen, aber vergeblich. Der Junkie rammte ihm die Klinge zwischen die Rippen, schnappte sich das Geld aus der Kasse und lief davon.

Der Anruf ging ein, als Mick eben einen Stapel Papierkram beiseite schob, um Platz zu schaffen für eine Tasse Kaffee. Er seufzte, nippte vorsichtig an der dampfenden Flüssigkeit und stellte die Tasse dann widerstrebend zurück auf den Tisch.

Er verließ sein Büro.

Eine Minute später klingelte das Telefon.

»Stella!« Die Verblüffung in Daniels Stimme ließ Catelyn verstummen. Sie drehte den Kopf an Daniels Schulter, warf einen Blick auf die Frau und barg das Gesicht dann wieder in seiner Halsbeuge.

»Darf ich hereinkommen, Daniel?«

Immer noch perplex, trat er zurück und machte eine einladende Geste. Sie wirkte nervös und fingerte unruhig an ihrer schwarzen Handtasche herum. Daniel blickte nach draußen, konnte aber keinen Mietwagen sehen. Offensichtlich war sie allein.

»Wo ist Philip?«, fragte er.

»Noch im Motel, nehme ich an. Oder shoppen.«

»Was ...«

»Ich muss mit Ihnen reden, Daniel.«

»Kann das nicht warten, bis ich wieder in Sydney bin, Stella? Catelyn ...«

»Nein!« Ihr Absatz klapperte auf den Bodenfliesen, als sie ungeduldig mit dem Fuß aufstampfte. »Ich muss *jetzt* mit Ihnen reden!«

Daniel fühlte sich unbehaglich angesichts dieses leicht hysterischen Ausbruchs und registrierte die fahrigen Bewegungen, mit denen Stella seitlich an den Hosenbeinen zupfte. »Stella, Catelyn ist krank«, sagte er ruhig. »Ich muss mit ihr zum Arzt.«

»Und wie kommen Sie hin?«

Catelyn an seiner Brust fühlte sich heiß und klamm an, und Daniel verlor langsam die Geduld. »Nicht, dass es Sie etwas anginge, Stella, aber Kirris Freundin hat uns ihren Wagen überlassen.«

»Dann lassen Sie uns fahren. Wir unterhalten uns unterwegs.«

Daniel zögerte. Er hatte nicht die geringste Lust, sich jetzt mit Stella zu befassen, andererseits konnte er vielleicht Hilfe mit Catelyn brauchen auf der Fahrt ins Krankenhaus. Der Kindersitz war noch im Nissan, und sie nur mit dem normalen Gurt anzuschnallen war riskant.

Schließlich nickte er. »Okay.«

Als der Kurator die Galerie verließ, ließ Kirri sich ermattet gegen ihre Bürotür sinken. Sie hatte es geschafft! Vier ihrer Bilder sollten bei der anstehenden Ausstellung gezeigt werden. Drei von jenen, die in der Boutique Gallery in Cairns hingen, und ein viertes, das sie noch malen musste. Aber sie hatte noch reichlich Zeit.

Daniel! Sie musste es ihm sofort erzählen. Vielleicht konnten sie irgendwohin gehen und feiern – sofern es Catelyn gut genug ging.

»Kirri.« Trish kam aus dem Verkaufsraum herein. »Dieser Gentleman möchte dich sprechen.«

Kirri warf einen Blick auf Philip Weyburn, neben dem ein Aktenkoffer und ein dick verpacktes Bild standen. Sie eilte zu ihm, und Philip lächelte ihr entgegen. »Ich habe eins von den Meerbildern für meine Mutter gekauft. Ich hoffe, dass es eine beruhigende Wirkung auf sie hat. Ich liebe sie, aber das Zusammenleben mit ihr treibt mich noch in den Wahnsinn.« Er griff in seine Hemdtasche und holte einen Umschlag heraus. »Sie hat mich gebeten, das hier

Daniel zu geben, aber gestern habe ich es vergessen.« Er legte das Kuvert auf den Verkaufstresen.

»Ich sorge dafür, dass er ihn bekommt.«

»Danke. So, jetzt muss ich noch ein paar Besorgungen machen. Kann ich das Bild und meinen Aktenkoffer hier lassen, bis ich so weit bin, mit dem Taxi zum Flughafen zu fahren?«

»Selbstverständlich. Ich stelle beides ins Büro. Fliegt Stella nicht mit zurück?«

»Doch, aber wir haben vereinbart, uns am Flughafen zu treffen.«

Er reichte ihr die Hand. »Auf Wiedersehen, Kirri. Ich hoffe, die Polizei findet noch heraus, was Brett Lewis' Beweggründe waren.«

»Das hoffe ich auch, Philip.« Kirri schüttelte ihm die Hand und trug dann Gemälde und Aktentasche in ihr Büro. Sie warf einen Blick auf die Uhr. Der Kurator war in Eile gewesen, sodass das Gespräch sehr kurz, aber effektiv ausgefallen war. Kirri überlegte, ob sie gleich zurück zu Catelyn fahren oder vorher noch auf einen Sprung im Krankenhaus vorbeischauen sollte. Sie steckte den Umschlag in die Handtasche, und da er nicht zugeklebt war, fiel ein alter Zeitungsausschnitt heraus. Sie bückte sich und hob ihn auf. Ein Foto zweier Paare in Abendgarderobe. Kirri las die Bildunterschrift. »James und Irene Weyburn und ihre amerikanischen Freunde Keneally und Estelle Brand auf dem Regency Ball am Samstagabend.«

Sie überflog die Bildunterschrift noch einmal und schaute sich dann das Zeitungsbild eingehender an. Sie öffnete den Umschlag und nahm zwei Fotos heraus. Es waren Farbfotografien. Beide vom selben Ball. Das eine zeigte Daniels Eltern im Ganzen, das andere ihr Porträt. Kirri studierte die feinen ebenmäßigen Züge, und ihr Magen zog sich zusammen. »Estelle«, murmelte sie. »Essie.«

Sie fuhr mit einem Finger über den Mann an Estelles Seite, Daniels Vater. »Keneally. Ken.«

Ein Gefühl drohenden Unheils beschlich sie. Die Fotos in einer Hand, schnappte sie sich ihre Tasche und rannte hinaus.

»Bei mir hinten auf dem Rücksitz ist sie sicher«, erklärte Stella, als sie die hintere Tür von Emmas grünem Magna öffnete. *Was für ein glücklicher Zufall, dass das Gör krank ist. Ich hätte nicht gedacht, dass ich Daniel so leicht dazu bringen würde, in den Wagen zu steigen.* »Im Übrigen dürfen Kinder nur im Kindersitz nach vorn.«

Sie nahm Daniel Catelyn ab, setzte sie in die Mitte des Rücksitzes und schnallte sie an. Catelyn hatte aufgehört zu weinen, war aber immer noch blass und sah elend aus. Stella setzte sich zu ihr. »Beeilen Sie sich«, drängte sie. *Verdammt. Wir müssen weg sein, bevor die verfluchte Malerin zurückkommt, sonst kreuzen noch die Bullen auf.* »Bitte, Daniel.«

Daniel setzte sich ans Steuer, was sich aufgrund seiner Größe ein wenig mühsam gestaltete. Stella benahm sich sonderbar, aber wenn sie ihm mit Catelyn helfen konnte ... Er schnallte sich an, stellte den Rückspiegel ein und fuhr aus der Garage. Das Tor schloss er mit Hilfe der Fernbedienung. Trotz des Unwetters der vergangenen Nacht waren Hitze und Luftfeuchtigkeit bereits drückend, sodass er die Klimaanlage einschaltete. Er bog ab in Richtung Strandpromenade, froh, dass das Krankenhaus ganz in der Nähe war. Stella war still, und er wünschte, er könnte ihr Gesicht sehen.

Als sie sich der Promenade näherten, setzte er den Blinker nach rechts.

»Es tut mir Leid, Daniel, aber ich *muss* Sie sprechen.«

Etwas Kaltes, Hartes bohrte sich in seinen Nacken.

»Biegen Sie nach links ab.«

Daniels Finger krallten sich mit solcher Kraft um das Steuer, dass die Knöchel weiß hervortraten, als er hörte, wie mit einem leisen metallischen Klicken der Hahn der Waffe gespannt wurde.

Kapitel 24

Kirri hatte Emmas neuen Wagen erst einmal gesehen, seit ihre Freundin den alten Land Cruiser ihres Vaters verkauft hatte, und so reagierte sie nicht gleich, als der Magna auf die Straße zurücksetzte und davonfuhr. Eine weitere Sekunde verstrich, ehe sie registriert hatte, dass Daniel am Steuer saß ... und auf dem Rücksitz eine blonde Frau: Stella.

Mit wild klopfendem Herzen versuchte Kirri den Magna einzuholen, aber noch bevor ihr dies gelungen war, bog der grüne Wagen erst auf die Strandpromenade und dann an der nächsten T-Straße nach links ab. Es war dichter Verkehr, und Kirri hatte noch drei andere Wagen vor sich. Der Magna bog in die Sheridan Street ab und fuhr in nördliche Richtung.

Sie konnte Catelyn nicht sehen, aber ihr Instinkt sagte ihr, dass sie bei Daniel sein musste. Sie hatte das furchtbare Gefühl, dass, wenn dem nicht so war, ihre Tochter möglicherweise nicht mehr am Leben war.

»Die Waffe ist überflüssig, Stella, ich rede gerne mit Ihnen. Aber erst muss ich mit Catelyn zum Arzt.«

Stella hätte beinahe laut aufgelacht. *Blöder Hund. Wenn ich mit ihr fertig bin, braucht sie keinen Arzt mehr. Aber ich werde das Spiel mitspielen und ihn in dem Glauben lassen, dass ich auf sein Gequatsche eingehe.* »Es tut mir Leid, Daniel, aber es wird bald zu spät sein, und dann werden Sie mir nicht mehr glauben, dass ich nichts damit zu tun hatte.«

»Womit, Stella?« Er packte das Lenkrad fester und biss die Zähne zusammen.

»Mit Brett Lewis' Versuch, Catelyn zu töten.« *Gut, jetzt habe ich seine volle Aufmerksamkeit. Jetzt wird er erst einmal abwarten und keine Dummheiten machen.* »Die Polizei wird es inzwischen herausgefunden haben, und ich musste es Ihnen vorher unbedingt selbst sagen. Sehen Sie, Brett war mein Bruder. Das heißt, eigentlich hieß er nicht Brett Lewis, sondern Neall Quinlan.«

Daniel gab sich alle Mühe, sich nicht anmerken zu lassen, wie schockiert er von dieser Nachricht war. Stattdessen überschlugen sich seine Gedanken. Er überlegte fieberhaft, warum Stella ihm das jetzt erzählte, und seine Sorge um Catelyn wuchs, überlagerte alles andere. »Warum legen Sie die Waffe nicht weg und entspannen sich, Stella. Erzählen Sie mir die ganze Geschichte. Ich verspreche auch zuzuhören. Aber sagen Sie mir erst, ob Catelyn okay ist.«

Sie täuschte Interesse an dem Kind vor. Catelyn war vom leichten Schaukeln des Wagens wieder eingeschlafen, aber es war trotzdem nicht zu übersehen, dass es ihr schlecht ging. »Es geht ihr gut. Sie schläft.« Um ihn ein wenig zu beruhigen, nahm sie die Pistole leicht zurück. Sie hatte schon vor langer Zeit gelernt, dass es sich bezahlt machte, das Opfer in dem Glauben zu lassen, es gewänne die Kontrolle, während sie tatsächlich seine Vernichtung plante.

»Neall und ich waren Zwillinge. Unser Vater, Harry, war ein brutaler Mistkerl. Er war ein einfacher Arbeiter und hat sich jeden Abend sinnlos betrunken. Hat unsere Mutter verprügelt, wann immer ihm danach war.« Sie tippte mit dem Lauf an seinen Hals. »Biegen Sie da links ab.«

Daniel setzte den Blinker, verlangsamte das Tempo und

überquerte die Bahnschienen. Wenn Stella so gestört war, wie es den Anschein hatte, wollte er nicht riskieren, sie in Rage zu bringen, nicht solange Catelyn an ihrer Seite schlief. Ob es stimmte, was sie ihm gerade über Brett Lewis erzählt hatte?

Kirri hatte versucht, sich einzureden, dass Daniel Stella zum Flughafen fuhr, als der Magna jedoch an der Flughafenausfahrt vorbeifuhr und auf dem Highway weiter nach Norden, zerschlug sich diese Hoffnung.

Dann bog der Wagen ab auf die Straße nach Freshwater. Wo wollte Daniel hin? In die Berge? Und warum war Stella bei ihm? Wenn ihr Verdacht in Hinsicht auf diese Frau stimmte, schwebten Daniel und Catelyn möglicherweise in größerer Gefahr als je zuvor. Sie dachte daran, Mick anzurufen, und kramte in ihrer Handtasche nach der Visitenkarte, die er ihr letztens gegeben hatte.

Ob er sich für ihre Mutmaßungen überhaupt interessierte? Vielleicht tat er sie ja als Spekulationen und Hirngespinste ab.

»Neall war eine Memme. Ich musste ihn ständig beschützen. Nachdem Harry und Gloria gestorben waren, verließ er die Kleinstadt, in der wir aufgewachsen waren, und ging nach Sydney. Er geriet auf die schiefe Bahn und wurde zum Kleinkriminellen.« Stella gestattete sich ein zufriedenes Lächeln. Jetzt hatte sie seine volle Aufmerksamkeit, auch wenn die Anspannung in seinem Nacken nicht weniger geworden war.

»Neall wurde einmal verhaftet«, fuhr sie fort. »Die Behörden klopften ihm auf die Finger. Danach wurde er Drogenkurier. Als bei einem Brand in seiner Wohnung eine Drogenlieferung zerstört wurde, wusste er, dass er geliefert war. Sein Kumpel war bei dem Feuer ums Leben gekommen, und so habe ich den Toten als Neall identifiziert und ihm neue Papiere auf den Namen seines Freundes beschafft: Brett Lewis. Ich habe sogar jedes Jahr an Weihnachten eine Karte an Lewis' Mutter geschickt, damit die ihn nicht als vermisst meldet.«

»Warum haben Sie das alles nicht gestern der Polizei erzählt, Stella?«

Ah, ich habe mich schon gefragt, wie lange es dauern würde, bis du das fragst. Ich habe spekuliert, dass die Cops eine Weile brauchen würden, um dahinter zu kommen, wer der echte Brett Lewis war, aber ich musste erst ein paar Nachforschungen in eigener Sache anstellen. Sie blickte auf die Straße vor ihnen. Jetzt war es nicht mehr weit. *Ich lasse ihn noch ein bisschen zappeln, lasse ihn in dem Glauben, dass ich nicht vorhabe, ihm etwas anzutun, sondern nur aus meiner Trauer um Neall etwas hysterisch bin.*

»Ich war so durcheinander, als ich hörte, dass Neall tot ist. Ich konnte keinen klaren Gedanken fassen. Und als es dann auch noch hieß, er habe versucht, Ihre Tochter zu töten ... Es tut mir Leid, Daniel, aber das war einfach zu viel.«

Daniel beobachtete schon eine ganze Weile einen grauen Nissan, der ihnen in einigem Abstand folgte. Beim Abbiegen hatte er das Kennzeichen sehen können und erkannt, dass es sich um Kirri handelte. Er war sicher, dass Stella sie im Rückspiegel nicht sehen konnte, wagte jedoch nicht, den Spiegel zu verstellen und so möglicherweise ihr Misstrauen zu wecken. Ganz vorsichtig nahm er stattdessen die rechte Hand vom Lenkrad und ließ sie eine Minute auf dem Regler des Außenspiegels ruhen. Nachdem er diesen so weit verstellt hatte, dass Stella darin nichts sehen konnte, legte er die Hand zurück ans Steuer.

Während links der Straße Wohn- und Geschäftshäuser standen, gab es auf der rechten Seite nur Eisenbahnschienen und Gestrüpp. Wohin zum Teufel wollte Stella?

»Biegen Sie da drüben rechts ab.«

Wieder fühlte er den Lauf am Hals. Er riss das Steuer herum und wäre beinahe mit einem entgegenkommenden Wagen zusammengestoßen. Hätte er gewartet, bis die Straße frei war, wäre Kirri zu dicht aufgefahren, und Stella hätte sie möglicherweise bemerkt. Er überquerte die Schienen und versteifte sich, als die Mündung der Pistole sich hinter seinem rechten Ohr fest an seinen Schädel drückte.

»Tun Sie das nicht nochmal.« Ihre Stimme klang jetzt kalt und drohend. »Wir wollen doch keine Aufmerksamkeit erregen, nicht wahr?«

»Tut mir Leid. Ich bin etwas nervös.« Und das war nicht gelogen. Jetzt waren weit und breit keine Häuser mehr zu sehen, sondern nur noch Bäume, Sträucher und Zuckerrohrfelder. Wohin diese schmale Teerstraße auch führen mochte, für Daniels Geschmack war sie viel zu einsam. Und weiter vorn konnte er auch nur Bäume und die Berge sehen.

Ein Blick in den Rückspiegel verriet ihm, dass Kirri gerade erst die Schienen überfuhr. Dann beschrieb die Straße eine Kurve, und er verlor sie aus den Augen.

Stella machte sich bereit. In der Sekunde, in der sie anhielten, würde sie Daniel in die rechte Schläfe schießen, ihm anschließend Catelyn auf den Schoß setzen, seine Hand um die Pistole legen und das Kind erschießen. Sie hatte das Szenario in Gedanken schon durchgespielt, als sie in der vergangenen Nacht hergefahren war und den Mietwagen im Gestrüpp versteckt hatte. Dann musste sie nur noch zum Flughafen fahren, ihr Gepäck aus dem Kofferraum nehmen, den Wagen zurückgeben und sich wie vereinbart mit Philip in der Lounge treffen.

Ein Mord und Selbstmord. Der arme Daniel war eben nicht damit fertig geworden, dass er Brett Lewis erschossen hatte. Warum er seine Tochter mit in den Tod genommen hatte, darüber würde der Rest der Welt eben spekulieren müssen. Nicht eben brillant, bei weitem nicht, gewiss nicht typisch für ihre sonst so durchdachte, perfektionistische Vorgehensweise, aber sie musste improvisieren. Wenn die Polizei erst über Neall Bescheid wusste, würde man sie auf die Liste der Verdächtigen setzen und nicht mehr aus den Augen lassen. Aber wenn ihr Plan funktionierte, würde sie in wenigen Minuten am Flughafen sein und sich selbst ein Alibi verschaffen, indem sie den Mietwagen zurückbrachte.

Die Straße beschrieb erneut einen Bogen. Der Teer bröckelte am Rand des Grasstreifens zwischen Fahrbahn und Zuckerrohrfeld. Sie überfuhren eine Wasserrinne, die quer über die Straße führte und von den Regenfällen der vergangenen Nacht leicht verschlammt war, und Catelyn wachte mit einem durchdringenden Schrei auf. Stella versteifte sich und unterdrückte mühsam den Impuls, das Kind zu ohrfeigen. *Mädchen weinen nicht, sie kämpfen.* Ihr Kindheitsmantra hallte in ihrem Kopf wieder.

Schon bald folgte die nächste Kurve, und eine Brücke mit niedriger seitlicher Betoneinfassung kam in Sicht.

»Fahren Sie rechts ran! Rechts an der Brücke vorbei bis ans Wasser. Dann halten Sie.« Sie hatte sich jetzt wieder unter Kontrolle; die leicht hysterische Note in ihrer Stimme sollte nur dazu dienen, Daniel von ihren wahren Absichten abzulenken.

Der Magna wurde langsamer und rollte unter dem dichten Laubdach ausladender Bäume über das Gras.

Catelyn weinte immer noch.

Stella beugte sich leicht vor, um den passenden Einschusswinkel zu finden, ihre ganze Aufmerksamkeit auf Daniel gerichtet, der in dem holprigen Gelände einen Gang herunterschaltete. Durch eine Lücke zwischen Brücke und einem von Geröll halb verdeckten Busch konnte er den Fluss sehen, der nur einen Meter unterhalb der Böschung vorbeirauschte.

Am Rand der Uferböschung schaltete er in den Leerlauf und griff nach der Handbremse.

Stellas Finger krümmte sich am Abzug.

Kapitel 25

Ricky Munro legte sein Renngeschirr an und drückte das Gaspedal durch. Der V8-Motor unter der Haube des roten XB Falcon röhrte, und Kies flog unter den Hinterreifen auf, um mit einem befriedigenden Klappern auf den brandneuen Commodore seines Vaters zu prasseln. Zum Teufel mit seinem Alten! Konnte der alte Sack ihn nicht ein Mal in Ruhe lassen?!

Der einsame Passant machte große Augen, als Ricky mit überhöhter Geschwindigkeit und quietschenden Reifen um die Ecke bog. Ein paar Blocks weiter wartete er ungeduldig auf eine Lücke im Verkehrsstrom auf der Kamerunga Road. Sein Fuß spielte rhythmisch mit dem Gaspedal, und seine Finger spannten sich immer wieder um den kurzen Steuerknüppel. Endlich bot sich eine Gelegenheit, und er fädelte sich in den fließenden Verkehr ein, um schon kurz darauf abzubiegen und die Eisenbahnschienen zu überqueren.

Der Zorn nagte an ihm, und er wollte ihn auf die einzige Art und Weise abreagieren, die wirklich funktionierte. Er lehnte sich in seinem Rennsitz zurück, während die Tachonadel immer weiter ausschlug. 100, 120, 130 ...

Catelyn übergab sich schwallartig.

In wahren Fontänen, wie aus einem Feuerwehrschlauch.

Überallhin.

Stella fuhr mit einem lauten Fluch zurück, angewidert

von dem stinkenden warmen Brei, der ihre linke Seite beschmutzte und sich auf ihrem Schoß sammelte.

Daniel löste seinen Gurt und wirbelte herum

»Keine Bewegung!«, knurrte Stella, öffnete die Tür und stieg aus. Das klebrige Erbrochene lief an ihrer Hose herab. Scheiße! Fast hätte sie das Kind auf der Stelle erschossen.

Catelyn schluchzte. Tränen rannen ihr über die Wangen und vermischten sich mit dem Erbrochenen auf ihrem T-Shirt und dem Overall.

Stellas Gedanken überschlugen sich. Das Überraschungsmoment war dahin. Ihr Plan zunichte gemacht. Sie hatte gestern Stunden gebraucht, um einen Ort zu finden, der dicht genug beim Flughafen gelegen war und dabei doch auch isoliert genug, dass um diese Tageszeit kaum Verkehr herrschte. Und jetzt ...

Nein! Noch war es nicht zu spät. Sie musste Daniel zwingen, das Fenster herunterzukurbeln, ihn in den Kopf schießen und dann weitermachen wie geplant. Anschließend würde sie ihre Fingerabdrücke abwischen und die Schuhe ausziehen, damit sie keine Abdrücke hinterließ.

Plötzlich bog ein Geländewagen um die Ecke. Stella hielt sich die Handtasche vor, damit die Waffe nicht zu sehen war. Sie lächelte und wünschte dabei, der Wagen würde schneller fahren. Stattdessen machte er unmittelbar hinter dem Magna Halt, und Kirri sprang heraus.

Stella wich zwei Schritte zurück, nahm die Handtasche beiseite und richtete die Waffe auf Kirri. Im selben Moment stieß Daniel die Fahrertür auf und stieg aus.

»Ich bringe sie um.« Es war nicht zu überhören, dass sie es ernst meinte.

Daniel erstarrte mitten in der Bewegung.

Kirri kämpfte die aufsteigende Panik nieder. »Ist Catelyn in Ordnung?«

Beim Klang ihrer Stimme rief Catelyn nach ihr, und Kirris Herz zog sich schmerzlich zusammen. Sie blickte auf Daniel, stellte mit flehendem Blick eine stumme Frage, sah sein leichtes Nicken und richtete ihre Aufmerksamkeit wieder auf Stella.

»Daniel ist Ihr Bruder, nicht wahr, Stella?« Kirri sah, wie die Züge der Frau vor Hass versteinerten. Sie schaute Daniel nicht an, hörte aber, wie er nach Luft schnappte.

»Wie haben Sie das herausgefunden?«, knurrte Stella.

»Philip hat mir heute Morgen einen Zeitungsausschnitt gebracht. Daniels Eltern hießen Estelle und Keneally, aber alle nannten sie nur Essie und Ken. Ich habe die Todesnachricht Ihres Bruders in Philips Büro gesehen, Stella.« Sie sah das verärgerte Aufblitzen in den eiskalten Augen. »Damals ist mir schon die ungewöhnliche Schreibweise seines Namens aufgefallen, Neall mit zwei L. Stella ist die Abkürzung für Estelle, und Neall könnte leicht von Keneally abgeleitet sein. Das könnte natürlich auch Zufall sein, aber das glaube ich nicht. Außerdem denke ich, dass Brett Daniel unmittelbar vor seinem Tod seinen richtigen Namen genannt hat.«

Kirri entfernte sich langsam vom Wagen, in der Hoffnung, Stellas Aufmerksamkeit von Daniel abzulenken und diesem damit eine Chance einzuräumen, Stella zu überwältigen.

Stellas Finger spannte sich leicht auf dem Abzug, als sie mit der kleinen Baretta in ihrer Hand winkte. Kirri blieb stehen. »Außerdem habe ich einen alten Brief von Daniels Mutter gelesen. Ihr Gynäkologe hat gegen Ende der Schwangerschaft etwas Ungewöhnliches vermutet. Auch schreibt sie, sie wäre viel dicker und schwerer als bei der Schwangerschaft mit Daniel. Ich denke, sie hat Zwillinge erwartet.«

Daniel verfolgte den Schlagabtausch zwischen den beiden Frauen. Konnte das tatsächlich sein? War Stella wahrhaftig seine Schwester? Schlagartig wurde ihm klar, was das bedeutete. Dann war Brett Lewis – Neall Quinlan – sein Bruder! Diese Erkenntnis verschlug ihm den Atem. Sein Bruder. Und er hatte ihn getötet. Zwar nicht absichtlich, aber ...

Stellas Gesichtsausdruck veränderte sich; ihre Züge verzerrten sich vor Zorn. »All die Jahre dachten wir, Gloria und Harry wären unsere Eltern.« Sie lachte, aber es war ein spröder, bitterer Laut. »All diese elenden, elenden Jahre. Nie genug zu essen, und Kleidung nur von der Kleidersammlung.« Sie warf Daniel einen hasserfüllten Blick zu. »Und dabei hätten wir die ganze Zeit bei unserem richtigen Vater im Luxus leben können.«

»Wie hast du es erfahren?«, fragte Daniel stockend, immer noch wie vor den Kopf geschlagen von dem, was er eben erst erfahren hatte.

Stella musterte ihn eindringlich, hielt die Waffe jedoch auf Kirri gerichtet. Ihr Blick verriet Daniel, dass sie bei der geringsten falschen Bewegung seinerseits nicht zögern würde abzudrücken. »Als Gloria im Sterben lag, wollte sie mich unter vier Augen sprechen. Sie zeigte mir einen Zeitungsausschnitt über den Autounfall, bei dem Estelle Brand ums Leben gekommen war. Gloria hatte Harry verlassen, nachdem sie erfahren hatte, dass sie keine Kinder bekommen konnte. Harry wollte um jeden Preis Kinder, und sie hatte das Gefühl, versagt zu haben. Sie sagte ihm nichts von ihrer Unfruchtbarkeit, sondern verschwand einfach und wohnte einige Zeit bei einer alten Freundin in Sydney.«

Catelyn schluchzte wieder, und Kirri unterdrückte den Instinkt, zu ihrem Kind zu laufen.

»Sie blieb fünf Monate in Sydney und war gerade auf dem Weg zurück zu Harry, als sie in den Sturm geriet. Sie bog falsch ab und kam an der Unfallstelle vorbei. Sie hielt an, um zu helfen. Estelle hatte gerade das erste Kind bekommen, und Gloria half ihr, das zweite zur Welt zu bringen. Kaum war das Baby da, starb Estelle.« Ihre Mundwinkel zuckten. »Offenbar hatte Gloria sogar vor, die Babys ins Krankenhaus zu bringen, aber als sie dann unterwegs war, kam ihr die *hirnrissige* ...« Sie spie das Wort förmlich aus. »... Idee, zu Harry zu fahren und die Babys als ihre eigenen auszugeben. Und der dämliche Mistkerl glaubte die Story sogar, bis deutlich wurde, dass wir weder seine roten Haare noch seine grauen Augen hatten.«

»Hast du je geglaubt ...« Daniel brachte die Frage nicht über die Lippen. Das Ganze war einfach unfassbar.

»Mir ging auf, dass diese Jammergestalt nicht meine Mutter war.« Stella dünstete aus jeder einzelnen Pore blanken Hass aus. »Sie nannte uns sogar nach unseren leiblichen Eltern. Wie pathetisch! Und sie schrieb auf dem Totenbett eine Art Beichte nieder, in der stand, wie Leid es ihr täte, dass sie die Babys damals genommen habe.«

»Haben Sie es Neall erzählt?«

»Ich wollte es ihm erst sagen, wenn ich den richtigen Augenblick für gekommen hielt. Wenn es mir von Nutzen wäre. Später beschloss ich dann, die Kontrolle zu bewahren, bis er Daniel getötet und ich alles geerbt hatte. Ich hätte ihm etwas abgegeben. Neall hätte seine wahre Identität nicht preisgeben können, weil sonst der Drogenboss erfahren hätte, dass er noch lebte. Damit hatte ich ihn in der Hand.«

»Dann wusste er nicht, dass er mein Bruder war?« Hoffnung vermischt mit Erleichterung schwang in Daniels Stimme mit. Wenn Neall es gewusst hätte, hätte er möglicherweise nicht versucht, ihn umzubringen.

Stella grinste nur höhnisch.

Der Falcon überfuhr die Wasserrinne mit solchem Tempo, dass Ricky den dünnen Dreckfilm nicht bemerkte.

Das Heck brach aus.

Ricky fluchte, nahm dann abrupt den Fuß vom Gas und versuchte gegenzulenken.

Das Heulen des Motors zerriss die ländliche Stille.

»Wenn du dich rührst, erschieße ich sie«, zischte Stella Daniel an, als sie erneut die Waffe hinter der Handtasche verbarg.

Daniel sah sich nach etwas um, das ihm dazu verhelfen könnte, in den Besitz der Waffe zu gelangen. Als spürte sie seine Gedanken, zog sie sich in den Schutz der Bäume und Sträucher zurück und wartete, dass der nahende Wagen oben auf der Straße vorbeifuhr.

Ricky erkannte zu spät, dass seine Fahrkünste nicht ausreichten, um den Falcon bei dieser Geschwindigkeit wieder in die Spur zu bekommen.

Der Sportwagen schlitterte in die Kurve.

Ricky trat auf die Bremse und riss das Lenkrad herum, verzweifelt bemüht, den Wagen auf der Straße zu halten.

Eine Sekunde schien es, als würde es gelingen.

»Kirri! Pass auf!«, rief Daniel, als er den Falcon mit quietschenden Reifen um die Kurve schleudern sah. Er sah, wie der Fahrer sich hektisch bemühte, den Wagen auf der Fahrbahn zu halten, und erkannte, dass der Zusammenprall unausweichlich war.

Er stürzte auf die hintere Tür des Magna zu.

Stella hob die Waffe, drückte jedoch nicht ab, als sie erkannte, dass sich hier möglicherweise eine Lösung für ihr Problem anbahnte.

Der rechte vordere Kotflügel des Falcons krachte in die hintere Tür des Nissans.

Metall knirschte, Glas splitterte.

Ricky wurde seitlich in den Rennsitz geschleudert und prallte mit dem Kopf gegen die Scheibe. Der Falcon rutschte zurück auf die Straße und auf die Brücke. Die Vorderreifen krachten gegen die seitliche Betoneinfassung. Der Wagen überschlug sich und flog mit einem unangenehmen Knirschen auf dem Dach über die Brücke.

Durch die Wucht des Aufpralls stieß der Nissan gegen den Magna, und beide Wagen ruckten ein Stück weit vorwärts. Daniel warf sich zu Boden.

Er rollte sich ab, und der Vorderreifen des Nissans streifte sein Hemd, als das Fahrzeug an ihm vorbeischoss und gegen einen Baum prallte.

Mit schreckgeweiteten Augen musste er beobachten, wie der Magna einen Strauch überfuhr und die Böschung hinunterstürzte.

Der Wagen tauchte in den angeschwollenen Fluss ein.

Mit Catelyn, die immer noch angeschnallt auf dem Rücksitz saß.

Kapitel 26

»Hol Catelyn!«, rief Kirri Daniel zu, während sie unter dem Strauch hervorkrochen, unter den sie sich gerettet hatte, während Stella, deren Sicht von dem Nissan verdeckt wurde, auf Daniel zulief.

Er hetzte in Richtung Ufer, hinter dem Magna her. Kirri hob einen Stein vom Boden auf und warf ihn nach Stella, als diese die Beretta hob und den Abzug spannte. Der Stein traf sie an der Schulter. Sie gab einen wütenden Laut von sich, und die Kugel verfehlte ihr Ziel.

Stella wandte sich Kirri zu und feuerte erneut. Kirri fühlte, wie die Kugel ihren Arm streifte. Ein brennender Schmerz durchzuckte sie, und Tränen schossen ihr in die Augen, als sie sich ins Dickicht schlug. Wenn es ihr gelang, Stella wegzulocken, hatte Daniel vielleicht eine Chance, Catelyn zu retten. Der Gedanke an ihre Tochter, die angeschnallt und hilflos in dem untergehenden Wagen saß, verlieh ihr ungeahnte Kräfte. Sie musste für Daniel Zeit schinden.

Sie verfluchte ihr weißes Kleid mit den blauen Schmetterlingen: In all dem Grün war es viel zu auffällig und machte sie zur Zielscheibe. Sie ging hinter einem efeuberankten Baum in Deckung, warf einen Blick zurück und sah, wie Stella zögerte.

»Warum wollen Sie Daniel umbringen?«, rief Kirri.

Stella quittierte Kirris verzweifelten Versuch mit einem grimmigen Lächeln. *Sie musste Prioritäten setzen. Daniel würde noch eine Weile damit beschäftigt sein, das Gör aus dem Wagen zu holen. Mit etwas Glück ertrank er sogar bei dem Versuch. Sie würde erst die Malerin töten, damit sie keine Gelegenheit hatte, Hilfe zu holen. Sie würde sie mit den eigenen Waffen schlagen. Sie würde die dumme Pute am Reden halten und sich dabei so weit vorarbeiten, bis sie treffsicher schießen konnte.*

»Wegen des Geldes natürlich. Wenn Daniel ein paar Monate tot ist, werde ich Glorias Beichte mit dem Zeitungsausschnitt *finden* und erfahren, dass er mein Bruder war. Ein DNA-Test wird das bestätigen.« Zügig ging sie auf die Stelle zu, an der Kirri ins Dickicht gelaufen war. »Selbstverständlich werde ich angemessen betroffen sein und um den verlorenen Bruder trauern, und dann wird dem armen Philip nichts anderes übrig bleiben, als mir die Hälfte der Firma zu überschreiben. Darüber hinaus werde ich Daniels Firmen und Immobilien in Seattle erben.«

»Sie brauchen niemanden zu töten, Stella. Daniel würde sicher gerne mit Ihnen teilen.«

»Ich will aber nicht teilen«, entgegnete Stella gepresst. »Ich will alles. Und genau das werde ich auch bekommen.«

Da. Etwas Weißes blitzte auf. Stella rannte los, kämpfte sich durch das Gestrüpp, setzte über Wurzelwerk hinweg und feuerte.

Stella triumphierte, als sie Kirri schreien hörte. Als sie bei ihr angelangte, lag diese auf dem Boden, und Blut weitete sich auf ihrer Brust von Schmetterling zu Schmetterling aus.

Mick ließ sich auf seinen Bürostuhl sinken und starrte auf seinen Kaffee. Ein dünner Film schwamm oben auf der kalten Flüssigkeit. »Widerlich«, brummte er. »Abschaum auf der Straße, auf dem Kaffee ...«

Er seufzte tief und rieb sich mit einer Hand die müden Augen, bemüht, die herzzerreißende Trauer der Ehefrau und der Kinder des ermordeten Tankwarts wegzumassieren. Als er den Blick wieder auf seinen Schreibtisch richtete, sah er die Notiz neben der Kaffeetasse.

Er gab die Nummer der Kollegen ein, die die Fingerabdrücke überprüft hatten. Minuten später war er im Besitz aller verfügbaren Informationen über Neall Quinlan alias Brett Lewis, einschließlich der Tatsache, dass der Leichnam Neall Quinlans seinerzeit von seiner Schwester Stella identifiziert worden war.

Langsam bildeten sich in seinem Kopf Möglichkeiten und Motive heraus. Ein paar Anrufe später wusste er, dass Philip Weyburn und Stella Quinlan aus ihrem Hotel ausgecheckt hatten und dem Portier zufolge noch am selben Tag nach Sydney zurückfliegen wollten.

Brett Lewis' Handy-Gesprächsliste und Daniels Anruf gestern Nachmittag hatten Philip ein Alibi geliefert für den Mordversuch an Catelyn, aber Mick hatte einige wirklich sehr interessante Fragen an Miss Stella Quinlan.

Er wollte eben wieder nach dem Telefonhörer greifen, als er die zweite Nachricht las.

Der Magna war noch einmal aufgetaucht, ehe er anfing, voll zu laufen und endgültig zu sinken.

Daniel erreichte den Wagen, als dieser eben von der Strömung erfasst und davongetragen wurde. Die offenen Türen befanden sich auf der stromabwärts gelegenen Seite, sodass das Wasser nicht ganz so schnell ins Wageninnere strömte. Vorsichtig schob er sich über den Rücksitz und löste den Gurt.

In eben diesem Moment stießen die Vorderreifen gegen ein unter der Wasseroberfläche verborgenes Hindernis, und das Heck schwang langsam herum. Daniel packte Catelyns Overall und zog sie an seine Brust.

Der Wagen neigte sich zur Seite und sank. Daniel warf

sich zurück und stieß sich mit den Füßen ab. Catelyn kreischte, als das Wasser über ihr zusammenschlug.

»Es wird alles gut, Schatz, hab keine Angst«, versuchte Daniel sie zu beruhigen, während er in Rückenlage auf das rettende Ufer zuschwamm. Er betete inständig, dass die zwei Schüsse, die er gehört hatte, ihm gegolten hatten. Der Gedanke daran, dass Kirri Stella schutzlos ausgeliefert war, trieb ihn schier in den Wahnsinn.

Sonnenlicht fiel durch das Laub der Bäume am Ufer, die Schatten auf das aufgewühlte schlammige Wasser warfen. Die Strömung trug sie immer weiter von Stella fort. Aber auch von Kirri. Er wusste, dass sie darauf vertraute, dass er Catelyn in Sicherheit brachte, aber er konnte die Frau, die er liebte, unmöglich im Stich lassen.

Sein Magen verkrampfte sich, als erneut ein Schuss fiel. Er hielt seine Tochter in die Höhe und richtete sich auf, um mit den Füßen den Grund zu ertasten. Nichts. Er trat eine Weile auf der Stelle, versuchte es erneut und hatte diesmal Glück. Hastig watete er die Uferböschung hoch, wobei er immer wieder im Schlamm ausglitt und über Baumwurzeln stolperte. Catelyn klammerte sich erschöpft und elend an ihn. Daniel registrierte am Rande, dass das Wasser wenigstens den widerlichen Gestank des Erbrochenen aus ihren Kleidern gewaschen hatte, und fragte sich gleich darauf, wie er an etwas so Triviales denken konnte ... Immerhin schwebten sie noch in Lebensgefahr.

Er schob von den Bäumen herabbaumelnde Ranken beiseite und kämpfte sich durch die üppige Vegetation, wobei er sich nach Kräften bemühte, Catelyn vor Dornen, tief hängenden Ästen und scharfkantigen Blättern zu schützen. Hoch aufragende Bäume schirmten sie vor der Sonne ab und schufen eine gedämpfte Atmosphäre, in der nur hin und wieder das Summen eines Moskitos zu hören war.

Der Magna war untergegangen. Stella hielt Ausschau nach Daniel und Catelyn. Sie waren nirgends zu sehen. Sie richtete ihr Augenmerk auf die gegenüberliegende Böschung und suchte dann mit den Blicken das diesseitige Ufer ab. Falls es ihm tatsächlich gelungen war, das Kind zu retten, musste er Fußabdrücke im Schlamm hinterlassen haben.

Ärgerlich schlug sie nach einer lästigen Mücke. Die intensiven Gerüche des Regenwaldes und der Gestank von Catelyns Erbrochenem auf ihrer Kleidung stachen ihr in die Nase.

Da! Fußspuren! Sie führten ins Dickicht. Sie folgte ihnen, aber schon nach wenigen Metern verlor sich die Spur auf dem dicken Teppich vermodernden Laubs, das den Waldboden bedeckte. Und auch das Halbdunkel, das die Bäume schufen, erschwerte es ihr, irgendwelche Hinweise darauf auszumachen, welche Richtung Daniel eingeschlagen hatte.

Sie warf einen Blick auf ihre Armbanduhr und fluchte. Wenn sie nicht bald zum Wagen zurückging, würde sie ihren Flug verpassen. Ihre Schuhe versanken mit schmatzenden Geräuschen tief im Schlamm, aber sie achtete nicht darauf. Sie würde sich in weniger als einer Minute umgezogen haben. Darin hatte sie Erfahrung.

Jetzt musste sie erst einmal Daniel aus seinem Versteck hervorlocken. Ganz offensichtlich hatte er sich irgendwo versteckt. Niemand konnte lautlos durch das trockene Laub laufen. Und mit einem Kind wäre es doppelt so schwer.

Das Kind. Der Nachkomme. Ein bitteres Lächeln umspielte ihre Lippen. Das Kind, dass all das erben würde, das von Rechts wegen ihr zustand.

Daniel kauerte sich hinter einen umgestürzten Baum. Catelyn lehnte kraftlos mit schlaff herabhängenden Armen über seiner Schulter. Sobald er ein Rascheln im Unterholz gehört hatte, hatte er sich nach einem Versteck umgesehen. Ihm war sofort klar, dass, wenn er seine Verfolgerin hörte, sie ihn ebenso hören konnte.

Als er einen Blick auf eine kurzärmelige blaue Jacke erhaschte, durchzuckte ihn ein so heftiger Schmerz, dass es ihm den Atem verschlug. Wenn Stella hier war, musste Kirri tot sein. Grenzenlose Trauer überwältigte ihn, dicht gefolgt von eiskalter Wut. Hätte er nicht Catelyn auf dem Arm gehabt, hätte er sich auf Stella gestürzt und sie mit bloßen Händen erwürgt. Nicht einmal eine Kugel hätte ihn aufhalten können.

Als Stella etwa acht Meter von ihm entfernt war, blieb sie stehen. Obwohl sie genau in seine Richtung schaute, war das Gestrüpp so dicht, dass Daniel sicher war, dass sie ihn nicht sehen konnte.

»Wie alt ist Catelyn, Daniel?« In ihrer Stimme schwang freundliche Anteilnahme mit, und seine sämtlichen Alarmglocken schrillten. Er rührte sich nicht, eine Hand auf Catelyns Rücken.

»Ich war fünf, als Harry anfing, mich in meinem Schlafzimmer zu besuchen«, fuhr sie fort. »Die meisten Väter lieben ihre Kinder, aber Harry hat Kinder ... ganz besonders geliebt.«

Bei der Vorstellung drehte sich ihm der Magen um.

»Hat dein Vater dich geliebt, Daniel? Ist er abends in dein Zimmer gekommen, um gute Nacht zu sagen, und hat dich dann mit großen feuchten Händen angefasst? Hat er die Finger in dich hineingesteckt, bis du hättest schreien mögen vor Schmerzen, nur dass du eben nicht konntest, weil du den Mund voll hattest ...«

Daniel versuchte, nicht hinzuhören, aber er konnte sich den Worten nicht entziehen, während Stella begann, das Unterholz im Zickzack abzusuchen, wobei sie Bäumen und

Sträuchern auswich. Sie sprach ruhig und nüchtern, als würde sie einen Vortrag halten. Sie fing an, Harrys Übergriffe aufzulisten, und Daniel wand sich innerlich bei den Bildern, die ihre Worte vor seinem geistigen Auge entstehen ließen. Er fragte sich, ob Neall Ähnliches hatte erdulden müssen, und als hätte sie seine Gedanken gelesen, sagte Stella:

»Harry bevorzugte Mädchen, aber als ich in die Pubertät kam, ließ er mich weitgehend in Ruhe. Ich war frühreif, und mit dreizehn war ich so groß wie er und auch körperlich sehr stark für ein Mädchen. Da wandte er sich Neall zu. Ich erwischte ihn eines Nachts, als er ihn gerade vergewaltigen wollte. Der arme Kleine schwitzte Blut und Wasser, als Harry ihn sich vornahm.«

Sie blieb stehen, schaute sich um und schlug nach einer Mücke, die sich auf ihrem nackten Arm niedergelassen hatte. Das Klatschen hallte laut in der Stille, und Catelyn bewegte sich.

Erdige Gerüche. Stumpfes Braun und wirbelndes Mahagoni. Schwebend, in Bewegung.

Geräusche. Raschelnd, gleitend. Melodisch.

Vögel pfiffen ihre Lieblingsmelodie.

Nein. Keine Vögel.

Sie lag auf dem Boden. Sie fühlte Erde unter den Armen und Händen. Sie fühlte sich losgelöst von ihrem Körper, als hätte ihr Geist beschlossen, dass es einen angenehmeren Aufenthaltsort gab. Benommen versuchte Kirri, die linke Hand an den Kopf zu heben. Ein so heftiger Schmerz durchzuckte sie, dass sie unwillkürlich nach Luft schnappte.

Der Schmerz holte sie in die Wirklichkeit zurück, und sie versuchte ganz bewusst, sich ein Bild ihrer körperlichen Verfassung zu verschaffen. Diesmal benutzte sie die rechte Hand, um ganz langsam und vorsichtig ihren Körper abzutasten. Auf der linken Seite, unmittelbar über der Brust, stieß sie auf die Einschusswunde. Weiteres Abtasten ergab, dass die Kugel offenbar in der Achselhöhle wieder ausgetreten war und dabei eine tiefe Fleischwunde unter dem linken Arm hinterlassen hatte. Abgesehen von dem brennenden Schmerz schien sie Glück gehabt zu haben. Sie hatte keine Atembeschwerden, das Projektil hatte also offensichtlich die Lunge verfehlt. Sie erinnerte sich, dass sie sich umgedreht hatte, unmittelbar bevor Stella den Schuss abfeuerte. Wahrscheinlich hatte ihr das das Leben gerettet.

Sie registrierte, dass die Melodie, die sie hörte, kein Vogelgezwitscher war. Was sie hörte, war der gedämpfte Klingelton ihres Handys. Außerdem erkannte sie, dass sie allein war. Angst stieg in ihr auf.

Stella musste sich auf die Suche nach Daniel und Catelyn begeben haben.

Der Klingelton des Handys brach ab. Wenn es ihr gelang aufzustehen, konnte sie Hilfe herbeirufen. Ganz vorsichtig drehte sie sich auf die rechte Seite, wartete, bis Übelkeit und Schmerz nachgelassen hatten, und stand dann langsam auf. Wankend lehnte sie sich an einen Baum und atmete tief ein und aus, bis das Schwindelgefühl verebbt war, ehe sie auf den Nissan zustolperte.

Das Handy klingelte erneut. Kirri biss die Zähne zusammen, kramte das Telefon aus ihrer Handtasche, die in den Fußraum gefallen war, und drückte die Annahme-Taste.

Tränen der Erleichterung nahmen ihr die Sicht, als sie Micks Stimme hörte.

Daniel riskierte es, den Arm leicht zu bewegen, um Catelyn beruhigend über das Haar zu streichen, und das kleine Mädchen ließ den Kopf wieder an seine Schulter sinken.

Stella setzte sich wieder in Bewegung. Und sie setzte ihren Monolog fort.

»Neall war ein jämmerlicher Feigling, aber ich konnte nicht zulassen, dass Harry ihm das antat. Immerhin war er mein Bruder.«

Das bin ich auch, dachte Daniel, fühlte sich aber selbst von dem Gedanken abgestoßen.

»Ich sagte Harry, er könne mich haben. Ich würde es ihm besorgen. Er war betrunken genug, das Angebot anzunehmen.«

Sie war jetzt so nah, dass Daniel erkennen konnte, dass ihre Züge leuchteten von einem inneren Feuer.

»Und ich habe es ihm besorgt. Und wie. Als er fertig war und zu seinem Zimmer zurücktorkelte, stieß ich ihn die Treppe hinunter. Habe ich schon erwähnt, dass wir in einem zweistöckigen Haus wohnten? Nicht in einem Steinhaus wie deinem, Daniel, sondern in einem Billigbau, in dem es im Winter eisig war und im Sommer heiß wie in einem Backofen. Er verlor bei dem Sturz das Bewusstsein. Er lag auf dem Rücken.« Ihre Lippen verzogen sich zu einem selbstzufriedenen Lächeln. »Er erbrach sich.«

Sie blieb erneut stehen. »Er war zu betrunken, um aufzuwachen und sich auf die Seite zu drehen. Ich stand da und sah zu, wie das Schwein an seiner eigenen Kotze erstickte.«

Daniel beobachtete sie. Es war unverkennbar, dass sie den Anblick genossen hatte. Nicht dass er ihr dies vorgeworfen hätte, aber ihr lustvolles Erschauern bei der Erinnerung war abstoßend.

Stellas Stimme und ihr leuchtend blauer Hosenanzug erleichterten Kirri die Suche. Jeder Schritt schmerzte höllisch, aber sie zwang sich weiterzugehen. Sie hob einen Stock auf, der stabil genug war, dass sie sich auf dem unebenen Boden und im dichten Unterholz darauf stützen konnte.

Sie versuchte, möglichst leise zu sein, konnte aber nicht verhindern, dass die Sträucher leise raschelten, wenn sie vorbeiging. Schweiß perlte auf ihrer Stirn und lief ihr in die Augen. Den linken Arm zu heben wäre zu schmerzhaft gewesen, und so wischte sie die Tropfen nicht fort, sondern konzentrierte sich stattdessen ganz darauf, einen Fuß vor den anderen zu setzen, wild entschlossen, Stella aufzuhalten. Sie konnte nicht sicher sein, dass Daniel noch rechtzeitig gekommen war, um Catelyn zu retten, aber er selbst musste noch am Leben sein, sonst würde Stella nicht im Dickicht nach ihm suchen und mit ihm reden.

Daniel war klar, dass er nicht in seinem Versteck abwarten konnte, bis Stella ihn entdeckte. Sie war nur noch etwa fünf Meter entfernt, und so sehr es ihm auch widerstrebte, er würde Catelyn absetzen müssen. Nur so konnte er versuchen, Stella auszutricksen und zu entwaffnen.

Er schaute sich um auf der Suche nach einem Weg zu Stella, der möglichst gute Deckung bot. Was er dann sah, erfüllte ihn mit Glück. Mit Hoffnung. Und mit Furcht.

Kirri schlich sich von hinten an Stella heran. Oder versuchte es zumindest. Sie stützte sich beim Gehen auf einen Stock, und das Oberteil ihres Kleides war blutgetränkt. Sie war aschfahl im Gesicht, und für Daniel war unübersehbar, dass nur grimmige Entschlossenheit ihr die Kraft gab, sich auf den Beinen zu halten. Aber sie kam nur sehr langsam voran, und er fürchtete, dass Stella sie jeden Moment bemerken und erschießen könnte.

Er musste Stella von ihr ablenken.

Vorsichtig, unendlich vorsichtig, setzte er Catelyn ab. Er schaute noch eine Weile auf sein Töchterchen hinab, um sicher zu sein, dass sie auch blieb, wo sie war. Sie hatte die Augen halb geschlossen und war sichtlich schläfrig.

Er schlich bis ans Ende des Stammes und dann noch einen Meter weiter zu einem großen Baum, von wo aus er sich davon überzeugte, dass Stella sich nun exakt zwischen ihm und Kirri befand. Er richtete sich auf, verließ seine Deckung und rief: »Warum hast du dich nach dem Tod deiner Mu... nach Glorias Tod nicht an meinen Vater gewandt?«

Stella wirbelte mit schussbereiter Waffe herum, überrascht und misstrauisch, weil Daniel sich so unerwartet zeigte. Ein paar Bäume standen zwischen ihnen, aber das Unterholz war auf dieser Seite weniger dicht. Er schien das Kind nicht bei sich zu haben, aber das machte nichts, sie würde die Kleine schon finden.

»Ich habe mich krumm geschuftet, um mir das Studium zu finanzieren. Ich hatte nicht die finanziellen Mittel, um jemanden suchen zu lassen, der das Land vor achtzehn Jahren verlassen hatte.« Sie bewegte sich auf ihn zu, ohne ihn auch nur eine Sekunde aus den Augen zu lassen. »Allerdings konnte ich Jim Weyburn ausfindig machen, Ken Brands Teilhaber. Ich studierte zu Ende, sicherte mir einen Job bei der Firma und brachte alles über die Brands in Erfahrung. Dann flog ich nach Seattle.«

Daniel vermochte in seiner Verblüffung nicht zu verbergen, wie sehr ihn dies schockierte. »Wann?«

Stella lächelte abfällig, antwortete jedoch nicht. »Ich rief unseren Vater an und bat um ein Gespräch, aber es gab gerade ein schwerwiegendes geschäftliches Problem, sodass er keine Zeit für mich hatte. Ich blieb hartnäckig, woraufhin er meinte, ich solle zu ihm auf die Baustelle kommen. Es war Sonntag. Wir waren ganz allein.«

Eine düstere Ahnung schnürte Daniel die Kehle zu. Stella entspannte sich ein wenig; offenbar genoss sie sein Unbehagen. Aber die Hand mit der Waffe blieb ruhig und auf ihn gerichtet. Sie kam immer näher.

Kirri hinter ihr kämpfte sich weiter und holte langsam, aber sicher auf. Daniel konzentrierte sich ganz auf Stella und darauf, deren Aufmerksamkeit zu fesseln.

»Er hat mich ausgelacht, Daniel. Unser Vater hat mich verhöhnt. Er meinte, ich müsste schon mit etwas Besserem als einem alten Zeitungsausschnitt und einer unausgegorenen Beichte aufwarten. Dann ließ er mich einfach stehen und stieg hinauf in den dritten Stock des Rohbaus.«

Sie starrte ihn aus dunklen Augen unverwandt an, und Daniel hatte keine andere Wahl, als die entscheidende Frage zu stellen. »Was hast du getan, Stella?«

»Ich ging ihm nach. Es war leicht.« Sie seufzte. »Zu leicht. Ein Stoß genügte. Wie bei Harry.«

Daniel schmeckte Galle. Fassungslos sah er, wie sie lachte und dann den Arm hob und die Waffe auf ihn richtete.

Daniel brüllte auf und stürmte auf Stella zu. Er duckte sich, als sie feuerte. Ein brennender Schmerz durchzuckte seine Seite.

Erfüllt von nackter Wut lief er weiter.

Kirri hob den Stock über den Kopf und ließ ihn mit aller Kraft niedersausen.

Stella drehte sich halb um, und der Ast traf ihr Handgelenk. Die Kugel ging ins Leere, und die Beretta fiel zu Boden. Stella machte einen Hechtsprung hinter der Pistole her. Ihre linke Hand bekam erst Erde, dann jedoch den Griff der Waffe zu fassen, als Daniel sich gerade auf sie stürzte.

In letzter Sekunde bemerkte er die Waffe in ihrer Hand, warf sich zur Seite und rollte sich ab.

Stella sah den verzweifelten Hass in Daniels Augen.

Sie bleckte die Zähne in einem triumphierenden Lächeln.

Und drückte ab.

Kapitel 27

Daniel hörte das leise, hohle Klicken, als der Hahn auf die leere Kammer traf. Stellas überraschtes und gleich darauf zorniges Gesicht bestätigte das Unglaubliche.

Sie sprang auf und sprintete in Richtung Brücke.

Daniel stand ebenfalls auf und wollte ihr nachsetzen, als er Kirri stöhnen hörte. Sie war zusammengebrochen und lag mit geschlossenen Augen auf dem Boden. Der Anblick des Blutes, das ihr Kleid tränkte, erfüllte ihn mit Panik. Er packte den feuchten Stoff und zerriss ihn. Die Schusswunde kam zum Vorschein. Er zog sein Hemd aus und verband die Wunde damit. Es war noch getränkt mit schmutzigem Flusswasser, aber er hatte keine andere Wahl.

Kirris Puls war schwach, und sie wurde noch ein wenig blasser, als er den improvisierten Verband verknotete.

»Mami!«

Catelyns Schrei ließ ihn aufspringen. Sie hätte hinter dem umgestürzten Baumstamm in Sicherheit sein müssen, weit weg von dort, wo Stella gerade durch das Unterholz hetzte.

Verzweifelt sah er, dass Stella seine strampelnde Tochter auf dem Arm hielt.

Stella wollte nur noch weg. Sie hatte alles verloren, worauf sie seit ihrem achtzehnten Lebensjahr hingearbeitet hatte, aber noch gab sie nicht auf. Das Geld, das sie Jim Weyburn abgepresst hatte, erst als seine Liebhaberin und später als Erpresserin, hatte sie unter verschiedenen Namen auf diversen Konten deponiert. Trotz der Gelder, die sie hatte aufbringen müssen, um Nealls Aktivitäten zu finanzieren, konnte man sie noch als reich bezeichnen. Und sie besaß die nötigen Kontakte, um sich eine neue Identität zu verschaffen, passend zu dem neuen Gesicht, das sie sich zulegen würde.

Catelyn war ihr unerwartet über den Weg gelaufen, und sie hatte sich das Kind geschnappt, ohne nachzudenken. Zwar würde die Kleine sie behindern, aber sie gab auch eine gute Geisel ab. Und sie würde Daniel und seiner Schlampe eine Lektion erteilen, indem sie der Göre den Hals umdrehte.

Ihr Wagen war auf der anderen Seite des Flusses versteckt. Wenn sie es schaffte, die Brücke zu überqueren, standen ihre Chancen davonzukommen recht gut. Catelyn schluchzte zum Herzerweichen, aber Stella schenkte dem Kind keine weitere Beachtung.

Daniel hatte die Verfolgung aufgenommen und brach hinter ihr her durch das Unterholz. Sie rannte an dem verbeulten Nissan vorbei und auf die Brücke. Der Falcon war auf dem Dach liegen geblieben, die Motorhaube in die Richtung weisend, aus der er gekommen war. Glas knirschte unter ihren Schuhsohlen, als sie daran vorbeilief. Daniels stampfende Schritte holten auf.

Als sie in Höhe der Fahrerseite des Falcons war, hörte sie nahende Polizeisirenen. Sie wirbelte herum. Daniel war gerade mal zwei Meter hinter ihr.

»Bleib weg!«, schrie sie. »Sonst werfe ich die Kleine ins Wasser.«

Sie hielt Catelyn bei der Kleidung über den Rand der Brücke. Das kleine Mädchen wimmerte.

Eine zweite Sirene ertönte.

Daniel blieb schwer atmend stehen, die linke Hand auf die Schusswunde an der Seite gepresst, und schätzte die Entfernung zwischen ihnen ab.

Im ersten Moment registrierte er die Bewegung nur am Rande. Die zitternde blutige Hand, die durch das zersplitterte Fenster des Falcons griff.

Daniel balancierte auf den Fußballen, jeder Muskel seines Körpers angespannt.

Die Hand schloss sich um Stellas Fußknöchel.

Sie schrie auf und versuchte, sich loszureißen.

Daniel nutzte seine Chance. Er machte einen Satz nach vorn, und seine Rechte krachte gegen Stellas Kiefer, während er mit der Linken nach Catelyn griff. Stellas Kopf flog zurück, und sie brach auf dem Asphalt zusammen.

Kapitel 28

Ist dir eigentlich klar, Daniel Brand, dass ich bei jeder Begegnung mit dir im Krankenhaus lande?«

Daniel, der Kirris Rollstuhl den Weg hinunterschob, schmunzelte. Er beugte sich hinab und flüsterte ihr ins Ohr. »In Zukunft bekommst du Krankenhäuser nur noch von innen zu sehen, wenn du unsere Kinder zur Welt bringst.«

Kirri lächelte. Das sollte ihr nur recht sein. Sie blickte hinüber zu ihrer Mutter und ihrem Stiefvater, die Catelyn in ihre Mitte genommen hatten. Sehr recht sogar.

Es war ein perfekter Sommertag. Von der Trinity Bay wehte eine kühle Brise, und sogar die Luftfeuchtigkeit war ausnahmsweise erträglich. Die nette Stationsschwester hatte Kirris Familie erlaubt, sie mitzunehmen in den Park gegenüber der Klinik, wenn auch unter der Bedingung, dass sie im Rollstuhl blieb. Zwar hatte der Doktor versprochen, sie bald zu entlassen, aber die Schwester wollte kein Risiko eingehen.

Daniel schob Kirris Rollstuhl auf das Gras und setzte sich auf eine Parkbank. »Was hältst du davon, wenn wir im O'Connor Village heiraten, sobald Cate aus dem Krankenhaus entlassen wurde und du dich wieder fit fühlst?«, fragte er. »Dein Dad und Lorraine können herüberkommen, und ich lasse meine Großeltern aus den Staaten einfliegen.«

»Catelyn kann als Blumenmädchen agieren«, fügte Kirri

mit einem glücklichen Lächeln hinzu. Dann musste sie lachen bei dem Gedanken an ihren kleinen Wildfang, der brav Blumen streute. Gleich darauf wurde sie wieder ernst. »Was hat deine Großmutter gesagt, als sie von Stella und Neall erfahren hat?«

Trauer überschattete Daniels eben noch lächelnde Züge.

»Sie hat gesagt, dass wir manchmal akzeptieren müssen, dass sich Vergangenes nicht ungeschehen machen lässt.«

Kirri nahm seine Hand. »Ein wirklich kluger Rat, Daniel. Du bist nicht für Nealls Tod verantwortlich, sondern Stella. Und du bist auch nicht verantwortlich für das, was sie erlebt hat. Niemand hat gewusst, dass Gloria die Babys deiner Mutter mitgenommen hat, du hättest also nicht verhindern können, was passiert ist.«

»Sie ist meine Schwester, Kirri.«

Kirri hätte weinen können, als sie den gequälten Ausdruck in seinen Augen sah. »Das war sie einmal, Schatz, aber sie wurde vor langer Zeit vernichtet. Harry hat sie zerstört. Vielleicht bekommt sie ja im Gefängnis die Hilfe, die sie braucht.«

»Ich habe bereits veranlasst, dass sie von einem der besten Psychiater des Landes therapiert wird.« Er seufzte. »Sofern sie es zulässt. Ich habe allerdings keine Ahnung, ob er den Schaden, den Harry angerichtet hat, auch nur ansatzweise beheben kann. Ich möchte aber gerne glauben, dass eines Tages ...«

Daniel versuchte, die Trauer zu unterdrücken, die seine Selbstbeherrschung bedrohte. Kirris leichter Händedruck tröstete ihn. »Ich werde nie wissen, ob Neall auch dann versucht hätte, mich zu töten, wenn er gewusst hätte, dass ich sein Bruder bin. Ich bilde mir ein, dass er nicht dazu fähig gewesen wäre. Und ich muss Stella die Chance einräumen, sich zu ändern. Das bin ich meiner Mutter schuldig. Und auch meinem Vater.«

Sie blieben mehrere Minuten schweigend so sitzen und schöpften Kraft aus der Nähe des anderen.

Schließlich stand Daniel auf und zog einen Umschlag aus der Gesäßtasche seiner Jeans. Er hockte sich vor den Rollstuhl und reichte Kirri das Kuvert. »Ich habe meine Haushälterin gebeten, das hier aus meinem Schlafzimmer zu holen und per Kurier herzuschicken.«

Sie öffnete den Umschlag und nahm ein halbes Dutzend Fotos heraus. Tränen liefen ihr über die Wangen. Sie wischte sie mit dem Handrücken fort, breitete die Bilder auf ihrem Schoß aus und strich ganz sacht mit den Fingern über jedes einzelne. Jedes der Bilder zeigte ein lächelndes, unübersehbar verliebtes Paar, dem das Glück, sich gefunden zu haben, in die strahlenden Gesichter geschrieben stand.

»Wir haben die Fotos mit Selbstauslöser gemacht. Wir wollten die gemeinsamen Wochen in New Orleans festhalten, um sie nie zu vergessen. Ich weiß, dass du dich nie an diese Zeit wirst erinnern können, Liebes, ich habe also gehofft, wir könnten unsere Flitterwochen in New Orleans verbringen und neue Erinnerungen sammeln.«

Kirri hatte einen Kloß im Hals, versuchte aber trotzdem zu lächeln. Sie blickte in das Gesicht des Mannes, den sie liebte, beugte sich dann vor und küsste ihn.

Sie schmeckte einen Regenbogen.

Dunkle Geheimnisse unter der glühenden Sonne Australiens

Manuela Martini
DAS LEUCHTEN DER PURPURNEN BERGE
Roman
528 Seiten
ISBN 978-3-404-15665-8

Hamburg 1922. Pauls Antrag kommt für die junge Krankenschwester Emma überraschend, doch sie bewundert die Leidenschaft und den starken Glauben des Missionars, und so begleitet sie ihn wenig später als seine Frau nach Australien, wo Paul eine verlassene Missionsstation übernehmen soll. Doch auf der beschwerlichen Reise ins unerschlossene Outback zieht sich Paul immer mehr in sich zurück, und Emma ahnt, dass er ihr etwas verschweigt. Schon bald deutet sich an, dass ihre Vorgänger die Missionsstation nicht freiwillig verlassen haben. Während Paul sich mit unerbittlicher Härte der Bekehrung der Aborigines widmet, lässt das Schicksal ihrer Vorgänger Emma nicht mehr los ...

Bastei Lübbe Taschenbuch

Sie selbst ist ohne Sünde, doch viele sind bereit, für sie die größten aller Sünden zu begehen!

Peter Millar
DIE SCHWARZE MADONNA
Thriller
464 Seiten
ISBN 978-3-404-15656-6

Mord, Verrat, Betrug. Als in Gaza eine wertvolle schwarze Madonnenstatue gestohlen wird, beginnt eine abenteuerliche und gnadenlose Jagd quer durch ganz Europa. Welches Geheimnis birgt die Statue? Sie ist vermutlich das älteste bekannte Bildnis der Madonna mit Kind, angeblich von einem der Evangelisten selbst angefertigt. Die junge Archäologin Nazrim glaubt jedoch, die Ikone stamme gar aus vorchristlicher Zeit, und sieht in ihr einen Beweis dafür, dass die ganze Madonnen-Legende auf einen heidnischen Mythos zurückgeht. Ging es bei dem Diebstahl tatsächlich nur um materielle Werte? Oder wollen bestimmte Gruppen verhindern, dass unangenehme Wahrheiten ans Licht kommen?

Bastei Lübbe Taschenbuch

Kain und Abel in der High-Society – Spannung ohne Gnade!

Diana Diamond
DIE TÖCHTER KAINS
Thriller
416 Seiten
ISBN 978-3-404-15657-3

Die ungleichen Schwestern Jennifer und Catherine Pegan erben den millionenschweren Medienkonzern ihres Vaters. Während sich Jennifer um die Geschäfte kümmert, treibt sich Catherine auf Jet-Set-Partys herum. Als Jennifer bei einem Autounfall nur knapp mit dem Leben davon kommt, schöpft sie Verdacht – war es wirklich ein Unglück? Dann verübt ein Killer auch auf Catherine einen Mordanschlag. Sie entkommt, doch die beiden Schwestern verdächtigen sich nun gegenseitig. Ein Krieg um das Unternehmen entbrennt, in dem Blutsverwandtschaft keine Rolle mehr spielt. Arbeitet der Killer tatsächlich für eine der Schwestern, oder hat noch eine dritte Partei die Hand im Spiel?

Bastei Lübbe Taschenbuch